ANETTE HUESMANN

Die Glut des Bösen

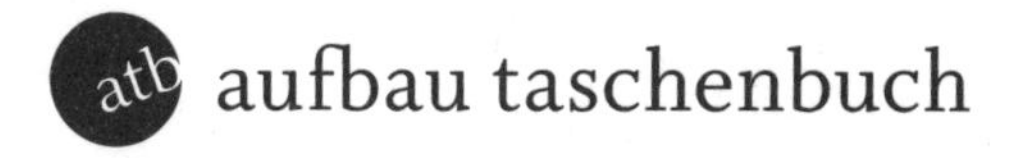

ANETTE HUESMANN ist Wissenschaftsjournalistin und promovierte Sprachwissenschaftlerin. Sie wurde 1961 in Niedersachsen geboren und wuchs im Ostalbkreis auf. Das Studium führte sie nach Heidelberg, wo sie bis heute lebt und arbeitet.

Emma Prinz hat ein paar Sorgen zu viel. Als freie Journalistin ist es schwer, an lukrative Aufträge zu kommen. Als sie erfährt, dass im Kloster Rupertsberg eine Frau ermordet wurde, macht sie sich sogleich auf den Weg. Einer der Gäste des Klosters erzählt ihr von einer geheimen Handschrift Hildegards von Bingen, die sich im Besitz der Toten befunden haben soll, und von einem Mönch, der sie zuvor besaß und der Selbstmord beging. Emma recherchiert weiter und stößt plötzlich auf einen unerwarteten Verdächtigen: ihren eigenen Vater. Vor vielen Jahren war er der Lehrer der ermordeten Frau und der Vorgesetzte des toten Mönchs.

ANETTE
HUESMANN

DIE GLUT DES BÖSEN

KRIMINALROMAN

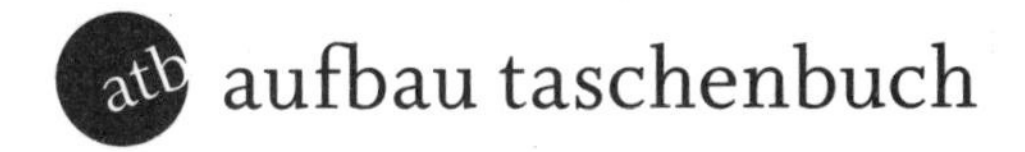

ISBN 978-3-7466-2830-1

Aufbau Taschenbuch ist eine Marke
der Aufbau Verlag GmbH & Co. KG

1. Auflage 2012

Umschlaggestaltung morgen, Kai Dieterich
unter Verwendung eines Motivs von
plainpicture/Arcangel und Blickwinkel
Typografie Christine Frehe, Berlin
Gesetzt aus der Gill Sans und der Adobe Caslon Pro
durch LVD GmbH, Berlin
Druck und Binden CPI – Moravia Books, Pohořelice
Printed in Czech Republic

www.aufbau-verlag.de

Für Martina

Die Zitate zu Kapitelbeginn stammen aus »Hildegard von Bingen: Das Buch von den Geheimnissen der verschiedenen Naturen der Geschöpfe«. Entstanden etwa zwischen 1151 und 1158. Zitiert nach »Der Äbtissin Hildegard von Bingen: Ursachen und Behandlung der Krankheiten (causae et curae)«. Übersetzt von Professor Dr. Hugo Schulz, Greifswald. München 1933, Verlag der Ärztlichen Rundschau Otto Gmelin.

PALMSONNTAG

1. Kapitel

Der Wind der Lust aber, der in die beiden Behälter solcher Männer herabfällt, kommt so ungezügelt und in solch plötzlichem Anstoß wie ein Wind, der das ganze Haus unversehens und heftig erschüttert, und richtet den Stamm so tyrannisch auf, daß derselbe Stamm, der doch in voller Blüte dastehen sollte, sich in der Gehässigkeit der Weise der Vipern krümmt und in solcher Schlechtigkeit wie eine tod- und verderbenbringende Viper seiner Nachkommenschaft gegenüber seine Bosheit erweist.

Die SMS kam von der Leitstelle der Mainzer Polizei: *Weibliche Leiche im Bingener Kloster Rupertsberg aufgefunden. KDD bereits vor Ort.* Die Worte leuchteten grün auf dem Display ihres Handys. Emma scrollte nach oben. Der Presseruf war um 8.35 Uhr verschickt worden. Nachdenklich warf sie einen Blick auf ihre Armbanduhr. 8.45 Uhr.

Emma legte das Handy zur Seite und fragte sich, ob sie die Geschichte übernehmen sollte. Eigentlich war es kein guter Zeitpunkt. Sie ging hinüber zum Schreibtisch und öffnete den Laptop. Der Lüfter startete und erste Kontrollzeichen flackerten über den Bildschirm.

»Du arbeitest?«

Günter stand in der Tür ihres Wohnzimmers. Sein Blick war finster.

»Ein Presseruf. Kam heute Morgen um 8 Uhr 35. Die Geschichte könnte richtig gut werden«, antwortete Emma.

»Ich dachte, du hilfst mir«, sagte er.

Emma drehte sich um und fixierte ihn.

»Arbeit geht vor. Das war unsere Absprache«, sagte sie gedehnt.

»Was ist mit unserem Urlaub in der Schweiz?«, fragte Günter. Seine Stimme bekam einen drohenden Unterton. »Es war ausgemacht, dass wir uns heute gemeinsam um die Ski kümmern.«

Emma musterte ihn nachdenklich.

»Sorry«, sagte sie dann. »Daraus wird nichts. Die Geschichte kostet mich mindestens zwei Tage.«

Sie wandte sich wieder ihrem Laptop zu, einem in die Jahre gekommenen Dell Inspiron. Der Browser öffnete sich mit Google als Startseite. Emma tippte die Suchanfrage zum Kloster Rupertsberg ein. Sie hörte, wie Günter aus dem Zimmer ging. Emma ließ ihre Hände auf die Tastatur sinken und lauschte. Die Geräusche aus dem Schlafzimmer ließen sie vermuten, dass er dort seine Sachen zusammensuchte.

»Vergiss nicht, meine Schlüssel hierzulassen«, rief sie rasch. Kurze Zeit später hörte sie das metallische Klirren der Schlüssel, dann klappte die Wohnungstür.

Emma atmete tief durch und strich sich über die Augen. Für einen Moment drohte die Leere sie zu überwältigen. Dann blinzelte sie und riss sich zusammen. Google zeigte eine Internetadresse, die vermutlich zur Homepage des Klosters gehörte. Froh über die Ablenkung studierte Emma die Internetseite und verschaffte sich mit wenigen Klicks einen ersten Eindruck. Dann klickte sie weiter bis zum Impressum und übertrug die Adresse in ihr Navigationssystem.

Von Heidelberg aus war es eine gute Stunde Fahrt bis Bingen.

Emma suchte die Telefonnummern für die Presse heraus, doch im Mainzer Polizeipräsidium waren alle Nummern der Pressestelle besetzt. Die Kollegen waren ebenfalls schon dran. Emma erhob sich und ging langsam hinüber ins Schlafzimmer.

Neben der Schwelle lag ihr Wohnungsschlüssel auf dem Boden. Günter hatte ihn einfach fallen lassen. Emma bückte sich und zog ihn nachdenklich zu sich her. Sie hatten sich zwar nach dem Streit gestern wieder versöhnt, doch es war längst deutlich, dass sie in einer Sackgasse angekommen waren. Günter und sie hatten zu Beginn ihrer Affäre vereinbart, dass sie zwei vielbeschäftigte Singles waren und das auch bleiben wollten. Inzwischen hatte er zu spüren bekommen, dass sie aus beruflichen Gründen mindestens so häufig ihre Verabredungen platzen lassen musste wie er. Und das passte ihm nicht.

Das war's vermutlich, dachte Emma. Sie war froh, dass sie und Günter sich nun nichts mehr vormachen mussten. Sie hatten einander Gesellschaft geleistet, aber mehr war daraus auch nicht geworden. Emma erhob sich und legte ihre Zweitschlüssel zurück in die Nachttischschublade. Ihr Blick fiel auf den Brief ihres Vermieters, der gestern mit der Post gekommen war und den sie vor Günter versteckt hatte. Zwei Monatsmieten war sie bereits im Rückstand, und er drohte ihr mit Kündigung, wenn sie nicht schnellstmöglich bezahlte.

Entschieden wandte sich Emma ab, packte ein paar Dinge zusammen und legte den Laptop und die Digitalkamera dazu. Die Routine half ihr, sich auf die Arbeit zu konzentrieren. Sie warf einen Blick in die Küche, wo Günter vor seinem Abgang Frühstück gemacht hatte. Es roch nach Kaffee. Auf dem Tisch standen Tassen und ein Korb mit frisch aufgebackenen Brötchen. Ihr Magen knurrte. Trotzdem brachte sie es nicht fertig, sich allein an den gedeckten Tisch zu setzten.

Rasch packte sie zwei Brötchen und etwas Käse ein. Den Kaffee füllte sie in eine Thermoskanne und gab Milch hinzu. Nachdenklich sah sie sich noch einmal um. Auf dem Tisch waren zwei Tassen und ein leerer Brotkorb zurückgeblieben. Emma packte ihre Reisetasche fester und zog die Küchentür hinter sich zu.

Zehn Minuten später saß sie in ihrem Bus und ließ die Stadtgrenzen Heidelbergs hinter sich. Sie fuhr auf die A6 und wechselte am Kreuz Frankenthal auf die A61 Richtung Mainz. Es herrschte wenig Betrieb, der Ausflugsverkehr ließ noch auf sich warten. Emma setzte am Polizeifunk Scanner den Suchlauf in Gang, bis sie die Mainzer drin hatte. Doch außer zwei Verkehrsunfällen war nichts zu hören. Sie sah auf die Uhr. Der KDD, der Kriminaldauerdienst, war vor zwei Stunden vor Ort gewesen. Inzwischen mussten längst die Beamten der Kriminalpolizei eingetroffen sein und ihre Kollegen abgelöst haben.

Emma war als Polizeireporterin meist im Rhein-Neckar-Dreieck unterwegs, Heidelberg, Mannheim, Ludwigshafen und die kleineren Orte der Umgebung. Da sie auch für überregionale Zeitschriften schrieb, dehnte sie ihr Einzugsgebiet nach Bedarf auch auf umliegende Regionen aus.

Emma stellte ihr Mobiltelefon in die Freisprechanlage und versuchte es erneut bei der Pressestelle der Mainzer Polizei. Während sie darauf wartete, dass ihr Handy eine Verbindung herstellte, kramte sie in ihrem Gedächtnis, was sie im Internet zusammengesucht hatte. Die Leiche war im Benediktinerkloster Rupertsberg gefunden worden. Hildegard von Bingen hatte es Mitte des 12. Jahrhunderts erbaut. Emma wusste nur wenig über die mittelalterliche Gelehrte und Theologin. Sie nahm sich vor, für den Artikel noch ein paar Lebensdaten zu recherchieren.

Endlich gab ihre Freisprechanlage ein paar Töne von sich. Bei der Pressestelle war noch immer besetzt.

Emma drückte die Kurzwahltaste für Paul, ihren besten Freund, der mit ihr das Büro in Heidelberg teilte. Sie wusste, dass er heute dort sein wollte, um noch einen Bericht für seinen Sender zu sprechen. Er war fester Freier eines überregionalen Rundfunksenders und arbeitete für das Mannheimer Regionalstudio. Beim zweiten Signalton nahm er ab.

»Guten Morgen, Paul«, rief sie. Ihre Freisprechanlage war in Ordnung, doch die teure Elektronik konnte das Motorengeräusch des 20 Jahre alten VW-Busses nicht herausfiltern. Sie musste die Lautstärke hoch drehen, um überhaupt was verstehen zu können.

»Hallo, Prinzessin«, begrüßte er sie vergnügt, »was macht die Urlaubsvorbereitung?«

Emma stöhnte. Dann gab sie Paul eine kurze Zusammenfassung der morgendlichen Ereignisse.

»Also stürzt du dich jetzt in die Arbeit«, erwiderte er trocken.

»Ich hätte mir eigentlich ohnehin keinen Urlaub leisten können. Und du?«, rief Emma. »Ich dachte, du bist heute im Büro?«

»Dachte ich auch«, erwiderte Paul. »Aber Stefan hat mich heute Morgen rausgeklingelt. Er ist krank, und sein Sender will unbedingt einen Bericht über die Frauenleiche im Kloster Rupertsberg. Da ich ihm noch einen Gefallen schulde, habe ich mich ins Auto gesetzt.«

»Dann sehen wir uns gleich«, erwiderte Emma und lachte. »Ich bin gerade auf dem Weg dorthin. Hast du die Mainzer schon erreicht?«

»Ich hab sie erwischt, bevor ich los bin.«

»Und?«

»Die Ordensschwestern kamen um 6 Uhr zum Morgengebet und haben dabei die Frau gefunden«, sagte Paul. »Sie lag in der Klosterkirche auf dem Altar. War zu dem Zeitpunkt schon ein paar Stunden tot.«

»Mehr Infos gibt's noch nicht?«, rief Emma.

»Nein«, erwiderte Paul. »Wir sehen uns dann.«

Emma legte auf und wählte dann die Nummer vom Wochenenddienst der *Lupe*. Die Zeitschrift war erst vor einigen Monaten an den Start gegangen und wollte überregional anderen großen Wochenmagazinen Konkurrenz machen. Dafür brauchten sie gute Geschichten. Emma hatte in den vergangenen Monaten mehrere größere Artikel für sie geschrieben.

»Eine weibliche Leiche wurde heute Morgen im Bingener Kloster gefunden«, rief Emma gegen das Motorengeräusch an.

Kohler antwortete nicht. Sie hörte die Musik im Hintergrund. Wenn der Ressortleiter Sonntagsdienst hatte, lief meist seine Lieblingsband Shakti.

»Was ist«, rief Emma, »kein Interesse?«

»Der neue Chefredakteur hat am Freitag die Weisung ausgegeben, dass wir Kapitaldelikte mit überregionaler Bedeutung nur noch von den Agenturen nehmen«, sagte Kohler. Seine Stimme klang blechern. »Damit sich das Geld wenigstens lohnt, das wir jeden Monat an die bezahlen.«

»Was heißt das?«, rief Emma. Die Honorare für Freie waren schon seit einigen Jahren im Keller und sanken immer weiter. Es wurde für sie immer schwieriger, genug für ihren Lebensunterhalt und die Miete zusammenzukriegen, und nun waren ihre Reserven aufgebraucht. Die *Lupe* war ein Geheimtipp gewesen, die Redaktion hatte in den ersten Monaten gut bezahlt. Doch Emma wusste bereits von Kollegen, dass die neue Zeitschrift nach den Rekordauflagen der ersten Wochen den Konkurrenzdruck umso mehr zu spüren bekommen hatte und bereits ins Trudeln geraten war. Seit der Chefredakteur vor einigen Wochen gewechselt hatte, driftete das Blatt immer weiter Richtung Boulevard.

»Nur, wenn du was Besonderes bringst«, sagte Kohler, »mehr, als die Agenturen liefern.«

»Das ist verdammt schwer«, rief sie zurück.

»Ja«, erwiderte Kohler. Die Musik im Hintergrund schien lauter zu werden.

»Bring mir ein Foto vom Tatort, muss ja keine Leiche mehr zu sehen sein, dann sind wir im Geschäft«, sagte er plötzlich.

»Hey«, protestierte sie, »du weißt, dass das nicht geht. Ich bin keine Fotografin. Außerdem habe ich keine Lust, mich mit der Polizei anzulegen.«

»Bring mir ein Foto vom Tatort, und ich denke über den Pauschalistenvertrag nach, von dem wir neulich sprachen«, sagte Kohler. Dann war nur noch ein rhythmischer Signalton zu hören. Mit einem Fluch drückte Emma die Ende-Taste. Kohler war ein Choleriker, der sich schnell aufregte, aber bisher war er immer fair geblieben. Doch der neue Chefredakteur brachte offensichtlich einen anderen Wind in die Redaktion. Gegenwind.

Vor der Klosteranlage stand ein Übertragungswagen des SWR. Der Ü-Wagen tauchte nur bei großen Geschichten auf, für einen Verkehrsunfall setzte er sich nicht in Bewegung. Zwei weitere Vans waren zu sehen und mehrere Kombis, bis unters Dach mit Gerätschaft vollgepackt. Die Kollegen von Rundfunk und Fernsehen waren wie immer schnell. Emma hatte die ersten Meldungen bereits unterwegs in den Nachrichten gehört. In Kürze würde es Berichte und

Lifereportagen geben und nach den Mittagsnachrichten eine erste Zusammenfassung.

Ihr Blick schweifte über den Besucherparkplatz. Ohne Presseausweis hätte sie keine Chance gehabt, die äußere Absperrung zu passieren. In Mannheim und Heidelberg kannte sie die Beamten, doch hier war sie weit von ihrem üblichen Revier entfernt. Schätzungsweise zwanzig bis dreißig Journalisten waren bereits vor Ort, mehr als sonst. Sie hatten Glück, dass die Polizei und die Klosterleitung ihnen erlaubten, auf dem Parkplatz des Klosters zu stehen. Sonst mussten sie meist mit Straßenrändern vorliebnehmen.

Paul hatte sie von weitem entdeckt und kam zu ihr herüber.

»Hi, Prinzesschen«, sagte er und vergrub die Hände in den Taschen seiner Cargohose. »Ich weiß inzwischen schon etwas mehr.«

»Komm rein«, sagte Emma.

Sie schob die Seitentür des Busses weiter auf und rutschte auf die Bank hinter den Klapptisch. Paul kletterte auf die Bank ihr gegenüber. Sein Sharan war vollgepackt mit technischer Ausrüstung, da blieb für ihn gerade noch genug Platz zum Schlafen. Wenn er konnte, setzte er sich zum Arbeiten in ihren Bus. Paul legte seinen Rucksack neben sich auf die Bank und sah sie prüfend an. Emma wich seinem Blick aus und zog ihre Tasche zu sich her. Sie mochte jetzt nicht über Günter reden.

»Kohler von der *Lupe* will, dass ich ein Foto vom Tatort mache«, sagte sie.

»Und?«, fragte er und runzelte die Stirn. »Du wirst dich doch auf solchen Blödsinn nicht einlassen. Das verstößt gegen den Pressekodex und bedeutet außerdem jede Menge Ärger mit der Polizei.«

»Er hat mir einen Pauschalistenvertrag versprochen, wenn ich ihm das Foto bringe«, sagte Emma.

»Du verkaufst deine Seele«, sagte Paul, »und auch deine berufliche Zukunft. Nach so einer Geschichte nimmt dich kein seriöses Blatt mehr ernst.«

»Ich bin pleite«, erwiderte Emma trocken. »Wenn sich in den nächsten Wochen nichts tut, muss ich Hartz IV beantragen.«

Paul hatte als fester Freier eines Rundfunksenders einen zuverlässigen Abnehmer für seine Geschichten und wurde einigermaßen vernünftig bezahlt. Die Honorare von Zeitungen und Zeitschriften waren niedriger als beim Rundfunk und Fernsehen. Sie sanken durch die Wirtschaftskrise immer weiter. Viele Freie hatten aufgegeben oder lebten von anderen Einkünften.

»Aber dieser Weg führt dich früher oder später ins Abseits«, entgegnete Paul.

»Ich habe keine Wahl«, sagte Emma. »Ich bin zwei Monatsmieten im Rückstand, und dir kann ich meinen Anteil fürs Büro schon seit drei Monaten nicht mehr bezahlen.«

»Ich hab dir doch gesagt, es ist in Ordnung, wenn ich das Büro eine Zeitlang allein finanziere.«

»So kann es einfach nicht weitergehen«, sagte Emma verzweifelt. »Ich will dir nicht ewig auf der Tasche liegen. Ich muss endlich wieder genug verdienen, dass es zum Leben reicht.«

Paul musterte sie nachdenklich.

»Ich konnte vorhin kurz mit einem der Beamten sprechen«, sagte er dann und klappte seinen Laptop auf. Er schloss sein Aufnahmegerät mit einem USB-Stecker an seinen Samsung und startete Windows, um die Tonaufnahmen rüberzuziehen. »Es hat eine Weile gedauert, bis sie die Rechtsmedizinerin erwischt haben. Schließlich ist heute Sonntag. Aber sie trifft in Kürze ein und wird sich die Leiche ansehen. Der Staatsanwalt war schon da. Die Sonderkommission wird gerade gebildet, und die Leitung übernimmt wohl ein Kriminalhauptkommissar Grieser. Der führt bereits die ersten Vernehmungen durch.«

»Mehr geben sie noch nicht raus?«, fragte Emma. Sie zog ihren Schreibblock zu sich und notierte die wenigen Fakten.

»Die PK wird am Spätnachmittag sein, meinte die Pressestelle«, erzählte Paul. Er warf einen flüchtigen Blick auf seinen Bildschirm.

»Wo?«, fragte Emma. Es war unwahrscheinlich, dass die Polizei die Journalisten zur Pressekonferenz auf das Gelände ließ. Das nächste Polizeipräsidium lag in Mainz, und die Polizeiinspektion in Bingen war sicher zu klein. Sie sah hinüber zu den Klostermauern, die sich dunkel von der sanft ansteigenden Nordflanke des Rupertsbergs abhoben. Die Anlage war unmittelbar in das Rhein-Nahe-Eck gebaut. Das Gelände fiel neben dem Parkplatz allmählich ab und endete jenseits der Eisenbahnschienen in einer flach auslaufenden Wiese, die mit einer Seite an die Nahe grenzte und mit der anderen an den Rhein.

»Noch offen.« Paul zuckte mit den Schultern. Ein Blinken auf seinem Bildschirm zog seine Aufmerksamkeit auf sich. Er machte ein paar Klicks und trennte das Aufnahmegerät, ein neues Edirol in der Größe eines Rasierapparats, von seinem Laptop.

»Er hat mir übrigens noch ein paar Details verraten, off the records natürlich«, sagte Paul.

Emma hob fragend die Augenbrauen. Paul brachte in kürzester Zeit Männer wie Frauen dazu, vertrauliche Informationen rauszurücken. Häufig *off the records,* was bedeutete, dass sie es nicht schreiben durften, sonst gab es Ärger. Trotzdem waren die Hintergrundinformationen meist sehr nützlich.

»Die Frau wurde auf dem Altar gefunden, lag dort wie

aufgebahrt. Sie muss auf ziemlich brutale Art und Weise ermordet worden sein«, sagte Paul. Er griff nach seinem Aufnahmegerät und verstaute es im Rucksack. Emma musterte nachdenklich den Notizblock vor sich, auf dem nur wenige Worte standen.

»Dünn«, sagte sie unzufrieden. »Wenig, was man wirklich schreiben kann.«

Paul zuckte mit den Achseln.

»Du machst dich auf zur Recherche«, stellte er fest. »Kann ich bleiben?«

Sie nickte. Sie wusste, dass Paul in spätestens einer Stunde seine News-Minute für die Mittagsnachrichten abliefern musste und einen ruhigen Platz brauchte, wo er seine Aufnahmen schneiden konnte. Da Paul für einen regionalen Radiosender arbeitete, gab es keine Konkurrenz zwischen ihnen. Emma griff nach ihrer Umhängetasche mit Digitalkamera und Laptop.

»Mach die Standheizung aus, wenn du gehst«, sagte sie. Der Tank war noch halb voll, und sie wusste nicht, wie lange der Einsatz dauern würde. Die Nächte konnten um diese Jahreszeit noch empfindlich kalt sein.

Paul streifte den Kopfhörer über und startete sein Schneideprogramm für Audiodateien. Er nickte abwesend. Emma kletterte nach draußen und schob die Seitentür ins Schloss. Sie überquerte den mit grauem Granit grob geschotterten Parkplatz. Eine Gruppe von Fernsehleuten stand neben einem Van und diskutierte über Einzelheiten ihres Berichts. Eine Windböe streifte Emmas Gesicht und brachte den Geruch von Frühling mit sich. Sie schob ein paar Haarsträhnen zur Seite, die wild über ihr Gesicht tanzten. Emma war froh, dass sie hier war.

Sie sah nach unten, wo die beiden Flüsse aufeinander trafen. Das Aprilgewitter der vergangenen Nacht hatte die

Fluten der Nahe aufgewühlt. Braune Wassermassen wälzten sich in den klar wirkenden Rhein und hinterließen dort ein wolkiges Muster, das an einen stürmischen Herbsthimmel erinnerte.

Emma fröstelte. Der Anblick von so viel Wasser machte sie nervös. Sie näherte sich der verzogenen Holztür des Torhauses am nördlichsten Punkt des Klosters. Der Eingang befand sich in einem im Vergleich zum Rest der Anlage niedrigen Gebäude. Ein uniformierter Beamter mit spitz aufgezwirbeltem Schnurrbart und verschränkten Armen stand davor und musterte sie schweigend. Emma machte ein paar Fotos und ging dann weiter auf einen schmalen Spazierweg, der an einer kleinen Kapelle vorbei unterhalb der östlichen Klostermauer verlief.

2. Kapitel

Einige von ihnen verkehren gern und in menschlicher Weise mit den Frauen, weil sie kräftige Gefäße und heftig brennendes Mark besitzen. Trotzdem hassen sie die Frauen.

»*Ave Maria, gratia plena, Dominus tecum. Benedicta tu in mulieribus, et benedictus fructus ventris tui, Jesus.*«

Schwester Lioba sprach das Gebet halblaut, so hatte sie das Gefühl, Gott könne ihre Worte genauso hören wie sie selber.

Trotzdem fiel es ihr diesmal schwer, mit den Gedanken dabei zu bleiben. Sie war erst gestern in ihr neues Amt als Äbtissin eingesetzt worden. Und schon heute wurde ihr eine schwere Bürde auferlegt.

Wie hätte ihre Vorgängerin gehandelt, Hildegard von Bingen? Sie war noch einige Jahre jünger gewesen, als sie die Leitung ihres Konvents übernahm. In ihrem 39. Lebensjahr war Hildegards Lehrerin und Mentorin, Jutta von Sponheim, gestorben. Im selben Jahr, 1136, wurde sie zur Magistra gewählt. Das allein war schon eine schwere Aufgabe. Damals wie heute.

Doch Schwester Lioba musste nun, nur einen Tag nach ihrer Weihe, mit dem Tod einer Freundin fertig werden, die sie in ihrem eigenen Kloster ermordet aufgefunden hatte.

Ein leises Klopfen unterbrach ihre Gedanken. Schwester Lioba beendete den Rosenkranz.

»*O clemens, o pia, o dulcis Virgo Maria.*«

Ihre Knie schmerzten, als sie sich von ihrer schmalen Gebetbank hochdrückte. Ob Hildegard von Bingen sich auch so alt gefühlt hatte, als sie zur Oberin gewählt worden war? Kaum denkbar. Sie hatte erst Jahre später begonnen, ihre berühmten Werke zu schreiben.

»Ehrwürdige Mutter, ich bedaure es sehr, Sie stören zu müssen, aber Kommissar Grieser möchte Sie sprechen.«

Schwester Beatrix blieb neben der Tür stehen. Ihr Schleier saß leicht schief, und ihre Stirn war in sorgenvolle Falten gelegt. Schwester Lioba fuhr mit beiden Händen über ihr Habit und vergewisserte sich, dass sie dem Polizisten in Würde gegenübertreten konnte. Dann nickte sie Schwester Beatrix zu.

Schwester Lioba trat an ihren Schreibtisch, den sie von ihrer Vorgängerin übernommen hatte. Es war ein schweres Stück mit Metallfüßen und dunkel beschichteter Holzfaserplatte. Sie setzte sich auf den noch ungewohnten Platz dahinter.

Schwester Beatrix führte den Kommissar herein und ließ sie mit einem Nicken allein. Schwester Lioba blickte ihm ruhig entgegen. Grieser hatte sich ihr vor zehn Minuten als Kriminalhauptkommissar von der Zentralen Kriminalinspektion der Kripo Mainz vorgestellt. Er war vielleicht Anfang dreißig, mit dunklen Haaren, moderner Kurzhaarfrisur und einem angenehmen Gesicht. Er hielt ein schwarzes Notizbuch in seinen Händen und wirkte sehr entschieden. Eigentlich hatte sie sich den ersten Besucher, den sie im Arbeitszimmer der Äbtissin empfangen würde, anders vorgestellt.

»Es tut mir leid wegen vorhin«, begann er. Der Kommissar wirkte bekümmert. Schwester Lioba lächelte beruhigend. Früher begegneten die Menschen dem Habit mit Ehrfurcht, heute ließen sich viele davon verunsichern.

»Sie konnten ja nicht wissen, dass ich Miriam Schürmann gut gekannt habe«, erwiderte sie.

Grieser setzte sich auf den Besucherstuhl ihr gegenüber und startete erneut das Aufnahmegerät. Der Fund heute Morgen in der Kirche hatte Schwester Lioba sehr erschüttert. Fast wäre sie in Tränen ausgebrochen, als sie die Tote identifizieren musste. Als dann der Kommissar in ihrem Büro aufgetaucht war, um weitere Einzelheiten zu erfahren, da kämpfte sie sehr um ihre Fassung. Er hatte ihr eine Pause gegönnt, damit sie sich wieder fangen konnte. Sie fragte sich, ob er anderen Zeugen auch diese Besorgnis angedeihen ließ.

»Wir sind vor zwanzig Jahren in dieselbe Klasse gegangen«, fuhr sie fort.

»Welche Schule war das?«, fragte Grieser. Er öffnete das Notizbuch und zog einen schwarz gemusterten Stift aus seiner Halterung.

»Die Internatsschule des Benediktinerklosters Altdorf bei Heidelberg«, sagte Schwester Lioba. »Wir haben dort Abitur gemacht. Später haben wir lose Kontakt gehalten. Miriam war ein paarmal hier und hat mich besucht.«

Grieser sah von seinem Notizbuch auf.

»Wann war sie das letzte Mal da?«, fragte er.

»Gestern«, sagte Schwester Lioba und hielt inne.

Nach dem Geheiß deines Wortes / Ertöne ich wie eine Zither. / Nur was von dir stammt, o Gott, / berühre, mag und erstrebe ich. / Denn von dir bin ich ausgegangen, / bin erwachsen aus dir / und will keinen anderen Gott. / Dir gehorchen, das gibt mir Halt.

Das Gebet Hildegards von Bingen hatte ihr schon oft Trost gegeben. Es war albern, aber sie fand, es entsprach nicht der Würde ihres neuen Amtes, wenn sie gleich beim ersten Besucher in Tränen ausbrach.

Schwester Lioba atmete tief durch. Sie roch die Osterglocken, die Schwester Beatrix gestern Abend auf ihren Schreibtisch gestellt hatte, und den abgestandenen Kaffee, den sie vorhin nicht hatte anrühren können.

»Ich wurde gestern Morgen bei einem Gottesdienst zur Äbtissin geweiht«, begann sie. »Zu einer solchen Feier können wir Freunde und Verwandte einladen. Ich habe einige ehemalige Schulkameraden hergebeten. Und zu ihnen gehörte auch Miriam.«

»Sie blieb über Nacht?«, fragte Grieser.

»Sie kam am Freitagnachmittag, da die Feier gestern Morgen recht früh anfing.« Schwester Lioba hielt einen Moment inne, bis sie weitersprechen konnte. »Eigentlich hatte sie in unserem Gästehaus noch bis heute bleiben wollen. Aber dann ist sie doch schon gestern abgereist.«

»Sie ist gestern überraschend abgereist?«, fragte er und musterte sie eindringlich. »Wissen Sie, warum?«

»Nein, das weiß ich nicht«, sagte Schwester Lioba. Der Kommissar starrte ihr unverwandt ins Gesicht. Sie kämpfte gegen den Impuls aufzustehen.

»Es waren noch andere Gäste von Ihnen im Gästehaus, hat mir Schwester Beatrix erzählt«, sagte er.

»Ja, das stimmt«, erwiderte Schwester Lioba bedächtig. Ihr Herz pochte, am liebsten hätte sie sich die Augen gerieben. Doch sie hielt sich weiterhin aufrecht und ließ beide Hände gefaltet vor sich auf dem Schreibtisch liegen.

»Ich sagte ja bereits, dass ich einige Schulkameraden von früher eingeladen habe. Wir kennen uns von der Internatsschule. Miriam gehörte auch dazu. Im Gästehaus sind derzeit noch Josef Windisch, Markus Hertl und Thomas Kern untergebracht, alle drei sind auch ehemalige Schulkameraden. Zu Markus Hertl und Thomas Kern hatte ich viele Jahre keinen Kontakt mehr. Miriam hat mich, wie ich schon sagte, einige Male besucht, und mit Josef Windisch unterhalte ich seit Jahren einen losen Briefkontakt.«

Grieser achtete nicht mehr auf ihre Worte. Ein Geräusch aus seiner Jackentasche hatte ihn veranlasst, sein Handy herauszunehmen und ein Gespräch entgegenzunehmen.

Schwester Lioba zog verärgert die Augenbrauen zusammen. Sie mochte diese moderne Form der Respektlosigkeit nicht. Doch sie war froh, eine Pause zu haben.

Griesers Stirn hatte sich in breite Querfalten gelegt, als er das Handy in sein Jackett zurückschob.

»Entschuldigen Sie mich bitte, Mutter Oberin«, sagte er zerstreut und erhob sich. »Meine Leute brauchen mich.«

Zögernd blieb er neben ihrem Schreibtisch stehen.

»Eine Frage habe ich noch«, sagte er nachdenklich.

Schwester Lioba blickte zu ihm hoch.

»Ja?«, sagte sie abwehrend. Sie hörte hinter ihrem Rücken Motorengeräusch und das Knirschen des Schotters im Hof. Fahrzeugen war es verboten, bis in den Klosterhof zu fahren, es musste also eines der Einsatzfahrzeuge der Polizei sein.

»Eine Tätowierung in der Form eines Eselskopfes, sagt Ihnen das was?« Grieser blickte an ihr vorbei nach draußen.

Hinter ihren Augen klopfte es. Die Mahnung ihres alten Lehrers schien alle anderen Gedanken zu ersticken. *Beim Verkehr mit Frauen sind sie ohne Maß und verhalten sich wie die Esel.*

Schwester Lioba spürte, dass sie ihre Mimik nicht mehr unter Kontrolle hatte. Ganz allmählich senkte sie den Kopf, so dass der Schatten ihres Schleiers sich über ihr Gesicht legte. Sie spürte, wie seine Aufmerksamkeit wieder zu ihr zurückkehrte. Der Kommissar wartete noch auf eine Antwort. Sie war froh, dass er ihre Augen nicht sehen konnte.

Was für ein Segen, dass ihre Novizenmeisterin so großen Wert auf Haltung gelegt hatte.

»Tut mir leid«, hörte sie sich sagen, und ihre eigene Stimme klang fremd in ihren Ohren, »so schnell fällt mir dazu nichts ein.«

Die Lüge war eine lässliche Sünde, fand sie. Doch die Schuldgefühle rollten heran wie eine Sturmwelle und drohten sie mitzureißen.

Grieser hatte bereits das Aufnahmegerät an sich genommen und war zur Tür gegangen.

»Die Kollegin wird später das Protokoll Ihrer Vernehmung zur Unterschrift vorbeibringen«, sagte er. »Doch ich fürchte, ich werde Sie noch einige Male belästigen müssen.«

Schwester Lioba hatte den Eindruck, dass er es wirklich bedauerte. Er warf einen Blick zurück, als spürte er, was in ihr vorging. Prüfend wanderten seine Augen über ihr Gesicht. Schwester Lioba faltete bedächtig die Hände. Sie nickte förmlich und wartete mit gesenktem Kopf darauf, dass die Tür sich hinter ihm schloss.

»Gibt es im Kloster viele Ordensschwestern?«, fragte Emma. Sie saß in einem Café nahe dem Kloster. Die Bedienung, ein arrogant wirkender Teenager mit Lippenpiercing, zuckte gelangweilt die Achseln.

»Ich weiß nicht«, bequemte sich die junge Frau mit näselnder Stimme dann doch noch zu einer Antwort. »Ich komme eigentlich nie ins Kloster, und die Schwestern sind selten im Ort.«

Sie griff nach der leeren Kaffeetasse und drehte sich weg. Dann blickte sie noch mal über die Schulter zurück und sah Emma fragend an. Emma schüttelte den Kopf. Hier hatte niemand was erzählen können, es lohnte sich nicht, sitzen zu bleiben. Sie griff nach ihrer Tasche und trat auf die Straße.

Die blasse Sonne stand im Zenit und schaffte es kaum, die aufgeplusterten Spatzen im Park gegenüber zu wärmen. Eine Gruppe kreuzte ihren Weg, drei Erwachsene und fünf Kinder, die kichernd und lachend durcheinanderliefen. Zwei der Kinder trugen aufwändige Gestecke mit bunten Bändern und Holzstangen. Die anderen hatten kleine Sträuße aus Palmzweigen in den Händen.

Das Kloster lag auf der Höhe von Bingen am linken Naheufer und gehörte zum Bingener Stadtteil Bingerbrück. Wenige Geschäfte säumten die Durchgangsstraße, ein Hotel drängte sich mit pfeifender Klimaanlage neben einer Volksbank in den Schatten einer alten Eiche. Überall standen Menschen in Gruppen zusammen, die neugierig zum Kloster sahen und wahrscheinlich darüber sprachen, was passiert war.

Emma sah die Straße hinunter und überlegte, wie sie an weitere Informationen kommen könnte. Ihr Blick fiel auf einen Kiosk am Ende der Straße. Emma setzte sich in Bewegung und steuerte auf das flache Gebäude zu. Von weitem sah sie eine Frau mit Strickjacke und bunt gestreiftem Schal, die zwei Jugendlichen Pappschalen mit Pommes in die Hand drückte. Die Stehtische neben dem Kiosk waren verwaist.

Emma trat an das Brett heran, das in Hüfthöhe rund um den Kiosk verlief.

»Eine Currywurst«, sagte sie.

»Pommes oder Brötchen?«, fragte die Frau hinter dem Tresen und musterte Emma interessiert. Sie hatte eine ungesunde Gesichtsfarbe und ein offenes, freundliches Lächeln.

»Brötchen«, erwiderte Emma.

Die Kioskbesitzerin schob eine Pappschale unter die Öffnung einer Maschine und holte mit einer Zange eine der Würste vom Grill. Geschickt fädelte sie diese in den Einfüllstutzen der Maschine. Die Wurst fiel, in Stücke zerlegt, in die Schale.

»Machen Sie Urlaub hier?«, fragte die Frau beiläufig. Sie hob den Deckel von einem verbeulten Alutopf, in dem eine rote Flüssigkeit simmerte.

Emma schüttelte den Kopf. Sie beobachtete, wie die Kioskbesitzerin Currysoße in die Pappschale löffelte.

»Ein paar Touristen sind schon hier«, plapperte die Frau munter weiter. »Zu Ostern kommt immer schon der erste Schwung und eröffnet die Saison.«

»Essen die Schwestern vom Rupertsberg auch manchmal bei Ihnen?«, unterbrach Emma den Redefluss und nahm die gefüllte Schale entgegen. Sie fühlte sich in ihrer Hand angenehm warm an.

»Schwester Angelika holt sich ab und zu mal eine Portion Pommes«, sagte die Frau und warf Emma einen neugierigen Blick zu.

Emma lächelte. Sie stellte die Schale auf die Ablage vor sich und nahm einen Bissen. Die Wurst war gut. Emma beobachtete kauend zwei Kollegen mit Kamera und Mikrofon. Sie waren auf der anderen Straßenseite auf der Jagd nach einem Statement. Doch keiner der vorbeihastenden Fußgänger mochte stehen bleiben.

»Im Moment kommt man nicht rein ins Kloster«, bemerkte Emma.

»Ins Kloster kommt man immer rein«, erwiderte die Frau und stellte den Topf mit Currysoße zur Seite. »Man muss nur wissen, wie.«

Emma musterte sie interessiert. Die Frau mochte etwa ihr Alter haben, Anfang dreißig, und sah aus, als hätte sie ihren Kiosk und die Gäste gut im Griff.

»Wie denn?«, fragte Emma beiläufig.

Ihr Blick blieb an einem Foto hängen, das am Kühlschrank hinter dem Tresen klebte. Darauf waren zwei Kinder zu sehen, ein Junge von etwa drei Jahren und ein etwas älteres Mädchen. Ein Gefühl von Neid stieg in ihr hoch. Die Kioskbesitzerin wischte gemächlich über den Tresen und warf Emma einen fragenden Blick zu.

»Es muss was passiert sein«, sagte sie statt einer Antwort. »Seit heute Morgen ist überall Polizei unterwegs.«

»In der Klosterkirche wurde eine Tote gefunden«, erklärte Emma. Die Imbissbudenbesitzerin hielt inne. Ihre Augen glitzerten, und sie beugte sich über den Tresen Emma entgegen.

»Sogar das Fernsehen ist da«, sagte Emma und zeigte kauend mit dem Kinn zu den Kollegen, die sich auf der Suche nach einem meinungsstarken Passanten inzwischen die Hälfte der Straße vorgearbeitet hatten. Die Kioskbesitzerin folgte ihrem Blick und schmunzelte.

»Es soll einen Tunnel unter der Nahe geben«, erklärte sie, »der von Bingen direkt in die Abteikirche führt. So konnten früher die Schwestern entkommen, wenn das Kloster belagert wurde. Ein Tourist hat mir vor zwei Tagen erzählt, dass Bauarbeiter neulich auf den alten Tunneleingang gestoßen sind.«

Sie lachte und beobachtete neugierig die Journalisten, die gerade einen alten Mann dazu bewegen konnten, etwas in die Kamera zu sagen.

»Klingt nicht sehr vielversprechend«, antwortete Emma und erwiderte ihr Lachen.

Die Frau warf ihr einen verschwörerischen Blick zu.

»Die Friedhofskapelle ist tagsüber immer offen«, sagte sie bedächtig. Ihre Hand begann erneut, mit dem Lappen konzentrische Kreise über den Tresen zu ziehen. »Sie hat eine Tür zum Friedhof hin, der außerhalb des Klosters liegt. Und eine Tür nach innen zum Klosterhof.«

Emma erwiderte ihr Lächeln und warf die leere Pappschale in den offenstehenden Mülleimer neben sich.

»Jetzt nehme ich doch noch eine Portion Pommes«, sagte sie. Als sie zehn Minuten später ging, hatte sie genug erfahren, um sich ein Bild vom Kloster und den Schwestern machen zu können.

Emma steuerte auf das Hotel zu, das unmittelbar neben dem Kloster lag. Im Foyer entdeckte Emma ein Faltblatt vom Kloster Rupertsberg. Darin fand sie die Friedhofskapelle, von der die Frau gesprochen hatte. Im Prospekt war zu lesen, dass sie die ehemalige rupertinische Kirche gewesen war. Halb verfallen vermutlich, als Hildegard von Bingen Mitte des 12. Jahrhunderts einen passenden Platz suchte, um ihr neues Kloster zu gründen.

»Kann ich etwas für Sie tun?« Ein Angestellter des Hotels mit Aknenarben und einem lächerlich taubenblauen Anzug hatte sich unbemerkt neben sie gestellt. Trotz seines freundlichen Tons musterte er sie ungehalten. Emma schüttelte lächelnd den Kopf und verabschiedete sich mit einem Nicken.

Draußen war der graue Frühlingstag in einem leichten Nieselregen versunken. Emma überquerte die Straße und stellte sich in ein Bushäuschen. Der Wind wehte ab und zu eine feuchte Böe herein. Emma faltete den Prospekt auseinander und studierte den Grundriss der Klosteranlage. Sie sah hinüber zum Kloster, zu dem noch immer die ehemalige rupertinische Kirche gehörte. Als Friedhofskapelle waren zwei ihrer Außenwände Teil der südwestlichen Klostermauern.

Paul hatte ihr vorhin erzählt, dass die gesamte Klosteranlage zur inneren Absperrung gehörte. Die Polizei richtete immer zwei Sperrzonen ein. Die innere Absperrung rund um den Tatort war nur für die Polizei zugänglich. Dann folgte ein weiterer Gürtel als Puffer, die äußere Absperrung. Sie hielt Neugierige und Passanten auf Abstand. Dort durften sich Journalisten noch aufhalten. Doch die Klosteranlage selber war auch für sie tabu.

Ein Bus hielt unmittelbar vor Emma. Ein übergewichtiger Mann quälte sich mit zwei Krücken mühsam die Stufen hinunter, warf ihr einen neugierigen Blick zu und verschwand im Regen. Emma sah noch mal auf den Plan der Klosteranlage. Wenn sie tatsächlich über die Friedhofskapelle in den Klosterhof gelangte, musste sie am Kreuzgang entlang und die gesamte Klosterkirche umrunden, um dort über einen Seitengang in den Altarraum der Kirche zu gelangen. Sollte die Polizei sie aufgreifen, flog sie sofort raus. Emma strich sich das feuchte Haar aus der Stirn, steckte das Faltblatt ein und überquerte die Straße.

3. Kapitel

Gleichwohl ist ihre Umarmung, die sie mit den Frauen in mäßigen Grenzen halten sollten, schmerzhaft, widerwärtig und todbringend wie die von reißenden Wölfen.

Hauptkommissar Grieser rieb sich die Augen und kämpfte gegen das Bedürfnis an zu gähnen. Als sein Vorgesetzter ihn heute Morgen aus dem Bett geholt hatte, um ihm die Leitung der Soko Hildegard zu übertragen, lagen gerade mal fünf Stunden Schlaf hinter ihm. Die Leitung hatte er nur bekommen, weil Möller im Osterurlaub war. Das war das erste Mal für ihn. Endlich konnte er zeigen, dass er mehr drauf hatte als die Sicherung eines Tatorts oder die Befragung von Zeugen.

»Ist er schon draußen, oder habe ich noch einen Moment?«, fragte Grieser und streckte sich.

»Er steht schon seit einigen Minuten im Flur, hat sich aber bisher noch nicht beschwert. Für einen Kaffee sollte es reichen«, sagte Sabine Baum.

»Bring ihn rein«, erwiderte er. Seine Kollegin zuckte die Achseln und ging hinaus. Eine halbe Minute später kam sie mit einem Mann im Schlepptau zurück, der sie um einen Kopf überragte. Genau der Typ Mann, den Frauen mochten:

groß, schlank, gutaussehend. Zu allem Überfluss wirkte er auch noch freundlich und offen. Genau der Typ Mann, den Grieser nicht mochte.

»Kaffee?«, fragte er ihn statt einer Begrüßung.

Dr. Thomas Kern zog sich den Stuhl ihm gegenüber heran und nickte.

»Gern«, erwiderte er.

Grieser stand auf und ging hinüber zu dem Gerät, das auf Knopfdruck verschiedene Arten Kaffee lieferte. Er griff nach einer der Tassen und drückte die Taste für den doppelten Espresso.

»Was für einen Kaffee möchten Sie?«, fragte er und warf einen Blick über die Schulter.

»Cappuccino«, gab Kern zur Antwort und beobachtete ihn neugierig. Grieser griff nach einer weiteren Tasse und wartete, dass er die Maschine ein zweites Mal starten konnte.

»Ich nehme einen Milchkaffee«, erklang Sabine Baums Stimme hinter seinem Rücken.

Grieser brummte zustimmend. Die Maschine röchelte, und Grieser wartete darauf, dass sie die letzten Reste Milch ausspuckte. Hinter ihm stellte Sabine Baum das Aufnahmegerät an, mit dem sie die Vernehmung mitschnitten. Zuerst fragte sie die wichtigsten Daten ab: Name und Vorname, Alter, Beruf, Wohnort und Verhältnis zur Ermordeten. Dann klärte sie Thomas Kern darüber auf, dass er als Zeuge und nicht als Verdächtiger vernommen werde und dass er das Recht habe, die Aussage zu verweigern, sollte er sich damit selber belasten.

Grieser brachte Baum ihren Kaffee, den sie mit einem knappen »Danke« entgegennahm. Eine weitere Tasse stellte er vor Kern ab.

Sie saßen im Gäste-Refektorium des Klosters, dem Speisesaal für die Bewohner des Gästehauses. Der langgestreckte Raum war weiß tapeziert. Die schmale Querseite schmückte ein asketisch anmutendes Kreuz. Die Fenster verschwanden in tiefen Nischen, an deren Seitenwänden grob behauene Steine zu sehen waren. Die Einrichtung aus dunklem Holz wirkte modern.

Kern lehnte nachlässig auf einem Stuhl mit hoher Lehne und hatte eine Hand um sein Knie gelegt. Mit der anderen griff er nach dem Kaffee. Er trank einen Schluck und stellte die Tasse zurück auf den Tisch.

»Danke Ihnen«, sagte er. Sein graumeliertes Haar war exakt geschnitten und umrahmte ein ebenmäßig geformtes Gesicht, das Ruhe und Eleganz zugleich ausstrahlte. Grieser konnte ihn sich kaum in schmuddeliger und mit Blut beschmierter Kleidung vorstellen.

»Sie sind Gynäkologe?«, fragte Grieser.

Kern nickte.

»Und derzeit nur zu Besuch in Deutschland«, schob Grieser nach.

»Ich arbeite in einem kleinen Buschkrankenhaus in der Nähe von Léo in Burkina Faso«, sagte Kern. »Als Schwester Lioba mich zu ihrer Weihe als Äbtissin einlud, fand ich, das sei eine gute Gelegenheit, in Deutschland Spenden für das Krankenhaus zu sammeln.«

Grieser wusste von der Äbtissin, dass Kern das Krankenhaus vor etlichen Jahren selbst aufgebaut hatte und es nun leitete.

»Sie waren gestern im Kloster Altdorf bei Heidelberg«, sagte Grieser mit einem Blick auf seine Unterlagen, »und sind heute Morgen zurückgekehrt.«

»Ja, ich habe erst vor einer Stunde von Miriams Tod erfahren, als ich ankam.«

Sein Gesicht verschattete sich.

»Sie kannten sie schon lange«, half der Hauptkommissar nach.

»Wir sind gemeinsam zur Schule gegangen«, erwiderte Kern. »Im Internat der Abtei Altdorf. Aber das wird Ihnen Schwester Lioba gewiss schon gesagt haben.«

Grieser nickte.

»Dort waren Sie gestern?«, fragte er weiter.

»Ja«, erwiderte Kern. »Ich habe mit der Äbtissin über die Spenden gesprochen, die sie immer wieder für das Krankenhaus sammelt. Ich bin dann über Nacht geblieben.«

»Hatten Sie noch Kontakt zu Ihrer ehemaligen Klassenkameradin?«, fragte Grieser.

»Nein«, sagte Kern, und Grieser glaubte, echtes Bedauern aus seiner Stimme herauszuhören. »Obwohl wir damals sogar für kurze Zeit ein Paar waren. Aber wir haben uns nach der Schule aus den Augen verloren. Ich habe Schwester Lioba und auch die anderen an diesem Wochenende das erste Mal seit unserer Schulzeit wiedergetroffen.«

»Wann haben Sie Miriam Schürmann gestern zuletzt gesehen?«, schaltete sich jetzt Baum ein.

Grieser warf ihr einen dankbaren Blick zu. Er nutzte die kleine Erholungspause, um einen Schluck von seinem Espresso zu nehmen. Die Müdigkeit hatte inzwischen einem diffusen Gefühl von Anspannung Platz gemacht.

»Gestern Abend«, sagte Kern und drehte sich etwas, um Baum ins Gesicht blicken zu können. »Ich bin so gegen halb sieben gefahren und habe vorher mit den anderen zu Abend gegessen.«

»Mit den anderen heißt?«, fragte Sabine Baum knapp. Ihr Befragungsstil ließ es manchmal an Höflichkeit fehlen. Grieser fing ihren Blick auf und runzelte die Augenbrauen. Baum zuckte mit den Achseln.

»Miriam Schürmann, Markus Hertl und Josef Windisch«, antwortete Kern.

»Schwester Lioba war nicht dabei?«, fragte Baum weiter.

Grieser wusste bereits, dass die Ordensschwestern immer in ihrem eigenen Refektorium aßen. Das Essen der Schwestern fand schweigend statt, wie es die Regel Benedikts von Nursia forderte, dem Gründer des Benediktinerordens. Früher wurden die Mahlzeiten von einer geistlichen Lesung begleitet, inzwischen war die Bibel durch eine Tageszeitung ersetzt worden.

Kern bestätigte, was die anderen bereits ausgesagt hatten.

»Und danach sind Sie gefahren?«, fragte Grieser.

Kern warf ihm einen Blick über seine Schulter zu.

»Ja«, sagte er und nickte. »Ich und Miriam. Sie hatte beim Mittagessen erklärt, dass sie noch am gleichen Tag fahren würde.«

»Hat sie gesagt, warum?«, klinkte sich nun Baum wieder ein. Kern musterte sie schweigend. Dann wandte er sich um und suchte Griesers Blick.

»Nein«, sagte er gedehnt. »Das hat sie nicht. Das hat mich schon gewundert. Aber ich habe nicht gewagt, sie zu fragen. In dem Moment strahlte sie etwas aus, das signalisierte, es ist besser, sie in Ruhe zu lassen.«

»Denken Sie, die anderen haben das auch so wahrgenommen?«, fragte Grieser.

Kern zuckte die Achseln. »Zumindest haben sie dazu nichts weiter gesagt«, gab er zur Antwort.

»Sind Sie auf direktem Weg von Bingerbrück nach Heidelberg gefahren?«, wollte Grieser wissen.

Kern nickte. Dann schien ihm etwas einzufallen.

»Ich habe am Kiosk hier im Ort noch einen kurzen Stopp eingelegt«, sagte er und lachte. »Das Abendessen war nicht ganz nach meinem Geschmack.«

»Kann jemand bestätigen, dass Sie die Nacht im Kloster Altdorf verbracht haben?«, fragte Grieser.

Kern warf ihm einen nachdenklichen Blick zu.

»Schwester Orlanda, die Äbtissin von Altdorf. Ich habe mit ihr und zwei weiteren Schwestern des Konvents noch ein Glas Wein getrunken«, erwiderte er.

»Wo haben Sie die Nacht verbracht?«, fragte Grieser.

»Im Gästehaus des Klosters. Allein natürlich.«

»Haben Sie das Kloster an dem Abend noch mal verlassen?«, fragte Grieser.

»Schwester Orlanda hat sich so um neun Uhr verabschiedet«, erwiderte Kern. »Anschließend habe ich mich in Heidelberg mit einem alten Freund getroffen. So gegen 24 Uhr kehrte ich ins Kloster zurück. Dort habe ich direkt mein Zimmer aufgesucht und bin schlafen gegangen.«

Grieser blickte Sabine Baum fragend an. Seine Kollegin deutete mit einer fast unmerklichen Kopfbewegung ein »Nein« an. Auch sie hatte keine weiteren Fragen mehr. Grieser erkundigte sich nach Namen und Anschrift des alten Freundes, mit dem Kern sich an dem Abend getroffen hatte, und erklärte dann, dass drüben in der Einsatzzentrale das Protokoll seiner Vernehmung abgetippt werden würde und er es anschließend noch unterschreiben müsste.

»Sie sollten uns Bescheid geben, bevor Sie wieder nach Burkina Faso zurückkehren«, sagte Grieser abschließend.

»Könnte das ein Problem werden?« Zum ersten Mal klang Kerns Stimme anders. Ein Hauch von Autorität schwang darin mit. »Ich werde in etwa zwei Wochen dort zurückerwartet.«

»Vermutlich geht das in Ordnung«, sagte Grieser. »Sie sollten sich vor ihrer Abreise noch mal bei mir melden. Aber ich schätze, wir werden uns bis dahin noch ein paarmal sprechen.«

»Wird das wirklich nötig sein?«, fragte Kern.

»Ja«, erwiderte Baum knapp.

Der Friedhof grenzte unmittelbar an die Klostermauer, die zugleich eine Seitenwand der kleinen Kapelle bildete. Emma kam an einem frischen Grab vorbei. Die bedruckten Schleifen der Kränze lagen zerknittert auf der feuchten Erde. Ein hölzernes Grabkreuz verriet, dass hier Schwester Mechthild Becker begraben worden war, Äbtissin des Klosters Rupertsberg, 46. Nachfolgerin der Hildegard von Bingen, geboren 1934, gestorben 2009.

Wie ein Kloster wohl zu einer neuen Äbtissin kam? Emma nahm sich vor, das später herauszufinden. Sie ging weiter und näherte sich dem Eingang der Friedhofskapelle. Die Frau vom Kiosk schien recht zu behalten, die verzogene Tür gab ohne Probleme den Weg ins Innere frei. Emma schlüpfte hinein. Ein Geruch kam ihr entgegen, den sie überall wiedererkannt hätte, ohne dass sie sagen konnte, was es war. Weihrauch vermutlich, aber auch Kerzen, altes Gemäuer und eine gewisse, feierliche Ruhe. Ob Ehrfurcht vor einem höheren Wesen im Laufe der Jahre einen eigenen Geruch entwickelte?

Emma wartete, bis ihre Augen sich an das Zwielicht gewöhnten. Sie stand gegenüber dem Altarraum an der Schmalseite der Kapelle. Durch die weit oben liegenden Rundbogenfenster fielen Lichtstrahlen herein, die sich über die Holzbänke legten und helle Streifen auf einen geflochtenen Läufer unbestimmter Farbe malten. Es war wärmer als erwartet. Emma ging ein paar Schritte in Richtung Altar. Der Bodenläufer knirschte unter ihren Füßen. Das silberfarbene Kreuz auf dem Altar war in helles Licht getaucht. Das schmerzverzerrte Gesicht der Jesusfigur schien unter der Dornenkrone förmlich zu glühen.

Emma schätzte die christliche Leidenssymbolik nicht besonders. Doch sie mochte die kraftvolle Ausstrahlung alter Kirchen. Sie setzte sich in eine der Bänke. Die Kühle des

Holzes drang durch ihre Jeans. Sie schloss die Augen und ließ die Atmosphäre auf sich wirken, die in ihr eine Sehnsucht weckte, ohne dass sie sagen konnte, wonach.

Von draußen drang eine dunkle Männerstimme zu ihr herein. Emma öffnete die Augen und lauschte. Sie hörte einen Wagen vorfahren, Stimmen, Schritte. Dann kehrte wieder Ruhe ein. Emma erhob sich und ging zu einer Tür in der Seitenwand. Die Klinke aus dunkel verfärbtem Messing musste Jahrhunderte alt sein. Sie ließ sich ohne Widerstand nach unten drücken. Emma trat vorsichtig in die offene Tür und warf einen Blick nach draußen. Vor ihr lag der Innenhof des Klosters, der von Klostermauern und Gebäuden unterschiedlicher Höhe begrenzt war. Rechts von ihr erkannte sie Arkaden, das musste der Kreuzgang sein, den sie im Grundriss gesehen hatte. Die nördlichen Arkaden des Kreuzgangs endeten an den hoch aufragenden Mauern der Klosterkirche mit weiß verputzten Wänden. Vor dem Hauptportal der Kirche parkte der Bus für die Einsatzleitung der Polizei. Daneben wartete ein Leichenwagen mit geöffneter Heckklappe. Vermutlich der Wagen, den sie hatte vorfahren hören. Am Eingang der Kirche stand ein uniformierter Beamter, der ihr den Rücken zuwandte und ins Innere der Kirche sah.

Emma ging schneller. Sie spürte unter ihren Füßen die unregelmäßigen Steine des geschotterten Hofs. Der Wind strich kalt über ihren Kopf und ließ sie frösteln. Im Gehen holte sie ihre Kameratasche heraus, entnahm die Kamera und stopfte die Schutzhülle zurück in ihre Umhängetasche. Nervös blickte sie sich um. Der Beamte war noch immer abgelenkt. Emma hielt den silberfarbenen Apparat auf Hüfthöhe in der Rechten, sodass es nicht auf den ersten Blick zu sehen war. Im Vorübergehen machte sie ein paar Aufnahmen der Kirche. Schräg über den Klosterhof kam Emma eine Ordensschwester entgegen, die ihr keine Beachtung schenkte.

Der Wind fuhr unter ihren Schleier und schwenkte ihn wie eine üppige Haarmähne.

Emma ging an der Längsseite der Abteikirche entlang, wo sie vom Eingang aus nicht mehr zu sehen war. Die langgestreckte Nordwand wurde auf halber Höhe von einer Dachschräge durchtrennt und endete weiter oben in einem Giebeldach. Oben wie unten zog sich ein Band romanischer Rundbogenfenster über die gesamte Wand.

Emma näherte sich der Apsis, dem halbkreisförmigen Altarraum. Er lag zur Ostseite und wurde von ungleichen Türmen gesäumt. Der südliche Turm endete in einem Turmhelm, der andere in einem Pultdach. Am Fuß des Nordturms entdeckte Emma die schmale Seitentür. Sie widerstand dem Impuls, sich umzusehen. Wenn sie keine Aufmerksamkeit auf sich ziehen wollte, war es am besten, wenn sie zielstrebig darauf zusteuerte.

Die Tür war offen. Emma tauchte ein in das Dämmerlicht der Kirche und stand in einem kleinen Vorraum. Sie versuchte sich an den Grundriss auf dem Faltplan zu erinnern. Fünf abgetretene, blank gescheuerte Treppenstufen führten nach unten in einen dunklen Gang, der in der Krypta unterhalb der Apsis endete. Dort sollte angeblich früher der Zugang zu dem alten Geheimgang unter der Nahe gewesen sein. Rechts von ihr zweigte ein schmaler Gang ab zum Altarraum. Sie tastete sich über den Boden, spürte einen unregelmäßigen Steinboden unter den Füßen, klaffende Fugen, eine kleine Mulde. Dann hatte sie den Aufgang gefunden, eine schmale Wendeltreppe. Am Ende der Stufen erahnte sie einen Lichtschimmer. Mit ein bisschen Glück wurde der Gang nicht durch eine Tür verschlossen. Emma tastete sich langsam die Stufen nach oben. Sie hörte mehrere Stimmen, konnte schließlich einen hellen Tenor unterscheiden, der den Ton angab.

»Sie ist also im Laufe mehrerer Stunden allmählich verblutet?«

»Das habe ich Ihnen doch schon erklärt«, erwiderte eine ungeduldige Frauenstimme und fügte mit einem mehr als spöttischen Unterton hinzu, »Kriminalhauptkommissar Grieser.«

»Dann erklären Sie mir es eben noch einmal«, sagte die Männerstimme ohne eine Spur von Ärger.

Emma schob sich die letzten beiden Stufen nach oben. Ein schmaler Männerkopf geriet in ihr Blickfeld, das schwarze Stoppelhaar endete in einem sauber ausrasierten Halbrund. Emma sah nur Nacken und Schultern deutlich, der Rest blieb halb verborgen durch einen gläsernen Schaukasten mit einer goldenen Truhe darin. Neben ihm stand eine schmale Frauengestalt in weißem Overall und einer schweren Tasche in der Hand.

»Die Frau wurde vermutlich mit einem Elektroschocker betäubt und anschließend gefesselt«, erklärte sie, »dann wurde ihr das Genital weggeschnitten, und in Folge davon ist sie verblutet.«

Sie stellte die Tasche neben sich ab und streifte ihre Einmalhandschuhe ab.

»Die Leichenstarre ist eingetreten, und es sind keine Leichenflecken zu sehen«, fuhr die Frau fort und zog die Handschuhe zusammen. »Als die Leiche auf dem Altar abgelegt wurde, war sie bereits vollständig ausgeblutet und vermutlich schon mehrere Stunden tot.«

Emma hörte ein ungeduldiges Hüsteln aus Richtung des Kirchenportals. Vermutlich die Angestellten des Bestattungsunternehmens. Mehrere Menschen in weißen Overalls bewegten sich in der Kirche, fast ohne Geräusche zu machen. An der Rückwand der Apsis hing ein großes hölzernes Kreuz. Die Jesusfigur war mit einem violetten Tuch verhängt. Eine kameraähnliche Apparatur auf einem Dreibein scannte den Altarraum.

»Und warum ist kein Blut zu sehen?«, erklang erneut die Männerstimme.

»Keine Ahnung. Wasser vermutlich. Jemand hat sie gewaschen, bevor sie hier abgelegt wurde.«

Emma überlegte, ob sie es wagen konnte, sich ein wenig zur Seite zu schieben, um den Altar ins Blickfeld zu bekommen. Doch dann würde sie den Kasten hinter sich lassen, der ihr Deckung bot. Emma begriff, dass sie hinter dem Reliquienschrein Hildegards von Bingen stand, einem kunstvoll gefertigten und vergoldeten Kasten in Form eines Gebäudes, der auf Brusthöhe in einem gläsernen Schaukasten ruhte.

Die Frau bückte sich nach ihrer Tasche und gab den Blick auf den Altar frei. Durch den Schaukasten konnte Emma die Umrisse einer Frauengestalt erkennen, die auf der langgestreckten Steinplatte lag. Ihre langen dunkelbraunen Haare waren wie ein Heiligenschein um ihren Kopf angeordnet, die Hände auf ihrer Brust gefaltet. Sie war nackt, ihre Haut makellos weiß. Emma spürte, wie ihr Herz schneller pumpte und Panik in ihr aufstieg.

Reflexartig hob sie die Rechte über den Schaukasten und drückte auf den Auslöser. Im selben Moment richtete sich die Frau vor ihr auf und verdeckte erneut die Sicht auf den Altar. Als die Kamera mit einem hörbaren Piepsen die Aufnahme auslöste, war auf dem Display nur ein dunkler Schatten zu erkennen. Entsetzt bemerkte Emma, wie ein Ruck durch die Gestalt des Mannes ging. Mit einem unterdrückten Fluch duckte sie sich. Von seinem Standpunkt aus musste ihm der Reliquienschrein die Sicht versperren. Emma verharrte regungslos und drückte Kopf und Nacken nach unten. Sie hörte, wie der Mann zwei Schritte in ihre Richtung machte. Emma spürte, dass sich ihre Sinne schärften, sie roch auf einmal den Staub zu ihren Füßen und hörte das Atmen der Menschen.

Mit einem Scharren kehrten die Schritte des Kriminalbeamten zur Rechtsmedizinerin zurück.

»Wie alt ist die Tätowierung in der Leiste der Toten?«, nahm er das Gespräch wieder auf.

Erleichtert hob Emma den Kopf, verharrte aber weiterhin regungslos in gebückter Haltung. Sie ärgerte sich, dass sie vergessen hatte, das digitale Geräusch für den Auslöser zu unterdrücken. Jetzt war es zu spät. Solange die Kamera nicht auf lautlos gestellt war, wurde jede Änderung von einem elektronischen Piepsen begleitet.

»Das Zeichen ist ihr wenige Stunden vor ihrem Tod mit einem altmodischen eisernen Stempel eingebrannt worden, der einfach heiß gemacht wurde«, sagte die Frau knapp. »Eine ziemlich brutale Methode. Das sogenannte Branding ist vor einiger Zeit von Tätowierern zu neuem Leben erweckt worden. Doch um eingebrannten Körperschmuck scheint es sich bei der Leiche nicht zu handeln. Schon der Zeitpunkt spricht dagegen.«

Aus dem Mittelgang war ein metallisches Scharren zu hören, das von den Bestattern kommen musste.

»Gedulden Sie sich bitte noch einen Moment«, sagte der Mann gelassen in Richtung Mittelschiff. Emma erhob sich vorsichtig und trat einen Schritt zur Seite, so dass sich ein Pfeiler zwischen sie und den Ermittlungsbeamten schob. Auch von hier konnte sie die Angestellten des Bestattungsunternehmens nicht sehen und hoffte, dass sie ebenfalls nicht zu sehen war.

»Alles Weitere entnehmen Sie bitte meinem Bericht«, sagte die Frau und ging die Stufen des Altarraums hinunter. Der Kriminalbeamte folgte ihr. Der Blick auf den Altar war frei. Emma hob die Kamera. Dann zögerte sie. Wenn sie jetzt abdrückte, riskierte sie es, entdeckt zu werden. Fieberhaft überlegte sie, was sie tun sollte. Dann drückte sie den Auslöser. Im selben Moment waren laute Schritte zu hören. Die Bestatter hatten sich auf den Weg zum Altar gemacht. Erleichtert registrierte Emma, dass die Geräusche der Kamera nicht zu hören waren.

Sie vergewisserte sich mit einem Blick auf das Display, dass diesmal der Altar zu sehen war. Sie hatte keinen Blitz benutzen können, und die Fenster der Kirche lagen hoch. Emma war nicht sicher, ob das Foto brauchbar sein würde. Ohne sich umzusehen, huschte sie zurück in die Krypta und stand mit wenigen Schritten auf dem Klosterhof. Gierig sog sie die frische Luft ein. Sie verharrte einen Moment und genoss den Wind, der ihre heißen Wangen kühlte.

Die Kamera verstaute sie ganz unten in ihrer Tasche. Ihre Hände zitterten. Emma zog ihre Jacke fest zusammen und stemmte sich gegen den Wind. Am Ende der Mauer blieb sie stehen. Hier war sie vom Hauptportal aus nicht auszumachen. Emma schob den Kopf nach vorne. Der Kommissar und die Rechtsmedizinerin kamen die Stufen des Eingangsportals herunter. Beide hatten die Overalls bereits abgestreift. Gemeinsam überquerten sie den Klosterhof und steuerten die obere Einfahrt neben der Friedhofskapelle an. Emma ließ sich gegen die Kirchenwand zurückfallen. Kälte drang durch ihre Jacke, und sie spürte, wie ihre Knie weich wurden. Sie sank nach unten in die Hocke und ruhte sich einige Minuten aus. Dann stemmte sie sich wieder hoch und riskierte erneut einen Blick. Der Kriminalbeamte und die Medizinerin verschwanden im dunklen Torbogen. Vorsichtig machte sie einen Schritt nach vorn. Der uniformierte Polizist stand noch immer im Eingang der Kirche. Er wanderte unruhig hin und her. Emma überlegte, wie groß ihre Chance war, ein zweites Mal unbehelligt an ihm vorbei zu gelangen.

Sie trat zurück in den Schatten der Kirchenmauer und drückte ihren schmerzenden Hinterkopf gegen die Wand. Vielleicht war es besser zu warten, bis die Männer mit dem Sarg die Kirche verlassen hatten. Dann war der Polizist abgelenkt. Emma atmete tief durch. Ihr Herz klopfte noch immer zu schnell. Auf einmal erschien es ihr unwirklich, dass sie hier war. Nachdenklich ließ sie den Blick über den Hof gleiten. Plötzlich begegnete sie dem belustigten Blick eines Mannes.

Er stand auf der anderen Seite des Klosterhofs neben dem Eingang eines Nebengebäudes. Emma spürte, wie die Anspannung zurückkehrte. Sie wusste nicht, wie lange der Mann sie schon beobachtete. Vielleicht war es besser, so schnell wie möglich zur Friedhofskapelle zurückzukehren. Doch dann würde sie dem Polizeibeamten praktisch in die Arme laufen.

Emma musterte den Mann, der noch immer zu ihr herübersah. Er machte keine Anstalten, sich ihr zu nähern oder den Polizisten auf sie aufmerksam zu machen. Er hatte kurzgeschnittene braune Locken, und seine tiefliegenden Augen wirkten sympathisch, obwohl er Emma mit einem leichten Schmunzeln betrachtete. Unruhig blickte Emma sich um.

Die beiden Bestatter kamen aus der Kirche. Der Sarg verschwand mit einem metallischen Geräusch in dem dunklen Kombi. Der Polizeibeamte beobachtete regungslos, wie die Bestatter in den Wagen stiegen. Der Motor startete, dann erstarb er mit einem Hüsteln.

Unter dem Wagen regte sich etwas. Emma neigte den Oberkörper und beobachtete den dunklen Schattenriss, der sich neben dem rechten Hinterrad abzeichnete. Sie brauchte einen Moment, bis sie begriff, dass dort eine kleine Katze kauerte, die sich voller Angst auf den Boden presste. Die schwarz-weiße Färbung des Fells hob sich kaum von dem hell und dunkel gesprenkelten Steinen des Klosterhofs ab.

Emma rieb sich die Stirn. Die Anspannung hatte sich wie ein engsitzender Ring um ihren Kopf gelegt. Immer wieder musste sie an den leblosen Frauenkörper auf dem Altar denken.

Der Motor wurde erneut gestartet. Emma beobachtete, wie sich der kleine Körper noch dichter gegen den Reifen presste. Der Polizeibeamte schien von der Szene unter dem Wagen nichts zu bemerken. Emma warf einen Blick über den Klosterhof. Der Mann musste die Katze auch registriert haben, sein Blick wanderte vom Leichenwagen zurück zu ihr. Der Motor gab mehrere keuchende Geräusche von sich und erstarb. Unruhig beobachtete Emma den reglosen Schattenriss. Der Motor des Leichenwagens heulte erneut auf, dunkle Benzinwolken quollen aus dem Auspuff.

»Halt, einen Moment, bitte warten Sie!«

Emma rannte los und schwenkte beide Arme. Der Polizist wandte das Gesicht und starrte sie irritiert an. Die Tür der Beifahrerseite öffnete sich, als Emma auf Höhe der Heckklappe stehen blieb. Der Motor hatte jetzt ein gleichmäßiges Geräusch erreicht, das Jaulen ebbte ab.

»Warten Sie bitte einen Moment, eine Katze hat sich unter Ihrem Wagen verkrochen«, rief Emma dem Beifahrer zu, ein bulliger Mann mit Glatze, der sie irritiert anstarrte. Sie ging neben dem Hinterrad in die Knie und hielt den Blick des Mannes fest, der seinem Kollegen etwas zurief. Ein Stein bohrte sich schmerzhaft in ihr linkes Knie, und Benzingeruch stieg unangenehm in ihre Nase. Emma tastete mit der Linken hinter den Reifen und bekam das Kätzchen zu fassen. Noch bevor sie das Tier sehen konnte, spürte sie sein Herz schlagen und ein Zittern, das durch den ganzen Körper lief. Emma erhob sich und drückte erleichtert das Fellbündel gegen ihre Brust.

Der Bestatter lehnte noch immer aus der Autotür. Er

nickte Emma zu und sagte etwas zu seinem Kollegen. Der Wagen fuhr ruckartig los. Die Beifahrertür schloss sich, und zurück blieb eine Wolke aus grauem Benzindunst.

Der Polizeibeamte hatte sich vom Eingang der Kirche gelöst und kam auf sie zu. Er ignorierte das Fellbündel, das Emma noch immer an ihre Brust presste.

»Was tun Sie hier? Wer sind Sie?«

4. Kapitel

Das teuflische Blendwerk wütet in der Leidenschaft solcher Männer derartig, daß, wenn sie könnten, sie die Frau in der Umarmung töten würden.

Barbara Purer hatte ihren Audi A3 oberhalb des Klosters in einer kleinen Seitenstraße geparkt. Sie versprach Grieser, ihn auf dem Laufenden zu halten. Der Hauptkommissar verabschiedete sie und drückte die Tür ins Schloss. Die Rechtsmedizinerin startete den Wagen und nickte ihm durch die geschlossene Scheibe ein letztes Mal zu. Grieser grub beide Hände in seine Hosentaschen und kehrte gemächlich zur Klostereinfahrt zurück.

Es war das erste Mal heute, dass er ein paar Minuten für sich hatte. Ihm fiel ein, dass er ein Geschenk für seine Schwester besorgen musste. Es waren noch zwei Wochen bis zur Hochzeit. Dann war der ganze Zauber endlich vorbei. Grieser dachte grimmig an das Fest und seine Familie, die sich dort versammeln würde. Solchen Feierlichkeiten ging er sonst lieber aus dem Weg. Diesmal konnte er sich nicht drücken. Die gesamte Verwandtschaft tuschelte schon seit Jahren darüber, dass er immer allein kam. Trotzdem freute er sich für Babs. Sie war glücklich, und Grieser gönnte ihr das von ganzem Herzen.

Eine Schar Krähen schreckte aus einem Baum hoch. Sie umrundeten die zart begrünten Kronen dreier Birken. Grieser verfolgte ihren Flug und überlegte, wie es nun weitergehen sollte. Michael Kramer, der Leiter der Spurensicherung, hatte ihm bestätigt, dass der Fundort der Leiche nicht der Tatort war. Sie würden schneller vorankommen, wenn sie den Tatort hatten. Da die tote Frau vor ihrem Transport in die Abteikirche viel Blut verloren hatte, musste es irgendwo reichlich Spuren geben. Grieser griff nach seinem Handy und drückte eine Kurzwahltaste.

»Ja, Chef?« Baums Stimme klang gedämpft.

»Sind die Kollegen schon mit dem Zimmer durch?«

»Kramer hat mir gerade Bericht erstattet«, antwortete Sabine Baum. »Wo finde ich dich?«

»In einer Minute bin ich im Klosterhof«, erwiderte Grieser.

»Okay, ich bin gleich bei dir.«

Die Verbindung brach ab. Grieser steckte das Handy in die Innentasche seiner Lederjacke und ging schneller. Unter dem Torbogen kam ihm der Leichenwagen entgegen. Grieser trat einen Schritt zur Seite und wartete, bis der dunkel verglaste Mercedes an ihm vorübergeglitten war. Die Vögel hatten inzwischen abgedreht und verschwanden flügelschlagend über der nördlichen Klostermauer Richtung Rhein.

Grieser erreichte den Innenhof. Er sah, wie der uniformierte Beamte im Klosterhof mit Markus Hertl sprach. Neben ihm stand eine Frau, die er nicht kannte. Grieser spürte Ärger in sich aufwallen. Die Anweisung an die Beamten heute Morgen war deutlich gewesen. Grieser steuerte auf die drei zu. Er war noch etwa hundert Meter entfernt, als Hertl und die Frau sich abwandten und auf das Gästehaus zugingen. Im Gehen setzte die Frau eine kleine Katze ab, die mit hoch aufgerichtetem Schwanz über den Klosterhof rannte und zwischen den Lorbeersträuchern am Kreuzgang verschwand. Grieser beschleunigte seinen Schritt. Er nickte dem Beamten zu, der ihm nervös entgegenblickte.

»Wer war das?«, fragte Grieser, als er den Uniformierten erreichte. Der Mann musste so um die dreißig sein, sein Schädel war kahlrasiert, und in seinem rechten Ohrläppchen steckte ein winziger Totenkopf.

»Markus Hertl, einer der Gäste des Klosters«, erwiderte der Beamte.

»Ich weiß«, erwiderte Grieser ungeduldig. »Ich meinte die Frau. Die ist doch bisher noch nicht hier aufgetaucht, wer war sie?«

»Ich weiß nicht«, sagte der Beamte und zerrte mit der Rechten an seinem Hemdkragen. »Hertl hat gesagt, sie gehört zu ihm.«

»Sie haben Anweisung, keinen in die Klosteranlage zu lassen, bis auf die Schwestern und die Gäste des Klosters. Richtig?«

»Richtig«, erwiderte der Beamte. Sein Blick glitt an Griesers Gesicht vorbei ins Leere.

»Es gibt keine Ausnahme«, betonte Grieser. »Es sei denn, ich habe dem höchstpersönlich zugestimmt.«

Der Beamte tippte mit dem Zeigefinger an seine Mütze.

»Und das nächste Mal, wenn ich mit Ihnen rede, sehen Sie mich an. Wir sind hier nicht beim Militär.«

Der Beamte warf ihm einen Blick zu. Für einen Moment glaubte Grieser Hass darin aufblitzen zu sehen. Dann wandte sich der Mann ab und kehrte auf seinen Posten vor den Eingang der Kirche zurück.

Grieser blickte Hertl nach, der inzwischen mit seiner Begleiterin die Tür des Gästehauses erreicht hatte und nach innen verschwand. Grieser fragte sich, warum Hertl die Frau mit ins Gästehaus nahm. Er war ziemlich sicher, dass sie eine

Journalistin war. Eine unbeteiligte Person hätte sich nicht die Mühe gemacht, die Polizeisperre zu umgehen.

Grieser hielt sich Presseleute so weit wie möglich vom Leib. Vor Jahren hatte er erlebt, wie ein Journalist viel zu früh Andeutungen über den möglichen Mörder geschrieben hatte. Der hatte dann prompt die Zeit genutzt, um sich aus dem Staub zu machen. Auf den Pressekonferenzen bekamen Journalisten die wichtigsten Fakten. Damit wurde der Informationspflicht Genüge getan, fand Grieser. Mehr brauchten die Schreiberlinge nicht zu wissen. Dass nun eine Journalistin in die innere Absperrung eingedrungen war, gefiel ihm ganz und gar nicht.

Grieser nahm sich vor, später draußen nach der Frau zu suchen und sie zur Rede zu stellen. Wenn sie wirklich eine Journalistin war, würde er sie vermutlich auf dem Parkplatz des Klosters antreffen. Nachdem sie Hertl ausgequetscht hatte. Aber das konnte er ohnehin nicht verhindern. Die Zeugen konnten gehen, wohin sie wollten, und reden, mit wem sie wollten. Da hatte die Polizei keinen Einfluss darauf. Doch er würde die Frau daran erinnern, wie viel Ärger sie kriegen konnte, wenn sie zu früh wichtige Informationen veröffentlichte.

Die Tür des Gästehauses öffnete sich erneut. Baum trat auf den Hof und strebte ihm entgegen. Sie sah aus, als könne sie es kaum erwarten, ihm etwas mitzuteilen.

»Halt dich fest, Chef«, keuchte Sabine Baum schon von weitem.

»Ich wüsste nicht, woran«, murmelte Grieser und setzte sich langsam Richtung Kirche in Bewegung. Baum stoppte neben ihm und versuchte, sich seinem Tempo anzupassen.

»Was meinst du?«, keuchte sie irritiert.

Grieser schüttelte den Kopf. »Nicht so wichtig«, sagte er laut. »Was gibt's?«

»Die Kollegen sind ziemlich sicher, dass die Frau nicht in ihrem Zimmer im Gästehaus ermordet wurde. Aber eine der Ordensschwestern hat erzählt, es gab am Freitagabend Streit. Sie hat laute Stimmen aus dem Zimmer der Toten gehört. Am Samstag ist die Frau nach der Weihe abgereist, obwohl sie ursprünglich bis Sonntag bleiben wollte.«

Grieser zog die Augenbrauen hoch. »Wisst ihr schon, mit wem sie sich gestritten hat?«

»Die Schwester hat nur die Stimme von Miriam Schürmann erkannt«, sagte Baum. »Die zweite Stimme war von einem Mann, aber sie wusste nicht, von wem.«

Sie war inzwischen zu Atem gekommen, musste aber immer noch ihre Schritte zügeln, um ihn nicht hinter sich zu lassen.

»Kramer soll ihr Handy und auch das Telefon in ihrem Zimmer überprüfen«, sagte Grieser nachdenklich.

»Ist er schon dran.«

»Außerdem könnte es jemand aus dem Gästehaus gewesen sein. Oder aus dem Kloster.«

»Vielleicht ist sie wegen dem Streit so früh abgereist«, sagte Baum. Grieser warf ihr einen nachdenklichen Blick zu.

»Könnte sein«, sagte er. »Falls sie sich bedroht fühlte, hat ihr die Flucht wenig genutzt.«

Deus, in adiutorium meum intende. Domine, ad adiuvandum me festina. Gloria Patri, et Filio, et Spiritu Sancto.

Es war ungewohnt eng in der kleinen Nikolauskapelle. Schwester Lioba schwitzte und wischte sich unauffällig die Hände. Sie hatte die Mitschwestern zur Sext, dem Mittagsgebet, hier zusammengerufen. Die Abteikirche war von der Polizei noch nicht freigegeben worden. Schwester Lioba konnte es immer noch nicht fassen, dass nur wenige Stunden nach ihrer Weihe als Äbtissin eine Schulfreundin in der

Abtei ermordet aufgefunden worden war. Schuldgefühle quälten sie und auch Scham. Das Brandmal auf Miriams Körper war Beweis genug, dass einmal begangenes Unrecht sich früher oder später rächte. Doch dass ausgerechnet Miriam den Preis bezahlen musste, war zutiefst ungerecht.

Deduc me in semitam präceptorum tuorum, quia ipsam volui. Inclina cor meum in testimonia tua et non in avaritiam.

Schwester Lioba bemühte sich, ihre Gedanken zu sammeln. Die regelmäßigen täglichen Gebete mit den Schwestern des Konvents waren wie Perlen eines Rosenkranzes, die dem Tag Struktur und auch Bedeutung verliehen.

Schwester Lioba sang entschlossen weiter. Noch vor wenigen Tagen hatte sie der Gedanke gequält, ob ihre Stimme und ihre Kraft als Äbtissin immer stark genug sein würden, um Vorbild zu sein. Nun war das ihre geringste Sorge. Als sie aufblickte, begegnete sie dem Blick von Schwester Raphaela, einer hageren Frau mit strengen Augen. Ihr Gesicht war ausdruckslos, doch Schwester Lioba war sicher, dass sie es noch nicht verwunden hatte, dass Schwester Lioba und nicht sie zur Äbtissin gewählt worden war.

Ihr Blick kehrte zurück in das Gebetbuch. Sie überflog mehrere Zeilen, bis sie die richtige Stelle hatte. Sie las gerne mit, obwohl sie den Text längst auswendig kannte. Der Gregorianische Choral gab die Gebete vor, die sie Jahr um Jahr im Wechsel der Wochentage und Jahreszeiten sangen, ergänzt von den Tagesgebeten und Lesungen. Mit den Augen über die Zeilen zu wandern gehörte zu ihrem Ritual, war Teil der Meditation und des Trostes, den die liturgischen Gesänge ihr gaben.

Ein ungewohnt tiefes Räuspern ließ sie erneut aufsehen. Ihr Blick fiel auf Josef Windisch. Ärger schoss in ihr hoch. Windisch gehörte zur alten Clique, genau wie Miriam, Thomas Kern und Markus Hertl. Seit heute Morgen bedauerte sie es zutiefst, ihre ehemaligen Klassenkameraden eingeladen zu haben. Windisch wäre zwar in jedem Fall gekommen. Er war Theologe, Professor und vermutlich in einigen Jahren ihr Bischof. Doch wenn sie nicht die ganze Clique eingeladen hätte, dann wäre Miriam vielleicht noch am Leben.

Schwester Lioba senkte mühsam den Blick und versuchte vergeblich, sich auf die Gebete zu konzentrieren. Sie musste endlich mit der Polizei reden. Es war unverantwortlich, wenn sie länger schwieg. Doch vorher wollte sie noch mit Pfarrer Windisch sprechen. Schwester Lioba glaubte in Windischs Augen das gesehen zu haben, was auch sie beschäftigte, seit sie von diesem furchtbaren Mord gehört hatte. Angst vor den Gespenstern der Vergangenheit. Und Wut auf diejenigen, die so viel Leid über sie brachten.

Quae seminaverit homo, haec et metet; quoniam qui seminat in carne sua, de carne metet corruptionem, qui autem seminat in spiritu, de spiritu metet vitam aeternam.

Die Worte der Lesung bekamen auf einmal eine ganz neue Bedeutung. Schwester Lioba stimmte das Kyrie eleison an und rief sich dabei die deutsche Übersetzung der Lesung ins Gedächtnis, die ihr noch immer vertrauter war als die lateinischen Worte: *Was der Mensch sät, das wird er auch ernten. Wer im Vertrauen auf das Fleisch sät, wird vom Fleisch Verderben ernten; wer aber im Vertrauen auf den Geist sät, wird vom Geist ewiges Leben ernten.*

Rasch sah sie noch einmal hoch. Windisch erwiderte ihren Blick. Die Lesung hatte bei ihm die gleiche Erinnerung geweckt, dessen war sie sicher. In seinem Blick lag immer noch Wut – gepaart mit unsäglichem Schmerz.

5. Kapitel

Auch ist der Wind in ihren Lenden mehr feuriger wie luftiger Art. Ihm unterstehen zwei kleine Behälter, in die er hineinbläst wie in einen Blasebalg. Diese beiden Behälter umgeben den Stamm aller männlichen Kraft und helfen ihm geradeso wie kleine, neben einem Turm errichtete Bollwerke, die diesen verteidigen. Es sind deswegen zwei, damit sie desto wirkungsvoller jenen eben erwähnten Stamm umgeben, festigen und halten und mit um so größerem Nachdruck und in möglichst geeigneter Weise den vorgenannten Windhauch aufnehmen, an sich ziehen und ihn ebenmäßig wieder ausgeben, wie zwei Blasebälge, die gleichmäßig in das Feuer blasen. Wenn sie dann diesen Stamm in seiner Kraft aufrichten, halten sie ihn kräftig fest, und auf diese Weise grünt der Stamm in seiner Nachkommenschaft.

Von irgendwoher wehten auf- und abschwellende Stimmen. Emma glaubte eine Frauenstimme zu hören, die vorsang, dann fielen andere Frauenstimmen ein.

»Die Schwestern halten ihr Mittagsgebet«, sagte der Mann vom Klosterhof. Er war vorausgegangen in das Nebengebäude, vor dem Emma ihn das erste Mal gesehen hatte. Auf einem Schild an der grobgefügten Mauer war zu lesen, dass es sich um das Gästehaus handelte.

»Sie hätten einfach zugesehen, wie die Katze überfahren wird, nicht wahr?«, stellte Emma fest.

»Jeder Mensch ist für seine eigenen Handlungen verantwortlich«, erwiderte er leichthin. »Sie können nicht verlangen, dass ich etwas tue, das Sie eigentlich von sich selber erwarten.«

Emma verbiss sich eine scharfe Bemerkung und folgte ihm. Der Mann hatte gegenüber dem Beamten einfach so getan, als ob sie zu ihm gehörte. Ein älterer, erfahrener Kollege hätte sie niemals gehen lassen. Doch das bestimmte und freundliche Auftreten des Mannes verunsicherte den jungen Beamten. Emma war sich nicht sicher, was er von ihr wollte. Aber sie hoffte, von ihm mehr über die Tote und den Mord zu erfahren.

»Es war doch Ihre Entscheidung, der kleinen Kreatur zu helfen, oder nicht?«, fragte er und lächelte. Emma musterte ihn nachdenklich. Er hatte freundliche Augen, fand sie.

»Sie wäre sonst in ihre Einzelteile zerlegt worden«, erwiderte sie.

»Nein, das glaube ich nicht«, sagte er. »Es wäre ein Ausweg für sie gefunden worden. So oder so.«

Im dunklen Gang blieb er vor einer der Zimmertüren stehen. Er zog einen Plastikchip aus der hinteren Tasche seiner Hose aus grobem Cord und hielt ihn vor einen silbernen Kasten. Eine kleine Kontrolllampe wechselte die Farbe, und ein metallisches Klacken war zu hören. Der Mann griff nach dem Knauf, stieß die Tür auf und trat einen Schritt zurück. Emma ging voran in einen Raum, in dem ein Bett, ein Schreibtisch und ein Schrank aus billigem Kiefernholz standen. Die Möbel waren links und rechts an den Wänden aufgereiht, die wie in einem Tunnel auf ein tiefliegendes

Fenster zustrebten. Emma trat an die Brüstung und spürte, wie sich beim Anblick des Rheintals ihre Brust weitete. Sie blickte auf windgepeitschtes Wasser und kahle Weinberge, die von Mauern durchzogen bis dicht unter die bewaldete Kuppe verliefen. Auf halber Höhe stach die mittelalterliche Burgruine Ehrenfels ihre Türme in den bewölkten Himmel.

»Markus Hertl«, sagte er hinter ihrem Rücken mit warmer Stimme.

Emma spürte, wie sich ihre Nackenhaare aufrichteten.

»Emma Prinz«, erwiderte sie. Ihr Blick wanderte hinunter an den Fuß des Gästehauses. Dort war ein Kräutergarten mit geometrischen Beeten zu sehen, auf dem einige Sträucher und Büsche bereits dem Frühling entgegenwuchsen.

Emma wandte sich um. »Sie glauben also, dass ich ganz umsonst auf die Knie gegangen bin.«

Hertl stand noch immer neben der Tür und musterte sie ernst. »Nein, das wollte ich damit nicht sagen«, erwiderte er und setzte sich auf das Bett. Mit ausgestrecktem Arm wies er auf den Holzstuhl vor dem schmalen Tisch. Er war neben dem Bett die einzige Sitzgelegenheit im Zimmer.

»Es tut mir leid, ich wollte Sie nicht in eine unangenehme Situation bringen. Das war nicht meine Absicht.«

Emma erwiderte seinen Blick und musterte ihn kritisch. Der Kerl wirkte sympathisch und hatte einen freundlichen Blick. Wenn sie ihm auf der Straße begegnet wäre, hätte sie ihm nicht misstraut.

»Und warum haben Sie gegenüber dem Polizisten behauptet, Sie kennen mich?«, fragte sie weiter und hatte auf einmal das Gefühl, undankbar zu sein. Der Mann hatte sie schließlich aus einer ziemlich unangenehmen Situation befreit.

»Intuition.« Hertl legte seinen Kopf schief und sah sie mit

einem Lächeln an. »Ich hatte eigentlich das Gefühl, dass es Ihnen recht ist.«

Emma zögerte. Dann erwiderte sie sein Lächeln.

»War es auch«, sagte sie und stieß sich vom Fensterbrett ab. »Ich danke Ihnen.« Vor dem Tisch ließ sie sich auf den harten Sitz fallen.

»Sie sind Gast im Kloster?«

Er nickte.

»Haben Sie etwas von dem Mord mitbekommen?«, fragte Emma vorsichtig.

»Sind Sie Journalistin?«, fragte er zurück.

Emma zögerte. »Ja«, erwiderte sie schließlich.

»Wie haben Sie es geschafft, an der Polizei vorbei in die Kirche zu kommen?«

Emma hob die Augenbrauen und neigte leicht den Kopf.

»Sind Sie eine von diesen Sensationsreporterinnen?«, fragte er. Sein Blick ruhte neugierig auf ihr.

»Ich bin Journalistin«, sagte Emma abwehrend. »Ohne Presse keine Berichterstattung und ohne Berichterstattung keine Öffentlichkeit für Vergehen, egal ob politisch oder menschlich motiviert.«

Hertl musterte sie interessiert und sah aus, als wolle er etwas erwidern. Doch er schwieg.

»Und was hat Sie hierhergeführt?«, fragte Emma.

»Gestern wurde die neue Äbtissin dieses Klosters geweiht«, antwortete er. »Ich bin mit ihr vor vielen Jahren zur Schule gegangen. Sie hat mich zu ihrer Weihe eingeladen.«

»Ich habe das Grab der verstorbenen Äbtissin gesehen«, sagte Emma. »Wie kommt man zu so einem Posten? Ist sie die Älteste hier?«

Ein Lächeln glitt über sein Gesicht. Sofort war ihr klar, warum. Wenn die neue Äbtissin eine Schulkameradin von ihm war, konnte sie nicht so alt sein. Dämliche Frage.

»Nein, das ist sie nicht«, sagte er. »Wenn die Äbtissin sich ihren Aufgaben nicht mehr gewachsen fühlt, tritt sie ab. In manchen Konventen ist die Amtszeit einer Äbtissin auf eine gewisse Anzahl von Jahren begrenzt. Oder, wie in diesem Fall, eine Äbtissin kann auch plötzlich sterben. Eine Nachfolgerin für sie wird dann unter allen Schwestern im Konvent gewählt. Ganz demokratisch.«

So einfach. Emma sah ihn skeptisch an.

»Nur dass noch in derselben Nacht eine andere Schwester sterben muss. Nicht ganz so demokratisch.«

»Da täuschen Sie sich«, erwiderte er kühl und stand auf. Emma hatte das Gefühl, ihm zu nahe getreten zu sein. »Die Tote war keine Schwester aus dem Orden. Sie war eine Besucherin, genau wie ich. Ebenfalls eine Klassenkameradin der Äbtissin.«

»Und also eine ehemalige Klassenkameradin von Ihnen.« Das Gespräch nahm eine interessante Wendung. Emma glaubte Abwehr in dem Blick des Mannes zu lesen. »Es ist das Kloster der Hildegard von Bingen«, sprach sie schnell weiter.

Hertl fuhr sich über die Augen und verharrte für einen Moment. Dann setzte er sich wieder.

»Was wissen Sie über Hildegard?«, fragte er.

»Mein Vater leitet eine Hildegard-von-Bingen-Schule, aber viel mehr als ihr Name ist nicht hängengeblieben.«

Hertl runzelte die Stirn.

»Es gibt viele Schulen, die nach ihr benannt wurden«, erwiderte er zögernd und musterte sie durchdringend. »Hildegard von Bingen wurde 1098 in Bermersheim vor der Höhe geboren«, fuhr er dann fort. »In ihrem achten Lebensjahr haben sie ihre Eltern mit der sechs Jahre älteren Jutta von Sponheim in religiöse Erziehung gegeben. Sie wurde für das Klosterleben bestimmt, weil sie das zehnte Kind ihrer Familie war und ihr Leben der Kirche widmen sollte.«

»Was hat das damit zu tun, dass sie das zehnte Kind war?«, fragte Emma verblüfft.

»Die Kirche hatte das Recht auf den Zehnten, eine Art Steuer, die Gläubige von der Ernte und anderen Erträgen abgeben mussten. Manche Familien bezogen das auch auf ihre Kinder.« Hertl sah sie abwartend an. Emma nickte.

»Später wurde Jutta von Sponheim zu ihrer Lehrmeisterin. Die beiden wurden 1112 gemeinsam mit einem weiteren Mädchen in einer Klause auf dem Disibodenberg eingemauert. Das war zu der Zeit ein Benediktinerkloster in der Nähe von Bad Sobernheim.«

»Ach wie schick«, erwiderte Emma. »Eingemauert. Keine Chance, abzuhauen.«

»Das war damals gar nicht so unüblich«, erwiderte Hertl. »Außerdem blieb das nicht so. Später ist die Klause zu einem richtigen Kloster angewachsen. Jutta von Sponheim hat es geleitet.«

»Also lebenslänglich.«

»Es war ihr Leben«, betonte Hertl. Es schien ihm ernst zu sein. »Als Jutta von Sponheim starb, ist Hildegard von Bingen zur Lehrmeisterin des Konvents gewählt worden. Das war im Jahr 1136, da war sie gerade mal 38 Jahre alt.«

»Also damals schon alles ganz demokratisch«, sagte sie.

»Ja«, sagte er spöttisch. »Das passt so gar nicht ins Feindbild, demokratische Strukturen in der Kirche.«

Ein freundliches Lächeln glitt über sein Gesicht, als wolle er seiner Stimme die Schärfe des Spotts nehmen. »Sie war die erste Frau, die öffentlich die Bibel auslegen durfte. Das war Jahrhunderte zuvor und auch Jahrhunderte danach einzigartig und skandalös. Dazu brauchte sie sogar die Erlaubnis des Papstes, da es den Frauen damals verboten war, zu predigen und zu schreiben.«

Entfernt war noch immer leiser Gesang zu hören.

»Und wie hat sie das geschafft?«, fragte Emma. Sie erinnerte sich vage, dass sie gehört hatte, Hildegard von Bingen sei vielen Feministinnen ein Vorbild.

»Sie hat sich an mehrere Kirchenoberen gewandt und um ihre Zustimmung gebeten. Später sind Teile ihres Buchs auf einem Kirchentreffen in Trier öffentlich vorgelesen worden. Das war 1147. Die hohen Herren waren so beeindruckt, dass der damalige Papst, Eugen der Dritte, ihr höchstpersönlich und ganz offiziell erlaubt hat zu schreiben.«

»Und wieso hat er das getan?«, fragte Emma interessiert.

»Weil sie nicht einfach nur notiert hat, was sie beschäftigte oder was sie in der Bibel zu lesen glaubte«, erwiderte Hertl. Sein Blick glitt an ihr ab und verlor sich im Rheintal. Dann kehrte seine Aufmerksamkeit wieder zu Emma zurück. »Sie hatte Erkenntnisse in Form von Bildern, die ihr von Gott eingegeben wurden und die ihr geholfen haben, vieles von dem, was in der Bibel steht, zu verstehen. In ihren Visionen hat Gott selber sie dazu aufgefordert, alles niederzuschreiben. Der Papst hat ihr geglaubt und es deshalb für sehr wichtig gehalten, dass sie ihr Buch schreibt und darin alles festhält, was sie in ihren Visionen von Gott erfahren hat.«

»Geschickt eingefädelt von ihr«, sagte Emma, ehrlich beeindruckt. »Warum hat der Papst ihr geglaubt? Gerade ihr, einer Frau?«

»Damals war es nicht so selten, dass Prediger und Heilige Visionen hatten und anhand der Visionen erklärt haben, wie sie die Welt und auch Gott sehen«, sprach Hertl weiter. »Es gab also genug männliche Vorbilder. Das beste Beispiel ist das Evangelium des Johannes im Neuen Testament. Darin erinnern viele Stellen an das, was später Hildegard von Bingen geschrieben hat. Vielleicht hat der Papst ihr gerade deshalb geglaubt und sie unterstützt.«

Der Gesang draußen ebbte ab. Türen klappten, dann wurde es still.

»Warum Visionen? Warum damals und heute nicht mehr? War das eine Mode? Eine Zeiterscheinung?«, fragte Emma.

Hertl zuckte die Achseln.

»Bis heute wird die Geschichte des Christentums begleitet von Visionären, Männern wie Frauen«, erwiderte er. »Aber was man damals noch als von Gott gegeben verstanden hat, würde man heute nicht mehr so bezeichnen. Heute werden Visionen als Erkenntnisse interpretiert, die aus der Hinwendung zu Gott geboren werden.«

»Also sind Visionen letztlich nichts anderes als sprachliche Formeln, um der eigenen Meinung Ausdruck zu verleihen. Oder der Versuch, seinen Erkenntnissen mehr Gewicht zu geben«, sagte Emma nachdenklich.

»Ihre Visionen wurden auch schon als die Folge von Migräneattacken interpretiert«, sagte Hertl und lachte. Dann wurde er wieder ernst. »Ich habe die Visionen Hildegards von Bingen nie in Zweifel gezogen. Sie klingen echt. Und ehrlich. Aus tiefstem Herzen empfunden.«

Emma spürte, dass Hertl dieser Frau mehr entgegenbrachte als Neugier. Bewunderung vielleicht. Oder sogar Verehrung.

»Hatten Sie noch nie das Gefühl, zum Beispiel beim Anblick eines Sonnenuntergangs oder einer fantastischen Aussicht, dass es etwas darüber hinaus gibt?«, fragte er und lehnte sich vor. Er hielt ihren Blick fest und schien förmlich in ihre Augen einzutauchen. »Dass es mehr gibt als ihre Gedanken, ihre Gefühle, ihren Körper? Haben Sie nie diese Liebe erfahren, die sie förmlich überschwemmt und die ihre Seele nach etwas anderem suchen lässt, was es mit diesem überwältigenden Gefühl lieben kann? Einen Gott?«

»Ein Mensch würde mir schon genügen«, sagte Emma

und bereute ihren Satz im selben Moment. Doch Hertl schien die Bitterkeit zu ignorieren, die in ihrer Stimme lag.

Er erwiderte eindringlich: »Eine Liebe, die zu groß ist für einen Menschen, wie ein überdimensionierter Schuh, in den ein Menschenfuß nie passen würde. Eine Liebe, die nach etwas anderem hungert als nach einem Menschen.«

Emma starrte ihn an. Sie erschauerte und zwang sich, den Blick auf das Fenster zu richten. Wieder überkam sie beim Anblick des Rheintals ein Gefühl der Weite. Die Sonne fiel in leuchtenden Strahlen durch hoch aufgetürmte Wolken, streute sanftes Licht über die geschwungenen Hänge und legte sich wie ein goldener Schleier auf das Wasser. Ärgerlich zog Emma die Stirn in Falten und wandte sich erneut Hertl zu, der ihrem Blick gefolgt war und sie nun erwartungsvoll ansah.

»Warum hat Hildegard das Kloster Rupertsberg gegründet?«, fragte Emma. »Warum ist sie nicht auf dem Disibodenberg geblieben?«

Hertl lehnte sich zurück. Er wirkte enttäuscht.

»Sie hat 1141 begonnen zu schreiben. Etwa zehn Jahre später hat sie ihr erstes Buch beendet. Es hat den Titel ›Scivias‹, zu deutsch ›Wisse die Wege‹. Das wird als Kurzform von ›Scivias Domini – Wisse die Wege des Herrn‹ interpretiert. Doch schon vor der Veröffentlichung war Hildegard eine Berühmtheit. Viele adlige Familien haben ihre Töchter zu ihr ins Kloster gebracht, am Ende platzte der Konvent aus allen Nähten. Zu dem Zeitpunkt war sie ja immer noch dem Abt des Disibodenbergs unterstellt, des Männerklosters, zu dem sie gehörten.«

»Wieso Männerkloster? Ich dachte, es herrschte strikter Zölibat.«

»Es gab im 12. Jahrhundert viele Klagen über den Zerfall der Sitten und den sündigen Lebenswandel der Priester«, fuhr Hertl fort. »Gleichzeitig entstanden nach und nach Frauenklöster, die aus rein praktischen Gründen oft einem Männerkonvent angeschlossen wurden. Darin blieben Männer und Frauen streng getrennt. Es gab natürlich auch Doppelklöster, in denen die Trennung nur nach außen hin bestand. Aber diese Mönche und Nonnen lebten genauso jenseits der Kirchenregeln wie sündige Priester.«

Er beugte sich nach vorne. Die Intensität seines Blicks machte sie nervös. Hastig stand sie auf.

»Das führte dazu, dass im Jahr 1022 die Ehelosigkeit für Priester zur Pflicht wurde«, sprach Hertl weiter. »Auch Doppelklöster waren vielen Anfeindungen und Verdächtigungen ausgesetzt und wurden im 13. Jahrhundert ganz aufgegeben.«

»Und so hat auch Hildegard von Bingen auf dem Rupertsberg ihr eigenes Kloster gegründet.« Emma trat ans Fenster und sah hinunter auf den Rhein. Sie versuchte sich vorzustellen, was die Ordensfrau hierhergezogen hatte.

»Na ja«, sagte er zögernd, »ich glaube nicht, dass die Einhaltung des Zölibats irgendwas mit der Entscheidung Hildegards von Bingen zu tun hatte. Nach allem, was man von ihr weiß, ist es ihr auf dem Disibodenberg schlicht zu eng geworden. Vielleicht in mehrerlei Hinsicht.«

Schräg unterhalb von Emma war ein Geräusch zu hören. Es klang, als ob eine Tür geöffnet wurde. Eine Frau in schwarzen langen Gewändern und einem Schleier trat in den Garten. Ihr Gesicht war offen und freundlich, doch sie wirkte besorgt. Ihr folgte ein übergewichtiger Mann in schwarzem Anzug und hochgeschlossenem Hemd. Sein Blick war finster, und um seinen Mund lag ein unangenehmer Zug.

»Der Abt des Disibodenbergs hat sehr von der Aufmerksamkeit für die berühmte Frau profitiert und natürlich von den Schenkungen, die das Kloster wegen ihr bekommen hat«, sagte Hertl. »Er hatte nicht das geringste Interesse daran, dass sie ging.«

Emma beobachtete, wie die Frau auf den Mann einredete. Sie wirkte ziemlich aufgebracht, und dem Mann schien nicht zu gefallen, was sie sagte. Ein silbernes Kreuz hing an einer langen Kette bis auf ihre Brust und tanzte bei ihren Worten wild umher, bis sie es mit ihrer Rechten einfing und festhielt.

»Warum hat er Hildegard dann gehen lassen?«, fragte Emma. »Wenn sie ihm unterstellt war, hätte er es ihr doch einfach verbieten können.«

Hertl lachte. »Tja, wenn das so einfach gewesen wäre. Er hat es offensichtlich versucht, aber sie hat sich am Ende durchgesetzt. Erst etliche Jahre, nachdem sie schon längst ihr eigenes Kloster gebaut hatte und dort lebte, war der Abt bereit, die entsprechenden Urkunden zu unterschreiben.«

Emma warf einen Blick in den Garten. Nun schwieg die Ordensschwester, und der Mann sprach. Er gestikulierte nicht ganz so aufgebracht wie sie, doch auch er wirkte angespannt. Der besorgte Zug im Gesicht der Ordensfrau hatte sich verstärkt.

»Und wie hat sie das geschafft?«, fragte sie rasch und sah zu Hertl. Er war aufgestanden und trat neben sie. Nachdenklich betrachtete er die Szene im Garten.

»Das ist die Äbtissin des Klosters«, sagte er. »Schwester Lioba.«

»Ihre ehemalige Klassenkameradin?«

Hertl nickte.

»Und der Mann?«

»Er heißt Josef Windisch. Auch er ging mit uns in eine Klasse. Er ist Pfarrer geworden und macht gerade Karriere.«

»In der Kirche?«, fragte Emma skeptisch.

Hertl warf ihr einen belustigten Blick zu. Dann kehrte er zum Bett zurück und setzte sich.

»Hildegard von Bingen hat gestreikt«, nahm er unvermittelt das Gespräch wieder auf. »Vielleicht der erste Streik der Kirchengeschichte. Sie hat jedenfalls in ihrer Autobiografie geschrieben, dass ihr in einer Vision verboten wurde, auf dem Disibodenberg weiterhin über ihre Visionen zu schreiben. Sie legte sich krank vor Kummer ins Bett. Doch zuvor informierte sie noch eine adlige Gönnerin. Die hat sich wiederum beim Mainzer Bischof für sie eingesetzt, der am Ende den Abt dazu verdonnert hat, Hildegard und ihre Nonnen ziehen zu lassen. Danach wurde Hildegard wieder gesund. Sie scharte ihre Mitschwestern um sich, zog nach Bingen und baute auf dem Rupertsberg mit eigenen Händen das neue Kloster.«

»Warum ausgerechnet hier?«

Im Garten schien das Gespräch beendet zu sein. Emma glaubte eine steile Falte zwischen den Augen der Ordensschwester zu erkennen, ihre Lippen waren aufeinandergepresst, als hätte sie soeben für den Rest ihres Lebens ein Schweigegelübde abgelegt. Der Blick, den sie dem finster dreinblickenden Mann zuwarf, war alles andere als freundlich. Dann gingen beide Richtung Gebäude, bis sie schließlich aus Emmas Blickfeld verschwanden.

»Hildegard behauptete, in einer Vision hätte sie erfahren, dass das neue Kloster dort stehen sollte, wo der heilige Rupert von Bingen etliche Jahre zuvor seine Kirche gebaut hatte.«

Emma sah hinunter auf den Rhein, wo Lastkähne durch das Wasser pflügten.

»Praktischerweise ist das Rhein-Nahe-Eck ein Knotenpunkt, wo sich schon damals die Handels- und Verkehrswege kreuzten«, sagte Emma.

»So ist es«, erwiderte er. »Hier kamen Kaufleute und Gelehrte vorbei, wenn sie von Ost nach West und von Nord nach Süd reisten. Hier konnte Hildegard von Bingen leichter als auf dem Disibodenberg Besuch empfangen und auch einfacher auf Reisen gehen.«

»Eine Vision«, sagte Emma und schmunzelte. »Wie geschickt, immer zum richtigen Zeitpunkt die richtige Ansage. Sie muss ein sehr strategisch denkender Mensch gewesen sein.«

Hertl erhob sich ruckartig. Sein Gesicht wirkte verschlossen.

»Es ist doch auffallend, dass Hildegard von Bingen in den Visionen genau das sieht, was ihren eigenen Wünschen entspricht«, verteidigte sich Emma.

Er musterte sie kühl. »Oder sie hat das zu ihren Wünschen gemacht, was ihr in Visionen offenbart wurde«, erwiderte er. Dann ging er zur Tür und öffnete sie.

Emma ärgerte sich über ihr loses Mundwerk. Sie war es nicht gewohnt, mit Menschen zu sprechen, bei denen lockere Sprüche über wichtige Persönlichkeiten der Kirchengeschichte nicht gut ankamen. Ihre Eltern hatten sich keiner Religion verpflichtet gefühlt. So war sie nie getauft worden, und ihre einzigen Erfahrungen mit der Kirche beschränkten sich auf wenige Gottesdienste, die sie gemeinsam mit ihrer Großmutter besucht hatte.

»Es tut mir leid«, sagte sie schnell. »Ich wollte Ihnen nicht zu nahe treten oder gegenüber einer Kirchenfrau respektlos sein. Ich bin es schon von Berufs wegen gewohnt, zunächst mal alles zu hinterfragen und zu analysieren.«

Emma war sich nicht sicher, ob die Entschuldigung bei Hertl ankam. Sein Mund wirkte noch immer freundlich, doch seine Augen blieben ernst.

»Ich denke«, sagte er langsam, »es sollte inzwischen kein Problem sein, unbehelligt über den Klosterhof nach draußen zu gelangen. Ich begleite Sie.«

Er trat zur Seite und gab ihr den Weg frei. Emma erhob sich, dann blieb sie zögernd stehen.

»Ich...«, begann sie. Als sie in seine Augen sah, merkte sie, dass es ein Fehler gewesen war, ihn an ihren Beruf zu erinnern. Der Blick, den er ihr zuwarf, war von tiefem Misstrauen geprägt.

6. Kapitel

Für die Manneskraft, die in den Lenden der Männer liegt oder vielmehr für den Wind, der aus dem Mark hervorgeht, sind zwei untereinander verbundene Kräfte wie zwei Behälter da, welche die Glut, die im Manne ist, erweisen und außerdem das Feuer für den Stamm mächtig in sich enthalten. Sie sind von einer dünnen Haut umgeben, damit ihre Leistungsfähigkeit keine Einbuße erleidet, die ihnen behilflich ist, den Stamm aufrichten zu können. Fehlen einem Manne zufällig diese beiden Kräfte infolge angeborenen Mangels oder weil er kastriert wurde, so hat er keine männliche Kraft und auch nicht den männlichen Wind, der den Stamm zu seiner Kraft erhebt.

Zu ihrer Überraschung schmeckte die Suppe ausgezeichnet. Schwester Lioba aß mit Genuss weiter. Als sie hörte, dass es heute Fischsuppe geben sollte, hatte sie schon das Schlimmste befürchtet. Süddeutsche Hausmannskost konnte die Küchenschwester wirklich gut, aber die wenigen Ausflüge in die internationale Küche waren bisher grauenhaft gewesen. Diesmal hatte Schwester Angelika sich selber übertroffen. Schwester Lioba warf einen kurzen Blick in die Runde. Das Refektorium war gut gefüllt. Bis auf Schwester Angelika waren alle der 37 Schwestern des Konvents beim Essen. Schweigend, wie die Regel es vorsah. Auf einem kleinen Podest saß Schwester Bettina, eine schüchterne Mittdreißigerin mit unstetem Blick. Sie war diese Woche dran mit der Lesung und sollte dafür nach eigener Einschätzung die wichtigsten Meldungen aus der Tageszeitung wählen. Da sie sich meist schwer entscheiden konnte, lagen zwischen den einzelnen Meldungen oft mehrere Minuten Pause.

»Mit einem beispiellosen Aufgebot hat die Polizei versucht, Randale beim Nato-Gipfel zu verhindern – gelungen ist das nur auf der deutschen Seite. In Straßburg brannten Häuser, Demonstranten lieferten sich …«

Die Stimme von Schwester Bettina wurde leiser und verstummte schließlich. Schwester Lioba hob erstaunt den Kopf. Es war seit Jahren nicht mehr vorgekommen, dass die Lesung während der Mahlzeit unterbrochen wurde.

Erst jetzt nahm sie die Geräusche wahr. Aus dem Gang zum Refektorium waren aufgeregte Stimmen zu hören. Eine davon gehörte Schwester Angelika. Selten hatte die Stimme der Küchenschwester so hysterisch geklungen.

Durch die jahrhundertealte Tür zum Speisesaal drang unüberhörbar eine Männerstimme. Ärgerlich runzelte Schwester Lioba die Stirn. Dieser Teil des Klosters gehörte zur Klausur, dem Bereich, der ausschließlich den Schwestern vorbehalten war. Er blieb selbst dem Beichtvater verschlossen. Die Blicke aller Schwestern waren auf die Tür gerichtet, die sich unvermittelt öffnete.

Schwester Angelika erschien im Türrahmen, ihr Gesicht war sichtlich gerötet. Hinter ihr tauchte der Kommissar auf, der Schwester Lioba am Morgen befragt hatte. Sie brauchte einen Moment, bis ihr sein Name wieder einfiel. Hauptkommissar Grieser, so hatte er sich vorgestellt. Schwester Lioba spürte, wie sich die Aufmerksamkeit der Mitschwestern auf sie richtete. Ein Blick in die Gesichter verriet ihr, dass die Schwestern teils neugierig, teils angespannt darauf warteten, dass sie etwas unternahm. Ihr Blick kreuzte sich mit dem von Schwester Raphaela, ihrer alten Rivalin. In ihren Augen blitzte Neugier.

Bedächtig legte Schwester Lioba den Löffel beiseite. Dann erhob sie sich. Hauptkommissar Grieser hatte sie bereits unter den Schwestern entdeckt und steuerte auf sie zu. Die Anspannung im Raum stieg. Schwester Lioba ging Hauptkommissar Grieser entgegen, der zu reden anfing, noch bevor sie ihn erreicht hatte.

»Ich muss Sie dringend sprechen«, sagte er. »Es tut mir leid, dass ich Sie und Ihre Mitschwestern beim Essen störe, aber es ist wirklich wichtig.«

»Es wäre nicht nötig gewesen, dafür in die Klausur einzudringen, dem Rückzugsraum des Konvents«, sagte Schwester Lioba ruhig. Sie erreichte Grieser und beschleunigte ihren Schritt, sodass er gezwungen war, ihr nachzueilen.

Sie führte Grieser auf den Gang, schloss hinter ihm die Tür zum Refektorium und ging direkt nach unten in ihr Büro. Schweigend folgte er ihr und wartete, bis sie sich gesetzt hatte.

»Entschuldigen Sie«, sagte er zerknirscht und ließ seinen Worten eine angedeutete Verbeugung folgen.

Ärgerlich musterte Schwester Lioba den Hauptkommissar, der ihr gegenüber auf dem Besucherstuhl Platz nahm. Er nestelte in seiner Jackentasche und förderte sein Notizbuch zutage. Er wirkte angespannter als am Morgen. »Miriam Schürmann ist nicht in ihrem Zimmer im Gästehaus umgebracht worden. Wenn sie außerhalb vom Rupertsberg ermordet wurde, so muss ihre Leiche gegen Morgen ins Kloster gebracht worden sein.«

»Wir feiern jeden Abend die Vigilien, das Nachtgebet.

In der Abteikirche. Die Vigilien enden gegen 20.45 Uhr. Manchmal kommen Touristen und Einheimische in die Kirche, die unserem Nachtgebet beiwohnen. Wenn die letzten Besucher nach Ende des Gebets das Kloster verlassen haben, schließen wir alle Türen ab. Dann haben nur noch die Schwestern Zugang zur Klosteranlage. Am nächsten Morgen nach dem Morgengebet öffnen wir wieder das Kloster für Außenstehende.«

»Das heißt, es gibt die ganze Nacht keine Möglichkeit, auf das Klostergelände zu kommen?«, fragte der Hauptkommissar. Schwester Lioba schüttelte den Kopf.

»Dann müsste es jemand gewesen sein, der Zugang zum Kloster hatte«, erklärte Grieser gedehnt.

Schwester Lioba spürte, wie sich Schweißperlen auf ihrer Stirn bildeten. »Sie denken, eine der Schwestern hat Miriam im Kloster ermordet?« Sie stand auf. Ein Ordner mit Rechnungen rutschte über die Kante des Schreibtischs und landete vor ihren Füßen. Reflexartig bückte sie sich und angelte nach dem grauen Pappordner, der unter dem Schreibtisch verschwunden war. Auch Grieser war aufgestanden. Er kniete sich neben sie und zog einige der weißen Papierstücke zu sich her.

Schwester Lioba richtete sich auf und legte behutsam den Ordner auf ihren Schreibtisch zurück. Stumm schickte sie ein Stoßgebet gen Himmel. *O Kraft der Weisheit, / du zogst deine Bahn / umfingst das All / auf dem einzigen Weg, / der zum Leben führt. / Drei Kräfte hast du, Flügeln gleich: / Zur Höhe empor schwingt sich kraftvoll der eine, / von der Erde her müht sich der zweite, / und allüberall schwingt der dritte. / Lob sei dir, Weisheit, / würdig bist du allen Lobes!*

Grieser hielt ihr einen Packen Rechnungen hin. Schwester Lioba murmelte einen Dank und nahm ihm die Papiere ab. Dann schob sie das ganze Bündel zur Seite.

»Könnten Sie sich denn vorstellen, dass es eine der Schwestern war?«, fragte Grieser.

»Ordensschwestern sind Menschen wie andere auch«, erwiderte Schwester Lioba. »Sie können auch fehlen. Allerdings könnte ich mir nicht vorstellen, dass eine Schwester, die zu solch einer Tat fähig ist, danach ihr Leben als Ordensfrau einfach fortsetzt. Deshalb würde ich sagen, nein, das kann ich mir nicht vorstellen.«

»Das hätte mich auch gewundert«, sagte er zögernd.

»Welche Möglichkeiten gibt es noch?«, fragte sie. Der Schweißfilm auf ihrer Stirn trocknete allmählich und hinterließ ein kühles Gefühl.

»Haben die Gäste nachts Zugang zu allen Räumlichkeiten des Klosters?«

»Nein«, sagte Schwester Lioba. »Mit ihrer Codekarte können sie von außen ins Gästehaus gelangen. Alle anderen Gebäude und der Klosterhof bleiben ihnen nachts verschlossen.«

»Auch die Kirche?«, vergewisserte sich Grieser.

»Nachts bleibt eine kleine Seitentür der Kirche geöffnet. Doch um dorthin zu gelangen, muss man Zugang zum Klosterhof haben. Das ist nur mit einem Generalschlüssel möglich.«

»Bleiben also nur die Schwestern.«

Schwester Lioba sah ihn sprachlos an.

»Könnte jemand an einen Generalschlüssel herangekommen sein?«, fragte Grieser.

Schwester Lioba zog die Augenbrauen zusammen. »Nicht unmöglich, aber unwahrscheinlich. Einen Satz Schlüssel habe ich, einen zweiten Schwester Heidrun. Sie ist Priorin und damit meine Stellvertreterin. Die Ersatzschlüssel werden hier in meinem Büro aufbewahrt.«

Er sah sie schweigend an. Schwester Lioba erwiderte seinen Blick. Sie ging rasch die verschiedenen Möglichkeiten durch, die ihr blieben. Sie konnte ihn hinauswerfen. Das machte sie und den Konvent verdächtig und würde bedeuten, dass die Polizei erst recht versuchen würde, hier einzudringen und alles zu durchsuchen. Sie konnte passiven Widerstand leisten. Doch das würde er merken und ebenfalls dazu führen, dass er versuchen würde, ihr zu beweisen, dass sie ihn nicht aufhalten konnte. Sie konnte aber auch kooperieren, um zu versuchen, den Schaden so gering wie möglich zu halten. Sie musterte ihn. Grieser hatte ruhig abgewartet, als wüsste er, dass sie eine Entscheidung treffen musste.

Schwester Lioba erhob sich und ging zu dem Büroschrank, der neben der Tür die Wand füllte. Es war ein moderner Schrank aus Spanplatten mit dunklem Eichenfurnier. Sie drückte die Tür auf und prüfte die Unversehrtheit des kleinen Tresors, der darin untergebracht war. Dann nahm sie den Schlüsselbund aus ihrer Tasche und öffnete ihn. Neben den Einnahmen des Klosterladens aus den vergangenen Tagen lag in der Schublade der schwere eiserne Ring mit den glänzenden Ersatzschlüsseln. Schwester Lioba prüfte den Schlüsselbund und sagte: »Alle Schlüssel sind da, es fehlt keiner.« Sie verschloss den Tresor und zog sich mit der Linken am Schrank hoch. Sie war müde und hatte das Gefühl, im Laufe des Tages um Jahre gealtert zu sein. Sie senkte den Kopf für ein kurzes Stoßgebet. Dann wandte sie sich um.

»Könnte jemand den Leichnam auf anderem Weg ins Kloster gebracht haben?«, fragte sie und kehrte zum Schreibtisch zurück.

»Die Klostermauern sind sehr hoch. Da hätte man eine lange Leiter gebraucht. Mit der wiederum wäre es schwierig gewesen, den Leichnam sozusagen huckepack mitzunehmen. Das ist eher unwahrscheinlich.«

Auf einmal fror sie. Sie mochte sich nicht ernsthaft ausmalen, wie jemand auf einer Leiter über die Klostermauern kletterte und dabei Miriams Leichnam auf der Schulter balancierte.

»Sind alle Schlösser unversehrt?«, fragte sie.

»Das prüfen meine Leute gerade.« Grieser nickte.

Schwester Lioba fühlte sich schlecht. Sie hätte ihm einige Gründe nennen können, warum Miriam sterben musste. Doch nach dem Gespräch mit Windisch am Morgen musste sie schweigen. Miriam würde davon auch nicht wieder lebendig, hatte er gesagt, und sie hatte ihr Geheimnis vermutlich mit ins Grab genommen. Also gab es keinen Grund mehr, der Polizei alles zu sagen.

»Ich habe noch eine Frage an Sie«, unterbrach Grieser ihre Gedanken.

Schwester Lioba sah ihn nachdenklich an. Für Windisch hing viel davon ab, dass sie den Mund hielt. Doch sie riskierte damit, sich und den ganzen Konvent in diese Geschichte mit hineinzuziehen. Mal ganz davon abgesehen, dass ein Mörder frei herumlief. Aber sie war sicher, dass er es nur auf Miriam abgesehen hatte.

Besorgt musterte sie den Hauptkommissar und versuchte zu deuten, was sie in seinen Augen las. Die Ungeheuerlichkeit der Vermutung, dass die Mörderin eine der Schwestern des Konvents gewesen sein könnte, war eigentlich nicht zu überbieten. Sie nickte.

»Ihre Vorgängerin ist vor etwa acht Wochen gestorben«, sagte er bedächtig. »Was war die Todesursache?«

»Herzversagen«, erwiderte Schwester Lioba ohne Zögern. »Ihr Herz war müde und ist eines Nachts einfach stehengeblieben. Wir haben sie am anderen Morgen tot in ihrem Bett gefunden.«

»Wie heißt der Arzt, der den Totenschein ausgestellt hat?«, fragte Grieser.

»Ertelt«, erwiderte Schwester Lioba und beobachtete, wie Grieser den Namen in sein Notizbuch eintrug. »Doktor Ertelt. Er hat seine Praxis hier in Bingerbrück, nur zwei Straßen weiter.«

Erst dann dämmerte ihr, warum Grieser danach fragte.

»Sie wollen nicht ernsthaft behaupten...«, begann Schwester Lioba. Ihre Stimme klang in ihren eigenen Ohren ungewohnt tief.

»Ich behaupte gar nichts«, sagte Grieser ruhig und schob den Kugelschreiber zurück in die Brusttasche. Dann verstaute er sein Notizbuch in einer Innentasche seiner Jacke. »Ich prüfe lediglich, ob sich ein Zusammenhang finden lässt zwischen dem Mord und der Umgebung, in der die Leiche aufgefunden wurde.«

»Unsere verehrte Äbtissin, Mutter Mechthild, ist an Herzversagen gestorben«, sagte Schwester Lioba fest. »Sie hat sich schon in den Monaten davor nicht mehr gut gefühlt und sich um eine Nachfolgerin für ihr Amt bemüht. Es gibt keinerlei Zusammenhang zwischen dem Mord an meiner armen Schulfreundin und dem Tod meiner Vorgängerin.«

»Es bleibt mir nichts anderes übrig, Schwester Lioba, als jedem Hinweis nachzugehen«, sagte Grieser bedauernd. »Wir müssen zumindest die Möglichkeit prüfen, ob es einen Zusammenhang gibt. Das Wichtigste im Moment ist auszuschließen, dass Miriam Schürmann hier im Kloster ermordet wurde. Wir werden die privaten Räume der Ordensschwestern untersuchen müssen.«

Schwester Lioba erstarrte. »Das heißt?«, fragte sie, und zum ersten Mal verließ sie das Bedürfnis, ein Mindestmaß an Höflichkeit aufzubringen.

»Meine Kollegen von der Spurensicherung werden jeden Raum in diesem Kloster überprüfen. Jetzt.«

Diesmal fiel ihr kein Gebet ein, um ihre hektisch ausschlagenden Gedanken in ruhige Bahnen zu lenken.

»Wenn Sie uns freiwillig keinen Zugang gewähren, dann kann ich ihn erzwingen. Die deutsche Gerichtsbarkeit gilt auch für katholische Klöster.« Grieser stand auf.

Schwester Lioba erhob sich ebenfalls. Grieser war neben der Tür stehen geblieben und sah sie nachdenklich an. Am liebsten hätte sie ihn hinausgeworfen mitsamt seinen Leuten.

»Es gibt keinen Grund, mir zu drohen«, sagte sie ruhig und blieb vor ihm stehen. »Selbstverständlich können Sie Ihre Arbeit tun. Ich möchte Sie nur bitten, nicht mehr ohne Vorankündigung in die Klausur einzudringen.«

Grieser runzelte die Stirn.

»Im Anschluss an das Abendessen haben wir Rekreation und sind gemeinsam im Aufenthaltsraum. Danach gehen wir zum Nachtgebet in die Klosterkapelle. Sie und Ihre Leute haben also etwa drei Stunden Zeit, einen Blick in alle Zimmer zu werfen, ohne unsere Privatsphäre zu stören. Speisesaal und Aufenthaltsraum können Sie untersuchen, während wir in der Kapelle sind. Genügt Ihnen das?«

Griesers Falten glätteten sich, und ganz unvermittelt zog ein Lächeln über sein Gesicht.

»Drei Stunden sind nicht viel«, sagte er freundlich. Zum ersten Mal seit Beginn des Gesprächs hatte Schwester Lioba das Gefühl, dass er sich in ihrer Gegenwart wohl fühlte. »Doch für eine erste flüchtige Untersuchung wird es genügen. Nur wenn wir irgendwelche Hinweise finden, müssen wir diesen nachgehen, egal wie lange es dauert.«

Schwester Lioba verabschiedete Grieser mit einem kurzen Nicken.

Grieser gab seine Anweisungen an die Kollegen der Spurensicherung weiter. Sie hatten im Gästehaus des Klosters einen Tagungsraum zur Einsatzzentrale gemacht. Mit den Gerätschaften der Spurensicherung, etlichen Computern und einem 3-D-Scanner war es recht eng. Kramer und vier seiner Leute packten ihre Arbeitskoffer und gingen hinüber ins Kloster. Sabine Baum folgte ihnen.

Grieser blieb zurück und schrieb auf einem der Computer seinen Bericht. Er trug alle Informationen zusammen, die sie bisher hatten. Sorgfältig ging er nochmals die Aussagen von Kern und Schwester Lioba durch. Grübelnd starrte er nach draußen. Bisher hatte er noch nicht einmal einen vagen Anfangsverdacht. Nichts.

Er warf einen Blick auf seine Uhr. Es war bereits nach 20 Uhr, draußen war es inzwischen fast dunkel. Grieser beschloss, dem Parkplatz des Klosters einen Besuch abzustatten und die Journalistin aufzuspüren. Er schnappte sich seine Jacke und trat auf den Klosterhof. Der Geruch des Tages war gewichen und hatte einer Mischung aus dunklen Erdtönen und kühler Nachtluft Platz gemacht. Auf dem Rhein waren nur noch dunkle Schatten zu sehen, auf denen Lichter tanzten. Der Hauptkommissar verließ die Klosteranlage durch das untere Torhaus. Auf dem Parkplatz schlenderte er zwischen den kreuz und quer stehenden Fahrzeugen hindurch. Seit dem Morgen waren noch einige hinzugekommen. An einem Campingtisch saß ein junger Mann, der kaum die Schule hinter sich gelassen haben konnte, und bearbeitete fast gewaltsam die Tastatur seines Laptops. Eine Gruppe von Männern und Frauen stand zwischen den Wagen eingekeilt. Sie debattierten heftig. Grieser ging nahe genug heran, bis er die Gesichter erkennen konnte. Wortfetzen drangen zu ihm herüber. Neugierige Blicke streiften sein Gesicht, doch niemand sprach ihn an.

Grieser lief weiter. In den meisten Fahrzeugen lagen technische Geräte, dazwischen leere Kaffeebecher, Schlafsäcke und achtlos in die Ecke geworfene Kleidungsstücke.

Am Rande des Parkplatzes zum Rhein hin stieß er auf einen alten VW-Bus. Darin brannte Licht. Ein Mann und eine Frau saßen sich schweigend an einem Tisch gegenüber. Beide starrten auf den Bildschirm eines Computers.

Grieser erkannte die Journalistin vom Klosterhof. Sie hatte schulterlange dunkle Locken und ein ovales Gesicht mit leichten Grübchen links und rechts. Der Mann ihr gegenüber war gutaussehend, mit kurzgeschnittenen blonden Haaren und wachen, dunklen Augen.

Der Hauptkommissar klopfte an die Scheibe der Schiebetür. Zwei Augenpaare wandten sich ihm zu und versuchten die spiegelnde Fensterscheibe zu durchdringen. Dann erhob sich die Frau und öffnete.

»Ja?«, fragte sie und ließ ihren Blick über sein Gesicht gleiten.

»Sie sind Journalistin?« Grieser tastete in die Tasche nach seinem Dienstausweis.

Die Frau nickte und betrachtete ohne Regung das Dokument, das er ihr hinhielt.

»Ich habe Sie heute Nachmittag im Innenhof der Klosteranlage gesehen. Ich denke, Ihnen ist klar, dass Sie in die innere Absperrung vorgedrungen sind und damit die laufenden Ermittlungen gestört haben«, sagte Grieser.

Die Frau verzog noch immer keine Miene, wich aber seinem Blick nicht aus.

»Ihre Papiere bitte«, sagte Grieser und runzelte die Stirn.

Die Frau zog ihre Handtasche zu sich her und kramte einen Ausweis hervor, der sie als Emma Prinz auswies. Grieser griff in seine Innentasche und nahm sein Notizbuch heraus, um sich Name und Adresse aufzuschreiben.

»Sollten Sie etwas veröffentlichen, was unsere Ermittlungen behindert, werde ich Sie dafür belangen«, sagte er und gab ihr den Ausweis zurück.

»Das ist Ihr gutes Recht«, erwiderte Emma Prinz gelassen.

Nun stand der Mann auf und trat hinter sie. Er blickte Grieser von oben herab ins Gesicht.

»Was haben Sie denn Emma Prinz konkret vorzuwerfen?«, fragte er grimmig.

»Paul«, wehrte Emma ab.

»Sie hat aus Versehen die innere Absperrung überwunden«, fuhr der Mann unbeirrt fort, »ohne sich dessen bewusst zu sein, und ist von einem der Gäste des Klosters in sein Zimmer eingeladen worden.«

Grieser erstarrte. Er wandte den Kopf und blickte den Mann an, den sie Paul genannt hatte. Diese Stimme hätte er überall erkannt. Grieser versuchte seine Atmung zu kontrollieren. Die beiden sollten nicht merken, dass er sich kaum noch im Griff hatte.

»Sind wir uns nicht vor kurzem begegnet?«, fragte Grieser. Er veränderte den Ton seiner Stimme ein wenig, nun klang er weniger offiziell. Der andere hatte ihn ebenfalls erkannt, das spürte Grieser sofort. Doch seine Miene änderte sich nur wenig. Grieser war sich nicht sicher, wie er den Gesichtsausdruck deuten sollte.

»Würden Sie bitte einen Moment mitkommen?«, fragte Grieser. Paul sah ihn wortlos an. Die Frau schien unschlüssig, was sie davon halten sollte. Unruhig trat sie von einem Fuß auf den anderen. Paul nickte ihr zu und erhob sich.

»Kein Problem«, sagte er und ließ offen, an wen seine Worte gerichtet waren. Er stieg aus dem Bus.

»Würden Sie bitte einen Moment mitkommen?«, wiederholte Grieser höflich.

Der Mann zog fragend seine Augenbrauen hoch, was seinem Gesicht einen unfreiwillig komischen Ausdruck verlieh. Dann wandte er sich der Journalistin zu.

»Mach dir keine Sorgen«, sagte er leichthin. »Ich bin bald zurück.«

Grieser stapfte los, zurück zur Klosteranlage. Aus den knirschenden Geräuschen hinter sich schloss er, dass Paul ihm folgte. Grieser ließ das Torhaus rechts liegen und strebte Richtung Spazierweg, unterhalb der östlichen Klostermauer. Am liebsten wäre er schneller gegangen, doch er zwang sich, seine Ungeduld zu zügeln. Paul blieb hinter ihm. Kein Wort fiel. Grieser umrundete die Klosteranlage und erreichte seinen Dienstwagen, den er am Morgen neben dem Hotel »Zum Schwanen« abgestellt hatte. Die Lichter blinkten, dann öffnete sich die Verriegelung. Grieser warf einen Blick in die Runde und vergewisserte sich, dass keiner seiner Kollegen in Sichtweite war. Er zog die Fahrertür auf und setzte sich hinters Steuer. Paul stieg auf der Beifahrerseite ein und zog die Tür ins Schloss. Grieser startete den Motor und fuhr los. Nur mit Mühe schaffte er es, das Tempo knapp über der Geschwindigkeitsbegrenzung zu drosseln. Zwischen den Häusern waren kaum noch Menschen zu sehen. Aus vielen Fenstern drang Licht und zerschnitt die rasch hereinfallende Dunkelheit. Grieser ließ den Ortskern hinter sich und steuerte auf der gegenüberliegenden Hangseite eine Aussichtsplattform an. Nur wenige Häuser lagen in Sichtweite. Grieser stellte den Wagen ab und überquerte den verlassenen daliegenden Bolzplatz. Am gegenüberliegenden Ende erreichte er eine Absperrung, die den Grillplatz vom Abgrund trennte. Ein Meer aus Lichtern lag vor ihm, in das der Rhein eine dunkle Schneise schnitt. Der Wind strich über Griesers nass geschwitzten Nacken und ließ ihn frösteln. Paul erreichte ihn und trat neben ihn ans Geländer. Schweigend blickten sie auf das dunkle Wasser hinunter. Winzige Lichter glitten langsam schaukelnd den Flusslauf hinunter.

Grieser wandte sich um und musterte den Mann neben sich. Er hatte ihn sich anders vorgestellt, älter und weniger gutaussehend. Grieser trat näher. Paul drehte den Kopf und sah ihn an. Grieser hielt seinen Blick fest, dann näherte er sich behutsam und küsste ihn ganz sacht auf den Mund. Wie schon vor zwei Monaten im Darkroom überwältigte ihn das Gefühl, endlich angekommen zu sein. Später hatte er sich selbst ausgelacht. Der Zweck eines Darkrooms war es, unkomplizierten Sex mit Unbekannten zu haben. Die Dunkelheit schützte die Identität der Männer, nur Schemen waren zu erkennen. Nicht gerade der ideale Ort, um sich zu verlieben.

7. Kapitel

Ist die Frau in Vereinigung mit dem Manne, so kündet die Wärme in ihrem Gehirn, die das Lustgefühl in sich trägt, den Geschmack dieses Lustgefühls bei der Vereinigung vorher an, wie auch den Erguß des Samens. Ist der Samen an seinen Ort gefallen, dann zieht ihn die eben erwähnte, sehr starke Wärme des Gehirns an sich und hält ihn fest. Fast gleichzeitig damit ziehen sich auch die Nieren des Weibes zusammen und alle die Teile, die während des Monatsflusses zur Öffnung bereit stehen, schließen sich zur selben Zeit so fest, wie wenn ein starker Mann irgendeinen Gegenstand fest in der Hand verschließt.

Ihre Knie brannten, und in ihrer rechten Schulter zuckte ein Muskel. Schwester Lioba versuchte sich auf das Gebet zu konzentrieren. *Mein Gott, du hast mich geschaffen, / ich lebe durch dich und trachte nach dir, / wenn ich mit Seufzen das Gute erflehe. / Ich kenne dich ja als meinen Gott / und weiß nur, daß ich dir dienen darf, / denn du hast mir Einsicht gegeben. / O du mein Helfer bei allem Guten, / durch dich vollbringe ich gute Werke. / Auf dich will ich all meine Hoffnung werfen / und mich bekleiden mit deiner Huld.*

Anschließend betete sie noch einen Rosenkranz. Immer wieder ertappte sie sich dabei, dass die Worte automatisch aus ihrem Mund strömten. Ihre Gedanken kreisten um den Mord an Miriam. Zwischen zwei Gebeten stieß sie unwillkürlich einen Seufzer aus. Sie rutschte immer weiter in diese Geschichte hinein, ob sie wollte oder nicht. Grieser hatte sich mit den Worten verabschiedet, dass seine Leute in den Privaträumen der Schwestern nichts gefunden hatten. Er betonte, dass es nötig sein könnte, noch genauere Untersuchungen anzustellen. Mehr Sorgen bereitete ihr die Frage, ob mit Miriams Tod alles ein Ende gefunden hatte. Kein gutes Ende, daran gab es keinen Zweifel. Aber vielleicht wenigstens ein Ende. Schwester Lioba versuchte, sich zu sammeln und ihre Gedanken auf das Gebet zu richten.

Es klopfte. Schwester Lioba schwieg irritiert. Sie blickte auf den kleinen Reisewecker, ein Geschenk ihrer Schwester, der seit ihrer ewigen Profess auf dem Nachttisch stand. 21.30 Uhr. Die Zahlen leuchteten, sonst hätte sie die Uhrzeit im Dämmerlicht nicht erkennen können. Es musste etwas passiert sein. Die Regeln des heiligen Benediktus sahen vor, dass jede Schwester ab 21 Uhr Nachtruhe hielt.

Es klopfte erneut. Schwester Lioba raffte ihren Habit. Als sie sich erhob, schoss ein stechender Schmerz durch ihr rechtes Knie. Sie stöhnte leise. Zögernd ging sie zur Tür und öffnete.

»Mutter Oberin, es tut mir leid, dass ich Ihre Zeit der inneren Einkehr unterbreche. Aber ich muss Sie dringend sprechen.«

Die Priorin wirkte angespannt, ihre Augen waren voller Sorge. Schwester Lioba hatte nicht den geringsten Zweifel, dass es wichtig war. Mit einer Handbewegung bedeutete sie ihrer Stellvertreterin, ihr in das Büro zu folgen. Das fehlte noch, dass man sie um diese Zeit gemeinsam in ihren Privaträumen verschwinden sah. Dann hätte sie zu allem Überfluss auch noch Gerüchte ins Leben gerufen, die vernichtender nicht sein konnten.

Sie schloss die Tür ihres Zimmers lauter als notwendig. Die anderen sollten hören, dass sie und Schwester Heidrun ins Büro gingen.

Die Priorin folgte ihr mit gesenktem Kopf. Eine Etage tiefer trat sie hinter Schwester Lioba in ihr Dienstzimmer und schloss die Tür. Schwester Lioba widerstand der Versuchung, sich zu setzen. Sie blieb hinter ihrem Schreibtisch stehen und sah Schwester Heidrun ruhig an. Ihre Stellvertreterin war eine mütterlich wirkende Frau, Ende vierzig, die sonst nichts so leicht aus der Ruhe brachte.

»Ich habe den Ordner geprüft, den Sie mir heute Nachmittag gegeben haben, um ihn neu zu sortieren und alles abzuheften.« Sie zupfte nervös an ihrem Habit.

Schwester Lioba nickte. Es war ihre Absicht gewesen, Schwester Heidrun Einblick in die wirtschaftliche Situation des Klosters zu geben. Sie hatte allerdings nicht damit gerechnet, dass ihre Stellvertreterin so schnell reagierte.

»Wir sind pleite«, sagte Schwester Heidrun.

»So würde ich das nicht …«, begann Schwester Lioba.

»Ehrwürdige Mutter, Sie baten mich, die Unterlagen nicht nur zu sortieren, sondern auch zu prüfen. Das habe ich getan. Unsere finanzielle Situation ist katastrophal.«

Schwester Lioba seufzte. »Ich weiß. Deshalb habe ich Sie auch gebeten, sich alle Unterlagen anzusehen. Nach dem Tod unserer ehrwürdigen Mutter Mechthild habe ich ein paar Wochen benötigt, bis ich alles durchgesehen und geordnet hatte. Erst dann wurde mir klar, wie schlecht es tatsächlich um uns bestellt ist. Eigentlich hatte ich gehofft, von meiner ehemaligen Klassenkameradin Unterstützung zu bekommen. Aber sie wollte nicht.«

»Aber Mutter Oberin, vielleicht könnten Sie ja ihre Klassenkameradin doch noch davon überzeugen, uns zu helfen.« Das Gesicht der Priorin hatte ein Hoffnungsschimmer zum Leuchten gebracht.

»Sie ist tot«, unterbrach Schwester Lioba sie. »Es war meine Klassenkameradin Miriam. Sie ist die Tote vom Altar. Sie kann uns nicht mehr helfen.«

»Aber ihre Erben, vielleicht sind sie ja dazu bereit.« Schwester Heidrun war noch nicht bereit aufzugeben.

»Nein«, erwiderte Schwester Lioba, »ich hatte mir von ihr kein Geld erhofft. Nur Miriam selber hätte uns helfen können.«

»Was hatten sie denn von ihr erwartet?«, fragte die Priorin.

Schwester Lioba antwortete nicht. Schweigend trat sie an das Fenster und sah in den nachtdunklen Hof hinunter. Ihr Blick streifte das angrenzende Hotel.

»Ich habe mich gefragt, ob wir nicht das Hotel ›Zum Schwanen‹ übernehmen sollten. Es steht zum Verkauf, das hat mir Schwester Angelika erzählt.«

Schwester Heidrun sagte nichts darauf. Schwester Lioba wusste, warum. Der Konvent auf dem Rupertsberg war ein kontemplativer Orden. Sie hatten sich ganz dem Gebet und der inneren Einkehr verschrieben. Arbeit und Gebet waren gleichberechtigt und wurden zu gleichen Teilen in den Tagesablauf integriert. Je weniger Kontakt sie zu Menschen außerhalb des Konvents hatten, desto besser. Ins Gästehaus kamen nur Besucher, die innere Einkehr suchten und am Klosterleben interessiert waren. Ein Hotel zu führen war für einen kontemplativen Orden keine gute Idee. Aber jetzt leider die einzige. Ihre erste Idee musste sie nun nach Miriams Tod begraben. Dabei hatte sie eigens die alte Clique zu ihrer Weihe eingeladen. Sie hatte gehofft, die anderen würden ihr helfen, Miriam umzustimmen.

Emma fuhr ihren Dell Inspiron hoch und ging mit dem Surfstick online. Dann loggte sie sich in das Redaktionssystem der *Lupe* ein. Sie legte den Artikel an und kopierte den Text aus Word in das Content-Management-System der Redaktion. Sie formatierte die Überschrift und den Vorspann, dann gliederte sie den Text mit einigen Zwischentiteln und formulierte eine Bildunterschrift. Das Foto hatte sie zuvor mit Photoshop bearbeitet, sodass die Leiche auf dem Altar nur vage zu erahnen war. Für das Bearbeiten der Bilder war eigentlich die Grafikerin der *Lupe* zuständig. Aber Emma war nicht bereit, das Original aus der Hand zu geben. So konnte ausschließlich sie entscheiden, in welcher Form das Foto veröffentlicht wurde.

Emma klickte den Button zum Hochladen an und markierte die Bilddatei auf ihrem Computer. Dann startete sie den Upload. Emma sah auf die Uhr. In einer Stunde war Redaktionsschluss für die nächste Ausgabe. Sie schenkte sich einen Schluck Weißwein ein und betrachtete die Lichtpunkte am gegenüberliegenden Rheinufer.

Wie schmal doch die Grenze zwischen Sensation und Berichterstattung war. Nein, so schmal dann eigentlich auch nicht. Mit dem Foto von einem Tatort ließ sie diese Grenze weit hinter sich. Zu Beginn hatte die *Lupe* auf seriösen Journalismus gesetzt. Doch der neue Chefredakteur kämpfte mit allen Mitteln ums Überleben. Das Foto würde ein scheinheiliges Echo der Medien auslösen. Unter dem Vorwand der Berichterstattung über unverantwortliche Sensationsfotos würden andere Medien das Thema genussvoll aufgreifen. Damit bekäme die *Lupe* bundesweit so viel Aufmerksamkeit, wie es mit keiner Werbekampagne zu schaffen wäre. Und sie selber könnte mit dem Pauschalistenvertrag ein Jahr lang ihre Existenz sichern und auch weiterhin als Journalistin arbeiten.

Trotzdem war sie unzufrieden. Gerade weil sie sich mit dieser Form des Journalismus in guter Gesellschaft befand. Jeden Tag wurden selbst in seriösen Medien wie Tageszeitungen und den öffentlich-rechtlichen Fernsehsendern viele Bilder gezeigt, die weit über nüchterne Berichterstattung hinaus gingen.

Ein Geräusch riss Emma aus ihren Gedanken. Die Schiebetür des alten VW-Busses fiel ins Schloss. Paul setzte sich ihr gegenüber auf die Bank. Emma betrachtete ihn nachdenklich.

»Was wollte der Kommissar von dir?«, fragte sie. Doch im selben Moment wusste sie es. Der Geruch war unverkennbar. Ein bisschen schal und trotzdem prickelnd, wie stehengebliebener Sekt nach einer Premiere.

»Nichts weiter«, sagte Paul und verzog den Mund zu einem angedeuteten Lächeln.

»Nur ein bisschen Spaß?«, fragte sie zweifelnd.

»Nur ein bisschen Sex«, erwiderte Paul.

»Woher wusste er das? Kanntest du ihn?«, fragte Emma.

»Wir hatten vor ein paar Wochen Sex im Connexion, im Darkroom. Er hat mich an meiner Stimme erkannt.«

»Was macht er denn in Mannheim? Er arbeitet doch in Mainz«, fragte Emma.

Sie wandte sich wieder ihrem Laptop zu. Der Download war inzwischen beendet. Das Foto war im Redaktionssystem der *Lupe* angekommen.

»Das Connexion ist die größte Schwulendisco Süddeutschlands.« Paul gähnte erneut. »Die Jungs kommen von überall her, um dort zu tanzen.«

»Ich dachte, du bist nicht schwul«, erwiderte Emma unkonzentriert. Die Affäre zwischen ihr und Paul lag schon etliche Jahre zurück. Sie waren einige Male miteinander im Bett gewesen und hatten dann beschlossen, dass ihnen

Freundschaft lieber war. Emma musterte das Foto und runzelte unzufrieden die Stirn.

»Bin ich auch nicht«, sagte Paul, »das weißt du doch. Ich mag Männer und Frauen.«

»Weiß das der Kommissar?« Emma sah kurz hoch.

»Wozu?«, erwiderte Paul. Er rieb sich den Nacken. »Wir hatten ein bisschen Spaß miteinander. Das ist alles.«

»Hauptsache, es gefällt«, murmelte Emma zerstreut und scrollte nach unten. Kohler machte es ihr wirklich schwer. Der Pauschalistenvertrag hätte sie das nächste Jahr finanziert.

Emma atmete tief durch, klickte auf den Button und löschte das Foto wieder. Erst dann gab sie den Artikel frei.

»Auf dem Rückweg hat er telefoniert«, sagte Paul.

Emma hob den Kopf. Paul erwiderte ihren Blick, verzog seinen Mund zu einem breiten Lächeln und zuckte mit den Achseln.

»Und?«, fragte sie und richtete sich auf.

»Er hat wohl gedacht, ich krieg das nicht mit«, erzählte Paul weiter. »Er hat wenig gesprochen. Aber ich konnte die Stimme des anderen hören.«

Emma kappte die Verbindung ins Internet und wechselte zu Photoshop, wo das unbearbeitete Foto noch immer zu sehen war.

»Die Tote hatte ein frisches Brandmal in der Leiste«, fuhr Paul fort, »das aussieht wie ein Eselskopf.«

»Hat die Rechtsmedizinerin vorhin auch erwähnt.« Emma betrachtete nachdenklich das Foto der ermordeten Frau. Die ganze Aufregung war nun ganz umsonst gewesen. Obwohl, es hatte ihr zumindest die Bekanntschaft eines interessanten Mannes eingebracht.

»Genau der gleiche Eselskopf«, erzählte Paul weiter, »wurde vor etwa zwanzig Jahren bei einem Mönch gefunden. Auch als Brandmal in seiner Leiste.«

Emmas Herzschlag beschleunigte sich.

»Der Mönch hat damals Selbstmord begangen. Bei der Obduktion fand man die frische Wunde. Genau wie bei der Toten heute in der linken Leiste. Beide Brandmale zeigen die gleichen Spuren. Sie sind mit demselben Werkzeug eingebrannt worden.«

Emma blickte ihn entsetzt an.

»Aber das war noch nicht alles«, sprach Paul weiter. »Die Tote von heute war die Schülerin von diesem Mönch damals. Und bis heute ist unklar, warum er Selbstmord begangen hat.«

Emma senkte den Blick und starrte auf das Foto. Bisher hatte sie nur darauf geachtet, dass Bildausschnitt und Auflösung stimmten. Dass darauf ein toter Mensch zu sehen war, hatte sie weitgehend ausgeblendet. Sie griff nach der Maus und führte den Zeiger auf die Programmleiste.

Paul musterte sie schweigend. Emma klickte auf Zoom. Das Foto vergrößerte sich, bis es den Bildschirm füllte. Der Kopf der Toten schien ihr förmlich auf den Schoß zu fallen. Die Haut war weiß, die Augen bis auf einen schmalen Spalt geschlossen, und die Gesichtszüge wirkten merkwürdig erschlafft. Die langen braunen Haare links und rechts an ihren Schläfen waren zerzaust, und die Nase stach aus dem Gesicht hervor wie eine Haifischflosse aus dem Wasser.

»Das war im Internat ›Hildegard von Bingen‹ bei Heidelberg«, sagte Emma mit belegter Stimme.

Paul zog die Augenbrauen hoch. »Woher weißt du das?«

Emma starrte auf den Bildschirm, den der tote Körper einer Frau ausfüllte, die sie als Kind einmal gesehen hatte. Sie hob den Kopf und blickte zu Paul hinüber. Plötzlich spielte ihr Magen verrückt. Sie stand auf, kletterte aus dem Bus und stolperte in die Nacht hinaus.

Emma stürzte eine halbe Flasche Wasser hinunter, um den bitteren Geschmack in ihrem Mund loszuwerden. Paul beobachtete sie nachdenklich. Er kramte in seiner Tasche und hob ihr eine Tüte Fisherman's entgegen. Dankbar griff Emma danach.

»Was hat diese ganze Geschichte mit dir zu tun?«, fragte Paul.

»Absolut nichts.« Emma warf einen Blick auf ihren Bildschirm, wo die Tote noch immer in hoher Auflösung zu sehen war. Sie schloss das Bildbearbeitungsprogramm und fuhr den Rechner herunter.

»Das war die richtige Entscheidung«, sagte Paul und warf ihr einen Blick zu. »Sei froh. Du hättest mit dem Foto deine berufliche Karriere beendet. Ziemlich sicher sogar.«

»Der Pauschalistenvertrag hätte mir überhaupt erst ermöglicht, weiterhin als Journalistin zu arbeiten«, erwiderte sie bitter.

»Woher weißt du das mit dem Internat?«, fragte Paul.

»Mein Vater war zu der Zeit Deutschlehrer im Internat und stellvertretender Schulleiter. Inzwischen ist er Schulleiter dort.«

»Gibt es irgendeinen Grund, dir deshalb Sorgen zu machen?«, fragte Paul.

Emma sah ihn nachdenklich an und stand auf. »Ich muss ins Bett.« Sie räumte den Tisch frei. »War ein harter Tag.«

Paul musterte sie skeptisch. Dann griff er nach seiner Tasche, schnappte sich seinen Laptop und klemmte sich beides unter den Arm.

»Schlaf gut«, sagte er und lächelte besorgt. »Ich fahr jetzt zurück nach Mannheim. Wenn was ist – du kennst meine Nummer.«

»Danke dir«, murmelte Emma und warf ihm einen warmen Blick zu. Sie baute den Tisch zu einem Bett um und kletterte ein letztes Mal aus dem Bus, um sich im hohen Gras der angrenzenden Wiese zu erleichtern. Für Notfälle hatte sie ein Chemieklo dabei.

Emma kletterte in den Bus zurück, zog rundum die Vorhänge zu und legte sich schlafen. Unruhig wälzte sie sich von einer Seite auf die andere. Nach einer Weile setzte sie sich auf und zog den dünnen Vorhangstoff beiseite, so dass sie den Rhein sehen konnte. Die Nacht war sternenklar. Sie konnte im Mondschein den träge dahinfließenden Strom erkennen.

Emma griff nach dem Laptop, den sie für die Nacht auf dem niedrigen Schränkchen neben der Spüle deponiert hatte. Sie fuhr ihn hoch und loggte sich in das Redaktionssystem der *Lupe* ein. Dann ließ sie sich den Artikel anzeigen, den sie am Nachmittag über die Leiche im Kloster geschrieben hatte. Viel war es ohnehin nicht, was bisher über die Tote und den Mord bekannt war. Paul hatte ihr noch ein paar Details von der Pressekonferenz mitgebracht, aber der Artikel lebte mehr von der Beschreibung der Umgebung und dem geschichtlichen Hintergrund des Klosters als von Fakten über den Mord.

Nachdenklich betrachtete Emma den leeren Rahmen, in dem noch vor kurzem das Foto gestanden hatte. Nur einen Klick war sie davon entfernt gewesen, es für den Druck freizugeben.

Sie wechselte zum Bearbeitungsmodus. Die Statuszeile verriet ihr, dass Kohler den Text akzeptiert hatte, auch ohne Foto. Sie loggte sich wieder aus und suchte auf ihrer Festplatte nach dem unbearbeiteten Bild. Nach einem Klick baute es sich vollständig auf. Emma betrachtete die tote Frau darauf. Nun, da sie wusste, wer sie war, schien es ihr fast so, als könnte sie diese Frau wiedererkennen.

Es war ziemlich genau zwanzig Jahre her, dass sie der Frau einmal begegnet war. Sie selbst war damals dreizehn Jahre alt gewesen. Doch die Ereignisse hatten sich tief in ihr Gedächtnis gegraben, da sie ihr gesamtes Leben verändert hatten. Nach dem Selbstmord des Mönchs geriet ihr Vater ziemlich schnell ins Kreuzfeuer der Kritik. Er war stellvertretender Schulleiter und Ansprechpartner für die Lehrer und den Elternbeirat gewesen. Pater Benedikt war Hildegard-Fan und hatte sich häufiger seiner Liebhaberei gewidmet als seinen Lehrfächern, Biologie und Chemie. Immer wieder erzählten Schüler, dass er in seinem Unterricht vor allem über Hildegard von Bingen und ihre naturwissenschaftlichen Abhandlungen sprach. Ihr Vater hatte Pater Benedikt mehrfach verwarnt und am Ende gedroht, das Oberschulamt einzuschalten. Zwei Tage später hatte er sich umgebracht. Ihr Vater versicherte, dass seine Drohung nicht der Grund für den Selbstmord gewesen sein konnte. Doch der Zweifel blieb.

Emma beendete das Programm und fuhr den Rechner herunter. Sorgfältig verstaute sie ihn in dem eingebauten Schrank neben sich. Dann öffnete sie die Klappe vom Gaskocher neben der Liegefläche und kramte im Schrank darunter einen kleinen Topf hervor. Sie wärmte etwas haltbare Milch auf und goss sie in einen Isolierbecher. Den ersten Schluck trank sie noch auf den Knien, dann machte sie es sich mit dem Becher im Bett bequem.

Sie war froh, dass es nicht zur Veröffentlichung des Fotos gekommen war. Paul hatte recht gehabt, sie hätte sich mehr geschadet als genützt. Sie wollte schließlich weiterhin seriöse Berichterstattung machen und nicht zur Sensationsreporterin werden. Emma nahm einen Schluck von der Milch. Mehr Recherche und Analyse, das war es, was sie wollte. Zeigen, was wirklich passiert war. Und das musste doch auch in einem Mordfall eine bessere Geschichte erbringen, als immer nur auf ein paar haarsträubenden Details herumzureiten. Da der Pauschalistenvertrag mit der *Lupe* geplatzt war, hatte sie jetzt ohnehin nur noch die Wahl, so schnell wie möglich weitere Redaktionen zu finden, denen sie ihre Geschichten verkaufen konnte.

Sie leerte den Becher und verstaute ihn in einer Plastikwanne, in der sie das schmutzige Geschirr sammelte. Angenehme Müdigkeit breitete sich in ihrem Körper aus, und sie schlief ein, noch bevor sie sich weiter Gedanken machen konnte.

MONTAG DER KARWOCHE

8. Kapitel

Sind sie mit Männern ehelich verbunden, dann sind sie keusch, bewahren ihnen die Treue der Gattin und sind mit ihnen körperlich gesund. Bleiben sie unverheiratet, so werden sie an ihrem Körper Schmerzen erleiden, und sie werden schwach sein, sowohl deshalb, weil sie nicht wissen, welchem Manne sie ihre Weibestreue bewahren könnten, wie auch besonders deshalb, weil sie überhaupt keinen Gatten haben.

Das Klingeln ihres Handys riss sie aus dem Schlaf. Emma wälzte sich zur Seite und starrte stirnrunzelnd auf das Display. Kohler. Sie ließ sich auf den Rücken fallen, fuhr sich gähnend über das Gesicht und nahm das Handy ans Ohr.

»Verdammt früh«, sagte sie statt einer Begrüßung. Sie hob den Kopf und blickte auf die Uhr an ihrem Armaturenbrett, die 7.10 Uhr zeigte.

»Musst ja nicht dran gehen«, erwiderte Kohler grimmig. »Ich hätte dir auch auf Mailbox gesprochen.«

»Was gibt's?«, fragte Emma und gähnte. »Ich habe meinen Artikel gestern Abend ins Redaktionssystem gestellt.«

»Warum hast du das Foto wieder gelöscht? Das hätte gut in die neue Ausgabe gepasst. So wird es natürlich nichts mit einem Vertrag«, giftete er wütend.

»Ich hab dir doch schon gestern gesagt, das mach ich nicht. Es bleibt dabei«, erwiderte Emma.

»Verdammt noch mal, du hattest das Foto doch schon«, keuchte Kohler. »Ich habe eine Zeitschrift zu füllen, von der eine Menge Menschen leben wollen. Du eingeschlossen.«

»Ich verzichte auf den Vertrag«, gab Emma zurück.

»Ich will, dass du an der Sache dran bleibst«, fuhr Kohler fort, als hätte er sie nicht gehört. »Deine Geschichte ist gut. Bring mir bis Samstag einen längeren Hintergrundbericht. Wenn der auch gut ist, können wir noch mal über den Vertrag reden.«

»Aber ich mach keine Sensationsgeschichte daraus, auch wenn dem neuen Chefredakteur das nicht passt.«

»Sie muss gut sein, das ist alles.«

»Ich bin dran an der Sache«, sagte Emma. »Da steckt mehr drin. Der Mord hängt offenbar mit dem ungeklärten Selbstmord eines Benediktinerpriesters in den 80er Jahren zusammen. Ich kann an exklusives Material rankommen. Aber ich brauche noch ein paar Tage.«

»Ich gebe dir Zeit bis Samstag. Wenn du was Gutes bringst, sind wir im Geschäft.«

»Okay«, erwiderte Emma. »Du hörst von mir.«

Sie drückte das Gespräch weg und starrte an die Decke ihres VW-Busses. Eigentlich konnte sie nur hoffen, dass die Polizei möglichst spät damit herausrückte, dass es eine Verbindung nach Heidelberg gab. Dann hatte sie den Kollegen einiges voraus und konnte in Ruhe die alte Geschichte recherchieren. Doch wo sollte sie ansetzen? Im Archiv der Heidelberger Rhein-Neckar-Zeitung mussten die alten Artikel noch zu finden sein. Dann fiel ihr ein, dass ihr Vater damals alles ausgeschnitten hatte, was er darüber in den Zeitungen finden konnte. Ob er die alten Zeitungsausschnitte noch aufbewahrte?

Emma erinnerte sich noch ziemlich gut an die Atmosphäre damals. Es war im Frühjahr, als ihr Vater blass und angespannt nach Hause kam. Dann hatten sich ihre Eltern das erste Mal auf eine Weise gestritten, die noch über Wochen anhalten sollte. Es endete mit Türen schlagen und Tränen, genau wie ihre beste Freundin Brigitte es vorausgesehen hatte. Brigitte hatte die Scheidung ihrer Eltern bereits hinter sich gebracht und sparte nicht mit nüchternen Kommentaren, wenn andere von Streitigkeiten ihrer Eltern erzählten.

Laut ihrem Vater hatte es vorher keine Anzeichen für eine Trennung gegeben. Die Beziehung sei ohne besondere Höhen und Tiefen verlaufen, sagte er, sei aber seiner Meinung nach so weit in Ordnung gewesen. Doch als er im Internat nach dem Selbstmord des Mönchs immer weiter unter Druck geraten sei, habe sich die Stimmung zu Hause zusehends verschlechtert.

Emmas Mutter hatte in Heidelberg beruflich nie Fuß gefasst. Als ihr Mann Schwierigkeiten in der Schule bekam, wollte sie ihn davon überzeugen, mit der ganzen Familie nach Hamburg umzuziehen. Dort war ihr ein Arbeitsplatz in ihrer alten Firma angeboten worden, und sie wollte wieder einsteigen, bevor sie dafür zu alt wurde.

Doch Emmas Vater wollte kein neues Leben. Er war mit seinem alten ganz zufrieden. Er hatte eine gutbezahlte Stelle als stellvertretender Schulleiter und hoffte darauf, eines Tages Schulleiter zu werden. Emmas Mutter redete, drohte, und am Ende weinte sie. Aber er blieb hart. Und dann ging sie ohne ihn. Doch sie hatte nicht damit gerechnet, dass ihre Kinder sich für Heidelberg und ihren Vater entscheiden würden.

Emma und ihre zwei Jahre ältere Schwester Andrea hatten sich vor dem Familienrichter dafür ausgesprochen, bei ihrem Vater bleiben zu dürfen. Sie konnten sich nicht vorstellen, ihre Schule und ihre Freundinnen zu verlassen, um zusammen mit ihrer Mutter nach Hamburg zu ziehen. Ihre Eltern hatten nie geheiratet, aber sich vor Jahren für das gemeinsame Sorgerecht entschieden. Und so wohnte Gerhard Lehmann auch weiterhin zusammen mit seinen beiden Töchtern, die den Namen ihrer Mutter trugen, in ihrem Reihenhaus in Dossenheim bei Heidelberg.

Marianne Prinz ging zurück nach Hamburg und stieg in den Vertrieb ihrer alten Firma ein, ein medizintechnisches Unternehmen. Zwei Jahre später wurde sie bewusstlos in einem Hotel in Madrid aufgefunden. Sie hatte dort das neue Gerät ihrer Firma bei einem internationalen Unternehmen vorgestellt. Wenige Stunden nach ihrer Einlieferung in ein Madrider Krankenhaus starb sie, ohne das Bewusstsein wiedererlangt zu haben. In ihrem Blut fand sich eine tödliche Mischung aus Antidepressiva, Aufputschmitteln, Schlafmitteln und Alkohol. Da sie keinen Abschiedsbrief hinterlassen hatte, blieb offen, ob es ein Unfall oder Selbstmord war.

Emma hatte sich immer mitschuldig gefühlt an ihrem Tod. Sie wusste, dass es keinen Grund dafür gab. Ihre Mutter hatte selber entschieden, die Familie zu verlassen und nach Hamburg zu gehen. Aber Emma war sicher, wenn sie und Andrea mit ihr gegangen wären, dann würde sie heute noch leben.

Emma richtete sich auf und zog einen der Vorhänge zur Seite. Sie blickte hinunter auf den träge dahinfließenden Strom. Die Sonne stand bereits hoch und warf ihre Strahlen über den Bingener Mäuseturm und seine kleine Insel mitten im Rhein.

Hatte der Selbstmord des Mönchs nicht doch bei der Trennung ihrer Eltern eine Rolle gespielt? Die Frage hatte sie sich als Teenager oft gestellt. In den vergangenen Jahren hatte sie kaum noch darüber nachgedacht. Und hier war sie wieder, unverhofft und wie aus dem Nichts: Hatte es doch eine Verbindung gegeben zwischen dem Selbstmord und den Streitigkeiten zwischen ihrer Mutter und ihrem Vater? Warum sonst hätte sie diese Konsequenz daraus ziehen sollen? Zufall? In ihrem Beruf hatte Emma gelernt, dass es weitaus seltener echte Zufälle gab, als viele glauben wollten.

Emma starrte nach oben und horchte auf die Geräusche, die von draußen hereindrangen. Das Schlagen von Autotüren, Husten, Lachen. Sie zog ihr Handy zu sich her, das sie auf der geschlossenen Kochnische abgelegt hatte. Es war Montag kurz vor halb acht, eigentlich müsste ihr Vater schon in der Schule sein. Trotzdem öffnete sie das Telefonbuch ihres Handys und klickte seine Nummer an.

Während sie auf das Freizeichen wartete, überlegte sie, wann sie ihren Vater das letzte Mal gesehen hatte. Obwohl sie in derselben Stadt lebten, telefonierten sie oft nur, und ihre Besuche beschränkten sich in aller Regel auf Geburtstage und Weihnachten.

»Emma!«

Er klang erfreut.

»Hi, Paps.« Emma kuschelte sich in ihre Bettdecke. Sie tauschte mit ihrem Vater zuerst ein paar Belanglosigkeiten aus.

»Ich wollte dich etwas fragen«, erklärte sie schließlich. »Ich recherchiere gerade einen Artikel über einen Mordfall im Bingerbrücker Kloster. Da gibt es ein paar Dinge, die mich sehr an den Selbstmord von damals erinnern. Du weißt schon, der Lehrer in eurem Internat.«

»Was für ein Mord?«, fragte ihr Vater. Seine Stimme klang verändert.

»Hast du noch keine Nachrichten gehört?«

»Ich bin seit gestern auf einer Tagung«, erwiderte er gequält. »Ich habe nichts mitbekommen.«

Emma erzählte ihm kurz, was passiert war. Es blieb still am anderen Ende der Leitung. Auch Emma schwieg. Als er keine Anstalten machte, etwas zu sagen, sprach sie weiter.

»Wir haben nie darüber gesprochen. Ich erinnere mich nur, dass Mama gesagt hat, du hättest mit der Geschichte nichts zu tun.«

»So ist es«, sagte er mit dunkler Stimme.

»Aber Mama ist doch danach nach Hamburg gezogen. Also muss es doch irgendwas mit euch zu tun gehabt haben.«

»Nein«, sagte er entschieden. »Diese Sache war lediglich der Auslöser dafür, dass wir uns getrennt haben, nicht die Ursache.«

»Aber warum hat der Selbstmord etwas bei euch ausgelöst?«

Es blieb still. Dann hörte Emma ein Seufzen.

»Hör zu, mein Schatz«, sagte ihr Vater. »Ich hatte nichts mit diesem Mönch und seinem Selbstmord zu tun. Es war einfach an der Zeit, dass Mama gehen musste. Aber das möchte ich lieber persönlich mit deiner Schwester und dir besprechen und nicht am Telefon.«

»Andrea wird im Moment nicht nach Heidelberg kommen können«, erwiderte Emma. »Und ich möchte gern jetzt mit dir darüber reden.«

»Ich glaube nicht, dass ich dir bei deinem Artikel helfen kann«, sagte er ausweichend.

»Du hast selber gesagt, es ist an der Zeit, mit uns darüber zu sprechen«, erklärte Emma.

»Mit meinen Töchtern, ja«, rief er, »aber das hier ist ja wieder was anderes.«

»Ich finde, das bist du uns schuldig.«

»Ich glaube nicht, dass ich es dir schuldig bin, Futter für einen Artikel zu liefern«, sagte er störrisch.

»Das stimmt«, sagte Emma. »Du entscheidest, was ich davon in meinem Artikel verwenden darf und was nicht.«

Er schwieg lange.

»Okay«, sagte er schließlich, »aber du klärst das mit deiner Schwester, warum sie jetzt bei dem Gespräch nicht dabei ist.«

»Geht klar, Paps«, erwiderte Emma erfreut. »Wann hast du Zeit?«

»Ich bin noch bis heute Abend in München auf der Tagung. Du hast Glück, dass du mich gleich ans Telefon gekriegt hast. Wie wäre es mit Morgen Vormittag? So gegen 11 Uhr? Davor habe ich noch eine Besprechung, aber bis dahin müssten wir eigentlich durch sein.«

»Geht klar«, wiederholte Emma. Sie legte das Handy beiseite, wälzte sich auf den Rücken und dachte darüber nach, wie lange das Honorar der *Lupe* für einen weiteren Artikel reichen würde.

Nach der täglichen Lagebesprechung der Soko beschloss Grieser, selber nach Heidelberg zu fahren. Um schneller zu sein, verzichtete er auf einen Dienstwagen und nahm stattdessen sein Motorrad, eine Ducati Monster 1100. Als er Heidelberg erreichte, steuerte er den Parkplatz nahe der Theodor-Heuss-Brücke an. Dort schob er die Maschine auf den Ständer und verstaute Helm und Handschuhe in der Seitentasche. In einer kleinen Seitenstraße entdeckte er eine Bäckerei, in der er sich einen Cappuccino und ein Laugenbrötchen mit Käse kaufte. Dann suchte er sich unten am Neckar eine freie Bank. Während er aß, behielt er die Uhr im Auge. In wenigen Minuten hatte er einen Termin mit einem Kollegen. Da der Fall zwanzig Jahre zurücklag, war er in den Datenbanken der Polizei nicht erfasst. Telefonisch hatte er sich bereits über die wichtigsten Untersuchungsergebnisse informiert. Aber die Eindrücke eines Kollegen vor Ort waren oft mehr wert als nüchterne Fakten.

Der Kaffee war lauwarm. Grieser nahm einen großen Schluck und dachte darüber nach, welchen Zusammenhang es zwischen einem zwanzig Jahre zurückliegenden Selbstmord und dem Mord im Kloster Rupertsberg geben konnte. Der tote Mönch war vor zwanzig Jahren der Lehrer der ermordeten Frau gewesen. Zum Zeitpunkt seines Todes hatte er wie sie in der Leiste dasselbe Brandzeichen. Also musste der Mörder beide gekannt haben. Gab es noch eine andere Erklärung? Grieser beschloss, das Gespräch mit dem Kollegen abzuwarten, bevor er weitere Überlegungen anstellte. Er ließ den leeren Kaffeebecher und die Papiertüte in den Mülleimer neben der Bank fallen und schlenderte hinüber zur Theodor-Heuss-Brücke, wo er mit Eckart Rührig verabredet war. Der alte Hauptkommissar hatte damals den Fall bearbeitet und war seit zwei Jahren im Ruhestand.

Rührig wartete wie vereinbart am öffentlichen Telefon unmittelbar am Fuß der Neckarbrücke. Der pensionierte Beamte war kleiner als Grieser und hatte ein paar Kilo zu viel. Er trug einen klassischen dunkelblauen Trainingsanzug, eine dünne Mütze und Turnschuhe. Neben ihm lehnte ein Paar Nordic-Walking-Stöcke.

»Morgen«, brummte er als Erwiderung auf Griesers Begrüßung. Er griff nach seinen Stöcken und forderte Grieser auf, ihn zu begleiten.

Grieser sah zweifelnd an sich herab. Seine Motorradkleidung und vor allem die Stiefel waren nicht für längere Spaziergänge gemacht. Mit einem Blick zu Rührig beschloss er, dass er es trotzdem mit dem zwanzig Jahre Älteren aufnehmen konnte.

Rührig setzte sich in Bewegung und steuerte einen Spazierweg entlang der Neckarwiese an. Er schwang seine Stöcke energisch durch, und Grieser brauchte ein paar Schritte, bis er sich auf das Tempo eingestellt hatte.

»Sie sind also an der alten Geschichte dran«, stellte Rührig fest. Seine Stöcke trafen mit einem metallischen Klicken auf den Asphalt.

»Kann man so nicht sagen.« Grieser berichtete Rührig von dem Fund in Bingerbrück und von der Verbindung zwischen der ermordeten Frau und dem Pater. Der alte Hauptkommissar schwieg kurz, dann begann zu erzählen.

»Wir sind nach Ziegelhausen gerufen worden, weil zunächst die Todesursache nicht ganz klar war. Später hat sich herausgestellt, dass Pater Benedikt am Tag vor seinem Tod von einer Eibe ein paar Zweige mitgenommen hatte. Die Nadeln hat er wohl mit Wasser püriert und das Gebräu irgendwann abends in seinem Zimmer getrunken. Im Laufe der Nacht ist er dann an einem Atemstillstand gestorben.«

»Hat er einen Abschiedsbrief hinterlassen?«, fragte Grieser. Sie kamen an einem kleinen Spielplatz vorbei. Zwei Frauen in Jogginganzügen saßen auf einer der Bänke und unterhielten sich angeregt. Eine wies lachend zu einem kleinen Jungen und einem Mädchen im Kindergartenalter, die vor ihnen im Sandkasten spielten.

»Nein«, sagte Rührig. »Deshalb haben wir auch ermittelt. Aber später wurde klar, dass Pater Benedikt die Zweige selber gesammelt hat. Da er an Kräuterkunde sehr interessiert war, habe ich nie daran gezweifelt, dass er genau wusste, was er tat, als er sich daraus ein Cocktail gemixt hat.«

»Gab es Hinweise, warum er sich das Leben genommen hat?«

»Der Abt wollte nicht glauben, dass es ein Selbstmord war. Für einen Ordensmann ist Selbstmord eine der größten

Sünden, die er begehen kann. Als wir ihm später mitteilten, dass es sich zweifelsfrei um einen Selbstmord handelt, war er überzeugt, dass Pater Benedikt sich für irgendein dunkles Geheimnis selbst bestraft hat. Aber wenn es dieses Geheimnis gegeben haben sollte, so haben wir es damals nicht entdeckt.«

»Was war mit dem Brandmal?«

Grieser war inzwischen in seiner Lederkleidung warm geworden. Außerdem war er außer Atem und musste sich Mühe geben, beim Sprechen nicht zu keuchen. Sein rechter Motorradstiefel rieb immer stärker an der Ferse. Rührig sprach so gelassen weiter, als säße er zu Hause auf dem Sofa.

»Das war mir ein echtes Rätsel. Das Brandzeichen war zum Zeitpunkt des Todes laut Obduktionsbericht etwa zwei Tage alt. Es saß in der linken Leiste des Mönchs. Es muss mit einem heißen Eisen gemacht worden sein, das in etwa die Form eines Eselskopfes hatte. Der Rechtsmediziner meinte, die Wunde sei zwar ziemlich verkrustet gewesen, aber die Form war gut zu erkennen.«

Grieser blieb stehen. Peinlichkeit hin oder her, er konnte das Tempo des Alten nicht mithalten. Rührig stöckelte noch ein paar Schritte weiter und blieb dann ebenfalls stehen.

»Sie sind zu schnell für mich«, sagte Grieser und sog die Luft ein. »Vielleicht können wir uns ja einen Moment setzen.«

Er deutete auf eine Reihe von Bänken am Rande des Spazierwegs.

»Wenn wir jetzt Pause machen, dann bin ich morgen krank«, protestierte Rührig. Doch er kam zurück und setzte seinen Marsch nun deutlich langsamer in die Gegenrichtung fort. Grieser folgte ihm erleichtert.

»Aber um ehrlich zu sein, hat mich weniger das Brandzeichen überrascht«, fuhr Rührig fort. »Viel verblüffender fand ich, dass der Pater kastriert war.«

»Was?« Grieser vergaß für einen Moment den Schmerz an seinem rechten Fuß.

»Er hatte keine Hoden mehr«, wiederholte Rührig und warf ihm einen Blick zu. »Wussten Sie das nicht?«

Grieser schüttelte den Kopf.

»Lag die Kastration auch erst zwei Tage zurück?«, fragte er.

»Nein. Er hat sich mindestens zwei oder drei Jahre vor seinem Tod kastrieren lassen. Der Rechtsmediziner meinte, die Kastration sei von einem Fachmann durchgeführt worden und nach dem Eingriff gut verheilt.«

»Gab es dazu irgendwelche Hinweise?«

Sie kamen erneut an dem Spielplatz vorbei. Der kleine Junge zerrte an einem Plastikeimer, den das Mädchen verbissen festhielt, und schrie lauthals. Rührig sprach lauter, um das helle Kreischen zu übertönen.

»Nein«, sagte der alte Kommissar. »Der Abt war entsetzt, als er davon hörte. Er erklärte, dass es im Mittelalter ab und zu vorkam, dass sich ein Mönch kastrieren ließ. Dann hatte er Ruhe vor den Qualen des Fleisches, wie er das nannte.«

»Und wie üblich ist die Kastration heute noch?«

»Keine Ahnung.« Rührig schüttelte den Kopf. »Der Abt war sicher, dass heute kein Mönch oder Priester mehr auf diese Idee kommen würde.«

»Zumindest dieser Mönch ist darauf gekommen.«

Rührig nickte. »Aber nach unserem Recht ist es nicht strafbar, sich kastrieren zu lassen. Und außerdem hatte es mit dem Selbstmord nichts zu tun. Wir haben es deshalb nicht weiter verfolgt. Sobald wir sicher waren, dass es sich um Selbstmord handelt, haben wir die Ermittlungen eingestellt.«

»Keine Zweifel?« Grieser sah Rührig an. Sie erreichten die Theodor-Heuss-Brücke und blieben stehen.

Rührig erwiderte seinen Blick ohne Zögern. »Nicht den geringsten.«

»Wie viel haben Sie an Informationen rausgegeben?«, fragte Grieser. »Hat die Öffentlichkeit von dem Brandmal erfahren?«

Rührig schüttelte den Kopf.

»Die Presse hat nur über den Selbstmord berichtet. Von der Kastration wusste nur der Abt. Aber der hat das mit Sicherheit für sich behalten, schon aus eigenem Interesse. Das Brandmal spielte für unsere Ermittlungen keine Rolle. Darüber haben wir weder mit dem Abt noch mit den Angehörigen des Mönchs gesprochen.«

Grieser nickte. Dann bedankte er sich bei Rührig und blickte ihm grübelnd nach, wie er mit weit ausholenden Schritten und schwingenden Stöcken zu einer zweiten Runde aufbrach.

Schwester Lioba bat die Küchenschwester, mit dem Auftragen des Essens noch zu warten und sich zu ihren Mitschwestern zu setzen.

Der ganze Konvent war im Refektorium versammelt. Schwester Bettina blickte bekümmert auf den Boden, die Gesichter einiger Schwestern waren ihr vertrauensvoll zugewandt, andere warteten mürrisch darauf, dass sie endlich anfing zu sprechen. Schwester Raphaela blickte skeptisch und ließ sie nicht aus den Augen.

Es blieb ungewöhnlich ruhig. Kein Teller klapperte, und kein Zeitungsrascheln war zu hören. Der Geruch von Zwiebeln und Kohl hing in der Luft. Nach der Fischsuppe stand heute ein traditionelles Gericht auf dem Speiseplan. Schwester Heidrun räusperte sich. Schwester Lioba spürte die Ungeduld ihrer Priorin. Sie senkte den Kopf, sandte ein Stoßgebet gen Himmel und faltete die Hände.

»Liebe Mitschwestern.« Sie stockte und atmete tief durch. Dann hob sie den Blick und sah gelassen in die Runde. »Es tut mir leid, dass ich Ihnen eine so traurige Mitteilung machen muss. Noch dazu so kurz, nachdem der tragische Tod meiner Klassenkameradin alle erschüttert hat.«

Schwester Lioba griff nach dem Glas Wasser vor ihr und trank einen Schluck. Schwester Heidrun hüstelte. Spätestens jetzt war sicher den meisten klar, dass die Priorin auf dieses Gespräch gedrängt hatte.

»Wie Sie wissen«, fuhr Schwester Lioba fort, »hat unsere verehrte Mutter Mechthild, Gott hab sie selig, zwanzig Jahre lang die Geschicke unseres Konvents gelenkt. Sie hat sich redlich bemüht, das Kloster auch in wirtschaftlich schwierigen Zeiten sicher zu führen. Das ist ihr auch viele Jahre sehr gut gelungen. Leider hat sich die wirtschaftliche Situation der Kirche in den vergangenen Jahren sehr verändert. Die allgemeine schlechte Wirtschaftslage hat auch vor unserem Konvent nicht haltgemacht.«

Schwester Lioba schwitzte. Sie hatte sich selten in ihrem Leben so unwohl gefühlt. Inzwischen gehörte ihr die ungeteilte Aufmerksamkeit ihrer Mitschwestern. Schwester Lioba senkte zu einem kurzen Stoßgebet den Kopf. Dann hob sie die Augen und sprach entschlossen weiter. Nur dem Blick von Schwester Raphaela wich sie lieber aus.

»Schwester Heidrun und ich haben die Finanzen des Klosters Rupertsberg geprüft. In den letzten Jahren mussten wir viel Geld für die Instandsetzung des Gästehauses ausgeben. Gleichzeitig nahmen die Aufträge für die Restaurierung von Büchern und Urkunden immer mehr ab. Der Klosterladen wirft einen kleinen Profit ab, und auch die Näherei steuert nach wie vor einen Beitrag zum Überleben des Klosters bei.

Leider reicht das nicht aus. In etwa zwei bis drei Monaten sind die Rücklagen des Klosters aufgebraucht. Wenn wir bis dahin keine anderen Einnahmequellen gefunden haben, müssen wir aufgeben.«

Auf einigen Gesichtern lag blankes Entsetzen. Manche schienen sich über die Tragweite dieser Worte noch nicht im Klaren zu sein. Sie wirkten eher überrascht. Schwester Lioba ließ sich schwer auf ihren Stuhl fallen. Ein Rascheln war zu hören.

»Ehrwürdige Mutter Oberin«, sagte eine kräftige dunkle Stimme. Sie gehörte Schwester Erika, einer meist unbekümmert wirkenden Novizin mit eleganten Bewegungen, die seit fast zwei Jahren im Kloster lebte. Die Gelübde hatte sie noch vor sich, wie ihr weißer Schleier zeigte. Die Gesichter wandten sich ihr zu. Schwester Erika war Mitte dreißig und unterstützte Schwester Adelgund im Gästehaus. Sie erwiderte den Blick von Schwester Lioba und erhob sich. »Wenn Sie erlauben, würde ich gern einen Vorschlag machen.«

Schwester Lioba nickte ihr aufmunternd zu.

»Vor meiner Aufnahme in den Konvent habe ich Betriebswirtschaftslehre studiert und anschließend fünf Jahre in einem Unternehmen gearbeitet. Dort war meine Hauptaufgabe Controlling. Wenn Sie erlauben, könnte ich die Finanzen des Klosters auf Einsparmöglichkeiten überprüfen.«

Schwester Lioba musste lächeln. Das war es, was sie am Leben in einer Gemeinschaft so schätzte. Alle traten füreinander ein, und es gab immer eine Schwester, die ihre besonderen Fähigkeiten zum Wohle aller einsetzen konnte. Sie warf Schwester Heidrun einen Blick zu. Die wirkte ebenfalls erfreut.

»Vielen Dank, Schwester Erika, das ist ein guter Vorschlag.«

Die Novizin blickte ernst in die Runde und schien kurz zu zögern. Dann sprach sie weiter.

»Ich möchte noch einen weiteren Vorschlag machen.«

Schwester Lioba nickte ihr erneut zu.

»Eine Freundin von mir, eine ehemalige Mitstudentin aus Berlin, hat sich vor kurzem als Unternehmensberaterin selbstständig gemacht. Sie hat sich auf kirchliche Einrichtungen spezialisiert. Wenn Sie erlauben, Mutter Oberin, rufe ich sie an und bitte sie um Unterstützung.«

»Ich weiß nicht, ob wir das bezahlen können«, erwiderte Schwester Lioba zögernd.

»Sie arbeitet unter anderem auf der Basis von erfolgsabhängigem Honorar. Das heißt, der Konvent muss sie nur bezahlen, wenn er sich durch die Beratung eine neue Existenzgrundlage aufbauen kann.«

Verblüfft wechselte Schwester Lioba mit ihrer Stellvertreterin einen Blick.

»Das klingt gut«, sagte sie bedächtig. Ein Raunen ging durch den Raum, dann erhob sich eine schmale Gestalt am Ende der langen Tafel. Es war Schwester Adelgund, die seit vielen Jahren das Gästehaus betreute. Sie hatte ein schmales Gesicht, das von einer Nickelbrille dominiert wurde. Ihre Stirn war in sorgenvolle Falten gelegt.

»Schwester Oberin, ich glaube nicht, dass wir die Zukunft unseres Konvents in die Hände einer weltlichen Beraterin legen sollten. Ich schlage vor, dass zunächst Schwester Erika unsere finanzielle Situation prüft. Und dann sollten wir gemeinsam mit allen Schwestern des Konvents eine Lösung für unsere finanziellen Probleme finden.«

Schwester Adelgund zupfte nervös an den Ärmeln ihres Habits.

»Wir werden nicht die Zukunft unseres Konvents der weltlichen Beraterin anvertrauen«, entgegnete Schwester Lioba.

»Sie wird uns lediglich bei diesem schwierigen Prozess begleiten und uns mit ihrer Kompetenz unterstützen.«

»Ich habe von einer Buchprüfung nichts zu befürchten.« Schwester Adelgund ließ die Ärmel ihres Habits über ihre Hände fallen. »Aber ich denke, wir sollten zunächst alle Ressourcen des Klosters nutzen, bevor wir Weltliche hinzurufen.«

»Ich bin überzeugt davon, dass die ehemalige Studienkollegin von Schwester Erika ganz im Sinne des Konvents handeln wird«, sagte Schwester Lioba, »und am Ende liegt die Entscheidung bei uns.«

»Ich stimme Schwester Adelgund zu«, meldete sich nun Schwester Raphaela zu Wort. Sie verzog den Mund, doch es war nicht zu erkennen, ob sie lächelte. »Eine Weltliche hat im Kloster der Hildegard von Bingen nichts zu suchen.«

Schwester Adelgund nickte mehrfach und öffnete den Mund. Doch bevor sie etwas erwidern konnte, erhob sich Schwester Lioba.

»Die Entscheidung ist gefallen«, sagte sie entschieden.

Von Schwester Raphaela war ein undefinierbarer Laut zu hören. Ihre Augen blickten noch strenger als sonst. Schwester Lioba ließ sich nicht beirren und nickte Schwester Erika zu. »Bitte geben Sie Ihrer Studienkollegin Bescheid, dass wir uns freuen, wenn sie uns in dieser schwierigen Situation beisteht.«

Schwester Erika warf einen vorsichtigen Blick zu Schwester Raphaela und sah dann hinüber zu Schwester Adelgund, die sich mit finsterer Miene setzte. Da die Novizin seit einigen Monaten im Gästehaus mithalf, war sie zurzeit Schwester Adelgund untergeordnet. Schwester Erika wandte den Blick wieder der Äbtissin zu. In ihren Augen lag Sorge. Doch sie nickte.

9. Kapitel

Sie sind deshalb ohne Gatten gesunder, kräftiger und fröhlicher wie mit ihnen, weil sie nach dem ehelichen Verkehr schwach werden. Die Männer aber wenden sich von ihnen ab und meiden sie, weil sie die Männer nicht freundlich anreden, und weil sie die Männer nur wenig lieben.

Kloster Altdorf lag im Neckartal, am Südhang des Odenwälder Berges Köpfel. Es war von der im Tal liegenden B37, die sich an der südlichen Neckarseite entlangschlängelte, gut zu erkennen. Der weitläufige Komplex wirkte wie ein Bindeglied zwischen den letzten Häusern Neuenheims und den ersten Gebäuden von Ziegelhausen, beides Heidelberger Stadtteile. Wie Rupertsberg war auch Altdorf ein Benediktinerkloster, das seit einigen Jahrzehnten von Benediktinerinnen bewohnt und bewirtschaftet wurde.

Griesers Ducati hatte mit der Steigung keinerlei Probleme. Er passierte ein Steintor, hinter dem die Kirche und ein langgestrecktes Gebäude lagen, das er für das Hauptgebäude des Klosters hielt. Die schmale Straße machte eine starke S-Kurve und führte weiter oben an einem Gebäudekomplex vorbei, vermutlich das Internat. Grieser bog auf den Parkplatz des Internats und stellte dort sein Motorrad ab.

Die Schule befand sich auf der nach Westen liegenden Seite des Klosters. Grieser wusste, dass dort rund 70 Schülerinnen und Schüler unterrichtet wurden. Sie wohnten in niedrigen, vor kurzem renovierten Gebäuden, die oberhalb des Schulgebäudes dem allmählich ansteigenden Südhang des Köpfels folgten.

Grieser war froh, hier von den Journalisten verschont zu sein. Er verstaute Helm und Handschuhe in der Seitentasche der Ducati und ging auf das Schulgebäude zu. Über den hohen Eingangstüren verriet ein altertümlicher Fries, dass es die Hildegard-von-Bingen-Schule war. Ein breiter geschotterter Weg trennte das Schulhaus von den Wohnhäusern der Internatsschüler. Gerade hatte es zur Mittagspause geläutet, ein Strom von Kindern und Jugendlichen ergoss sich auf den Schulhof. Sie wirkten nicht anders als in jeder anderen Schule auch, aufgedreht nach den ersten zwei Stunden Unterricht, mehr oder minder lässig gekleidet und zu Späßen aufgelegt.

Das Schulhaus war ein gedrungener dreiflügeliger Bau, der nicht sehr alt sein konnte, aber im Stil dem Kloster angepasst war. Grieser strebte zum Eingang, der in einem halbrunden Turm lag und über eine breite Außentreppe zu erreichen war. In der Schule begegnete er vereinzelten Schülerinnen und Schülern, die ihn keines Blickes würdigten. Grieser fragte sich durch und gelangte im ersten Stock schließlich zum Vorzimmer des Rektors, wo ihn ein freundlicher junger Mann empfing. Er trug einen Kurzhaarschnitt, der vage an Elvis Presley erinnerte, und einen altmodisch wirkenden braunen Anzug mit schmaler Lederkrawatte. Grieser erkundigte sich nach dem Schulleiter, Gerhard Lehmann.

»Herr Lehmann ist heute in München auf einer Tagung«, sagte der Sekretär und zuckte bedauernd mit den Achseln.

»Und sein Stellvertreter?«, fragte Grieser.

Der junge Mann wirkte ehrlich betrübt. »Der auch«, sagte er und fuhr fort, »internationale Konferenz.«

»Wer ist denn im Haus und könnte mir ein paar Fragen beantworten?«

Der Sekretär musterte skeptisch Griesers Motorradkleidung.

»Ich bin von der Kriminalpolizei Mainz und benötige einige Auskünfte im Zusammenhang mit dem Mord im Kloster Rupertsberg.« Grieser zückte seinen Dienstausweis.

»Mit Schwester Orlanda könnten Sie sprechen«, beeilte sich der junge Mann zu sagen. »Sie ist die Äbtissin des Klosters und damit auch die oberste Chefin des Internats.«

Grieser bedankte sich. Er ging am Parkplatz vorbei auf die Straße, wo sich zwischen Klostergelände und Straße ein schmaler Fußweg schlängelte. Dann betrat er die Klosteranlage durch das Steintor, das er im Vorüberfahren gesehen hatte. Links neben dem Eingang befand sich ein Häuschen im Schatten der Klostermauer, rechts davon ein langgestrecktes Gebäude, das sich weit nach hinten zog. Grieser schritt an der Längsseite entlang, bis er eine Tür fand. Dahinter lag ein karg wirkender Raum mit einer kleinen Kammer in der linken Ecke, die als Pforte diente. Die Ordensschwester hinter dem Schreibtisch hatte ein wettergegerbtes Gesicht, das nur aus Falten zu bestehen schien. Grieser bat darum, die Äbtissin des Klosters sprechen zu können.

»In welcher Angelegenheit?« Die Ordensfrau blinzelte kurzsichtig.

Grieser erklärte, er habe im Zusammenhang mit dem Mord im Kloster Rupertsberg ein paar Fragen. Die Pfortenschwester griff nach dem Telefonhörer und sprach kurz darauf mit erstaunlich kräftiger Stimme in den Hörer.

»Mutter Orlanda hat in etwa einer Viertelstunde Zeit für Sie«, sagte sie dann vage in Griesers Richtung.

»Ich sehe mich draußen noch ein wenig um«, erwiderte er mit lauter Stimme. »Geben Sie mir bitte Bescheid, wenn Mutter Orlanda so weit ist?«

Die Pfortenschwester nickte. Als Grieser sich abwandte, hörte er sie hinter seinem Rücken murmeln.

»Was schreit der denn so! Warum glauben die Leute nur immer, wer alt ist, hört auch schlecht.«

Grieser verkniff sich ein Lachen. Dann trat er hinaus in die Sonne. Inzwischen war es gegen halb eins, und vom Hang strich ein angenehm nach Wald riechender Wind über den Hof. Er schlenderte weiter und bemerkte erst jetzt, dass es über eine Treppe hinter dem Schulgebäude auch einen Zugang vom Schulgelände gab.

Er sah sich noch ein wenig um und kehrte dann zurück zum Haupthaus, wo ihm die Pfortenschwester bereits entgegenkam.

»Mutter Orlanda bittet Sie herein.« Sie atmete hörbar, machte auf dem Absatz kehrt und ging zurück zur Pforte. Grieser folgte ihr. Vor dem Schreibtisch in der kleinen Kammer wartete eine junge Frau mit blasser Haut und blonden Haaren, die in einem straff geflochtenen Zopf weit über ihren Rücken fielen. Sie trug eine modische schwarze Hose und darüber eine schwarze Bluse mit sportlichem Schnitt.

»Kommen Sie bitte mit«, sagte sie und nickte ihm freundlich zu. Sie ging voran durch eine schwere Metalltür mit kleinen bunten Glasfenstern. Grieser folgte ihr durch mehrere kahle Flure, bis sie vor einer weiß gestrichenen Holztür stehen blieben. Sie klopfte und horchte kurz, dann öffnete sie die Tür und ließ Grieser an sich vorbei den Raum betreten.

Mutter Orlanda war eine kräftige Frau in den Sechzigern. Als Grieser eintrat, erhob sie sich hinter ihrem Schreibtisch und begrüßte ihn mit einem kraftvollen Händedruck. Sie bat ihn in einer Sitzgruppe hinter der Tür Platz zu nehmen.

Dann setzte sie sich ihm gegenüber in einen schweren Ledersessel.

»Ich habe soeben mit Schwester Lioba vom Kloster Rupertsberg telefoniert«, sagte sie mit undurchdringlicher Miene. »Ich kenne sie noch aus ihrer Schulzeit, sie war eine Schülerin von mir. Schwester Lioba hat mir ein paar Dinge erzählt, die noch nicht in der Zeitung standen. Allerdings konnte sie mir nicht sagen, was wir hier im Kloster Altdorf mit diesem Mordfall zu tun haben könnten.«

Sie legte ihre Unterarme auf die halbhohen Armlehnen. Ihre Hände waren kräftig, die Fingernägel kurz geschnitten.

»Ich kann Ihnen leider keine Einzelheiten sagen«, erklärte Grieser. »Aber es gibt Hinweise, dass der Mord in Bingerbrück mit einer alten Geschichte zusammenhängt, die hier in ihrem Haus passiert ist.«

Schwester Orlanda zog die rechte Augenbraue hoch.

»Ich meine den Selbstmord von Pater Benedikt«, sagte Grieser.

Schwester Orlanda schwieg. Sie schien darauf zu warten, dass Grieser weitersprach.

»Sie waren schon damals hier im Haus?«, fragte er.

»Ich gehörte zu der Zeit bereits dem Konvent des Klosters Altdorf an«, erwiderte sie nach kurzem Zögern. »Ich war im Internat Lehrerin für Mathematik. Das bin ich auch heute noch.«

»Seit wann sind Sie Äbtissin des Klosters?«

»Seit 1998 – seit 11 Jahren.«

»Haben Sie den Selbstmord von Pater Benedikt mitbekommen?« Grieser griff in die Innentasche seiner Lederjacke und zog sein Notizbuch heraus.

»Das haben alle mitbekommen, die damals an der Schule waren«, erwiderte sie. Ihr Gesicht blieb ausdruckslos, als sie weitersprach. »Alle Personen des Lehrkörpers, auch alle Schülerinnen und Schüler.«

»Auch Schwester Lioba?«, warf Grieser ein.

»Auch Schwester Lioba«, antwortete die Äbtissin. Sie zog sich mit beiden Händen an den Armlehnen des Ledersessels hoch. Sie musterte Grieser nachdenklich. Dann trat sie zur Seite und ging zu dem langgestreckten Fenster, das an der Wand neben ihrem Schreibtisch auf den Schulhof wies. Sie blieb vor dem Fenster stehen und schwieg. Grieser beobachtete sie. Schwester Orlanda verharrte einige Zeit regungslos. Die Stille wurde lediglich in regelmäßigen Abständen vom leisen Piepsen eines Handys unterbrochen. Dann kehrte Schwester Orlanda zu ihrem Sessel zurück.

»Pater Benedikt war damals ein Kollege von mir«, begann sie. »Er war einige Jahre älter als ich, muss etwa um die fünfzig gewesen sein. Bruder Benedikt war sozusagen eine Leihgabe eines befreundeten Männerklosters. Er war ein begnadeter Biologielehrer, den die damalige Rektorin, Schwester Regina, händeringend gesucht hatte. Er war seit zwei Jahren in Altdorf und unterrichtete in der Oberstufe Biologie und Chemie. Pater Benedikt war außerdem ein begeisterter Anhänger Hildegards von Bingen. Die Rektorin war froh, einen so guten Lehrer zu haben, der in seiner Freizeit auch noch eine AG zu Hildegard von Bingen anbot.«

»AG?«, unterbrach Grieser sie.

»Arbeitsgruppe«, erwiderte die Äbtissin. »Er war ein charismatischer Lehrer, die Kinder mochten ihn. Und die Schülerinnen und Schüler dieser AG waren geradezu begeistert von ihm.«

»Kann es sein«, fragte Grieser vorsichtig, »dass Pater Benedikt irgendwann die Grenze überschritten hat?«

»Sie meinen sexuellen Missbrauch von Schutzbefohlenen?«, erwiderte Schwester Orlanda mit schneidender Stimme. Ihre

Hände ruhten regungslos auf den Armlehnen. Lediglich die gerunzelte Stirn brachte ihr Missfallen zum Ausdruck.

»Nein, das kann ich mir nicht vorstellen«, sagte sie dann mit ausdrucksloser Stimme. »Es muss einen anderen Grund für diese Tat gegeben haben.«

Grieser dachte daran, was Rührig von der Kastration erzählt hatte.

»Was glauben Sie?«, fragte er.

»Keine Ahnung«, sagte sie knapp. »Die Polizei damals konnte nichts ausfindig machen. Warum glauben Sie, dass der Selbstmord etwas mit dem Mord an Miriam Schürmann zu tun hat?«

Grieser fiel ein, dass auch die Tote eine Schülerin der Äbtissin gewesen sein musste. Wie drei weitere Bewohner des Gästehauses im Kloster Rupertsberg.

»Wie war Miriam Schürmann? Sie haben sie doch auch unterrichtet.«

Schwester Orlanda schwieg. Dann machte sie eine schnelle Handbewegung, als wolle sie ein Staubkorn von der Armlehne des Sessels wischen. »Sie war beliebt – bei ihren Mitschülern und auch bei den Lehrern.«

»Auch bei den Frauen?«, fragte Grieser.

»Auch bei den Frauen«, bestätigte Schwester Orlanda. »Fragen Sie Schwester Lioba. Sie war damals eng mit ihr befreundet. Sie nahmen beide an der Hildegard-AG von Pater Benedikt teil.«

»Vermutlich gemeinsam mit Markus Hertl, Thomas Kern und Josef Windisch.«

Schwester Orlanda nickte.

»Pater Benedikt hat sie damals alle begeistert. Schwester Lioba ist deshalb später nach Bingerbrück gegangen, in den Konvent vom Rupertsberg. Markus Hertl ist einer der besten Hildegard-Kenner geworden, die es heute gibt. Josef

Windisch könnte in einigen Jahren Bischof werden. Auch Miriam wollte in den Orden eintreten. Allerdings hat sie sich letztlich dagegen entschieden.«

»Wissen Sie warum?«, fragte Grieser.

»Nein. Das Leben als Ordensfrau ist eine schwere Entscheidung. Nicht jeder ist für das Leben in der Gemeinschaft geschaffen.«

Grieser nickte. »Thomas Kern war gestern hier«, sagte er.

»Das war er.« Plötzlich klang Schwester Orlandas Stimme freundlicher. »Wir sammeln das ganze Jahr für ihn und sein Krankenhaus. Er kam hierher, um sich zu bedanken. Er ist schon seit mehr als zehn Jahren nicht mehr in Deutschland gewesen. Umso erfreulicher, dass er sich die Zeit genommen hat, unserem Konvent einen Besuch abzustatten.«

»Er sagte, er hätte hier im Kloster übernachtet.«

»Er hat im Gästehaus geschlafen«, bestätigte Schwester Orlanda.

»Welches Haus ist das?«

Schwester Orlanda wandte den Kopf und sah nach draußen.

»Das kleine Haus rechts neben dem Schulgebäude, mit der grünen Tür.«

Grieser folgte ihrem Blick und nickte. »Ist das Haus nachts abgeschlossen?«

»Unsere Besucher sind unsere Gäste und nicht unsere Gefangenen«, erwiderte Schwester Orlanda.

Grieser notierte sich die Uhrzeiten, die ihm Schwester Orlanda nannte. Kern war gegen 20:00 Uhr am Samstagabend eingetroffen. Er hatte gemeinsam mit Schwester Orlanda und zwei weiteren Schwestern ein Glas Wein getrunken und hatte sich gegen 21 Uhr verabschiedet. Am nächsten Morgen war er nach dem Palmsonntag-Gottesdienst um etwa 10.30 Uhr abgereist.

Grieser fragte, ob sie sicher sei, dass Kern das Gästehaus nachts nicht verlassen habe.

»Wie ich schon sagte«, erwiderte Schwester Orlanda kalt, »es sind unsere Gäste und nicht unsere Gefangenen.«

Grieser machte sich noch einige Notizen und verabschiedete sich dann von der Äbtissin. Einige Minuten irrte er durch die langen Flure des Klosters, bis er zu der Metalltür mit den Glasfenstern zurückfand. Auf dem Weg zum Parkplatz kontrollierte er sein Handy. Sabine Baum hatte versucht, ihn zu erreichen.

Grieser rief sie zurück, und gerade als er sein Motorrad erreichte, nahm Baum das Gespräch entgegen.

»Wir haben den Tatort und auch den Tathergang«, drang es quäkend aus seinem Nokia.

Grieser klemmte das Handy zwischen Kopf und Schulter und öffnete die Seitentasche der Ducati.

»Im Keller des Gästehauses gibt es einen alten Waschkeller, der früher zum Schlachten benutzt wurde. Er ist leer und von oben bis unten gekachelt. Dort hat der Mörder sie mit einem Elektroschocker betäubt, gefesselt und geknebelt. Er hat sie entkleidet, ihr das Brandzeichen verpasst und dann mit einem scharfen Messer schwer verletzt. Danach hat er sie einfach liegenlassen. Im Laufe mehrerer Stunden ist sie verblutet. Anschließend hat der Täter die Leiche und den Raum mit einem Schlauch abgespritzt. Wir haben die Überreste der Blutspuren im ganzen Raum sichtbar machen können, auch im Abfluss.«

»Irgendwelche Spuren vom Täter?«

»Nein, er war sehr gründlich. Auch an der Leiche war nichts zu finden. Durch den Elektroschocker war sie ja sofort außer Gefecht gesetzt. Er hat auf jeden Fall Handschuhe getragen und vermutlich auch einen Overall. Das Wasser hat den Rest erledigt.«

»Und wie hat er das Eisen heiß gemacht?«, fragte Grieser.

»Strom«, erklärte Baum. »Wie ein Tauchsieder. Einstecken, einen kurzen Moment warten, und schon glüht das Eisen. Das kriegt jeder Hobbybastler hin.«

»Gibt es Hinweise darauf, wer Zugang zu diesem Raum hatte?«

»Er ist offen und steht seit dem Umbau des Gästehauses vor einem halben Jahr leer. Jeder aus dem Gästehaus und aus dem Kloster hatte Zugang.«

»Was ist mit dem Messer?«, fragte Grieser.

»Bisher Fehlanzeige«, erwiderte seine Kollegin. »Laut Rechtsmedizin ein durchschnittliches Küchenmesser oder etwas Ähnliches.«

»Fessel und Knebel?«

»Bisher nicht aufzufinden. Wir haben nur die Spuren an der Leiche.«

Sie wechselten noch ein paar Sätze, dann beendete Grieser das Gespräch. Grübelnd starrte er auf einen verkrüppelten kleinen Baum, der sich unter die Klostermauer duckte. Er überlegte, was er als Nächstes tun sollte. In Bingerbrück konnte er sich einen eigenen Eindruck vom Tatort verschaffen. Dort lief gerade unter Baums Anleitung eine gut eingespielte Maschinerie ab. Fotos, Spurensicherung und der obligatorische dreidimensionale Scan. Eigentlich brauchten sie ihn nicht.

Die alte Geschichte? Grieser war sich nicht sicher, ob es wirklich einen Zusammenhang gab. Aber es war zweifelsfrei ein Brandeisen mit einem ähnlichen Motiv verwendet worden.

Grieser startete den Motor. Er legte den Gang ein und lenkte das Motorrad auf die Straße. Am Fuß des Berghangs mündete die schmale Straße in die L534, die ihn in wenigen Minuten nach Heidelberg brachte. Ein Lastkahn steuerte auf die alte Brücke zu, die unterhalb des Heidelberger Schlosses die Altstadt mit der nördlichen Neckarseite verband. Wimpel flatterten über dem Steuerhaus, hinter dem ein roter Opel Corsa parkte.

Wenige Minuten später erreichte Grieser die Heidelberger Polizeidirektion. Er versorgte sich auf der gegenüberliegenden Straßenseite in einer Bäckerei mit einem frischen Cappuccino und einem Mehrkornbrötchen mit Schinken. Dann überquerte er die Straße und betrat die Direktion. Der Kollege von der Pforte führte ihn direkt ins Archiv. Dort wartete schon eine dünne Mappe auf ihn.

Ein müde aussehender Beamter schob ihm wortlos ein Formular über dem Tresen zu. Grieser unterschrieb und setzte sich mit der Akte in einen kleinen Nebenraum, der kärglich ausgestattet war mit einem weißen Resopaltisch und vier Freischwingern aus weißem Kunststoff.

Es war nicht viel, wie Rührig gesagt hatte. Die Ermittlungen waren eingestellt worden, nachdem der Selbstmord des Mönchs von der Rechtsmedizin bestätigt worden war. Grieser biss in sein Brötchen und überflog kauend die kurzen Berichte der Kollegen. Der Tagesablauf des Mönchs war an seinem letzten Tag bis ins Kleinste geklärt worden. Er hatte unterrichtet, zu Mittag gegessen und war dann auf sein Zimmer gegangen. Das einzig Ungewöhnliche war, dass er an diesem Abend die Hildegard-AG ausfallen ließ. Niemand hatte etwas bemerkt. Einzig der damalige stellvertretende Schulleiter, Gerhard Lehmann, hatte zu Protokoll gegeben, dass ihm an Pater Benedikt etwas aufgefallen sei. An dieser Stelle war am Rande des getippten Berichts handschriftlich ein Ausrufungszeichen angefügt worden.

Grieser las die Stelle erneut. Dann suchte er sich das Protokoll von Lehmanns Befragung heraus. Es begann unvermittelt, als hätte schon zuvor das entscheidende Gespräch stattgefunden.

Wann ist Ihnen das zum ersten Mal aufgefallen?

Vor genau einer Woche. Das war letzten Montag, also, ich weiß auch nicht, warum, aber irgendwie war es auffällig.

Haben Sie mit ihm gesprochen?

Ja, ich habe ihn dann am Dienstag, nein, es war Mittwoch, nein, stimmt nicht, es war kurz nach dem Gottesdienst, also Gründonnerstag, also da habe ich ihn darauf angesprochen.

Was hat er geantwortet?

Ja, also, das war schon auch irgendwie komisch. Er hat mich ganz merkwürdig angesehen. Für einen Moment dachte ich, er will mir was sagen. Und dann hat er nur den Kopf geschüttelt. Ganz komisch hat er gewirkt. Also um ehrlich zu sein, ich hatte das Gefühl, er würde gleich in Tränen ausbrechen. Und dann ist er gegangen, hat mich einfach stehenlassen und keinen Ton gesagt. Das fand ich schon komisch, sonst war er eigentlich nicht so. Ich meine, wenn ich gewusst hätte, aber ich konnte ja nicht ahnen, also niemand konnte das ahnen.

Was haben Sie zu ihm gesagt?

An dieser Stelle brach das Protokoll ab. Grieser durchsuchte die gesamte Akte, doch das fehlende Blatt war nirgends aufzufinden.

Er fluchte leise und begann ein zweites Mal, die Akte durchzusehen. Sorgfältig betrachtete er jedes einzelne Blatt von der Vorder- und Rückseite. Das Ende des Gesprächsprotokolls war nicht zu finden.

Grieser klemmte sich die Unterlagen unter den Arm und ging hinüber zu dem Kollegen, der das Archiv betreute. Er legte die natronbraune Mappe vor sich auf den Tresen.

»In der Akte fehlt ein Teil eines Zeugenbefragungsprotokolls. Könnten Sie bitte mal nachsehen, ob das irgendwo zu finden ist?«

Müde hob der Beamte den Kopf. Seinen Augen waren trübe. Tiefe Furchen zogen sich über seine Wangen bis weit in die Schläfen und verloren sich im unordentlichen grauen

Haar. Grieser hatte den Eindruck, als wolle er protestieren. Doch selbst dazu schien ihm die Energie zu fehlen. Mühsam stemmte er sich aus seinem Schreibtischstuhl und schleppte sich nach hinten, wo er zwischen raumhohen Regalen verschwand. Minutenlang stand Grieser allein in der Stille, bis der Kollege mit schlurfenden Schritten wieder an seinen Platz zurückkehrte.

»Da ist nichts«, presste er hervor. Er griff nach der Akte, die vor ihm auf dem Tresen lag. Grieser legte seine Hand darauf. Der Beamte hob den Kopf. Seine Augen waren ausdruckslos und leer.

»Haben Sie überall nachgesehen?«, fragte Grieser. »Sind Sie sicher, dass es nicht unter das Regal oder in eine andere Akte gerutscht ist?«

Ein Geräusch war zu hören. Vielleicht war es ein Protest, vielleicht hatte der Beamte auch nur geseufzt. Dann ließ er los und sank wieder auf seinem Stuhl zusammen. Grieser kehrte zurück in den Nebenraum und breitete alle Unterlagen auf dem Tisch aus. Bedächtig ging er alles ein weiteres Mal durch. Doch das fehlende Blatt blieb verschollen.

Grieser griff nach den Fotos, die in einem dünnen Hefter aufgeklebt waren. Zwanzig Jahre waren die Ermittlungen alt, heute gab es kaum noch Fotos in Papierform. Grieser blätterte durch den schmalen Plastikhefter, dem ein muffiger Geruch entströmte. Er stieß auf eine Großaufnahme des Brandmals. Es saß in der linken Leiste und war verschorft. Der Arzt hatte eine Zeichnung gemacht, wie die Narbe vermutlich etwa ausgesehen hätte, wenn die Wunde verheilt wäre. Der Eselskopf war deutlich zu erkennen.

Grieser erinnerte sich, dass das Brandmal der Toten ganz ähnlich ausgesehen hatte. Bei ihr hatte sich noch kein Schorf gebildet, die Haut sah rot und verbrannt aus.

Stirnrunzelnd legte er die Mappe zur Seite. Ein Eselskopf

als Brandmal. Bei beiden Toten saß das Mal in der Leiste. Ein Mann, der sich Jahre vor seinem Selbstmord hatte kastrieren lassen. Eine Frau, deren äußere Geschlechtsmerkmale brutal abgeschnitten worden waren und die an ihren Wunden verblutet war.

Unzufrieden griff Grieser nach dem Rest seines Brötchens. Er kaute und nahm einen Schluck aus dem Pappbecher. Kalt schmeckte der Kaffee bitter und aufreizend schal. Er trank ihn leer, zerdrückte den Becher und warf ihn Richtung Papierkorb. Der Becher trudelte oberhalb des schwarzen Plastikeimers gegen die Wand, wo er einen dunklen Fleck hinterließ, bevor er mit einem dumpfen Geräusch nach unten in den Eimer fiel.

Grieser machte auf dem Flur eine Kopie des Gesprächsprotokolls und brachte dann die Akte an den Tresen zurück. Er beobachtete, wie der Kollege sie zu sich heranzog und mit einem klatschenden Geräusch achtlos neben sich auf den Boden fallen ließ.

Beim Hinausgehen sah er auf seine Uhr. Kurz nach fünf, eigentlich früh genug, um zurück nach Bingen zu fahren.

Grieser wählte Rührigs Nummer und hatte kurze Zeit später den ehemaligen Kollegen am Telefon. Rasch erzählte er ihm von dem unvollständigen Protokoll. Doch Rührig konnte sich nicht erinnern, worum es damals gegangen war. Grieser beendete das Telefonat nach einigen höflichen Sätzen.

Ob er für den Rest des Tages freimachen sollte, um sich dann morgen früh wieder frisch ans Werk zu machen? Er konnte eine Verschnaufpause gebrauchen. Nein, es ging ihm in Wahrheit nicht darum, sich zu erholen. Er wollte einfach ein paar Stunden Zeit haben. Er zog sein Handy aus der Tasche und tippte eine kurze SMS. Paul hatte ihm gestern seine Handynummer aufgeschrieben. Bisher das Einzige, was er von sich preisgegeben hatte.

10. Kapitel

Unfruchtbare Frauen dagegen sind gesund, wenn sie keinen Verkehr mit Männern haben; haben sie aber Männer, dann sind sie kränklich.

Das Handy vor ihm piepste. Paul klemmte sich den Hörer seines Festnetztelefons zwischen Schulter und Wange und holte die SMS auf das Display.

Auf dem Festnetz hatte ihm Emma soeben von dem Telefonat mit ihrem Vater erzählt. Er spürte ihre Unsicherheit. Seit Jahren ging sie dem Thema aus dem Weg, was damals eigentlich zwischen ihren Eltern vorgefallen war. Denn das würde sie unweigerlich weiterführen zum Tod ihrer Mutter und den Schuldgefühlen, die sie deshalb hatte.

»Du hast eine SMS gekriegt«, kommentierte Emma den Piepton.

»Der Kommissar hat Sehnsucht nach mir«, stellte er mit einem Blick auf das Display fest und legte das Handy beiseite.

Er saß in dem ehemaligen Laden, den sie gemeinsam als Büro nutzten. Es lag in der Blumenstraße, nur wenige hundert Meter vom Bismarckplatz entfernt. Auf das breite Holzfensterbrett des alten Schaufensters hatten sie Grünpflanzen mit ausladenden Blättern gestellt, damit sie nicht wie auf dem Präsentierteller saßen und trotzdem Licht hereinkam.

Im alten Verkaufsraum mit dem knorrigen Holzboden hatten sie zwei Schreibtische voreinander gerückt, jeweils mit einem Computer und Telefon bestückt. Im Regal daneben war ein Kombigerät untergebracht mit Fax, Scanner und Drucker, daneben stand Pauls Aufnahmegerät, ohne das er nicht aus dem Büro ging. Es gab einen weiteren kleinen Raum, in dem ihre Unterlagen und Bücher Platz fanden und aus dem man in die kleine Küche dahinter gelangte. Zwischen Küche und dem Hauptraum lag die Toilette. Die Räume waren zwar etwas heruntergekommen, dafür aber günstig und zentral gelegen.

»Wirst du dich mit ihm treffen?«, fragte sie.

»Er ist in Heidelberg.«

»Dass heißt, Grieser will sich mit dir auf neutralem Boden treffen, damit seine lieben Kollegen nichts mitkriegen.«

»Vermutlich«, sagte Paul. »Aber ich bin mir nicht sicher, ob ich das tun sollte.«

»Wenn er heute in Heidelberg ist, könnte es bedeuten, er ist an der alten Geschichte dran«, sagte Emma.

»Und?«, fragte Paul.

»Vielleicht gibt es ja Neuigkeiten«, erwiderte Emma.

Paul schwieg.

»Was ist? Du hast doch sonst nichts dagegen, Arbeit mit Vergnügen zu verbinden.«

»Klingt nicht sehr schmeichelhaft«, erwiderte Paul und zog die Augenbrauen zusammen.

»Ich dachte, bei den Schwulen ist unverbindlicher Sex die Regel und nicht die Ausnahme.«

»Schwule haben ebenso häufig monogame Beziehungen wie Heterosexuelle«, erwiderte Paul. »Aber Singles und Männer in offenen Beziehungen nutzen ganz gern die ein oder andere Gelegenheit zu einem One-Night-Stand. Grieser scheint mir allerdings dafür nicht der Typ zu sein.«

»Sondern?«

Paul zögerte einen Moment. »Ich habe das Gefühl, er will mehr.«

Er griff nach der Mineralwasserflasche und schenkte sich nach.

»Du magst ihn und willst ihm nicht weh tun«, stellte Emma fest. »Aber was spricht dagegen, sich heute Abend mit ihm zu treffen und ihm zu sagen, dass du nicht mehr von ihm willst?«

Paul starrte auf sein Handy.

»Nichts«, erwiderte er.

Beim Klang der Stimme wandte sich Schwester Lioba um und blickte geistesabwesend zur Tür. Schwester Beatrix war auf der Schwelle stehen geblieben und schien auf eine Antwort zu warten.

»Bitte?«, fragte Schwester Lioba zerstreut. Sie sah wieder hinaus auf den Klosterhof, wo zwei neutral aussehende Polizeifahrzeuge standen, vollgepackt bis unters Dach mit technischen Geräten und Materialien.

»Oberkommissarin Baum ist gekommen und lässt fragen, ob Sie ein paar Minuten Zeit haben, ehrwürdige Mutter«, wiederholte Schwester Beatrix geduldig.

Schwester Lioba wandte sich vom Fenster ab und steuerte auf ihren Schreibtisch zu. Sie nickte Schwester Beatrix zu und blieb neben dem mit schwarzem Leder bezogenen Schreibtischstuhl stehen.

Schwester Beatrix ließ die Tür hinter sich offen stehen. Zwei Minuten später trat die Polizistin ein. Sie war deutlich kleiner als Schwester Lioba, vielleicht ein Meter sechzig groß, mit einem dichten Netz an Sommersprossen auf den Wangen und kurzgeschnittenen krausen Locken in kräftigem Rot. Sie wirkte im Gegensatz zu einigen ihrer Kollegen nicht von ihrer Umgebung eingeschüchtert. Zielstrebig ging sie auf die Äbtissin zu, gab ihr die Hand, stellte sich vor und nahm ohne Aufforderung auf dem Besucherstuhl Platz.

Schwester Lioba setzte sich ebenfalls.

»Wir wissen nun, wo der Mord stattgefunden hat«, begann Sabine Baum. »Die Gastschwester hat uns erklärt, dass der Raum früher als Waschküche des Klosters diente. Seit dem Umbau des Nebengebäudes zum Gästehaus hat der Raum anscheinend keine Funktion mehr.«

Schwester Lioba erinnerte sich an einen weiß gekachelten Raum, in dem außer einem schweren Holztisch nur ein Regal stand. Außerdem gab es noch ein Waschbecken in der Ecke neben dem vergitterten Fenster. Dann fiel ihr ein, dass der Waschkeller im Zuge des Umbaus ausgeräumt worden war. Eigentlich hatten sie dort eine Art Trockenraum für die Gäste einrichten wollen, aber bisher waren sie noch nicht dazu gekommen.

»Der Raum war leer«, erwiderte Schwester Lioba vage.

Baum nickte. »Ein Waschbecken und ein Schlauch, mehr haben wir nicht gefunden.«

»Warum sind Sie so sicher, dass dort der Mord verübt worden ist?«

»Der Raum wurde sauber ausgespritzt. Auf den ersten Blick ist also nichts Ungewöhnliches zu sehen. Aber wir können alte Blutspuren sichtbar machen. Unsere Techniker sind sicher, dass Miriam Schürmann dort auf dem Boden ganz langsam verblutet ist.«

Schwester Lioba zuckte zusammen.

»Wer hat Zugang zu diesem Kellerraum?«, fragte die Oberkommissarin.

»Alle«, antwortete Schwester Lioba mit belegter Stimme. Sie räusperte sich. »Der Raum war nie abgeschlossen. Es stand ja ohnehin nichts darin. Wer im Gästehaus war, konnte auch in den Waschkeller.« Sie fröstelte.

»Und wer im Gästehaus war, konnte auch in den Klosterhof und damit in die Abteikirche«, stellte Baum fest.

»Nein«, erwiderte Schwester Lioba. »Nach den Vigilien schließen wir alle Türen zum Klosterhof. Nachts kann man vom Gästehaus auf die Straße gelangen, aber nicht in den Klosterhof.«

»Vigilien sind das Nachtgebet?«, vergewisserte sich die junge Beamtin.

Schwester Lioba nickte. »Wir feiern sie jeden Abend bis gegen 20.45 Uhr in der Abteikirche. Anschließend verschließen wir alle zum Kloster führenden Türen und ziehen uns in unsere eigenen Räume zurück.«

»Hauptkommissar Grieser sagte mir, dass es nur zwei Generalschlüssel gibt, den Sie und Ihre Stellvertreterin bei sich tragen. Der Ersatzschlüssel im Safe war offenbar unberührt.«

Schwester Lioba nickte.

»Was glauben Sie«, fragte die junge Polizistin und warf ihr einen raschen Blick zu, »wie die Leiche von Miriam Schürmann aus dem Waschkeller in die Abteikirche gelangte?«

Schwester Lioba runzelte die Stirn. »Das kann ich Ihnen beim besten Willen nicht sagen.«

Die Oberkommissarin erhob sich unvermittelt, verabschiedete sich und ging.

Schwester Lioba sah nachdenklich zur Tür. Ob die Polizistin gemerkt hatte, dass sie sich in ihrer Haut unwohl fühlte? Frauen entwickelten ja mitunter ein besseres Gespür. Sie seufzte und stand auf, um auf ihren Beobachtungsposten am Fenster zurückzukehren. Der Anblick der Papiere auf ihrem Schreibtisch war ihr heute unerträglich. Sie erinnerten sie daran, dass ihr Kloster am Rande des Ruins stand. Sie war so stolz gewesen, als sie zur Äbtissin gewählt worden war. Sie hatte sich der Sünde des Hochmuts bezichtigt und fünf Rosenkränze zur Abbitte gebetet. Trotzdem freute sie sich über diesen Erfolg. Und nun stellte sich heraus, dass sie nur deshalb auf den Posten der ehrwürdigen Mutter Oberin berufen worden war, um den Konvent zu Grabe zu tragen.

Durch das Fenster drang der Klingelton eines Handys. Schwester Lioba sah hinunter auf den Klosterhof, wo immer noch Polizeifahrzeuge parkten. Unmittelbar neben einem Wagen blieb Kriminaloberkommissarin Baum stehen und kramte in ihrer Tasche. Schwester Lioba beobachtete, wie die Kommissarin telefonierte und lebhaft gestikulierte. Sie konnte nur hoffen, dass der Mörder Miriams schnell gefunden wurde und damit bewiesen war, dass der Mord nichts mit ihr zu tun hatte. Darum hatte sie heute Nacht gebetet. Windisch zwang sie, sich zwischen ihrer Vergangenheit und ihrer Gegenwart zu entscheiden. Und solange sie die Verantwortung für 36 Mitschwestern trug, sah sie keinen anderen Ausweg, als zu schweigen.

11. Kapitel

Jedoch werden sie, wenn sie die Vereinigung mit Männern vermeiden, in ihrem Wesen unleidlich und unangenehm. Wenn sie aber mit Männern verkehrt haben, weil sie sich von der Verbindung mit ihnen nicht zurückhalten wollten, dann werden sie in ihrer Leidenschaft unenthaltsam und maßlos wie die Männer.

Emma hatte noch einige Recherchen zu Hildegard von Bingen angestellt und war dabei auf Hertls Namen gestoßen. Er arbeitete an der Kölner Universität als Dozent für Lateinische Philologie des Mittelalters im deutschen Sprachraum und war offensichtlich ein Experte für die Ordensfrau aus dem 12. Jahrhundert.

Ihr fiel ein, was Hertl gestern gesagt hatte. Ob eine schöne Aussicht wirklich die Liebe zu einem Gott wecken konnte? Oder diese womöglich ersetzen? Emma sah von ihrem Computer auf und ließ ihren Blick über die Hänge des Rheintals gleiten. Vereinzelte Sonnenstrahlen lagen über den Berghängen.

Dann suchte sie die Nummer heraus, die Hertl ihr beim Abschied gegeben hatte. Das Freizeichen ertönte zweimal, dann meldete er sich mit Namen.

»Haben Sie Lust, sich mit mir zu treffen?«, fragte Emma. Hertl antwortete nicht.

»Ich fand es gestern sehr spannend, was Sie von Hildegard von Bingen erzählt haben«, sprach Emma weiter.

Ein leises Lachen ertönte am anderen Ende der Leitung. »In Ordnung«, sagte er dann. Seine Stimme klang amüsiert. »In einer halben Stunde auf dem Parkplatz.«

Emma sagte zu und beendete das Gespräch. Nachdenklich beobachtete sie, wie ein Lastkahn die Rheininsel hinter sich ließ. Sie mochte Hertl. Und sie war nicht sicher, ob es nicht vielleicht mehr werden könnte. Sie hatte gerade eine Affäre hinter sich, die am Ende ziemlich unbefriedigend verlaufen war.

Emma beschloss, zumindest eine andere Hose anzuziehen. Es gab keinen Grund, Hertl mit einer fleckigen Jeans gegenüberzutreten.

Eine halbe Stunde später erschien er am Fuß der Klostermauer. Emma winkte. Hertl überquerte den Parkplatz, der sich inzwischen geleert hatte.

»Rustikal haben Sie es hier«, sagte er und warf einen Blick in ihren Bus.

Emma zuckte mit den Achseln.

»Haben Sie Lust, ein paar Schritte mit mir zu gehen?« Sie warf einen Blick auf den träge dahinziehenden Rhein. »Wir können ja unten am Rheinufer ein Glas Wein trinken.«

Hertl nickte. Sie überquerten die Wiese und steuerten auf einen Spazierweg zu, der unterhalb des Parkplatzes bis an den Rhein hinunterführte. Schweigend erreichten sie den Schotterweg. Hertl sah sich um.

»Schön hier, finden Sie nicht«, sagte er leichthin.

Emma nickte.

»Sie sind Spezialist für Lateinische Philologie?«, fragte sie unvermittelt.

»Ich bin an der Uni«, erwiderte Hertl. Er stopfte beide Hände in die ausgebeulten Taschen seines dunklen Wollmantels. »Ich gebe Seminare zur lateinischen Sprache und Literatur. Außerdem forsche ich über Hildegard von Bingen.«

Emma warf ihm einen Seitenblick zu. »Gestern habe ich angenommen, dass Sie Theologe sind.«

Hertl schmunzelte. »Ja, das war durchaus in der Überlegung. Am Ende habe ich mich gegen die Theologie und für Lateinische Philologie entschieden. Dort habe ich mehr Freiheiten, was die Interpretation der Schriften Hildegards von Bingen betrifft.«

»Sie haben gestern erzählt, dass Sie gemeinsam mit der Äbtissin und einigen anderen Gästen des Klosters das Internat Hildegard von Bingen in Heidelberg besucht haben.«

Steine knirschten unter ihren Sohlen.

»Ich glaube nicht, dass ich erzählt habe, wo sich das Internat befand«, antwortete er vorsichtig. Emma spürte die Anspannung, die seine Stimme tiefer klingen ließ. Ein Radfahrer kam ihnen entgegen. Hertl trat zur Seite und machte den Weg frei. Dann ging er schneller, bis er wieder auf Emmas Höhe war.

»Mein Vater ist Schulleiter im Hildegard-von-Bingen-Internat in Heidelberg«, sprach Emma weiter. »Deshalb habe ich ganz automatisch angenommen, dass Sie dort zur Schule gegangen sind.«

Eine Windböe streifte ihr Gesicht. Hertl blieb stehen.

»Was wollen Sie eigentlich von mir?«, fragte er unwirsch. »Sie haben mich unter einem Vorwand hierhergelockt.«

Emma ging an ihm vorbei und trat an den Rand des Wegs. Dort blieb sie stehen und wandte sich ihm zu.

»Wissen Sie«, sagte sie zögernd und suchte seinen Blick, »gestern habe ich gehört, dass der Mord im Kloster mit den

Vorgängen damals im Heidelberger Internat zusammenhängt. Mein Vater war zu der Zeit stellvertretender Schulleiter dort und geriet in Bedrängnis, weil er verdächtigt wurde, er hätte etwas mit dem Selbstmord von Bruder Benedikt zu tun. Unsere Familie ist daran zerbrochen. Ich möchte gern herausfinden, was wirklich passiert ist.«

Emma sah ihn an. Hertl erwiderte ihren Blick einen Moment lang, dann wandte er sich ab. Emma fürchtete, er würde sie stehenlassen und ins Kloster zurückkehren. Bittend hob sie die Hand, wollte etwas sagen. Doch er nahm ihren Spaziergang wieder auf. Emma folgte ihm.

»Hildegard von Bingen war eine faszinierende Frau«, begann er. »Ich, Schwester Lioba und die anderen, wir konnten damals nicht genug von ihr hören. Wir waren in einer AG, die sich mit ihr beschäftigt hat. Bruder Benedikt leitete diese AG. Er war regelrecht besessen von Hildegard.«

Ein Schwarm Krähen senkte sich vor ihnen herab bis dicht über den Boden, flog einige Meter über die Wiese und drehte kurz vor dem Rheinufer ab.

»War er Religionslehrer?«, fragte Emma.

»Wie alt waren Sie damals?«, fragte Hertl zurück.

»Ich war dreizehn.«

»Erinnern Sie sich an Bruder Benedikt?«

Emma schüttelte den Kopf. »Ich weiß nur, was mein Vater erzählt hat. Das war nicht viel. Später haben er und meine Mutter oft gestritten, dabei ist immer wieder der Name von Pater Benedikt gefallen.«

»Pater Benedikt war Biologielehrer und ein sehr gläubiger Mensch. Er stand mit beiden Beinen im Leben, sein Glaube war unerschütterlich.«

»Beneidenswert«, sagte Emma. Sie meinte es ernst.

Hertl blickte sie forschend an. »Außerdem war er fest davon überzeugt, dass Hildegard von Bingen von den Theologen der katholischen Kirche unterschätzt wird, dass sie der Menschheit noch mehr zu sagen hat.«

Ein Jogger mit hautenger Sportkleidung in Signalfarben näherte sich und umrundete sie mit einem weiten Bogen durch die Wiese.

»Ich habe ihn bewundert«, erzählte Hertl weiter, »vor allem, weil er lebte, woran er glaubte. Auch wenn er dafür Opfer bringen musste.«

Emmas Handy meldete sich mit einem schrillen Klingeln. Sie tastete in ihrer Manteltasche danach und drückte das Gespräch weg, ohne auf das Display zu sehen. Hertl warf ihr einen dankbaren Blick zu.

»Als Biologe hat ihn besonders das naturwissenschaftliche Werk Hildegards von Bingen interessiert.«

»Wieso naturwissenschaftlich?«, fragte Emma.

Hertl lächelte. »Die meisten kennen sie nur als Benediktinerin und Theologin, dabei war sie weit mehr. Ihr erstes großes Werk drehte sich um die Glaubenslehre. Ihr zweites Buch trug den Titel ›Das Buch von den Geheimnissen der verschiedenen Naturen der Geschöpfe‹ und beschäftigte sich mit der Tier- und Pflanzenwelt und auch sehr ausführlich mit dem Menschen. Sie machte sich Gedanken über Krankheiten und ihre Ursachen, über Heilungsmöglichkeiten und über die Vorbeugung von Erkrankungen.«

»Die Hildegard-Medizin.« Emma erinnerte sich, dass sie in den vergangenen Jahren den Namen Hildegard von Bingen vor allem in diesem Zusammenhang gehört hatte.

»Eine Hildegard-Medizin in diesem Sinne gibt es nicht.« Hertl blieb stehen und drehte das Gesicht in den Wind. »Sie hatte umfassende Kenntnisse über Krankheiten, Kräuter, Metalle und Edelsteine. Sie hat sich viele Gedanken über deren Wirkung gemacht.« Eine Haarsträhne tanzte über seine Stirn. »Aber viele ihrer Ausführungen sind heute weitgehend überholt. Der österreichische Arzt Gottfried Hertzka hat sich 1947 in Konstanz niedergelassen und berief sich bei seiner medizinischen Tätigkeit auf Hildegard von Bingen. Er hat in den 1970er Jahren den Begriff Hildegard-Medizin geprägt.«

Emma blieb stehen und betrachtete ihn aus einigen Schritten Entfernung.

»Hildegard von Bingen werden zwar erstaunliche Kenntnisse zugebilligt, die zum Teil bis heute unserer wissenschaftlichen Sicht entsprechen, doch ihre Behandlungsverfahren beruhen natürlich auf mittelalterlichen und mystischen Vorstellungen«, sprach Hertl weiter. »Hildegard von Bingen hat Körper, Geist und Seele als Einheit betrachtet. Entsprechend konsequent hat sie den menschlichen Körper mindestens ebenso gründlich erforscht wie die menschliche Seele. Heute weiß man, dass sie Schriften griechischer Ärzte gelesen haben muss und auch medizinische Schriften der arabischen Welt. Ihr Verdienst ist, dass sie eine eigenständige Interpretation der medizinischen Theorie unter Einbeziehung der Sexualität vorgenommen hat.«

»Was hat es dann mit dem Hildegard-Tee, dem Hildegard-Brot und der Hildegard-Kräutermedizin auf sich?«, fragte Emma.

»Alles Marketingstrategien, die wenig mit dem zu tun haben, was Hildegard von Bingen geschrieben hat«, erwiderte Hertl. Er setzte sich wieder in Bewegung. »Die Menschen heute haben immer noch einfache Fragen und suchen darauf einfache Antworten. Die bekommen sie dann auch – von der Industrie und von manchem Heilsbringer. Doch meist ist das Leben nicht ganz so einfach, wie wir es gerne hätten.«

»Was hat das mit ihren theologischen Schriften zu tun?«, fragte Emma.

»Für Hildegard von Bingen gab es keine Trennung von

Körper, Geist und Seele. Sie sind eins. So wie die Seele sich nach Gesundung sehnt und einen Gott sucht, der sie tröstet und ihr Halt gibt, so braucht der Körper eine gesunde Umwelt und gesunde Ernährung, um sich gut zu fühlen. Und nur in der Einheit von Körper, Geist und Seele kann Gott seinen Raum finden.«

Ein kalter Wind strich über ihren Hals und ließ sie frösteln. Emma zog die Schultern hoch.

»Das heißt, die Auslegung der Bibel und die Beschäftigung mit dem menschlichen Körper und seinen Besonderheiten sind untrennbar verbunden«, sagte sie.

»So zumindest hat es Hildegard von Bingen gesehen und auch Bruder Benedikt.«

Der Weg vor ihnen zog sich in einem großen Bogen den Hang hinunter bis zum Rhein. Auf der Wiese bogen sich einige Osterglocken im Wind. Schweigend gingen sie einige Schritte nebeneinander her. Dann nahm Emma das Gespräch wieder auf.

»Sie sagten, Bruder Benedikt war besessen von ihr. Wie hat sich das geäußert?«

»Bruder Benedikt war vor allem von ihren naturwissenschaftlichen Schriften fasziniert. Schließlich war er Biologielehrer.« Hertl rieb sich die Stirn. »Er kannte alles, was von ihr überliefert ist.«

»Und?«, fragte Emma leichthin.

Hertl beobachtete ein Sportboot, das sich seinen Weg quer über den Rhein in die Nahe bahnte. Ein lautes Brummen zeigte, dass der Bootsführer seine ganze Motorkraft einsetzen musste, um die Fluten zu queren.

»Na ja«, sagte er gedehnt, »die naturwissenschaftlichen Schriften der Ordensfrau sind durchaus umstritten. In der Kirche gibt es Stimmen, die behaupten, die Texte wurden Hildegard von Bingen untergeschoben.«

Emma runzelte die Stirn. »Verstehe ich nicht«, sagte sie.

Hertl blieb stehen und wandte sich ihr zu. Sein Gesicht wirkte freundlich, auch wenn ein strenger Zug um seinen Mund spielte.

»Hildegard hat im Laufe ihres Lebens etliche kleinere und größere Schriften verfasst. Am bekanntesten sind vier Bücher von ihr. Drei theologische Bücher und ein naturwissenschaftliches. Ihre theologischen Schriften sind im Original überliefert. Ihre Aussagen darin genießen hohes Ansehen in der Kirche. Auch unser Papst Benedikt XVI. hat sich während seiner Zeit als Theologieprofessor sehr intensiv mit Hildegard von Bingen und ihren Werken beschäftigt. Die theologischen Werke Hildegards von Bingen sind unumstritten.«

»Im Gegensatz zu ihren naturwissenschaftlichen«, ergänzte Emma nachdenklich.

Hertl nickte und blieb stehen. Er strich sich die Haare aus der Stirn und schob seine Hand zurück in die Tasche seines Wollmantels. »Das Original dieser Schrift ist nicht überliefert. Es gibt nur Abschriften, die frühestens 100 Jahre nach ihrem Tod entstanden sind. Viele Theologen und auch Historiker bezweifeln, dass alles, was darin geschrieben steht, von Hildegard stammt.«

»Und warum?«, fragte Emma.

»Genau das ist die Frage«, sagte er. »Es gibt zwei Gründe, daran zu zweifeln, einen formalen und einen inhaltlichen. Letztlich muss jeder für sich selber beurteilen, welches der Argumente ausschlaggebend ist. Die Originalhandschrift war vermutlich ein einziges Buch mit dem Titel ›Das Buch von den Geheimnissen der verschiedenen Naturen der Geschöpfe‹. Die später entstandenen Abschriften wurden auf zwei Bücher verteilt. Eines davon trug den Titel ›Physica‹, das andere ›Causae et curae‹. Im Mittelalter war es durchaus üblich, sogenannte Kompilationen zu erstellen. Das heißt, ein Schreiber, der sich für ein bestimmtes Thema interessierte, hat in seiner Schrift alles zusammengenommen, was dazu passte. Dabei hat er es oft nicht so genau genommen, was von wem stammte.«

»Das bedeutet, die Kirche zweifelt an, ob der komplette Inhalt dieser beiden Bücher wirklich auf Hildegard von Bingen zurückgeht.«

»So ist es«, bestätigte Hertl. »Allerdings zeigen die überlieferten Texte inhaltliche und stilistische Eigenheiten, die sich auch in anderen Texten Hildegards von Bingen finden. Das heißt, dass der Inhalt beider Bücher vermutlich zum großen Teil tatsächlich von ihr stammt. Aber es muss in der Tat nicht alles von ihr sein. Die Zweifel sind durchaus berechtigt.«

Emma nickte. »So weit also zum formalen Grund. Und der inhaltliche?«

»In den beiden überlieferten Abschriften sind nicht nur umfassende Beschreibungen von Tieren, Pflanzen, Edelsteinen und Metallen enthalten, sondern auch umfassende Beschreibungen des Menschen und seiner Natur. Dabei hat Hildegard von Bingen nichts ausgelassen, sie hat sich wie eine echte Naturwissenschaftlerin verhalten.«

»Das bedeutet?«, fragte Emma.

»Sie hat sich auch umfassende Gedanken gemacht über die Sexualität des Menschen bis hin zu detaillierten Schilderungen des Sexualaktes aus Sicht eines Mannes und auch aus Sicht einer Frau.«

»Woher hat eine Ordensfrau dieses Wissen?«

»Das genau«, erwiderte Hertl, »fragen sich viele, darunter auch etliche Theologen und Wissenschaftler. Das nährt natürlich auch die Zweifel, ob Hildegard von Bingen wirklich diese Texte geschrieben hat.«

»Und wie stand Bruder Benedikt dazu?«

Hertl und Emma erreichten das Rheinufer. Mehrere Stufen aus Granit führten zum Wasser hinunter, flache Wellen plätscherten dagegen. Sie starrten ins Wasser, das zur Mitte des Flusses immer dunkler wurde.

Emma schauderte und kämpfte mit der aufsteigenden Nervosität, die der Anblick von fließendem Wasser immer bei ihr auslöste. Sie hatte Angst vor Flüssen und Bächen, seit sie als Kind mit einem Ruderboot auf dem Neckar kenterte und endlose Sekunden unter Wasser war, bis die Hand ihres Vaters nach ihr griff und sie zurück ins Leben holte.

»Bruder Benedikt war insbesondere von den naturwissenschaftlichen Schriften sehr angetan«, nahm Hertl das Gespräch wieder auf. »Er war Naturwissenschaftler und der Meinung, dass die Kirche sich ohne Wertung auch mit den irdischen und körperlichen Seiten des Menschen beschäftigen sollte. Für ihn war Hildegard von Bingen ihrer Zeit weit voraus. Sie hatte kein Problem mit der menschlichen Sexualität, trotz Zölibat. Pater Benedikt hat sie dafür von ganzem Herzen bewundert. Er war der Meinung, wenn insbesondere die katholische Kirche ein ähnlich unverkrampftes Verhältnis zur menschlichen Sexualität entwickelt hätte wie Hildegard von Bingen, dann wären der Kirche viele Probleme erspart geblieben.«

»Wie stehen die großen Kirchen eigentlich heute zu ihr?«, fragte Emma.

»In der evangelischen Kirche wird sie als Theologin und herausragende Kirchenfrau sehr verehrt. Auch in der katholischen Kirche ist sie eine sehr angesehene Theologin. Allerdings konnte sich der Vatikan bis heute nicht dazu durchringen, sie offiziell heiligzusprechen. Eine formelle Heiligsprechung hat trotz viermaliger Prüfung durch den Vatikan bis heute nicht stattgefunden, obwohl Hildegard im römischen Kalender als heilig verzeichnet ist. Anlässlich ihres 800. Todesjahres haben katholische Frauenverbände 1979 in Rom die Bitte vorgebracht, Hildegard als Kirchenlehrerin anzuerkennen. Doch das Verfahren ist nach wie vor im Vatikan in der Prüfungsphase.«

»Und wo ist das Problem?«, fragte Emma. Ein Lastkahn kam ganz in ihrer Nähe vorbei. Man hörte Kinder, ein Hund kläffte. Doch an Bord war niemand zu sehen.

»Rom hat fast zehn Jahre lang darüber nachgedacht, Hildegard von Bingen zur Kirchenlehrerin zu erheben. Dann wurde mitgeteilt, dass Hildegard von Bingen leider erst dann zur Kirchenlehrerin ernannt werden könne, wenn sie heiliggesprochen sei. Daraufhin baten die katholischen Frauen und die deutschen Bischöfe, sie doch heiligzusprechen. Doch bisher konnte sich Rom noch nicht dazu entschließen.«

»Verstehe ich nicht«, sagte Emma.

»Das ist der offizielle Gang der Dinge«, erklärte Hertl. »Erst wird jemand heiliggesprochen und dann erst zum Kirchenlehrer oder zur Kirchenlehrerin erklärt.«

»Aber in die Verzeichnisse ist sie doch als Heilige aufgenommen worden.«

»Trotzdem hält der Vatikan bis heute daran fest, dass sie offiziell nicht heiliggesprochen wurde. Das ist genau der Grund, warum viele glauben, die Kirche zweifele die naturwissenschaftlichen Schriften der Hildegard von Bingen an, weil sie bis heute ein Problem mit der menschlichen Sexualität hat. Insbesondere dann, wenn sich Ordensleute so ausführlich mit dem körperlichen Aspekt der Sexualität beschäftigen.«

»Also«, sagte Emma und legte die Stirn in Falten, »entweder die Schriften stammen nicht von ihr, dann könnte die Kirche sie heiligsprechen. Oder die Kirche erkennt die naturwissenschaftlichen Schriften als die Werke Hildegards von Bingen an und weigert sich, sie heiligzusprechen. Aber beides gleichzeitig ergibt ja keinen Sinn.«

Hertl lachte. »Sie denken viel zu logisch. Vielleicht fürchten sie ja, dass irgendwann alte Schriften auftauchen, die eine handfeste Erklärung dafür liefern, woher Hildegard von Bingen dieses detaillierte Wissen über Sexualität hatte. Jedenfalls schweigen sich die offiziellen Stellen der Kirche aus. Schon seit vielen hundert Jahren.«

»Vielleicht wissen sie ja mehr«, sagte Emma nachdenklich. Sie beobachtete einen Schwarm kleiner Fische, der sich auf der obersten Stufe in einer Handbreit Wasser sammelte und wie ein organisches Wesen hin und her huschte. »Vielleicht liegt in den Archiven des Vatikans die Originalhandschrift der Hildegard von Bingen. Vielleicht steht da noch mehr Unaussprechliches drin als in den später überlieferten Abschriften. Vielleicht weiß die Kirche genau, warum sie diese Ordensfrau mit dem scharfen naturwissenschaftlichen Verstand nicht heiligsprechen will.«

»Tja«, sagte Hertl, »so ähnlich dachte auch Bruder Benedikt.«

»Sie glauben nicht daran?«

»Der Vatikan mit seinen Archiven liefert natürlich jede Menge Stoff für Spekulationen. Es ist so einfach, in das Schweigen der Ordensmänner Wissen hineinzudeuten. Vielleicht steckt aber auch schlicht Unwissen dahinter.«

»Warum sollten sie dann schweigen?«

»Weil Unwissen manchmal noch mehr Angst macht als Wissen.« Hertl wandte sich zur Seite und ging zwei Schritte. Fragend sah er Emma an. Sie nickte wortlos und setzte sich ebenfalls in Bewegung. Gemeinsam schlenderten sie am Ufer entlang und steuerten auf ein Gasthaus zu.

»Das heißt, Sie glauben nicht an eine Geheimhaltungsstrategie des Vatikans«, kam Emma auf das Thema zurück.

»So ist es«, erwiderte Hertl.

»Was glauben Sie dann?«

»Ich denke, es ist einfach unklar. Die detaillierten Beschreibungen der menschlichen Sexualität müssen nicht von Hildegard von Bingen stammen. Aber die Wahrscheinlichkeit ist hoch, dass sie von ihr sind. Und deshalb hält sich der Vatikan bedeckt.«

»Das würde bedeuten, die Kirche hat tatsächlich bis heute Probleme damit, dass der Mensch ein Wesen mit natürlichen Trieben und Bedürfnissen ist.«

»Das würde es bedeuten«, sagte Hertl.

Sie näherten sich dem Gasthaus.

»Da finde ich die Verschwörungstheorie noch harmloser«, sagte Emma. »Wer weiß, was in der Originalhandschrift alles drin steht, was die Kirche bis heute ablehnt. Wäre doch auch ein Grund, Hildegard von Bingen nicht heiligzusprechen.«

»Was von ihr überliefert ist, finde ich schon revolutionär genug.«

Hertl blieb vor dem Gasthaus stehen, das auf einer Schiefertafel mit einer eindrucksvollen Liste von Gerichten warb.

»Und was hat das alles mit dem Selbstmord Bruder Benedikts zu tun?«, fragte Emma.

»Ich habe nicht die geringste Ahnung«, erklärte Hertl und zuckte die Achseln.

»Aber deshalb haben Sie mir doch davon erzählt«, beharrte Emma.

Hertl runzelte die Stirn. »Hören Sie«, sagte er, und der strenge Zug um seinen Mund vertiefte sich. »Sie wollten wissen, was damals passiert ist. Ich kann Ihnen nur erzählen, was ich weiß. Dass Bruder Benedikt ein guter Biologielehrer war und fasziniert von Hildegard von Bingen. Er hat uns viel von ihr erzählt. Dann hat er sich umgebracht. Das war's.«

Emma musterte ihn. Sie spürte, dass er log. Doch für heute sollte es genug sein. Sie lächelte. Hertl entspannte sich und erwiderte ihren Blick.

»Wollen wir?«, fragte er und sah zur Eingangstür des Restaurants.

Emma nickte.

12. Kapitel

Denn wie ein Schiff gefährdet ist in den großen Wellen, die in den Flüssen bei starken Winden und Stürmen sich erheben, so daß es zeitweilig nur mit Mühe sich halten und Widerstand leisten kann, so kann auch im Ansturme der Lust die Natur des Mannes nur schwer gebändigt und zurückgehalten werden.

Die Sonne war längst hinter den Häuserfassaden verschwunden und zeichnete lange Schatten auf den Klosterhof. Schwester Lioba wandte sich vom Fenster ab und ordnete die Papiere auf ihrem Schreibtisch. Hinter ihrer Stirn spürte sie einen dumpfen Schmerz, ihre Kehle schmerzte. Schuldgefühle quälten sie. Sie hatte Miriam gedrängt, dem Konvent zu helfen. Sie hatte die anderen zu ihrer Weihe eingeladen, um Miriam zu überzeugen. Sie hatte die Geister von damals gerufen, und nun führten sie ein Eigenleben.

Schwester Lioba ging zu ihrem kleinen Altar hinter der Tür. Dort standen auf einer Kommode das Kreuz, das ihr die ehrwürdige Mutter Mechthild zur ewigen Profess geschenkt hatte, und eine Ikone der geliebten Hildegard von Bingen, ihrem Vorbild, dem sie so wenig gerecht werden kann.

Sie sank auf die Knie und faltete die Hände. Ihre Knöchel

traten weiß hervor. Dann hörte sie auf, gegen die Tränen zu kämpfen.

»Es ist Hochmut, die Sünde der Hochmut«, flüsterte sie und spürte die Tränen auf ihren Wangen. »Wie kannst du nur glauben, dass du die Verursacherin bist von all diesem Übel. Du bist nur ein Werkzeug Gottes, hast deinen Willen ihm untergeordnet und hast geschworen, alles zu tun, um dem Konvent zu dienen. Die Gemeinschaft ist dir anvertraut, ihr musst du dienen, und nichts anderes hast du getan. Alles andere ist nicht deine Schuld, es lag nicht in deiner Verantwortung.«

Ein Schluchzen schüttelte sie. Sie spürte, dass sie kurz davor war, die Fassung zu verlieren.

»Nimm dich nicht so wichtig«, flüsterte sie. Die Tränen liefen unaufhörlich über ihre Wangen. In wenigen Minuten fand die Vesper statt, ihre Mitschwestern würden sehen, dass sie geweint hatte. Sie schämte sich für diesen Gedanken. Sie hatte eine langjährige Freundin verloren, und es stand ihr zu, um diesen Menschen zu weinen.

»Ave Maria, gratia plena, Dominus tecum«, flüsterte sie rasch. Sie klammerte sich an die Worte, die ihr halfen, nicht in diesem Sumpf aus Schmerz, Selbstmitleid und Schuld zu versinken. *»Benedicta tu in mulieribus, et benedictus fructus ventris tui, Jesus.«*

Allmählich versiegten die Tränen. Schwester Lioba betete noch einige Ave Maria. Sie spürte, dass sie ihre Selbstbeherrschung zurückerlangte. Voller Dankbarkeit senkte sie den Kopf tiefer und betete den Schluss des Rosenkranzes. *»O clemens, o pia, o dulcis Virgo Maria.«*

Es klopfte. Schwester Lioba schreckte hoch. Sie spürte die Nässe auf ihren Wangen.

»Einen Moment bitte«, sagte sie scharf und stützte sich mit beiden Händen auf ihr rechtes Knie. Sie drückte sich hoch, kam stöhnend zum Stehen und brauchte einen Moment, bis der Schwindel nachließ. Dann ging sie rasch zu ihrem Schreibtisch und griff nach den Papiertaschentüchern, die in der obersten Schublade bereitlagen. Sie wischte sich die Tränen aus dem Gesicht, trocknete sich die Nase und ordnete ihren Schleier.

Schwester Lioba setzte sich auf ihren Schreibtischstuhl und betätigte den Schalter der Leselampe. Der Lichtkegel war auf ihre Schreibtischunterlage gerichtet und erfüllte den Raum mit diffusem Licht.

»Ja, bitte«, rief sie. Schwester Lioba räusperte sich und hoffte, dass sie ihrer Stimme die Festigkeit geben konnte, die sie ihrer Meinung nach in diesem Raum immer haben sollte.

Die Tür öffnete sich und Schwester Brigitta schob ihren Kopf durch den Spalt. Dann blieb sie unentschlossen in der halb geöffneten Tür stehen. Sie war eine kräftig gebaute Frau in den Vierzigern, mit Pausbacken und einem leichten Silberblick.

»Ehrwürdige Mutter«, sagte sie zögerlich. Ihre Stimme bebte.

Schwester Lioba betrachtete sie zweifelnd. Wenn Schwester Brigitta in ihrem Büro auftauchte, dann hatte das nichts Gutes zu bedeuten. Sie wusste von ihrer Vorgängerin, dass Schwester Brigitta ihr Seelenheil darin suchte, das vermeintlich gefährdete Seelenheil anderer zu retten. Meist gegen deren Willen.

»Kommen Sie doch bitte herein, Schwester Brigitta, und setzten Sie sich«, sagte Schwester Lioba. Es war das erste Mal, dass Schwester Brigitta mit einem solchen Anliegen zu ihr kam. Sie zweifelte nicht daran, dass es das Übliche war, und nahm sich vor, ein für alle Mal klarzustellen, dass sie in ihrem Konvent keine Denunziationen duldete.

»Ich weiß, es ist nicht meine Aufgabe«, sagte Schwester

Brigitta demütig, setzte sich und richtete den Blick entschlossen auf ihre Knie. »Aber ich bin davon überzeugt, dass die ehrwürdige Mutter Oberin wissen möchte, wenn ein Schaf die Herde verlässt und dann nicht mehr den Weg in die Gemeinschaft zurückfindet.«

»Schwester Brigitta«, unterbrach Schwester Lioba die mit Pathos vorgetragenen Worte, »was möchten Sie mir sagen?«

Ein Auto startete im Klosterhof. Schwester Lioba registrierte erleichtert das Knirschen der Reifen im Schotter und das leiser werdende Motorengeräusch. Die Polizei hatte die Klosteranlage verlassen. Zum Abendgebet konnten sie in die Abteikirche zurückkehren, das hatte ihr die Kommissarin fest versprochen.

»Ein Mitglied unserer Gemeinschaft pflegt eine ...« Schwester Brigitta wand sich und suchte nach Worten, »... ein unziemliches Verhältnis zu einem Mann hier im Ort.«

Schwester Lioba atmete tief durch. Dann stand sie auf, umrundete ihren Schreibtisch und blieb vor Schwester Brigitta stehen. Wäre sie in einem anderen Moment gekommen, dann hätte sie Schwester Brigitta zu einem ernsten Gespräch gebeten. Doch heute fehlte ihr die Kraft.

»Ich bin überzeugt davon, Schwester Brigitta«, sagte sie stattdessen knapp, »dass Sie es ernst meinen und um das Seelenheil Ihrer Mitschwester ernstlich besorgt sind. Lassen Sie es nun damit gut sein, und überlassen Sie es mir, mich darum zu kümmern.«

Zum ersten Mal hob Schwester Brigitta den Blick. Sie wirkte verblüfft, ihr linkes Auge schielte nun etwas stärker als zuvor.

»Aber wollen Sie nicht wissen ...«, begann sie.

»Wenn unsere Mitschwester die Zeit für gekommen hält, das Gespräch zu suchen, wird sie den Weg zu mir finden. Dann ist es früh genug«, erwiderte Schwester Lioba streng.

Verunsichert erhob sich Schwester Brigitta. Ebenso zögerlich, wie sie gekommen war, verließ sie das Büro wieder. An der Tür blieb sie ein letztes Mal stehen, drehte sich halb um.

»Aber weil doch die Polizei wissen möchte ...«, wandte sie mit zittriger Stimme ein.

Schwester Lioba musterte sie scharf.

»Gibt es irgendetwas, was Sie über den Mord in unserem Kloster wissen? Etwas, das zur Aufklärung dieses furchtbaren Verbrechens beiträgt?«

Schwester Brigitta erstarrte. Ihr Blick irrte durch das Zimmer. Dann senkte sie demütig den Kopf.

»Nein, ehrwürdige Mutter«, sagte sie mit leiser Stimme.

»Wenn Sie etwas zur Aufklärung des Todes meiner ehemaligen Schulkameradin beizutragen haben, dann wenden Sie sich bitte an die Polizei«, sagte Schwester Lioba eindringlich.

Schwester Brigitta schwieg.

»Andere Vorkommnisse in dieser Gemeinschaft sollten der Privatsphäre unserer Schwestern und unseres Konvents vorbehalten bleiben«, fuhr Schwester Lioba fort.

Schwester Brigitta zwinkerte. Schwester Lioba fürchtete, dass sie jeden Moment in Tränen ausbrechen würde.

»In wenigen Minuten ist Zeit für die Vesper«, sagte sie versöhnlich. »Heute können wir uns wieder zum ersten Mal in der Abteikirche zum Gebet versammeln. Bitte geben Sie unseren Mitschwestern Bescheid, dass wir uns heute nicht in der kleinen Kapelle einfinden, sondern in der Kirche.«

Ein Leuchten ging über das Gesicht der Schwester. Sichtlich erfreut eilte sie davon.

Schwester Lioba seufzte und trat vor ihren Altar. Sie senkte demütig den Kopf und dankte Gott für die Stärke, die er ihr gegeben hatte und die sie in der nächsten Stunde noch brauchen würde. Es war das erste Mal, dass sie seit dem

Morgen, an dem sie Miriams Leiche auf dem Altar vorgefunden hatten, wieder in ihrer Abteikirche den Gottesdienst halten konnten. Es war ein schwerer Moment, aber sie war entschlossen, den Dingen ihren Lauf zu lassen. Die Gemeinschaft sollte so schnell wie möglich zum Alltag zurückkehren, der ihnen allen mit seiner Routine die Kraft geben würde, ein gottgefälliges Leben zu führen.

Wenige Minuten später betrat Schwester Lioba die Kirche. Dankbar sog sie den vertrauten Geruch ein. Einige Schwestern saßen bereits an ihrem angestammten Platz im Chorgestühl und versenkten sich ins Gebet. Andere eilten herbei, beugten das Knie vor dem Kreuz und suchten ihren Platz auf.

Die Glocke läutete seit einigen Minuten zum Gebet. Wenn der letzte Ton verklungen war, würde, wie schon Jahrhunderte zuvor, auch die letzte Schwester auf ihrem Platz sein und sich dem Stundengebet widmen. Dann würde Ruhe einkehren, in ihrer Kirche und auch in ihrem Herzen, zumindest für die Zeit des gemeinsamen Gebets. Eine Ruhe, die kostbarer war als alles andere. Schwester Lioba empfand Liebe, als ihr Blick über die Köpfe der ihr anvertrauten Mitschwestern glitt. Unwillkürlich fragte sie sich, welche der andächtig versammelten Schwestern ein Verhältnis zu einem Mann hatte und zugleich den Schein einer gehorsamen Ordensfrau aufrechthielt.

»Vater hat mir versprochen, dass er mir morgen mehr darüber erzählt, was die Ereignisse im Internat mit Mutters Entscheidung zu tun hatten, wieder nach Hamburg zu gehen«, sagte Emma leise. Sie saß, während sie telefonierte, in ihrem Bus und blickte auf die gegenüberliegenden Weinberge. Die Sonne zog ihre Strahlen ein wie eine Schnecke ihre Fühler und verkroch sich hinter dem Bergkamm.

»Sieh an«, erwiderte Andrea. Emmas Schwester war vorsichtig, wie immer, wenn sie über die Trennung ihrer Eltern sprachen. Sie war älter als Emma und hatte bereits damals die Trennung der Eltern bewusst hinter sich gelassen.

»Ich habe gestern mit ihm telefoniert«, sprach Emma weiter. »Er meinte wie immer, dass es eigentlich nichts zu erzählen gibt. Gleichzeitig hat er gesagt, dass er längst mit uns beiden darüber sprechen wollte.«

»Emma, sei mir nicht böse, für mich ist gerade ein schlechter Moment, die Kinder haben Hunger, und Sven wird bald da sein.«

»Du drückst dich mal wieder«, erwiderte Emma enttäuscht.

»Ach hör doch auf«, sagte Andrea. Ihre Stimme klang nun schriller, wie immer, wenn sie sich ärgerte. »Ich habe das alles hinter mir gelassen. Und das soll auch so bleiben.«

»Die Ereignisse im Internat waren der Auslöser für ihre Trennung, das kann dir doch nicht egal sein«, sagte Emma aufgebracht. Im gleichen Moment ärgerte sie sich, dass sie nicht den Mund halten konnte. Das war nicht der richtige Moment, um einen alten Streit aufzuwärmen.

»Ach, Emma«, erwiderte Andrea resigniert.

»Du, ich habe nicht angerufen, um mit dir zu streiten«, sagte Emma rasch. Sie strich sich über die Stirn. Ihre Augen brannten. »Eigentlich wollte ich nur erzählen, dass ich im Moment eine interessante Geschichte recherchiere. Ich bin in Bingerbrück in einem Kloster, dort ist die Leiche einer Frau auf dem Altar gefunden worden.«

»Ja, hab ich gelesen«, erwiderte Andrea versöhnlich. »Im Fernsehen haben sie auch was darüber gebracht. Klingt schon merkwürdig. Gibt es denn Hinweise, wer das getan hat und warum?«

»Deshalb habe ich gestern Vater angerufen«, sagte Emma zögerlich.

»Ach«, sagte Andrea überrascht. Emma hörte die beiden Kinder im Hintergrund. Lautes Kinderlachen erklang, dann ein helles Kreischen. Andrea blieb von dem Kampfgetümmel ihrer Kinder unbeeindruckt.

»Die tote Frau hatte eine frische Tätowierung in der Leiste«, erklärte Emma. »Die gleiche Tätowierung wie bei dem Mönch damals, der in Vaters Internat Selbstmord begangen hat.«

Emma hörte ihre Nichte im Hintergrund rufen. Ihre Schwester schwieg.

»Andrea?«, fragte Emma zweifelnd. »Bist du noch dran?«

»Ja, ich bin noch da«, erwiderte Andrea. »Davon habe ich bisher nichts mitgekriegt. Ich frage mich gerade, was das zu bedeuten hat. Die Polizei kann doch nicht ernsthaft annehmen, dass es eine Verbindung gibt.«

»Ich habe das aus einer sicheren Quelle«, sagte Emma. »Die Polizei hat das bisher noch nicht offiziell rausgegeben. Die tote Frau war eine Schülerin von Pater Benedikt, ich kann mir nicht vorstellen, dass es keinen Zusammenhang gibt.«

»Und was hat das mit Vater zu tun?«

Die Dämmerung schob sich aus dem Tal die Hänge hinauf. Die Straßenlampen zwischen den Weinbergen glühten im versiegenden Tageslicht wie verlöschende Streichholzköpfe.

»Ich wollte eigentlich nur von ihm wissen, was er von damals noch in Erinnerung hat«, sagte Emma. »Deshalb habe ich ihn angerufen.«

»Und?«, fragte Andrea, und Emma hörte die Anspannung in ihrer Stimme. »Du glaubst jetzt nicht wirklich, dass es damals was gab, womit Vater zu tun hatte?« Andrea schien zwischen Lachen und Ärger hin und her gerissen zu sein.

»Wenn ich das ernsthaft annehmen würde, könnte ich keinen Artikel darüber schreiben«, erwiderte Emma. »Aber ist doch merkwürdig, damals gab es Ärger, weil es hieß, er hätte etwas mit dem Selbstmord des Mönchs zu tun. Und dann trennt sich Mutter von ihm. Vielleicht gab es ja wirklich etwas, was er getan hat?«

»Das hast du ihm nicht ernsthaft vorgeworfen, oder?«, fragte Andrea entsetzt.

»Ich habe nichts in die Richtung zu ihm gesagt«, erwiderte Emma gereizt. »Du denkst immer, ich will da was ausgraben, was es gar nicht gibt.«

»Gott sei Dank«, murmelte Andrea. »Du warte mal einen Moment, da hinten ist es verdächtig ruhig, ich muss eben sehen, was die Kinder machen.«

Ihre Schritte hallten. Emma sah ihre Schwester vor sich, wie sie mit dem Telefon in der Hand nach hinten zum Kinderzimmer ging. Sie glaubte zu hören, wie sich eine Tür leise öffnete und ebenso leise wieder schloss. Dann hörte sie wieder Andreas Stimme.

»Sie spielen Mutter und Kind«, sagte ihre Schwester erleichtert. »Mal sehen, wann Erik sich weigert, mit Maike zusammen Puppen zu spielen.« Dann klang ihre Stimme entschlossen. »Also ich denke nicht, dass Vater mit dem Selbstmord was zu tun hat. Und ich bin davon überzeugt, dass die Geschichte nichts mit der Trennung zu tun hat. Basta.«

Emma lächelte. Sie sah ihre Schwester vor sich, wie sie als kleines Kind die Arme verschränkte und trotzig »basta« rief, wenn sie eine Diskussion beenden wollte.

»Aber trotzdem ist sie damals gegangen«, beharrte Emma. »Wenn nichts dran gewesen wäre, dann hätte sie doch bleiben können.«

»Hör mal, Emma«, sagte Andrea, und nun war sie es, die

gereizt klang. »Darüber haben wir schon so oft gesprochen. Da sind wir einfach anderer Meinung.«

»Aber es muss doch einen Grund geben, dass sie ausgerechnet zu dem Zeitpunkt gegangen ist.«

»Na also, dann sind wir endlich da angekommen, worum es dir die ganze Zeit geht«, sagte Andrea. »Du bist überzeugt davon, dass Vater schuld daran ist, dass sie uns verlassen hat. Das ist dein Beweggrund, nicht der Mord im Kloster.«

»Ach, so ein Blödsinn.« Emma stand auf und musste sich bücken, um nicht an die Decke zu stoßen. Mit der freien Hand schob sie die Seitentür des Busses auf und machte einen Schritt nach draußen. Aufatmend streckte sie sich. »Das ist eine rein berufliche Recherche. Ich bin an der Geschichte dran, und es könnte sein, dass ich damit einen Volltreffer lande. Dass Vater Insider-Wissen hat, ist ein echter Heimvorteil, dadurch komme ich an Informationen, die meine Kollegen nicht haben.«

»Mach dir doch nichts vor, du willst mit Vater was klären, darauf wartest du doch schon lange«, erwiderte Andrea. Sie klang wütend.

»Jetzt reg dich doch nicht so auf«, sagte Emma beschwichtigend und rieb sich die Augen. Sie wollte sich jetzt nicht mit ihrer Schwester streiten.

»Du, ich muss Schluss machen, die Kinder, da ist was passiert«, sagte Andrea hastig. Wie zur Bestätigung erklang unvermittelt lautes Geschrei.

Das Gespräch wurde getrennt. Emma drückte die Ende-Taste ihres Handys. Sie atmete einige Mal tief durch, konzentrierte sich auf ihre Füße, machte einen Schritt nach vorne, noch einen, spürte die Steine unter ihren Fußsohlen und den Wind auf ihrer Haut. Ihr erhöhter Puls kam allmählich zur Ruhe. Sie war dankbar, dass sie noch die Kurve gekriegt hatten. Eine Auseinandersetzung würde nur alte Wunden aufreißen und nichts bringen.

Emma kehrte zum Bus zurück und holte sich eine warme Jacke. Dann ging sie hinunter zu dem Spazierweg, auf dem sie noch vor kurzem mit Hertl unterwegs gewesen war. Mit Blick auf den Rhein, der längst in der Dunkelheit versunken war, schritt sie einige hundert Meter nach unten. Ihr Atem beruhigte sich, und auch ihre Gedanken wurden klarer. Sie blieb stehen. Ihr Blick ruhte auf dem gegenüberliegenden Bergkamm, der sich deutlich gegen den Abendhimmel abhob. Sie sah auf das Handy in ihrer Hand. Andrea hatte vor sieben Minuten aufgelegt. Zeit genug, um ein schmerzendes Kinderknie zu verarzten und Tränen zu trocken. Emma drückte die Wahlwiederholtaste. Nach kurzem Klingeln meldete sich ihre Schwester.

»Ja?«, fragte sie, und Emma glaubte eine gewisse Sorge aus ihrer Stimme zu hören.

»Ich wollte nicht mit dir streiten«, sagte Emma versöhnlich. »Es tut mir leid. Ich wollte eigentlich nur erzählen, dass Vater meinte, bei so einem Gespräch sollten wir beide dabei sein. Ist es in Ordnung für dich, wenn wir trotzdem morgen darüber sprechen, auch wenn du nicht dabei sein kannst? Das wäre für meinen Artikel wichtig.«

»Mir ist es nicht so wichtig wie dir«, erklärte Andrea. »Mir wäre es ohnehin zu weit, extra deshalb nach Heidelberg zu kommen.«

Sie wohnte in Bad Wilhelmshöhe, im Westen Kassels, das waren rund vier Stunden Fahrt nach Heidelberg.

»Ich erzähl dir dann, wie's war«, sagte Emma.

»Aber mach ihm keine Vorwürfe«, bat Andrea. »Er hat unter Mutters Tod genauso gelitten wie wir. Er macht sich schon selber Vorwürfe genug, dass er nicht mitbekommen hat, wie sie da reingerutscht ist.«

»Ist in Ordnung«, sagte Emma versöhnlich. Sie ließ Grüße an Sven und die Kinder ausrichten und beendete das Gespräch. Nachdenklich ging sie einige Schritte weiter. Der Bergrücken hob sich kaum noch vom Himmel ab.

Emma war nicht sicher, ob sie ihr Versprechen halten konnte. Aber sie war froh, dass Andrea nichts gegen das Gespräch morgen hatte. Das machte vieles einfacher.

DIENSTAG DER KARWOCHE

13. Kapitel

> *In den Wellen aber, die unter leichterem Winde sich erheben und in Unwettern, die bei schwachen Wirbelwinden aufkommen, kann sich ein Schiff, wenn auch mit Mühe, halten, und ebenso verhält sich die Natur des Weibes in der Geschlechtslust, weil diese leichter beherrscht werden kann wie die Art der Geschlechtslust des Mannes.*

Emma fuhr noch am selben Abend zurück nach Heidelberg und verbrachte in ihrer Zweizimmerwohnung eine ruhige Nacht. Am nächsten Morgen legte sie auf dem Weg ins Büro einen kurzen Zwischenstopp ein und kaufte beim Café Frisch ein Brioche. Von dort war es mit dem Fahrrad nur noch wenige Minuten bis ins Büro. Als sie eintrat, packte Paul gerade Aufnahmegerät, Block und Stifte in seinen Rucksack.

»Ich muss gleich los«, sagte er. »Heute ist die Hauptverhandlung gegen Meinhardt wegen versuchten Mordes. Fängt um 9.30 Uhr an.«

Emma sah auf die Uhr. 9.15 Uhr. Bis zum Landgericht Heidelberg waren es nur wenige Meter zu Fuß.

»Grieser ist heute Morgen wieder zurück nach Bingerbrück gefahren«, sagte er beiläufig und leerte seinen Kaffeebecher mit einem Zug.

»Wie heißt der Kerl eigentlich?«, murmelte Emma. »Du nennst ihn doch im Bett nicht bei seinem Nachnamen?«

Paul lachte und schob die Zeitungen zu ihr herüber, die sie gemeinsam abonniert hatten. Wie immer hatte er sie nach seiner Lektüre wieder ordentlich zusammengelegt.

»Er heißt Peter«, sagte er.

»Peter und Paul, wie passend.«

»Haha«, sagte Paul und schnaubte. »Hast du gestern noch was Neues herausgefunden?«

Emma gab ihm eine Kurzfassung ihres Gesprächs mit Hertl.

»Auch nichts Neues«, brummte Paul.

»Ich denke, Hertl weiß noch mehr«, sagte Emma, »der will nur im Moment nicht damit rausrücken.«

»Na, das wirst du schon noch schaffen«, erwiderte Paul. »Grieser hat mir erzählt, dass er an der Heidelberger Geschichte dran ist. Er muss in den Protokollen was gefunden haben, dem er nachgehen will.«

»Hat er verraten, in welche Richtung er jetzt ermittelt?«.

»Er hat eine Andeutung gemacht, mehr nicht. Soll irgendwas mit dem Internat zu tun haben, mit einem der Lehrer dort.«

»Mit meinem Vater?« Emma richtete sich auf.

»Weiß nicht, so viel hat er mir nicht verraten. War auch keine Zeit dafür.« Paul lachte und griff nach seinem Rucksack.

»Weiß Grieser eigentlich, dass wir befreundet sind?«, fragte Emma.

»Tja«, erwiderte Paul, »das schon. Aber ich glaube nicht, dass ihm klar ist, dass du die Tochter von Gerhard Lehmann bist. Das sollte er wohl noch erfahren.« Er verabschiedete sich mit einem Augenzwinkern.

Grieser machte auf seinem Rückweg nach Bingen kurz Halt an einer Raststätte. Als er im Kloster ankam, ging er direkt in den Tagungsraum, um die tägliche Lagebesprechung zu leiten. Anschließend wechselten er und Sabine Baum für die Vernehmung der Schwestern in das Refektorium. Baum hatte bereits alles organisiert. Die Liste der Ordensschwestern lag bereit. Die Oberin war darüber informiert, dass heute Morgen alle Mitglieder des Klosters befragt wurden.

»Wie hat sie reagiert?«, fragte Grieser.

»Sie trägt es mit Fassung.« Sabine Baum stand vor der Kaffeemaschine und beobachtete, wie sich über ihrer Tasse eine Milchhaube bildete. Dann schob sie eine weitere Tasse für Grieser darunter. »Sie verdächtigen doch nicht wirklich die Nonnen?«

»Sie sind Menschen genauso wie alle anderen. Und ich werde sie auch behandeln wie ganz normale Menschen«, sagte Grieser und nahm dankbar den heißen Kaffee entgegen.

»Übrigens hat sich Dr. Ertelt gemeldet«, sagte seine Kollegin.

Grieser zog fragend die Augenbrauen hoch und trank einen Schluck.

»Der Arzt, der die Schwestern hier im Kloster betreut«, fuhr Baum fort. »Er ist sicher, dass die alte Äbtissin eines natürlichen Todes starb, Herzschwäche, sagt er. Kam nicht überraschend.«

»Okay«, brummte Grieser, »ein Indiz weniger, dass die Schwestern was mit dem Mord zu tun haben könnten.«

Baum ging zur Tür und bat die erste Ordensschwester herein. Grieser konnte sie schwer schätzen, doch das Rentenalter hatte sie sicher weit hinter sich gelassen. Ihr Gang war federnd und ihr Körper gekrümmt, als zwinge die Wirbelsäule sie zu einer dauerhaften Verbeugung. Ihr Gesicht war von Falten übersät und ihr Mund zu einem breiten Lächeln verzogen. Sie erwiderte Griesers »Guten Morgen« mit einem Nicken.

Grieser bat sie, Platz zu nehmen, doch Schwester Christophora wollte lieber stehen.

»Es ist leichter für mich, einige Zeit zu stehen, als mich zu setzten und dann wieder aufzustehen«, erklärte sie ihm freundlich.

Der Hauptkommissar startete das Aufnahmegerät und wartete schweigend, bis Baum die Zeugin über ihre Rechte aufgeklärt und die wichtigsten Personendaten abgefragt hatte. Dann wollte sie wissen, ob die Schwester etwas zur Aufklärung des Verbrechens beitragen konnte. Doch Schwester Christophora hatte in jener Nacht nichts gesehen, nichts gehört.

»Dabei schlafe ich schlecht«, erklärte sie, »wenn was zu hören gewesen wäre, dann hätte ich es gehört.«

Wenige Minuten später verabschiedete Baum sie und bat sie, zu warten, bis das Protokoll getippt war und zur Unterschrift bereitlag. Dann holte sie die nächste Ordensfrau herein.

Kurze Zeit später betrat Schwester Philippa das Gäste-Refektorium, eine junge Schwester, die im Klosterladen mitarbeitete. Sie hatte ein schmales Gesicht und ernst dreinblickende blaue Augen. Auch sie hatte nichts gesehen und nichts gehört.

»Wissen Sie«, sagte sie lächelnd, »ich habe einen guten Schlaf. Da muss schon eine Sirene neben meinem Bett losgehen, damit ich was mitkriege.«

Sabine Baum machte sich eine Notiz.

»Nicht, dass in der Nacht womöglich was zu hören gewesen wäre«, erklärte Schwester Philippa erschrocken, die zu begreifen schien, dass ihre Worte durchaus interpretierbar waren, »ich bin fest davon überzeugt, dass nichts zu hören war.«

»Es ist reine Routine«, beruhigte Baum die junge Schwester, die sichtlich nervöser wurde, »eine reine Routinebefragung, machen Sie sich keine Sorgen.«

Schwester Philippa nickte und presste die Lippen zusammen.

»Haben Sie an der Weihe der Oberin teilgenommen?«, fragte Baum leichthin.

»Natürlich.« Schwester Philippa strahlte. »Was für ein schönes Fest wir gefeiert haben, so viele Besucher hatten wir lange nicht mehr in der Kirche. Und der Herr Bischof hat so eine schöne Predigt gehalten.«

»Haben Sie denn Miriam Schürmann im Gottesdienst bemerkt?«, fragte Grieser.

Schwester Philippa lächelte, als hätte Grieser eine Fangfrage gestellt.

»Natürlich nicht«, sagte sie mit leiser Entrüstung. »Wie könnte ich während des Gottesdienstes umhersehen.«

»War Miriam Schürmann denn anschließend auf der Feierstunde?«, fragte Grieser.

Baum warf ihm einen fragenden Blick zu.

»Natürlich«, wiederholte Schwester Philippa ihr Lieblingswort, »ich habe ihr noch selber ein Glas Sekt gebracht.«

Ihr Blick verdunkelte sich, als würde sie gerade erst daran erinnert, dass Miriam Schürmann noch in derselben Nacht gestorben war.

»Da war sie noch so fröhlich und hat der Mutter Oberin überschwänglich gratuliert«, erzählte sie dann weiter. »Sie hat ihr den Streit kein bisschen nachgetragen, das hat man gleich gesehen.«

»Welchen Streit?«, fragte Grieser ruhig.

Schwester Philippa stutzte, ihr Blick glitt nervös von Grieser zu Baum und wieder zurück.

»Der Streit zwischen Mutter Oberin und Frau Schürmann«, stammelte sie, und rote Flecken bildeten sich auf ihren Wangenknochen, »das wissen Sie doch sicher schon, ich bin doch nicht die Erste, ich meine, das kann doch nicht sein, da waren doch so viele ...«

Schwester Philippa verstummte mit einem unglücklichen Gesichtsausdruck.

»Der Streit hatte doch bestimmt keine Bedeutung«, sagte Baum beruhigend, »das war doch nichts Besonderes.«

»Natürlich nicht«, fiel Schwester Philippa erleichtert ein, »das habe ich auch gleich zu Schwester Adelgund gesagt. Das hat sich schlimm angehört, aber das war bestimmt nur was ganz Harmloses.«

Grieser nickte ihr aufmunternd zu.

Nervös zupfte Schwester Philippa an den Ärmeln ihres Habits. »Ich weiß nichts darüber«, sagte sie. Ihre Stimme bekam einen schrillen Unterton. Die roten Flecken hatten sich inzwischen über ihr ganzes Gesicht ausgebreitet. »Ich weiß gar nichts darüber. Sie haben gestritten, aber dann war alles wieder gut.« Erschöpft sank sie auf ihrem Stuhl zusammen.

»Wann war ...«, Baum zögerte, » ... diese kleine unbedeutende Auseinandersetzung?«

»Zwei Wochen vor der Weihe«, flüsterte Schwester Philippa, »kurz nachdem Schwester Lioba vom Konvent zur neuen Äbtissin erwählt worden war.«

»Wo haben Sie die beiden gesehen?«, fragte Grieser.

»Ich habe sie nur gehört«, erwiderte Schwester Philippa.

»Wo?«, fragte Grieser.

»Ich stand auf dem Klosterhof. Da habe ich sie gehört – Miriam Schürmann ...« Sie zögerte, brach schließlich ab und biss sich auf die Lippen.

»Ja?«, setzte Baum nach.

»Also eigentlich habe ich nur ihre Stimme gehört«, sprach Schwester Philippa schließlich weiter. »Sie hat fast geschrien, die ehrwürdige Mutter habe ich nicht gehört.«

»Warum denken Sie dann, dass Miriam Schürmann mit ihr gesprochen hat?«

»Die Stimme kam aus dem Bürofenster der Mutter Oberin«, flüsterte Schwester Philippa.

»Haben Sie gehört, worum es ging?«, fragte Baum. »Einen Satz vielleicht oder auch nur ein Wort?«

Schwester Philippa schüttelte stumm den Kopf. Baum warf Grieser einen fragenden Blick zu. Er zuckte mit den Achseln.

»Vielen Dank, Schwester Philippa«, sagte Sabine Baum. Ihre Stimme klang mitfühlend. »Sie können jetzt gehen. Sie haben uns sehr geholfen.«

Schwester Philippa zuckte zusammen, als sei sie geschlagen worden. Hastig erhob sie sich und rannte fast aus dem Gäste-Refektorium.

»Den Streit zwischen Schwester Lioba und ihrer ehemaligen Schulkameradin haben bestimmt auch noch andere bemerkt«, sagte Grieser.

»Bisher hat noch keine der Schwestern etwas davon erwähnt«, erwiderte Baum.

»Wir sollten alle noch einmal darauf ansprechen«, sagte Grieser.

Sabine Baum stöhnte. Doch sie nickte und zog die Liste zu sich her und machte sich einen Vermerk, mit welchen der Schwestern sie noch einmal sprechen mussten. Dann erhob sie sich, um die nächste Ordensschwester ins Refektorium zu bitten.

Nach der Vernehmung der elften Ordensfrau fragte sich Grieser, ob es wirklich eine gute Entscheidung war, die Befragungen selber durchzuführen. Im Moment schien es ihm eine reine Zeitverschwendung zu sein. Keine der Schwestern hatte etwas gehört, keine was gesehen. Direkt nach dem Streit der Äbtissin gefragt, gaben immerhin zwei weitere Schwestern zu, etwas mitbekommen zu haben. Doch keine wusste, worum es dabei gegangen war.

»Die Befragungen haben nicht viel gebracht«, sagte er zweifelnd, als Schwester Gisela, die Buchhalterin des Klosters, die Tür des Gäste-Refektoriums hinter sich schloss.

Sabine Baum zuckte die Achseln.

»Mal sehen, noch sind wir nicht durch«, sagte sie und bat die nächste Ordensfrau herein.

»Mach du hier weiter, ich frag mal bei den Kollegen nach, was sie in der Wohnung der Ermordeten vorgefunden haben«, sagte er.

Baum nickte. Grieser ging zur Tür, wo ihm eine junge Ordensfrau entgegenkam, die angespannt und ängstlich wirkte.

Grieser ging in den Klosterhof und atmete tief die kalte Luft ein. Die Nacht war kurz gewesen, aber ansonsten das Beste, was ihm seit langem passiert war. Doch inzwischen war ihm klar, dass Paul seine Gefühle nicht erwiderte. Er hatte Spaß am Sex und verbrachte die Zeit gern mit ihm, dessen war Grieser sicher. Aber es schien auch nicht mehr zu sein. Unzufrieden griff er nach seinem Handy. Es war keine SMS von Paul gekommen. Aber er hatte jedoch nicht ernsthaft damit gerechnet. Was sollte Paul ihm auch mitteilen? Ich liebe dich? Wohl kaum. Ihm fiel ein, wie er gestern Nacht auf Pauls ruhige Atemzüge neben sich gehorcht hatte. Es war schön gewesen und traurig zugleich.

Unruhig machte Grieser einige Schritte auf die Kirche zu. Sein Blick glitt über das Eingangsportal und die zwei ungleichen Türme. Ein majestätisches Bauwerk. Für einen Moment war er versucht, hineinzugehen und Ruhe zu tanken, die dort eingekehrt sein mochte, nachdem die Spurensicherung ihre Sachen gepackt hatte.

Mit schlechtem Gewissen warf er einen Blick hinüber zum Gästehaus, wo Baum die Befragung führte. Er griff nach seinem Handy und wählte die Nummer von Kramer. Die Kollegen der Spurensicherung nahmen seit gestern die Wohnung von Miriam Schürmann unter die Lupe.

Fünf Minuten später kehrte er zu Baum zurück. Sie verabschiedete soeben eine Schwester, die schnell das Refektorium hinter sich ließ. Aufatmend stoppte Baum das Aufnahmegerät, als sich hinter ihr die Tür schloss.

»Was Neues?«, brummte Grieser und setzte sich. Prüfend blickte Baum ihn an. Für einen Moment fühlte er sich durchschaut.

»Die Kollegen von der Spurensicherung haben den Computer der Schürmann untersucht und Mails gefunden«, sagte er rasch. »Markus Hertl hat seit einigen Wochen mit ihr gemailt und versucht, etwas von ihr zu bekommen, das sie ihm aber nicht geben wollte.«

»Genauer geht's nicht?«, fragte Baum zweifelnd.

»Die Kollegen müssen die Mails noch im Einzelnen auswerten, aber bisher haben sie noch keinen Hinweis gefunden, worum es genau ging. Nur, dass er sie allmählich unter Druck gesetzt hat. Sie hat sich gewehrt und in ihrer letzten Mail geschrieben, dass sich für sie das Thema nach der Weihe von Schwester Lioba erledigt hätte.«

»Was meinte sie damit?«, fragte Baum.

»Keine Ahnung«, sagte Grieser und nahm einen Schluck Kaffee. Der kalte Rest schmeckte bitter. Grieser stellte die Tasse zurück. Sie kippte, und der Bodensatz ergoss sich über den Tisch.

Grieser runzelte die Stirn und kramte in seiner Jackentasche nach Papiertaschentüchern.

»Alles in Ordnung Chef?«, fragte Baum. Ihr Blick schien ihn zu durchdringen.

»Schon gut«, erwiderte er abwehrend.

Baum beobachtete stumm, wie er die Kaffeereste vom Tisch wischte.

»Ich hatte eine unruhige Nacht«, erwiderte Grieser. Ihr Blick kreuzte seinen, dann betrachtete sie die Papiere vor ihr auf dem Tisch.

»Jeder hat mal einen schlechten Tag«, erwiderte sie leichthin.

»Genaueres können die Kollegen aus den Mails bisher nicht herauslesen«, nahm er das Gespräch wieder auf. »Wenn sie neue Hinweise finden, geben sie Bescheid.«

»Wir sollten uns Hertl noch mal vornehmen«, sagte Baum.

»Ja«, erwiderte Grieser und setzte sich, »aber erst die Schwestern. Wie viele müssen wir noch?«

»Fünfzehn haben wir, es fehlen noch zweiundzwanzig. Die Schwestern haben allerdings nicht viel zu sagen.«

»Bisher was Neues?«, fragte er.

»Sie haben die Schwester gesehen, die Ihnen entgegenkam?«

Grieser erinnerte sich an eine Frau mittleren Alters mit einer markanten Nase und dunklen Ringen unter den Augen.

»Wirkte ein wenig müde«, sagte er, »hatte wohl auch eine schlechte Nacht. Hat sie was erzählt?«

»Schwester Adelgund ist für das Gästehaus verantwortlich«, erklärte Baum. »Hat angeblich in der Nacht auch nichts gesehen und gehört. Auch von dem Streit zwischen der Äbtissin und dem Mordopfer hat sie angeblich nichts mitbekommen. Aber sie lügt, da bin ich sicher.«

»Eine Idee, was sie verschweigt?«, fragte er.

Baum schüttelte den Kopf. »Keine Ahnung, aber ich werde sie im Auge behalten.«

14. Kapitel

So auch erhebt sich beim Manne zuweilen das Lustgefühl und sinkt dann wieder herab, weil, wenn es ohne Aufhören in ihm brennen würde, der Mann es nicht aushalten könnte.

Emma war lange nicht mehr im Kloster Altdorf gewesen. Sie schlenderte über den Schulhof und betrat das Gebäude, das sie immer an ein altes Gericht erinnerte. Der Sekretär ihres Vaters, der am liebsten als Elvis Presley auf die Welt gekommen wäre und wie immer einen Anzug im Retro-Look trug, teilte ihr mit betrübter Miene mit, dass die Besprechung ihres Vaters noch eine halbe Stunde dauern könnte. Ihr Vater ließe ihr ausrichten, er würde sich freuen, wenn sie warten könnte.

Emma kehrte zurück auf den Schulhof, der verlassen in der Frühlingssonne lag. Sie beschloss, der Abteikirche einen Besuch abzustatten, und erreichte über die an der Rückseite der Schule gelegene Treppe den Klosterhof. Vom Tor des Klosters war die Abteikirche über einen geschotterten Weg zu erreichen. Er führte durch einen sorgfältig gestutzten Rasen, den eine niedrige Mauer vom steil abfallenden Hang trennte. Auf der gegenüberliegenden Talseite zog sich dichter Wald bis hinauf zum Königstuhl. Emma verließ den Weg und ging vor bis zur Mauer. Sie stützte beide Hände auf und ließ ihren Blick über das Neckartal und die unten sich dahinziehende Autokarawane gleiten.

Dann drehte Emma sich um und ließ sich gegen die kalten Steine fallen. Vor ihr lag das Kloster mit den Privatzimmern der Schwestern im oberen Stockwerk. Emma spürte ihre Nervosität und fragte sich, was ihr Vater wohl sagen würde. Gab es tatsächlich ein Rätsel?

Ihr Blick blieb an einer gebeugten Gestalt hängen, eine Ordensschwester, die mit energischen Schritten die Schultreppe hinuntereilte und am Kloster vorbei in den kärglichen Vorgarten strebte. Nur wenige Meter von Emma entfernt, bückte sie sich und zupfte Unkraut aus einem kleinen Blumenbeet, in dem die ersten Osterglocken bereits blühten. Ihr Körper war schmächtig und wirkte zäh. Sie musste weit über siebzig Jahre alt sein, doch kein Schmerz schien ihre Bewegungen zu beeinträchtigen.

Die Schwester lockerte mit bloßen Händen den Boden des Beetes, glättete die Erde wieder und richtete sich vorsichtig wieder auf. Dann zog sie ein großes Taschentuch aus den Falten ihres Habits und wischte sich die Hände. Sie kehrte zurück auf den Weg, der zur Abteikirche führte. Als sie bei Emma vorbeikam, warf sie ihr einen freundlichen Blick zu. »Emma?«, fragte sie und strahlte. Sie hatte leuchtend blaue Augen, umgeben von einem Kranz feiner Fältchen.

Emma erwiderte ihr Lächeln und suchte hektisch in ihrem Gedächtnis nach einer Erinnerung. Nichts.

»Emma Prinz!« Die Ordensschwester trat freudestrahlend auf sie zu.

Emma stieß sich von der Klostermauer ab und nahm die ihr gebotene Hand. Die Frage musste ihr förmlich im Gesicht gestanden haben, denn die Ordensschwester sprach sogleich weiter.

»Ich bin Schwester Maria, wahrscheinlich erinnerst du dich nicht, aber wenn ihr euren Vater besucht habt, kamst du immer zu mir in den Garten, um einen Apfel zu bekommen.«

Emma lachte und gab zerknirscht zu, dass sie sich zwar an die leckeren Äpfel erinnerte, aber nicht an das Gesicht der Schwester.

»Du besuchst deinen Vater«, stellte Schwester Maria lächelnd fest. »Das hast du schon lange nicht mehr, oder zumindest habe ich dich schon lange nicht mehr hier gesehen.«

»Das stimmt«, erwiderte Emma, »ich bin schon lange nicht mehr hier gewesen. Mein Vater hat erst in einer halben Stunde Zeit für mich, deshalb habe ich mich noch ein wenig umgesehen.«

»Leider die falsche Jahreszeit für Äpfel«, erklärte Schwester Maria schmunzelnd. »Aber wenn du ein wenig Zeit hast, dann magst du vielleicht trotzdem mit mir der Obstwiese einen Besuch abstatten.«

Emma war froh über die Ablenkung und schlenderte gemeinsam mit der Gartenschwester am Kloster vorbei in den größeren Garten dahinter. Schwester Maria erzählte vom Ziergarten, den Kräutern und dem Gemüse im Nutzgarten. Dann erreichten sie die angrenzende Streuobstwiese. Schwester Maria zeigte ihr lachend den Baum, dessen Äpfel damals so süß gewesen waren, dass Emma davon nicht genug bekommen konnte.

»Dein Vater freut sich bestimmt, dass du ihn mal wieder besuchst«, sagte Schwester Maria freundlich.

Als Emma mit einer Antwort zögerte, wirkte sie überrascht.

»Ist was passiert?«, fragte sie und legte ihr Gesicht in besorgte Falten.

»Ich wollte mit ihm über den Mönch sprechen, der vor etwa zwanzig Jahren hier Selbstmord begangen hat.«

»Bruder Benedikt«, erwiderte Schwester Maria und nickte.

»Ja, so hieß er.« Emma betrachtete einen Baum, an dessen Zweigspitzen sich winzige grüne Blätter entrollten.

»Er hat Biologie unterrichtet«, erwiderte Schwester Maria. »Bruder Benedikt war ein wirklich guter Lehrer und konnte den Schülern viel vermitteln. Es ist sehr bedauerlich, dass sein Leben ein so plötzliches Ende genommen hat.«

»Mein Vater hat erzählt, niemand weiß, warum er das getan hat«, sagte Emma.

»Da hinten stehen unsere Äpfel- und Kirschbäume«, sagte Schwester Maria. »Sieh mal, da sind schon die ersten zarten Knospen zu sehen. In spätestens zwei Wochen steht hier alles in Blüte.«

Sie überquerte die Streuobstwiese und steuerte auf eine Bank zu, die im Schatten eines windschiefen Baumes stand. Die Rinde war moosbewachsen; knorrige Äste ragten in alle Himmelsrichtungen.

»Der alte Apfelbaum trägt schon seit Jahren nicht mehr«, sagte Schwester Maria lächelnd und setzte sich auf die verzogene Bank. »Er bekommt sozusagen sein Gnadenbrot hier auf unserer Wiese.«

Skeptisch blickte Emma zu den moosbewachsenen Ästen hinauf, die bis weit über die Bank ragten.

»Keine Sorge«, sagte Schwester Maria, »Schwester Martina schneidet jedes Frühjahr die morschen Äste ab.«

Emma setzte sich neben sie auf die Bank. Der Baum roch angenehm nach Moos und Rinde.

»Er hat mit seiner Tat eine schwere Sünde auf sich geladen«, nahm Schwester Maria unvermittelt das Gespräch wieder auf. »Ich mochte ihn und war von seinem Tod genauso überrascht wie alle anderen auch. Er hat zu dem Zeitpunkt seit zwei Jahren in unserer Schule unterrichtet und schien sich in unserem Haus ganz wohl zu fühlen.«

»Haben Sie vor seinem Tod etwas bemerkt? Gab es etwas Ungewöhnliches?«, fragte Emma.

Schwester Maria antwortete nicht gleich. Vor ihren Füßen ließ sich ein gelber Schmetterling nieder und flog wieder auf.

»Ich glaube«, begann sie zögerlich, »es gab damals ein Geheimnis, das er mit einigen seiner Schülerinnen und Schüler geteilt hat. Er hatte eine Arbeitsgruppe ins Leben gerufen zu Hildegard von Bingen. Dort hat er wohl Dinge erzählt, die nicht allgemein bekannt werden sollten.«

»Könnte das Geheimnis mit seinem Selbstmord zusammenhängen?«, fragte Emma.

»Ich weiß es nicht, aber es ist nicht gut, wenn ein Lehrer seinen Schülern ein Geheimnis anvertraut. Ich wünschte, er hätte mit mir darüber gesprochen. Dann wäre vielleicht alles ganz anders gekommen. Bruder Benedikt hatte mehr Kraft, als er selber glaubte.«

»Gab es vor seinem Selbstmord Anzeichen für eine solche Tat?«

»Es muss etwas vorgefallen sein«, erwiderte Schwester Maria. »Am Samstagabend im Gottesdienst saß er in der Bank neben mir. Er war wie immer, freundlich, gutgelaunt. Am Palmsonntag wirkte er wie ausgewechselt. Er war übernächtigt und hatte tiefe Ringe unter den Augen. Danach blieb er die ganze Woche in sich gekehrt. Und am Ostersonntag diese schreckliche Tat.«

In ihre Stimme hatte sich ein Zittern geschlichen. Überrascht blickte Emma sie an. Schwester Maria erwiderte ihren Blick und zwang sich zu einem Lächeln.

»Ich habe ihn gemocht«, sagte sie. »Er war zehn Jahre jünger als ich, war wie ein jüngerer Bruder. Genau wie ich hat er den Kontakt zu Gott in den Pflanzen gesucht, im Wind, bei der Sonne und in allen Kreaturen. Ich konnte ihn so gut verstehen, wenn er sich für die Natur begeisterte und versuchte, das auch seinen Schülern zu vermitteln.«

»Haben Sie eine Idee, was passiert sein könnte, in der Nacht von Samstag auf Palmsonntag?«

Auf einmal ging Emma auf, dass auch der Mord an Miriam Schürmann in der Nacht von Samstag auf Palmsonntag geschehen sein musste. Die Parallele elektrisierte und überraschte sie zugleich.

»Ich weiß nicht«, erklärte Schwester Maria, »was in dieser Nacht geschehen sein mag. Ich weiß nur, dass Bruder Benedikt etwas erlebt haben muss, was ihn sehr aufgewühlt hat.«

»Glauben Sie, dass es der Auslöser für seinen Selbstmord war?«

Schwester Maria nickte mehrfach. »Das habe ich mich immer und immer wieder gefragt. In all den Jahren. Leider ohne eine Antwort zu haben.« Schwester Maria erhob sich und machte einen Schritt zur Seite. Vor Emma blieb sie stehen und musterte sie mit einem durchdringenden Blick. »Ich glaube nicht, dass Bruder Benedikt in dieser Nacht etwas erlebt hat, das der Grund war für diese schreckliche Tat.«

Emma fiel auf, dass sie nicht von Selbstmord sprach, das Wort schien sie nicht über ihre Lippen zu bringen.

»Ich glaube«, fuhr sie fort, »dass der Grund in ihm angelegt war, seinem Wesen entsprach. Und was immer er auch in dieser Nacht erlebt hat, das war der Auslöser. Das hat dafür gesorgt, dass dieser Teil seines Wesens zum Tragen kam, dass es aus ihm herausbrach und er es nicht mehr kontrollieren konnte.«

Emma runzelte die Stirn. Sie hatte nicht die geringste Ahnung, wovon die alte Schwester sprach.

Schwester Maria hob den Kopf und wandte sich zum Gehen.

»Das Gebet«, sagte sie und sah zum Kloster, »die Glocken rufen zum Mittagsgebet.«

Erst da bemerkte Emma die zarten Glockentöne, die im Frühlingswind mitschwangen und mal lauter und mal leiser zu hören waren.

»Du bist Journalistin, nicht wahr?«, fragte Schwester Maria mit festerer Stimme.

»Ja«, erwiderte Emma.

Schwester Maria nickte ihr aufmunternd zu. »Es wird Zeit, dass einige Dinge geklärt werden. Egal, was dabei herauskommt. Schweigen schadet unserer Gemeinschaft und auch der Kirche. Besonders der Kirche«, bekräftigte sie und eilte über die Wiese zum Kloster zurück.

15. Kapitel

Wenn solche Männer aus irgendwelcher Notwendigkeit heraus, sei es aus Scham oder aus Furcht oder aus Liebe zu Gott getrieben, die Weiber fliehen wollen, dann müssen sie diese wie Gift meiden und sich vor ihnen flüchten, weil es ihnen zu schwer fällt und weder irgendwelches Schamgefühl noch auch der Wille zur Enthaltsamkeit sie davon zurückhalten können, die Frauen zu umarmen, wenn sie sie erblicken.

Der Mann hatte kurzgeschnittene braune Locken und ein freundliches Gesicht mit einem tiefen Grübchen in der Mitte seines Kinns. Grieser betrachtete Markus Hertl nachdenklich und fragte sich, was seinen Charme ausmachte. Den hatte er ohne Zweifel. Vielleicht war es sein ansteckendes Lächeln, vielleicht auch seine freundlichen braunen Augen.

»Wir haben Mails von Ihnen auf dem Computer von Miriam Schürmann gefunden«, sagte Sabine Baum.

»Wir haben in den Tagen vor der Feier gemailt, weil wir noch ein Geschenk für Schwester Lioba brauchten«, erwiderte Hertl.

»Das klang in Ihren Mails aber anders«, stellte Baum fest. Sie zog einige lose Blätter zu sich her, die neben ihr auf dem

Tisch lagen. Sie legte das oberste Blatt zur Seite und begann vorzulesen.

»Es wird langsam Zeit, dass du dein Pfand herausgibst. Die Sache ist längst verjährt.«

Baum blätterte und überflog den Text, bis ihr Blick an einer Stelle hängenblieb.

»Komm mir nicht mit Ausreden«, las sie vor. »Ich will es haben, und ich werde es bekommen. Verlass dich darauf. Wenn es sein muss, setze ich dir die Pistole auf die Brust, im wahrsten Sinne des Wortes.«

Baum schob die Blätter zur Seite und wandte sich wieder an Hertl.

»Klingt mir eher nach einer Drohung als nach einem gemeinsamen Geschenk. Was wollten Sie von ihr?«

Ein Lächeln umspielte Hertls Lippen. »Okay, ich verstehe, was Sie meinen. Klingt nicht nach einer Geschenkabsprache.«

Grieser musterte ihn. Hertl wirkte noch immer souverän. Sein Atem ging gemächlich, seine Hände lagen ruhig auf seinen Knien, und die Pupillen seiner Augen waren unverändert.

»Miriam hatte ein Buch von mir. Noch aus unserer Schulzeit. Das wollte ich wieder haben.«

Sabine Baum war sprachlos. Grieser rieb sich das Gesicht, um ein Lachen zu verbergen.

»Reichlich harte Worte, nur um ein geborgtes Buch wiederzubekommen«, sagte Grieser.

»Ich habe sie schon einige Male darum gebeten«, erwiderte Hertl lächelnd. Er zögerte kurz und fuhr dann fort. »Diesmal wollte ich sicher sein.« Er hob bedauernd die Hände. »Das klingt für Sie sicher merkwürdig. Ich kann Ihre Skepsis verstehen. Aber ich war wütend auf sie, und da ist mein Temperament mit mir durchgegangen.«

Hertl machte auf Grieser nicht den Eindruck, als würde er wegen eines Buchs die Kontrolle verlieren. Auch Baum musterte Hertl skeptisch. Sie blätterte in den ausgedruckten E-Mails und hielt schließlich inne.

»Wenn es sein muss, setze ich dir die Pistole auf die Brust, im wahrsten Sinne des Wortes«, wiederholte sie.

Hertl zuckte die Achseln.

»Wenn es sich um ein Buch handelt«, sagte Baum scharf, »dann haben Sie sich mehr als nur im Ton vergriffen. Das war eine handfeste Drohung.«

Hertls Blick verfinsterte sich. Er stützte beide Unterarme auf seine Knie und lehnte sich weit über den Tisch Baum entgegen. »Ich wollte dieses Buch haben, weil es mir zusteht.«

»Erzählen Sie mir doch nicht solchen Blödsinn!« Sabine Baum stand auf. Die Metallkufen des Stuhls schrappten mit einem unangenehmen Geräusch über die Fliesen. Sie ging ein paar Schritte zu einem der Fenster und blieb stehen. Dann überkreuzte sie die Arme, kehrte zum Tisch zurück und baute sich vor Hertl auf. »Was hat Ihnen Frau Schürmann darauf geantwortet?«

Hertl runzelte die Stirn. »Sie ist natürlich nicht darauf eingegangen. Aber Sie müssten Ihre Antworten haben, die hat sie doch sicher gespeichert, genau wie meine Mails.«

»Hat sie auch«, mischte sich Grieser ein. »Leider sind die Mails von Frau Schürmann an Sie genauso wenig aussagekräftig wie Ihre.«

Baum warf Grieser einen scharfen Blick zu. Der Hauptkommissar ignorierte ihre stummen Proteste und stellte Hertl ein paar harmlose Fragen zur Clique und seinem Kontakt zu den anderen. Dann entließ er ihn. Als sich die Tür des Gäste-Refektoriums hinter ihm schloss, wandte sich Grieser seiner Kollegin zu. Sabine Baum lehnte mit finsterem Blick in ihrem Stuhl.

»Wir müssen mehr gegen ihn in der Hand haben«, sagte Grieser, »vorher packt der nicht aus.«

»Das ist bisher das Einzige, was wir überhaupt haben«, sagte sie grimmig, »alle anderen Spuren sind bisher im Sand verlaufen.«

Grieser griff nach seiner Tasche, die neben ihm auf dem Boden lag.

»Gestern in Heidelberg bin ich die alten Akten durchgegangen. Sieh mal.«

Er schob Baum die Kopie über den Tisch, die er im Heidelberger Präsidium gemacht hatte. Baum runzelte die Stirn und zog den Auszug aus dem Zeugenbefragungsprotokoll zu sich herüber. Sie überflog die wenigen Zeilen, drehte das Papier und starrte auf die leere Rückseite.

»Wo ist der Rest?«, fragte sie. »Da fehlt doch die Hälfte?«

»Das glaube ich auch«, erwiderte Grieser. »Doch der Schluss der Befragung war in Heidelberg nicht zu finden.«

Baum las den Text ein zweites Mal. Nachdenklich sah sie auf.

»Irgendwas ist damals dem stellvertretenden Schulleiter aufgefallen«, sagte sie, »fragt sich nur, was.«

»Gestern war er nicht da, als ich im Internat war«, sagte Grieser nachdenklich. »Aber ich werde ihn heute noch mal aufsuchen. Ich glaube, dass wir nur über die alte Geschichte weiterkommen.«

»Schwester Heidrun, würden Sie nach dem Essen bitte zu mir ins Büro kommen?«

Schwester Lioba blickte zur Priorin, die zur Bestätigung nickte. Schwester Bettina hatte ihren Platz auf dem kleinen Podest bereits eingenommen und suchte in der Zeitung nach der passenden Lektüre für das Mittagessen. Sie beteten gemeinsam und dankten für die Speisung. Dann nahm Schwester Bettina die Lesung auf, und nur das leise Klappern von Geschirr und Besteck war noch zu hören.

Das gekochte Rindfleisch schmeckte ausgezeichnet, doch die Kartoffeln waren etwas zerkocht, und in der Meerrettichsoße schwammen kleine Klümpchen. Ob das Fleisch sehr teuer war? Schwester Lioba erinnerte sich daran, dass die Lebenshaltungskosten des Klosters in den vergangenen Jahren deutlich gestiegen waren. Lag das an den Lebensmittelpreisen? Oder daran, dass sie sich zu häufig gutes Essen gönnten? Sie sah in die Runde und erinnerte sich daran, was ihre Novizinnenmeisterin gesagt hatte. Eine Äbtissin, die möglichst viele Schwestern ihres Konvents bei guter Stimmung halten wollte, sollte stets für gutes Essen sorgen. Es war schon mehr als einmal vorgekommen, dass ein neugewähltes Oberhaupt aus dem Konvent gemobbt wurde, weil es zu sehr an den Grundbedürfnissen der Schwestern sparte. Auch im Kloster machten sich die modernen Zeiten bemerkbar, Demut und Gehorsam waren die schwersten Gebote für die Schwestern, und sie fanden immer neue Wege, um sich und ihren Wünschen Gehör zu verschaffen.

Nur zehn Minuten nach dem abschließenden Tischgebet erschien Schwester Heidrun in ihrem Büro. Draußen war leises Klappern zu hören, die Novizinnen deckten den Tisch ab und brachten das Geschirr in die Küche zum Spülen.

»Silvia Neureuther hat mich angerufen«, sagte Schwester Lioba. »Das ist die ehemalige Studienkollegin von Schwester Erika. Sie ist damit einverstanden, ein paar Tage bei uns zu wohnen und unsere Bücher durchzugehen. Dafür wird sie etwa zwei bis drei Tage brauchen. Anschließend sollen alle Schwestern des Konvents in einem Workshop gemeinsam erarbeiten, was für Möglichkeiten wir haben. Danach wird sie mit mir besprechen, ob sie eine Strategie für uns entwickelt oder lediglich eine Empfehlung ausspricht.«

»Bringt uns das wirklich weiter?«, fragte Schwester Heidrun zweifelnd.

»Wir haben keine andere Wahl«, erwiderte Schwester Lioba entschieden. »Oder haben Sie einen anderen Vorschlag?«

»Nein, Mutter Oberin«, sagte Schwester Heidrun und blickte ihr fest in die Augen.

Schwester Lioba schwieg. Sie wusste, dass Schwester Heidrun den modernen Entwicklungen höchst skeptisch gegenüberstand. Manche Klöster wurden wie straffe Industriebetriebe geführt, machten Werbung, entwickelten Marken und nutzten ihr Ansehen als kirchliche Einrichtung, um gutbezahlte spirituelle Seminare und Workshops anzubieten. Andere holten sich weltliche Verwaltungsleiter ins Haus und ließen zu, dass alle Strukturen des Klosters unter weltlichen Aspekten durchleuchtet wurden.

»Ich möchte nur noch einmal daran erinnern, dass wir ein kontemplativer Orden sind, ehrwürdige Mutter«, nahm Schwester Heidrun das Gespräch wieder auf.

»Aber auch ein kontemplativer Orden muss von etwas leben«, sagte Schwester Lioba fest. »Und auch ein kontemplativer Orden braucht Nachwuchs, junge Schwestern, die in unsere Gemeinschaft eintreten und eines Tages die Verantwortung für den Konvent übernehmen. Sie wissen doch selbst, gerade in diesen schwierigen gesellschaftlichen Zeiten landen in einem kontemplativen Orden nicht selten Frauen, die ein Problem mit sich und dem Leben haben. Sie möchten sich am liebsten ganz aus dem Leben zurückziehen und hier ihre Weltverdrossenheit leben. Oder es kommen Frauen, die psychisch instabil sind und aus einem Leben fliehen, das sie überfordert. Dabei braucht man gerade für das Leben in einem kontemplativen Orden einen starken Geist und eine gesunde Seele, um sich der Gemeinschaft unterordnen zu können.«

Schwester Heidrun seufzte und nickte. Schwester Lioba musste lächeln. Sie waren bei ihrem Lieblingsthema angekommen.

»Aber wir sollten doch nicht aus einem kontemplativen Orden einen tätigen machen, nur um zu verhindern, dass psychisch labile Frauen eintreten«, wandte Schwester Heidrun ein.

»Eine Gemeinschaft verträgt auch eine kleine Anzahl psychisch labiler Menschen«, erwiderte Schwester Lioba leise. Sie warf einen Blick zur Jesusfigur auf dem Altar neben der Tür. Sie verspürte das Bedürfnis, um Verständnis zu bitten für all die weltlichen Probleme, die in den vergangenen Tagen das geistliche Leben in diesem Raum fast verdrängt hatten. »Aber es sollten nicht zu viele werden, sonst leiden die Mitschwestern darunter.«

»Wenn wir nicht mehr genug Nachwuchs haben, dann wird es eben eines Tages auf dem Kloster Rupertsberg keinen Konvent mehr geben. Das ist immer noch besser, als unseren Orden zu einem tätigen Orden zu machen«, erwiderte Schwester Heidrun entschieden.

»Ein tätiger Orden kümmert sich um arme und kranke Menschen«, wandte Schwester Lioba ein, »das ist eine wichtige und ehrenvolle Aufgabe in unserer Gesellschaft.«

»Das habe ich nie in Frage gestellt«, protestierte die Priorin.

»Silvia Neureuther ist eine vielbeschäftigte Frau und in den nächsten Wochen ausgebucht«, beendete Schwester Lioba die Debatte. »Doch sie hat sich über Ostern ein paar Tage frei gehalten. Aus Freundschaft zu Schwester Erika hat sie angeboten, uns einige Tage ihres Urlaubs zu opfern. Sie wird schon morgen bei uns eintreffen.«

Schwester Heidrun presste die Lippen aufeinander und schwieg.

»Sie wird uns lediglich beraten. Am Ende liegt es an uns, zu entscheiden, was wir tun«, sagte Schwester Lioba versöhnlich. »Alle Schwestern des Konvents werden gemeinsam beschließen, wie es künftig weitergehen soll.«

16. Kapitel

Denn ihre Augen sind wie Pfeile auf die Liebe der Frau gerichtet, wenn sie sie sehen; ihr Gehör ist wie ein sehr heftiger Wind, wenn sie sie hören, und ihre Gedanken sind wie ein Sturmwind, der nicht daran gehindert werden kann, auf die Erde herabzufallen.

Als Emma zum Schulgebäude zurückkehrte, teilte der Sekretär ihres Vaters mit sorgenvoller Miene mit, dass die Besprechung noch nicht beendet sei. Emma beschloss zu warten, ließ sich neben der Bürotür ihres Vaters auf einer einfachen Holzbank nieder und startete ihren Laptop. Doch kaum war er hochgefahren, öffnete sich die Tür neben ihr, und Gerhard Lehmann verabschiedete seinen Besuch, eine finster dreinblickende Dame im dunkelgrauen Anzug und mit sorgfältig ondulierten Haaren.

Emma freute sich ehrlich, ihn zu sehen. Ihr Vater bat sie herein und war sichtlich zerknirscht, dass sie so lange hatte warten müssen. Emma steuerte die Besucherecke seines Büros an und ließ sich in den bequemen Ledersessel fallen, der nach ihrer Erinnerung schon immer dort gestanden hatte. Sie blickte sich um und fand, dass sich in den vergangenen zehn Jahren, seit ihr Vater Rektor dieser Schule war, in diesem Raum nichts verändert hatte. Es war ein großzügig geschnittenes Büro, mit einem Schreibtisch, an dem bereits mehrere Schulleiter die Zeugnisse ihrer Schüler unterschrieben hatten, raumhohen Bücherregalen und einer ledernen Sitzgruppe mit Couchtisch. Früher hatte Emma immer geglaubt, so müsste die Bibliothek eines englischen Landsitzes aussehen.

»Es ist schön, dass du hier bist«, sagte ihr Vater und setzte sich in die rechte Ecke der Couch, seinem Lieblingsplatz. Emma lächelte ihm zu und betrachtete ihn in Ruhe. Sie hatten sich Weihnachten das letzte Mal gesehen, und sie fand, er sah gut aus wie immer. Die dunklen Locken hatte Emma von ihm geerbt, Andrea den klassischen Schnitt seiner Nase. Graue Strähnen durchzogen sein dichtes und kurzgeschnittenes Haar. Er war gut in Form, hatte kaum Bauch angesetzt und seine Muskeln verrieten, dass er regelmäßig trainierte. Emma wusste, dass er gern Rad fuhr und ins Fitnessstudio ging. Als sie seinem Blick begegnete, spürte sie, dass er nervös war. Sie wechselten ein paar belanglose Sätze, dann wies ihr Vater auf einen Ordner, der auf dem Tisch vor ihr lag.

»Da sind die Zeitungsausschnitte von damals gesammelt. Ich dachte, das würde dich interessieren«, sagte er.

Emma nickte und zog den Ordner zu sich her. »Was ist damals genau vorgefallen?«

Gerhard Lehmann seufzte und strich sich die Haare aus der Stirn. »Das meiste weißt du«, begann er. »Ich war damals stellvertretender Schulleiter. Meine Aufgabe bestand darin, ein Auge darauf zu haben, was die Lehrer und Lehrerinnen im Unterricht machen.«

Er stand auf und begann, nervös hin und her zu laufen, während er weitererzählte.

»Die Eltern von mehreren Schülern hatten sich damals bei mir beschwert, dass Pater Benedikt dem Lehrplan hinterherhinkte. Er hielt viel zu oft Vorträge über Hildegard von Bingen, als mit dem Unterrichtsstoff weiterzumachen.«

»Ich denke, es gab eine Hildegard-AG«, warf Emma ein.

Gerhard Lehmann blieb stehen und betrachtete sie stirnrunzelnd. Dann nahm er seine Wanderung von einer Ecke des Büros zur anderen wieder auf.

»Ja«, fuhr er fort, »aber er hat auch im Unterricht unentwegt von ihr erzählt. So dass die Eltern sich beschwert haben.«

Er kam wieder herüber zu ihr und setzte sich auf das Sofa.

»Ich habe ihn zurechtgewiesen«, sagte er und verschränkte seine Arme vor der Brust, »mehrfach. In der Woche vor Palmsonntag habe ich ihm ein Ultimatum gestellt. Entweder er zieht jetzt den Unterrichtsstoff konsequent durch, oder ich spreche mit dem Oberschulamt über eine Abmahnung.«

Ihr Vater atmete tief durch. Sein Gesicht war düster.

»Und dann der Selbstmord an Ostersonntag«, sagte er und sah Emma an. Sie spürte seine Trauer. »Einige Kollegen glaubten, dass ich ihn zu sehr unter Druck gesetzt habe. Dass er dem nicht gewachsen war.«

»Und was glaubst du?«, fragte Emma.

Er erwiderte ihren Blick, dann zuckte er mit den Achseln und erhob sich, um seinen unruhigen Gang wieder aufzunehmen.

»Ich denke nicht, dass meine Zurechtweisung irgendetwas mit seinem Tod zu tun hatte. Das Problem war nur, dass einige Kollegen das so sahen. Damals hat es mir sehr zugesetzt.«

Ihr Vater blieb mitten im Zimmer stehen und hob die Hände.

»Das war das Ende der Geschichte«, sagte er.

»Wie meinst du das?«, fragte Emma verblüfft.

»Ich war damals angespannt, es kam zwischen eurer Mutter und mir deshalb zu einigen Auseinandersetzungen, und am Ende ging sie. Das war's.«

»Aber es ging doch immer um diesen Mönch«, wandte Emma ein und versuchte sich zu erinnern, was ihre Mutter damals gesagt hatte.

»Deine Mutter glaubte den Gerüchten, dass meine Drohung mit einer Abmahnung die Ursache für den Selbstmord war. Irgendwie hat sie die Partei von Pater Benedikt ergriffen und hatte das Gefühl …« Ihr Vater blieb stehen, suchte nach Worten. Schließlich kam er wieder zu ihr herüber und setzte sich. »Ich glaube, sie hat sich mit ihm identifiziert. Sie hat sich oft von mir gemaßregelt gefühlt, und ich war vielleicht auch ein bisschen lehrerhaft, auch zu Hause.« Er verzog das Gesicht zu einem gequälten Lächeln. »Aber das war's. Die Ursache für unsere Trennung war immer so, wie ich es euch gesagt habe. Wir hatten uns auseinander gelebt, und deine Mutter hat in Heidelberg nie Fuß gefasst. Sie war unglücklich hier und hat gehofft, nach Hamburg in ihr altes Leben zurückkehren zu können.«

»Aber das hat nicht funktioniert«, sagte Emma leise.

Ihr Vater schüttelte den Kopf. »Nein«, sagte er düster. »Das hat nicht funktioniert. Ich muss dir noch etwas anderes sagen.«. Nervös fuhr er sich durch die Haare. Emma runzelte die Stirn und sah ihn fragend an. So unruhig hatte sie ihn das letzte Mal vor ihrer Abi-Prüfung erlebt.

»Sie hat mich eingeladen«, sagte er rasch.

»Wer?«, fragte Emma und sah ihn verblüfft an.

»Schwester Lioba, die Äbtissin vom Rupertsberg«, sagte ihr Vater. »Sie wollte unbedingt, dass ich zu ihrer Weihe komme. Ich habe erst abgelehnt. Sie ist zwar eine Schülerin von mir gewesen, aber wir hatten all die Jahre keinen Kontakt. Doch ihr war es sehr wichtig, sie hat deshalb mehrfach bei mir angerufen und mich regelrecht überredet.«

»Und warum bist du dann doch nicht bei der Weihe gewesen?«

»Ich war dort«, antwortete ihr Vater.

»Du warst dort?«, fragte Emma erschüttert.

»Ich kam nur zu spät«, sagte ihr Vater. »Stau auf der Autobahn. Als ich das Kloster endlich erreichte, war die Weihe schon vorbei, und die Gäste saßen beim Essen. Aber das war eigentlich egal.«

»Wieso?« Auf einmal spürte Emma, wie trocken ihr Mund war. Sie griff nach der Wasserflasche, die immer für Besuch bereitstand, und schenkte sich ein. Sie hielt ihrem Vater die Flasche hin, doch der schüttelte nur den Kopf und nahm seine unruhige Wanderung wieder auf.

»Mir wurde schnell klar, dass Schwester Lioba mich nicht in erster Linie wegen ihrer Weihe eingeladen hat. Sie wollte, dass ich mit Miriam Schürmann spreche.«

»Und?«, fragte Emma.

»Das habe ich gemacht«, sagte ihr Vater. Wieder blieb er vor ihr stehen, mit beiden Händen in den Hosentaschen, die Schultern hochgezogen.

»Wann?« Emma zog ihre Handtasche zu sich her. Sie kramte nach einem Stück Papier und einem Stift und machte sich Notizen.

»Am Samstag kurz vor dem Abendessen. Ich wollte dann gleich wieder zurück, weil ich zum Geburtstag eines Kollegen eingeladen war. Ich wollte Kerstin, ich meine Schwester Lioba, wenigstens noch persönlich gratulieren, wenn ich schon zu spät war. Als sie mich um den Gefallen bat, konnte ich schlecht nein sagen. Also sprach ich mit ihr.«

»Worüber?«, fragte Emma. Sie notierte sich die Angaben ihres Vaters und hob nur kurz den Blick. Gerhard

Lehmann zögerte. Dann blieb sein Blick an ihren Notizen hängen.

»Wirst du das veröffentlichen?«, fragte er zweifelnd.

Emma zuckte die Achseln. »Ich weiß es nicht.«

Auf einmal wurde ihr klar, dass es längst nicht mehr um einen Artikel ging. Sie wollte die Wahrheit.

»Ich möchte nicht in Zusammenhang mit diesem Mord in der Zeitung auftauchen.«

»Die Frau ist ermordet worden, die Polizei muss den Fall aufklären«, sagte Emma ausweichend. »Sie wird ein Interesse daran haben, was du zu erzählen hast. Schließlich hast du am Abend ihres Todes mit ihr gesprochen.«

»Ich weiß ja erst seit deinem Anruf davon«, sagte ihr Vater und runzelte die Stirn. »Gestern war schon ein Polizist hier und wollte mit mir sprechen. Der wird heute sicher wiederkommen.«

»Was wollte denn die Äbtissin von dir? Worüber solltest du mit Miriam Schürmann sprechen?«

»Schwester Lioba wollte von ihr eine alte Handschrift haben, die Miriam Schürmann vor zwanzig Jahren von Bruder Benedikt bekommen hat.« Ihr Vater atmete tief durch. »Doch Miriam wollte sie nicht herausgeben. Die Handschrift war wohl so eine Art Pfand für sie. Schwester Lioba hat anscheinend gedacht, ich könnte da was ausrichten. Was natürlich vollkommener Quatsch war. Ich wusste ja noch nicht mal, warum sie eigentlich die Handschrift hatte und warum sie sie nicht herausgeben wollte.«

»Ich habe mich gestern mit einem ehemaligen Schulkameraden von ihr unterhalten«, sagte Emma. »Der hat auch über eine Handschrift gesprochen.«

»Es gab damals an der Schule ein paar Gerüchte, der Pater hätte eine wertvolle Handschrift der Hildegard von Bingen und würde sie übersetzen. Später hieß es, er hätte sie vor seinem Tod einer Schülerin gegeben. Aber daran habe ich nie geglaubt. Und Miriam Schürmann hat mich einfach nur ausgelacht. Sie hat noch nicht einmal zugegeben, ob sie die Handschrift wirklich hat.«

»Und dann?«, fragte Emma.

»Bin ich nach Heidelberg gefahren und habe wie geplant mit Jochen und seinen Gästen in seinen sechzigsten Geburtstag hinein gefeiert.«

Emma nickte und musterte ihren Vater. Sie hatte den Eindruck, dass er mehr wusste, als er zugab. Am liebsten hätte sie ihm noch weitere Fragen gestellt. Emma zog den Ordner zu sich her und steckte ihn ein. Erst wollte sie noch mehr über die alte Geschichte wissen, bevor sie ihm weitere Fragen stellte. Als sie sich erhob, fiel ihr Blick auf einen alten Glasschaukasten in der hinteren Büroecke neben dem Schreibtisch ihres Vaters. Sie kannte den Schaukasten, hatte ihn schon oft gesehen. Nachdenklich ging Emma hinüber und warf einen Blick auf das Modell aus Hartschaum, das mindestens schon zwanzig Jahre alt sein musste. Schon als stellvertretender Schulleiter hatte ihr Vater davon geträumt, das Internat eines Tages zu erweitern und eine Tagesschule für begabte finanzschwache Kinder der Region zu eröffnen.

»Ob du jemals das Geld zusammen bekommst, um die Tagesschule bauen zu können?«, fragte sie und wandte sich um.

Ihr Vater stand noch immer neben seinem Lieblingssessel und beobachtete sie. Seine Wangen hatten sich gerötet.

Grieser fädelte sich auf den Zubringer zur Autobahn ein und bog auf die Autobahn Richtung Mannheim ab. Dann reihte er sich in den stetig dahinfließenden Verkehr ein. Er blickte auf die Uhr. In spätestens einer Stunde sollte er bei Lehmann im Internat sein, sonst würde er ihn nicht mehr erwischen.

Das zumindest hatte sein Sekretär behauptet. Er dachte darüber nach, ob er sich wieder bei Paul melden sollte. Die Versuchung war groß. Er sehnte sich nach seiner Stimme, seinen Händen, seinem Geruch. Er wünschte sich nichts sehnlicher als eine Beziehung. Doch Paul hatte offen von seinen sexuellen Eskapaden der vergangenen Monate erzählt. Er machte keinen Hehl daraus, dass er Spaß daran fand. Und den würde er sicher auch weiterhin haben wollen.

Ein dunkler Mercedes überholte und quetschte sich in die Lücke zwischen ihm und einem Hyundai. Der Hauptkommissar nahm den Fuß vom Gas und wartete, bis sich der Abstand wieder vergrößerte. Er hatte vor seiner Fahrt noch einen kurzen Abstecher nach Mainz gemacht, hatte sich mit frischer Wäsche eingedeckt und war dann zum Präsidium gefahren, um einen Dienstwagen zu holen.

Der dunkle Mercedes vor ihm wurde langsamer. Grieser drückte das Gaspedal durch und zog nach links. Er überholte beide Wagen und kehrte dann auf die rechte Spur zurück. Die Fahrbahn vor ihm war frei.

Grieser schob die quälenden Gedanken beiseite und zwang sich, über die Befragung von Hertl nachzudenken. Irgendwas stimmte an seinen Aussagen nicht. Sie erzählten alle, es sei am Samstag nichts Besonderes vorgefallen. Die ehemaligen Klassenkameraden hatten sich nach langer Zeit das erste Mal wiedergesehen. Eingeladen von Schwester Lioba zu ihrer Weihe. Doch die Äbtissin hatte sich zwei Wochen zuvor heftig mit dem Mordopfer gestritten. Hertl wiederum bedrohte Schürmann per Mail, wollte aber nicht sagen, warum. Und was war mit Pfarrer Windisch und Thomas Kern? Grieser hatte das Gefühl, die beide wussten etwas, genau wie die Oberin. Aber keiner machte den Mund auf.

Der Hauptkommissar sah auf die Uhr. Dreizehn Uhr. Er überlegte, ob er sich in der Raststätte etwas zu essen besorgen sollte. Doch was er in den vergangenen Tagen von dort gegessen hatte, war mies gewesen. Also warten bis Heidelberg, trotz Hunger. Grieser griff zur Freisprechanlage und wählte Sabine Baums Nummer.

»Ja, Chef?« Ihre Stimme klang blechern.

»Ich will, dass du noch mal mit der Äbtissin sprichst. Ich will wissen, warum sie sich mit Miriam Schürmann gestritten hat.«

»Ey, ey, Chef«, erwiderte Baum undeutlich. Sie kaute.

»Außerdem solltest du mit Pfarrer Windisch und auch noch mal mit Kern sprechen. Irgendwas läuft da zwischen den ehemaligen Klassenkameraden.«

»Irgendeine Idee?«, fragte Baum und hustete.

»Erkältet?«, erwiderte Grieser. Hoffentlich fiel sie nicht ausgerechnet jetzt aus. Er schätzte ihre zuverlässige Arbeit und ihre unaufdringliche Art. Er und Baum kannten sich seit ihrer Ausbildung. Sie war erst vor kurzem nach einer fünfjährigen Familienphase in den Dienst zurückgekehrt. Als sie ihm zugeteilt wurde, hatte sie sich ehrlich gefreut. Ihre beiden Söhne versorgte jetzt ihr Mann, ein Finanzbeamter, der sich vorgenommen hatte, die nächsten fünf Jahre zu übernehmen.

»Nö«, erwiderte sie gelassen.

Grieser brummte. »Nein, keine Idee«, antwortete er dann.

»Kramer hat erzählt, in der Wohnung der Schürmann lagen jede Menge Bücher und Unterlagen über Hildegard von Bingen. Sieht so aus, als hätte sie damit gearbeitet. Viele Stellen waren angestrichen. Sie hat sich auch Notizen gemacht.«

»Und?«, fragte Grieser.

»Keine Ahnung, ob uns das weiterbringt«, sagte Baum und seufzte.

Grieser blinkte und überholte einen LKW mit Baumstämmen auf der Ladefläche. Mehrere Rindenstückchen prallten von seiner Windschutzscheibe ab. »Frag Kramer, ob er aus ihren Aufzeichnungen zu Hildegard von Bingen schlau wird«, sagte er und scherte vor dem Holztransporter wieder ein.

»Okay, ich werde sehen, was heute noch geht. Ansonsten mache ich morgen weiter«, erwiderte Baum.

Zwanzig Minuten später rollte Grieser auf den Parkplatz des Internats. Er machte sich sofort auf den Weg zum Haupteingang. Als er den Fuß auf die unterste Stufe der Außentreppe setzte, öffnete sich die Tür.

Grieser blickte auf und zog die Augenbrauen zusammen. Emma Prinz trat aus dem Halbdämmer des Gebäudes und strebte der Treppe entgegen. Verärgert blieb Grieser stehen. Er fragte sich, woher die Journalistin davon wusste, dass die Spur im Bingerbrücker Mord nach Heidelberg in dieses Internat führte. Darüber hatte er mit Paul nicht gesprochen. Dann fiel ihm ein, dass Paul neben ihm im Auto saß, als Baum ihn gestern angerufen hatte.

Die Journalistin nickte ihm im Vorübergehen flüchtig zu und ging eilig Richtung Parkplatz. Grieser blickte ihr nachdenklich hinterher. Darüber musste er mit Paul sprechen. Heute noch. In die Enttäuschung über den Verrat mischte sich ganz unauffällig Freude über ein unverhofftes Wiedersehen.

Die Schwester an der Pforte hatte eine klassisch geschnittene Nase, auf der eine überdimensionale silberfarbene Brille saß. Sie protestierte, als Sabine Baum darauf bestand, mit der Äbtissin zu sprechen. Es sei die Zeit der Rekreation, erklärte sie, die Freizeit der Schwestern. Doch am Ende gab sie nach und holte die ehrwürdige Mutter aus dem Gemeinschaftsraum.

Wenige Minuten später stand Schwester Lioba vor ihr und musterte sie grimmig. Die Oberkommissarin entschuldigte sich für die Störung um diese Zeit.

»Die Rekreation ist neben den gemeinsamen Mahlzeiten die einzige Zeit des Tages, die wir nutzen können, um das soziale Gefüge der Gemeinschaft zu pflegen«, erklärte die Äbtissin. Sie stand aufrecht in der Eingangstür des Klosters.

»Es tut mir leid«, wiederholte Baum gelassen. »Aber wenn wir ein schweres Verbrechen aufklären, befinden wir uns im Ausnahmezustand und arbeiten durch. Je mehr Zeit nach einer Tat vergangen ist, desto geringer die Chance, dass wir den Täter zu fassen kriegen.«

Schwester Lioba nickte. »Kommen Sie mit in mein Büro«, sagte sie und wandte sich um.

Baum folgte ihr. Sie musste sich beeilen, damit der Abstand zwischen ihnen nicht zu groß wurde. Sie fand, im Dämmerlicht wirkte das alte Gebäude, als hätte es das Mittelalter gerade erst hinter sich gelassen. Die Steinfliesen auf dem Boden waren ausgetreten. Die dicken Mauern strahlten noch die Kälte des Winters aus, und die Oberkommissarin war sicher, dass sie die Wärme langer Sonnentage ebenso speicherten. Schwester Lioba blieb vor ihrem Büro sehen.

»Kommen Sie«, sagte sie, und ihre Stimme klang warm.

Baum glaubte zu spüren, warum diese Frau zur Oberin gewählt worden war, obwohl sie noch sehr jung wirkte.

Das Gewand der Ordensfrau raschelte, als die Äbtissin den schweren Schreibtisch umrundete und sich setzte. Gelassen wartete sie, bis Baum ihr gegenüber Platz genommen hatte.

»Sie haben sich vor zwei Wochen mit Miriam Schürmann gestritten«, begann die Oberkommissarin das Gespräch. »Warum?«

Schwester Lioba zog die rechte Augenbraue hoch. Sie schwieg.

»Wir haben die Aussage einer Ihrer Mitschwestern, die alles gehört hat«, sagte Baum. »Sie ist im Übrigen nicht die Einzige. Auch andere Schwestern haben berichtet, dass sie einen Streit mitbekommen haben.«

Schwester Lioba neigte den Kopf. Das Licht der Deckenlampe warf einen Schatten weit über ihr Gesicht. »Ich pflege mich nicht öffentlich zu streiten«, sagte die Äbtissin ausweichend.

»Nicht öffentlich«, erwiderte Baum ruhig. »Sie waren mit Miriam Schürmann hier in Ihrem Büro. Ihr Streit war so laut, dass es draußen auf dem Hof zu hören war.«

Wie zur Bestätigung trug der Nachtwind den Geruch feuchter Erde ins Zimmer. Die Oberkommissarin warf einen Blick zum Fenster. Trotz kühler Temperaturen war es gekippt.

»Ich weiß nicht, wann das gewesen sein soll«, erwiderte Schwester Lioba. Ihre Stimme klang weich.

»Haben Sie oft mit Ihrer ehemaligen Schulkameradin gestritten?«, fragte die Oberkommissarin. Sie blickte der Äbtissin ins Gesicht, musterte ihre Augen, die dunkel waren und nichts verrieten.

Schwester Lioba lehnte sich zurück. Ihr Gesicht lag nun im Licht.

»Nein«, sagte sie ruhig, »das habe ich nicht. Aber es ist mir natürlich unangenehm, wenn gleich mehrere der Schwestern eine so persönliche Situation mithören konnten.«

Baum runzelte die Stirn. »Was war der Anlass?«

»Ach wissen Sie«, die Äbtissin seufzte vernehmlich, »die ganze Situation war mir so unangenehm, dass ich schon nicht mehr weiß, worum es eigentlich ging. Ich weiß nur, dass ich es so schnell wie möglich vergessen wollte.«

»Das scheint Ihnen gelungen«, erwiderte Baum gedehnt.

Schwester Lioba nickte und lächelte freundlich. Baum schwieg. Sie musterte die Hände der Äbtissin, die gefaltet auf dem Schreibtisch lagen. Weit entfernt war ein startender Motor zu hören.

»Haben Sie noch weitere Fragen an mich?«, fragte Schwester Lioba leichthin. »Ansonsten würde ich gern zu meinen Mitschwestern zurückkehren.«

Die Oberkommissarin schwieg und hielt den Blick der Ordensfrau fest. Sie glaubte, Ärger darin zu sehen und noch etwas anderes, das sie nicht zuordnen konnte. »Wenn Ihnen wieder einfällt, warum Sie gestritten haben, dann sagen Sie es mir bitte«, erwiderte Baum schließlich.

17. Kapitel

Haben sie mit Frauen Verkehr, dann sind sie gesund und vergnügt; müssen sie aber deren Umgang entbehren, dann verdorren sie in sich selbst und gehen wie Sterbende einher, es sei denn, daß sie in üppigen Träumen oder Gedanken oder auf irgendwelchem widernatürlichen Wege den Schaum ihres Samens ausgießen.

»Zum Wohl«, sagte Paul und hob sein Glas. Grieser erwiderte sein Lächeln und griff nach dem Bier vor sich. Sie tranken und stellten die Gläser zurück.

»Was für ein Zufall, dass du heute wieder in Heidelberg bist«, sagte Paul und wickelte sein Besteck aus einer Papierserviette. Auf seinem Teller lagen drei Gemüsepuffer und Salat. Grieser hatte sich Bratwürste mit Bratkartoffeln bestellt. Auch er griff zum Besteck.

Grieser zuckte mit den Achseln. Er wirkte zurückhaltender als gestern. Paul musterte ihn kritisch.

»Schön, dass du dich gemeldet hast«, sagte Grieser.

Paul schmunzelte. Emma hatte ihn vor zwei Stunden angerufen und erzählt, dass sie Grieser im Kloster Altdorf gesehen hatte. Das sagte er allerdings nicht. Eigentlich hatte er noch warten wollen, bevor er sich erneut bei ihm meldete.

Doch er war neugierig, was Grieser ein zweites Mal nach Heidelberg führte. Das konnte nur einen dienstlichen Grund haben.

»Kommt ihr mit eurem Fall weiter?«, fragte er. Die Gemüsepuffer schmeckten nach Karotten und Zucchini.

Grieser zuckte mit den Achseln. Er kaute und sah sich um. Der *Schwarze Peter* war gut besucht und die Lautstärke entsprechend. In der Gaststube dominierte helles Holz, es gab kaum Textilien, die den Schall der Stimmen dämpften. Paul war dankbar, dass keine Musik gespielt wurde. So blieb der Geräuschpegel erträglich.

»Warum bist du in Heidelberg?«, versuchte es Paul erneut. Hinter Grieser saßen an einem runden Tisch mehrere Kartenspieler, die schweigend über ihren Blättern brüteten.

»Triffst du dich nur mit mir, um mich auszuhorchen?« Griesers Stimme klang ruhig, aber seine Augen blitzten.

»Du warst im Kloster Altdorf, im Internat«, sagte Paul nach kurzem Schweigen. »Emma hat mir erzählt, dass sie dich gesehen hat. Gerhard Lehmann geriet damals in Verdacht, dass sein strenges Verhalten Pater Benedikt gegenüber der Auslöser für dessen Selbstmord war. Sogar seine Frau hat ihm deshalb Vorhaltungen gemacht.«

»Woher weißt du?«, fragte Grieser. Sein Blick verfinsterte sich. »Und woher weißt du, dass wir in diese Richtung ermitteln?«

»Gerhard Lehmann ist Emmas Vater.« Paul faltete die Serviette zusammen und legte sie auf den Teller. »Es spricht einiges dafür, dass damals in der Nacht von Samstag auf Palmsonntag etwas vorgefallen ist. Pater Benedikt war ab Palmsonntag wie ausgewechselt, bis er sich dann am Ostersonntag umbrachte.«

Grieser musterte ihn nachdenklich. Paul konnte seinen Gesichtsausdruck nicht deuten.

»Palmsonntag«, erwiderte Grieser schließlich und strich sich die Haare aus der Stirn, »der Tag, an dem die Leiche von Miriam Schürmann gefunden wurde. Gestorben ist sie in der Nacht von Samstag auf Sonntag.«

»Vor zwanzig Jahren hat der Mönch in der gleichen Nacht etwas erlebt, was ihn in den Selbstmord getrieben hat«, ergänzte Paul.

»Vielleicht«, sagte Grieser zweifelnd, »vielleicht gab es ein solches Ereignis. Lehmann zumindest scheint etwas bemerkt zu haben. Damals hat er jedenfalls ausgesagt, er hätte ihn darauf angesprochen. Doch heute will er sich an nichts mehr erinnern.« Grieser trank einen Schluck Bier.

»Woher stammt deine Erkenntnis?«

Paul zögerte. Grieser erwiderte ruhig seinen Blick und wartete.

»Schwester Maria vom Kloster Altdorf hat das erzählt«, antwortete Paul. »Das weiß ich von Emma. Und ihr Vater hat ihr von dem Gerücht erzählt, dass der Mönch eine alte Handschrift an eine Schülerin weitergegeben haben soll.«

Ausdruckslos sah Grieser ihn an. Hinter ihnen war Gelächter zu hören, eine laute Stimme sprach einen Trinkspruch aus, andere antworteten, dann sank der Geräuschpegel wieder. Grieser hob reflexartig das leere Glas und stellte es wieder zurück auf den Bierdeckel.

»Du weißt, dass ich dir nicht davon erzählen darf«, sagte er. »Damit verletze ich das Dienstgeheimnis.«

Paul verzog den Mund zu einem Lächeln und nickte. Der Kellner, der seine strähnigen blonden Haare in einem Pferdeschwanz nach hinten gebunden hatte, trat an ihren Tisch und brachte zwei Pils. Paul murmelte einen Dank und sah der Bedienung nach, bis sie außer Hörweite war. Dann sprach er weiter.

»Miriam Schürmann. Meinst du, die beiden …?«

Grieser nahm sein Bier und trank. Seine Augen wirkten auf einmal müde. Er schüttelte den Kopf. »Dafür gibt es keine Hinweise«, sagte er. »Der Mönch war kastriert.«

Paul sah ihn verblüfft an.

»Ich vertraue dir«, sagte Grieser schlicht. »Sonst würde ich dir nicht davon erzählen, das ist dir doch klar?«

Erneut trat der Kellner an ihren Tisch und griff nach den leeren Tellern. Paul beobachtete ihn schweigend. Die höfliche Frage, ob es geschmeckt habe, bejahten beide gleichzeitig. Ihre Blicke begegneten sich, und Paul spürte, wie eine Welle von Zuneigung und Lust in ihm hochschwappte.

»Ich danke dir«, erwiderte Paul und verzog sein Gesicht zu einem Lächeln.

Grieser erwiderte sein Lächeln. Der Kellner hantierte mit den Tellern, die auf seinem Arm immer wieder ins Rutschen gerieten.

»Lehmann hat seiner Tochter sicher auch erzählt, dass damals einige seiner Schüler glaubten, Bruder Benedikt hätte eine verschollene Handschrift der Hildegard von Bingen in die Hände bekommen und übersetzte sie heimlich.«

»Ja«, erwiderte Paul knapp. »Emma hat davon gesprochen.«

»Die Handschrift ist in lateinischer Sprache verfasst worden und war laut Lehmann in der Kirche sehr umstritten. Angeblich hat Bruder Benedikt seinen Schülern erzählt, er wolle erst sicher sein, was darin steht, bevor er sie der Kirche übergab.«

»Und stattdessen hat er sich umgebracht und die wertvolle Handschrift seiner Schülerin in die Hand gedrückt?«, fragte Paul zweifelnd. »Das ergibt doch keinen Sinn.«

»Lehmann vermutet heute, dass seine ehemalige Schülerin tatsächlich eine alte Handschrift im Besitz hatte. Er kann sich jedoch nicht vorstellen, dass es die verschollene

Handschrift der Hildegard von Bingen war. Aber das würde zumindest erklären, warum die Spurensicherung in der Wohnung der Ermordeten so viele Unterlagen und Bücher über Hildegard von Bingen gefunden hat.«

»Zwanzig Jahre später«, sagte Paul skeptisch.

Grieser nickte. »Ich habe nicht behauptet, dass dies die Lösung des Falles ist.« Er winkte den Kellner heran und bat um die Rechnung.

Paul leerte sein Bier und beglich seine Rechnung, nachdem Grieser bereits gezahlt hatte. Mit einem fragenden Blick stand Grieser auf und nahm seine Jacke vom Stuhl. Paul folgte ihm. Im Licht der Straßenlaterne blieb Grieser stehen.

»Du hast meine Frage nicht beantwortet.« Grieser sah zu den Insekten hinauf, die eine schwirrende Wolke um das erleuchtete Glas bildeten.

Paul wusste, was er meinte. Statt einer Antwort trat er hinter ihn, schob seine Haare zur Seite und küsste Grieser in den Nacken. Er spürte die Wärme seiner Haut und sog seinen Geruch ein. Grieser trat nach vorne und wandte sich um. Sein Gesicht im Licht der Straßenlaterne wirkte blass und müde.

»Ich muss los«, sagte er und griff in seine Jackentasche. Er förderte die Autoschlüssel zutage und drehte sie unschlüssig in der Hand.

Paul nickte enttäuscht. Nach kurzem Zögern verabschiedete sich Grieser und ging die Straße entlang, ohne sich umzusehen. Paul sah ihm nach, bis seine Gestalt mit dem dunklen Asphalt verschmolz.

»Hallo, Prinzessin. Ich hab noch Licht gesehen und dachte, ich schau mal rein.«

Emma war nach dem Gespräch mit ihrem Vater direkt

ins Büro gefahren, um die Zeitungsausschnitte durchzugehen. Sie war froh über die Unterbrechung.

»Hallo, Paul«, erwiderte sie und strich sich über die Augen, die vom Lesen brannten. »Heute kein Schäferstündchen?«

Sie reckte sich und gähnte. Sie saß nun schon etliche Stunden über den vergilbten Artikeln und spürte auf einmal, wie müde sie war.

»Grieser war hier, er hat mit deinem Vater gesprochen.«

»Woher weiß er, dass mein Vater was mit der Sache zu tun hat? Hast du ihm das gesagt?«, fragte Emma. Ihre Anspannung kehrte schlagartig zurück.

»Blödsinn«, erwiderte Paul, »da ist er schon selber drauf gekommen. Er hat in der alten Ermittlungsakte gestöbert und ist dabei auf eine Aussage deines Vaters gestoßen, die vermuten ließ, dass er mehr weiß.«

»Und?« Emma schob die Reste ihres Abendessens zur Seite, eine Aluschale vom Asiaten, die sie nebenbei geleert hatte.

»Dein Vater konnte ihm nicht mehr erzählen, er hat vieles vergessen.«

»Mir hat er die Zeitungsausschnitte von damals gegeben.« Emma deutete auf den Stapel vor sich. »Aber da steht eigentlich auch nicht mehr drin, als ich schon weiß.«

»Dein Vater hat sich an was ganz anderes erinnert.« Paul ging zu seinem Schreibtisch und setzte sich Emma gegenüber auf seinen Schreibtischstuhl. »Grieser sagte, manche hätten damals geglaubt, Pater Benedikt wollte sie übersetzen, bevor er sie offiziellen Stellen aushändigte. Damit die Kirche den Inhalt nicht manipulieren kann. Soll wohl irgendwas Umstrittenes drin gestanden haben.«

»Sexualität«, erwiderte Emma nachdenklich und schob die verstreut liegenden Zeitungsausschnitte zusammen. Ausführlich begann sie zu berichten, was Hertl ihr gestern von der Handschrift erzählt hatte.

Paul pfiff durch die Zähne. »Das Sextagebuch einer Nonne aus dem 12. Jahrhundert.«

»Die Story ist auch so spannend genug, ohne dass man eine BILD-Geschichte draus macht«, brummte Emma. Sie dachte an das Foto vom Tatort und war froh, dass sie es nicht verkauft hatte. Aber das Geld würde ihr fehlen.

»Wusstest du, dass der Mönch kastriert war?«, fragte er.

Verblüfft sah Emma ihn an. Dann schüttelte sie den Kopf.

»Was hat das nun wieder zu bedeuten?«, murmelte sie.

Paul zuckte die Achseln. »Übrigens hat Grieser erzählt, dass die Spurensicherung in der Wohnung der Schürmann jede Menge Unterlagen und Literatur über Hildegard von Bingen gefunden hat.«

»Spricht also alles dafür, dass sie an dem Thema dran war«, erwiderte Emma. Sie legte die vergilbten Zeitungsausschnitte zurück in den Ordner und gähnte herzhaft.

»Vielleicht hat sie den Pater damals in den Selbstmord getrieben, um an die Handschrift dranzukommen.«

»Und weshalb hat sie dann zwanzig Jahre gewartet, um daran zu arbeiten?« Emma stand auf und suchte ihre Sachen zusammen.

»Vielleicht ist sie ja seit zwanzig Jahren am Thema dran«, sagte Paul und drehte sich auf seinem Schreibtischstuhl nach ihr um.

»Ihre ehemaligen Klassenkameraden müssten eigentlich seit zwanzig Jahren wissen, dass sie die Handschrift hat«, sagte sie. Eine lärmende Gruppe Jugendlicher kam an dem ehemaligen Schaufenster vorbei und starrten ungeniert in das erleuchtete Büro. Sie johlten, als sie Paul und Emma entdeckten.

»Vielleicht hatte ihr Tod überhaupt nichts mit der alten

Geschichte zu tun«, sagte Emma zweifelnd und ignorierte die obszönen Gesten der Teenager.

»Glaube ich nicht«, sagte Paul. »Pater Benedikt wurde in der Osterwoche in den Selbstmord getrieben. Zwanzig Jahre später wird seine Schülerin, die im Besitz der Handschrift war, zu Beginn der Osterwoche ermordet. Das ist kein Zufall.«

Emma schwieg. Paul hatte recht. Aber sie war zu müde, noch länger darüber nachzudenken. Sie gähnte erneut.

»Okay, Prinzessin, ich merke schon, zu müde zum Denken und zu müde zum Sprechen«, sagte er und schnappte sich seinen Rucksack. Er ging zur Tür, wartete, bis Emma vor ihm das Büro verließ und schloss hinter ihnen ab. »Schlaf gut, meine Liebste«, sagte er und verabschiedete sich mit einer herzlichen Umarmung.

Es war dunkel und kaum noch ein Wagen hinter ihm. Grieser wischte sich die Augen und blinzelte. Die Fahrbahn vor ihm wurde wieder klarer. Er sah auf die Uhr. Kurz vor halb zwölf. In spätestens einer halbe Stunde lag er hoffentlich im Bett. Diesmal in seinem eigenen in seiner Mainzer Wohnung.

Sein Handy in der Freisprechanlage klingelte. Grieser runzelte die Stirn. Auf dem Display sah er Pauls Namen. Er zögerte. Dann drückte er den Knopf.

»Hallo, Peter, wo bist du?«

Paul klang wach, seine Stimme wirkte fast fröhlich.

»Kurz vor Mainz«, sagte Grieser. Am rechten Fahrbahnrand schälte sich ein braunes Schild mit dem stilisierten Mainzer Dom aus der Dunkelheit und huschte an ihm vorüber.

»Ich habe gerade mit Emma gesprochen«, sagte Paul. »Gestern hat ihr Markus Hertl von einer verschollenen Handschrift der Hildegard erzählt. Emma glaubt, dass es dieses Buch sein muss, falls Miriam Schürmann wirklich eine alte Handschrift von dem Mönch bekommen hat.«

»Hast du ihr etwa von meinem Gespräch mit ihrem Vater erzählt?«

»Ist doch schließlich ihr Vater«, sagte Paul, »sie könnte es ja auch von ihm erfahren.«

»Paul«, sagte Grieser verzweifelt, »verdammt, ich hätte dir das nicht erzählen dürfen, das ist Verletzung des Dienstgeheimnisses. Damit riskiere ich meinen Job. Und dann gibst du die vertraulichen Informationen auch noch weiter an die Tochter des Befragten, die zu allem Überfluss Journalistin ist.«

Grieser blinkte und zog seinen Dienstwagen nach rechts auf die Standspur. Er drehte den Zündschlüssel nur halb, so dass die Standlichter weiterhin brannten. Er öffnete das Seitenfenster und sog die kalte Nachtluft ein. Ein LKW brachte seinen Wagen zum Schwanken und verschwand vor ihm in der Dunkelheit. Zurück blieben zwei rote Rücklichter, die immer kleiner wurden.

»Auch ich bin Journalist. Das weißt du.« Pauls Stimme füllte das Wageninnere.

Gequält schloss Grieser die Augen und legte seine Stirn auf das Lenkrad. Angenehme Kühle drang durch seine Haut und beruhigte das Pochen hinter seiner Stirn.

»Peter?« Pauls Stimme klang lockend. Vielleicht auch bittend. Grieser spürte, dass er im Moment nicht mehr zwischen Gut und Böse unterschieden konnte. Paul hatte ihm das Hirn vernebelt. Er brachte ihn um seinen gesunden Menschenverstand. Das Schlimmste, was einem Polizisten passieren konnte. Grieser atmete tief durch und richtete sich wieder auf.

»Eigentlich müsste ich den Fall abgeben wegen Befangenheit«, sagte er müde. Damit hätte sein erster Einsatz als Leiter einer Sonderkommission ein jähes Ende gefunden. Vorhin beim Essen, als er begriffen hatte, dass Pauls beste Freundin die Tochter eines vielleicht Verdächtigen war, dämmerte ihm, dass er sich darüber ernsthaft Gedanken machen musste. Doch das könnte seine Karriere ernsthaft gefährden. Nicht nur, dass er damit die Chance verlieren würde, endlich zu zeigen, was er konnte. Das würde auch bedeuten, in der Dienststelle entweder Lügen zu erzählen oder sich zu outen. Grieser mochte weder das eine noch das andere. Nur seine Eltern und Babsi wussten, dass er schwul war. Mit dem Erfolg, dass die gesamte Verwandtschaft seit Jahren darauf wartete, dass endlich eine Freundin an seiner Seite auftauchte.

»Wieso?«, fragte Paul und unterbrach seine quälenden Gedanken. »Du kennst Emma nicht persönlich. Und ich habe mit dem Verbrechen nicht das Geringste zu tun.«

»Aber du erzählst einer Person, deren Vater darin verwickelt ist, meine Ermittlungsergebnisse.«

»Emma hat mit dem Verbrechen ebenfalls nichts zu tun. Ich habe ihr nur erzählt, was ihr Vater gesagt hat. Also kann sie ihrem Vater nur weitergeben, was er selber gesagt hat. Wo ist das Problem?«

Grieser musste wider Willen lachen.

»Na also, ist doch nichts passiert«, sagte Paul. Seine Stimme klang warm.

»Ihr seid Journalisten«, widersprach Grieser lahm.

»Wir sind Journalisten und keine Schmierfinken. Wir schreiben nur das, was unsere guten Kontakte zur Polizei nicht kaputtmacht. Das gehört zum Job.«

Grieser schwieg. Ein dunkler Volvo huschte an ihm vorbei.

»Wenn es diese Handschrift ist«, nahm Paul das Thema

wieder auf, »dann stammt sie aus dem 12. Jahrhundert. Es gibt nur Abschriften davon, die etwa hundert Jahre später entstanden sind. Die alte Handschrift könnte sehr detaillierte Beschreibungen einer berühmten Ordensfrau über die Sexualität von Männern und Frauen enthalten. Dann wäre das Auftauchen der Handschrift eine Sensation. Für die Kirche und für die Wissenschaft. Windisch ist Priester, Hertl Wissenschaftler. Vielleicht haben beide ein Interesse daran, die alte Handschrift in die Finger zu bekommen.«

»Vielleicht«, sagte Grieser zweifelnd. »Aber beide wissen seit zwanzig Jahren, dass sie existiert. Aus irgendeinem Grund hat Miriam Schürmann die Handschrift zurückgehalten. Und vielleicht hätte sie das noch länger getan.«

»Wenn Miriam Schürmann die Handschrift hatte, wo ist sie dann jetzt?«, fragte Paul.

»Wir haben in ihrer Wohnung nichts gefunden. Wenn sie ein solch wertvolles Dokument besaß, dann hat sie es bestimmt nicht zwanzig Jahre lang in ihrer Wohnung versteckt. Sie wird es irgendwo lagern, in einem Bankfach vielleicht.«

»Habt ihr einen Hinweis darauf gefunden?«, hakte Paul nach.

Grieser schwieg. Die Leitung blieb stumm. Er sah Paul vor sich, schlafend, so wie er ihn vergangene Nacht gesehen hatte. Er fragte sich, ob es das letzte Mal gewesen sein könnte.

»Nein«, antwortete er schließlich, »wir haben in ihrer Wohnung nichts gefunden.«

»Wir werden nichts veröffentlichen, was dir schadet oder was wir eigentlich nicht wissen können. Versprochen«, sagte Paul. »Wenn wir alle drei unser Wissen zusammenwerfen, dann sind wir unschlagbar, ein richtig gutes Team.«

Grieser stöhnte. Ein Cop im Team mit einem Journalisten und einer Journalistin. Super.

»Was habt ihr davon?«, fragte er. »Die Zusammenarbeit mit mir bringt euch doch nur was, wenn ihr das Material in einer Story verwenden könnt.«

»Natürlich«, gab Paul freimütig zu. »Aber das muss nicht gleich sein. Das können wir auch noch schreiben, wenn der Fall geklärt ist. Dann sind wir unseren Kollegen immer noch weit genug voraus, um eine sensationelle Geschichte zu haben. Ohne dass du deinen Job riskierst. Außerdem bin ich im Moment selber gar nicht an der Geschichte dran. Ich warte, bis es offiziell was Neues gibt.«

Grieser schwieg. Er war skeptisch. Wenn alle Journalisten Rücksicht nehmen würden auf die Gefühle ihrer Informanten, dann bliebe die Hälfte der Zeitungen und Zeitschriften leer.

»Ich denke drüber nach«, sagte er schließlich.

Grieser beendete das Gespräch. Stöhnend rieb er sich die Stirn.

MITTWOCH DER KARWOCHE

18. Kapitel

Zuweilen stehen sie unter einer solchen Glut ihrer Leidenschaft, daß sie sich irgendeinem gefühllosen Geschöpfe, das nicht lebt, nähern und sich mit diesem so umherwinden, daß sie, um sich gegen die Glut zu verteidigen und sie zu erleichtern, den Schaum ihres Samens ausgießen, ermüdet durch ihre Leidenschaft und die Marter der Glut, die in ihnen ist, weil ihnen die Enthaltsamkeit zu schwer ist.

Am nächsten Morgen stand Emma gegen ihre sonstigen Gewohnheiten schon um sechs Uhr auf und machte sich ein zweites Mal auf den Weg zum Internat. Der Sekretär ihres Vaters war noch nicht an seinem Arbeitsplatz. Emma klopfte an der Tür ihres Vaters, der sie hereinbat.

»So schnell wieder hier?«, fragte er. »Das habe ich vermutlich wohl nur dem Mordfall in Bingerbrück zu verdanken.«

Emma steuerte den Ledersessel in der Besucherecke an. Ihr Vater schob die Zeitung zur Seite, in der er eben noch gelesen hatte.

»Ich würde gern in der Schulbibliothek die alten Abi-Zeitschriften des Jahrgangs von damals durchsehen«, sagte Emma. »Geht das?«

Ihr Vater zuckte mit den Achseln. »Klar«, erwiderte er. »Warum nicht. Und was willst du in denen finden?«

Emma zögerte. »Pater Benedikt soll an Palmsonntag ziemlich aufgebracht gewesen sein. Hast du ihn gefragt, warum?«

»Wie kommst du darauf?«, fragte ihr Vater. Dann schüttelte er den Kopf. »Hör mal, Emma, ich kann dir nicht mehr sagen als das, was ich dir schon erzählt habe.«

»Aber es muss dir doch aufgefallen sein, dass etwas nicht mit ihm stimmt. Du hast gesagt, du hast in der Woche mehrfach mit ihm über den Lehrplan gesprochen hast.«

»Ja, das habe ich auch«, erklärte er bissig. »Aber ich dachte, er ist verärgert, weil ich ihm wegen dem Unterrichtsstoff Stress mache.«

Emma betrachtete ihn nachdenklich. Sie konnte ihm nicht sagen, dass sie von Paul etwas anderes wusste. Entweder er hatte es vergessen, oder er log.

»Du glaubst mir nicht«, sagte er.

Emma stemmte sich hoch. »Jeder in diesem Fall erzählt was anderes.«

»Glaubst du ernsthaft, ich würde dich belügen?«

»Ich geh jetzt in die Bibliothek«, erwiderte Emma, statt zu antworten.

Ihr Vater nickte und sah ihr mit finsterer Miene nach.

»Silvia Neureuther ist da«, sagte Schwester Beatrix. Der Schleier ihrer blau gemusterten Arbeitskleidung war verrutscht, und an ihrem Kinn prangte ein dunkler Fleck. Schwester Lioba musterte sie mit erhobenen Augenbrauen. Gemeinsam mit Schwester Katharina und Schwester Cäcilia war Schwester Beatrix im Archiv des Klosters, um es gründlich zu entstauben.

»Kommen Sie voran?«, fragte Schwester Lioba.

Schwester Beatrix nickte und nestelte an ihrem Schleier, unter dem eine Haarsträhne hervorlugte. Sie hob fragend den Blick.

»Herein mit ihr«, sagte Schwester Lioba. Sie seufzte. Seit Tagen fürchtete sie sich vor diesem Moment. Schweren Herzens erhob sie sich und ging Silvia Neureuther entgegen. Die ehemalige Mitstudentin von Schwester Erika hatte einen kräftigen Händedruck. Sie war groß und überragte Schwester Lioba um mindestens zwanzig Zentimeter. Zu ihrem dunklen Hosenanzug trug sie eine weiße Bluse und hochhackige Schuhe, die weit durch die Flure des Klosters zu hören waren.

Schwester Lioba betonte, wie froh sie war, dass Silvia Neureuther sich so schnell die Zeit genommen hatte, um die Finanzen des Klosters zu prüfen. Sie bedeutete ihr, in einem der Sessel ihrer Sitzecke Platz zu nehmen. Schwester Lioba schenkte sich und ihrem Gast Kaffee ein. Dann raffte sie ihren Habit und setzte sich ihr gegenüber in den mit grauem Velours bezogenen Sessel.

»Schwester Erika hat in den vergangenen zwei Tagen unsere Finanzen geprüft«, sagte Schwester Lioba. Sie brauchte einen Atemzug Pause, bevor sie weitersprechen konnte. »Die Lage ist noch katastrophaler, als ich ursprünglich angenommen habe.«

Seit Schwester Erika sie gestern Abend wenige Minuten vor dem Abendessen darüber informiert hatte, plagten sie abwechselnd Herzrasen und Schweißausbrüche.

Silvia Neureuther nickte. Sie fuhr sich mit der Linken durch die kurzgeschnittenen blonden Haare. »Ich würde die Einzelheiten Ihrer finanziellen Lage gern von Erika im Detail erläutert bekommen«, sagte sie mit rauer Stimme.

»Ja, Schwester Erika soll Ihnen alles darlegen«, erwiderte Schwester Lioba. »Ich selbst habe die Führung des Klosters erst vor sechs Wochen übernommen. Nach dem Tod der ehrwürdigen Mutter Mechthild bin ich zur Oberin gewählt worden. Seitdem versuche ich eine Lösung für unseren Konvent zu finden.«

Unvermittelt musste sie an Miriam und ihren schrecklichen Tod denken. Schwester Lioba schwitzte. Die Unternehmensberaterin musterte sie mit prüfendem Blick. Die Äbtissin stemmte sich aus dem Sessel und ging zum Fenster. Sie öffnete einen Fensterflügel und sog die frische Vorfrühlingsluft ein.

»Alles in Ordnung?«, erklang die besorgte Stimme Neureuthers hinter ihrem Rücken.

»Entschuldigen Sie«, sagte Schwester Lioba und kehrte zu ihrem Platz zurück, »Hitzewallungen, wahrscheinlich die Vorboten der Wechseljahre.«

Sie setzte sich und ordnete den Habit über ihren Knien. Als sie den Blick hob, begegnete sie den grün schimmernden Augen Neureuthers.

»Ich werde etwa zwei bis drei Tage brauchen, bis ich einen groben Überblick über Ihre Situation habe«, sagte Silvia Neureuther. »Sobald ich weiß, wann ich so weit bin, gebe ich Ihnen Bescheid. Dann sollten Sie und die Schwestern des Konvents sich die Zeit für den Workshop nehmen. Das könnte vielleicht einen Tag dauern. Danach kann ich Ihnen sagen, welche Möglichkeiten es gibt.«

Schwester Lioba nickte.

Silvia Neureuther beugte sich vor und griff nach ihrer schwarzen ledernen Aktentasche, die sie neben dem Tisch auf den Boden gelegt hatte. Sie erhob sich. Schwester Lioba folgte ihr und rief Schwester Beatrix aus dem benachbarten Archiv heran.

»Übrigens habe ich gestern einen Anruf erhalten«, sagte Silvia Neureuther leise zu Schwester Lioba. »Eine Schwester

Meta sagte mir, sie sei eine Mitarbeiterin von Ihnen und solle mir ausrichten, Sie bräuchten meine Hilfe nicht mehr.«

Verblüfft musterte Schwester Lioba die junge Frau. »Es gibt keine Schwester Meta in unserem Konvent.«

»Ich weiß«, sagte Neureuther. »Ich war so erstaunt, dass ich gleich Schwester Erika angerufen habe. Die meinte, da müsse mich jemand auf den Arm genommen haben.«

»Wissen Sie, von welcher Nummer der Anruf kam?«, fragte Schwester Lioba nachdenklich.

»Das hat mich Schwester Erika auch gefragt. Ich hatte die Nummer noch im Speicher. Die Anruferin muss den Apparat in Ihrer Pforte benutzt haben.«

»Dort haben nur die Schwestern unseres Konvents Zugang«, sagte Schwester Lioba und rieb sich die Stirn. »Ein Mitglied unseres Ordens wollte anscheinend verhindern, dass Sie uns helfen.«

Silvia Neureuther neigte den Kopf.

»Ich dachte, Sie sollten das wissen.«

Schwester Lioba nickte und dankte ihr. Silvia Neureuther musterte sie prüfend. Dann verließ sie das Büro.

Schwester Lioba spürte, dass die Anspannung ihr zu schaffen machte. Nachdenklich durchquerte sie den großzügig geschnittenen Raum und blieb vor dem Fenster stehen.

Sie fragte sich, welche Schwester ungeachtet aller Regeln des Ordens bei Silvia Neureuther angerufen hatte. Es musste ihr sehr wichtig gewesen sein, dass die Unternehmensberaterin die Bücher des Klosters nicht zu sehen bekam. Ihr fiel der Moment ein, als Schwester Erika ihre ehemalige Studienkollegin ins Gespräch gebracht hatte. Damals waren zwei Schwestern dagegen gewesen. Schwester Adelgund und Schwester Raphaela. Zumindest waren das die Einzigen, die den Mut gehabt hatten, ihre Bedenken zu äußern.

Schwester Lioba sah hinunter auf den Klosterhof, der

verwaist in der schwachen Vorfrühlingssonne lag. Einige Krähen hockten in den blattlosen Kastanien, die hinter der Klostermauer das angrenzende Hotel abschirmten. Im Gästehaus schräg gegenüber öffnete sich die Eingangstür. Schwester Adelgund trat mit einem Korb heraus, aus dem bunt gemusterte Bettwäsche quoll.

Nachdenklich betrachtete Schwester Lioba die Gastschwester, die mit raschen Schritten den Hof querte. Die Polizei hatte gestern das Gästehaus frei gegeben. So konnten sie nun doch ihre Gäste aufnehmen, die schon ungeduldig angefragt hatten, ob ihre Buchungen storniert seien. Über Ostern waren sie immer voll belegt, viele suchten in diesen Tagen die Ruhe und Abgeschiedenheit unter ihrem Dach. Schwester Lioba rieb sich stöhnend die Stirn. Sie hatte so viel Schuld auf sich geladen, wie sie niemals für möglich gehalten hätte.

Die Tür des Gästehauses öffnete sich erneut. Markus Hertl trat heraus. Die Sonne fiel auf sein Gesicht und zeichnete tiefe Schatten unter seine Augen. Sein Blick wanderte an der gegenüberliegenden Fassade empor. Als er Schwester Lioba oben am Fenster entdeckte, hob er die Hand und gab ihr zu verstehen, dass er zu ihr herüberkommen wolle. Schwester Lioba nickte. Seufzend trat sie vom Fenster zurück und schickte ein Stoßgebet zu ihrem Schöpfer. Am liebsten hätte sie alle aus der alten Clique nach Hause geschickt. Sie traute keinem von ihnen einen Mord zu. Doch einer hatte geredet und so einen Mord heraufbeschworen.

19. Kapitel

Wenn aber die vorgenannten Männer ohne Frauen sind, bleiben sie ruhmlos wie der Tag, der ohne Sonne ist.

Die Schulbibliothek bestand aus mehreren zweckmäßig eingerichteten Räumen mit deckenhohen Stahlregalen und schäbigem Filzboden. Emma brauchte nicht lange, bis sie auf die alten Abi-Zeitschriften stieß. In ihnen trug jeder Jahrgang wie in einer Collage die wichtigsten Ereignisse der vergangenen Schuljahre zusammen. Irgendjemand hatte sie sorgfältig beschriftet und nach Jahrgängen sortiert in einem Ordner abgeheftet.

Emma blätterte sich durch einen ganzen Stapel von Zeitschriften und stieß schließlich auf die des Abschlussjahrgangs 1988. Sie nahm die Zeitschrift aus dem Ordner und überflog einzelne Artikel. Die Schüler und Schülerinnen schrieben viel über den Priester und seine Hildegard-AG. Kein Wunder, schließlich hatte sich ihr Lehrer sehr demonstrativ von seinen eigentlichen Aufgaben verabschiedet. Die Liste derer war lang, die sich für Hildegard von Bingen interessiert hatten: 16 Namen waren darauf verzeichnet. Fünf der Genannten hatte Schwester Lioba zu ihrer Weihe eingeladen. Blieben neun weitere.

Beim Hinausgehen dankte Emma der Bibliotheksaufsicht, eine abwesend blickende Frau mit dunkler Haut und kurzen Dreadlocks.

Emma kehrte zu ihrem Bus zurück, den sie auf dem Schulparkplatz abgestellt hatte. Dort fuhr sie den Laptop hoch und ging mit dem Surfstick online. Zunächst versuchte sie es mit Google. Sofort stieß sie auf den ersten Namen von ihrer Liste. Der Mann lebte mittlerweile als Herzchirurg in den USA.

Doch dabei blieb es auch. Emma gab alle weiteren Namen nach und nach in die Suchmaske ein, aber ohne Erfolg. Ein Teilnehmer der Hildegard-AG hieß Matthias Müller wie 10.000 andere Menschen. Emma machte sich nicht die Mühe, weiter nach diesem Namen zu suchen. Dann klapperte sie die Netzwerke ab. Xing, Facebook, Wer-kennt-wen, studiVZ. Am Ende hatte sie fast alle ehemaligen AG-Teilnehmer ausfindig gemacht. Einer der Männer lebte heute in Hamburg, eine der Frauen war unter ihrem Geburtsnamen nirgendwo zu finden. Aber immerhin fünf Ehemalige der alten Hildegard-AG lebten noch oder wieder im Rhein-Neckar-Raum. Emma suchte sich aus dem Online-Telefonbuch die Nummern und Adressen heraus.

Als Erstes versuchte sie es bei dem amerikanischen Herzchirurg, der in einer Klinik in New York arbeitete. Emma war verblüfft, wie schnell sie durchgestellt wurde. Er hatte Nachtdienst und war erstaunlich gut aufgelegt. Doch trotz seiner Freude über den überraschenden Anruf aus der alten Heimat, konnte er Emma nicht weiterhelfen. Anschließend versuchte sie es bei der Hamburger Adresse. Dort ging niemand dran, doch der Anrufbeantworter verriet die Handynummer, und wenige Minuten hatte Emma einen Versicherungsvertreter am Apparat. Er meldete sich im überschwänglichen Tonfall; als er jedoch den Grund ihres Anrufs erfuhr, fertigte er sie unfreundlich ab.

Emma legte das Handy beiseite und beschloss, die fünf aus der Rhein-Neckar-Region persönlich zu besuchen. Vielleicht brachte ein Vier-Augen-Gespräch mehr.

Bei den ersten beiden Adressen traf sie niemanden an. Die nächste ehemalige Teilnehmerin der Hildegard-AG lebte in Neckarau, einem Stadtteil Mannheims. Doch zunächst dirigierte sie ihr veraltetes Navigationssystem in eine Sackgasse. Emma studierte den Stadtplan und versuchte sich den Weg einzuprägen. Sie legte den Plan zur Seite, startete ihren Wagen und kehrte zurück auf die Straße.

Schließlich lenkte Emma ihren Bus in die Steubenstraße. Wenige Minuten später stand sie vor einer Doppelhaushälfte mit altmodischer messingfarbener Klingel. Darauf stand in geschwungenen Buchstaben »Reinertz«. Emma drückte den Knopf, und im Inneren des Hauses erklang ein merkwürdig unmelodiöser Gong.

»Ja?«, erklang es hinter ihr. Emma drehte sich um. Von der Hausecke kam eine blonde Frau Anfang vierzig auf sie zu. Ihr Gesicht war kantig, und ihr Mund wirkte verkniffen. Sie trug mit Erde verschmierte Jeans und Gartenhandschuhe. Emma stellte sich vor und schilderte ihr Anliegen.

»Und was wollen Sie dann von mir?«, fragte die Frau.

»Ich versuche herauszufinden, was damals passiert ist«, erwiderte Emma und verzog den Mund zu einem Lächeln, von dem sie hoffte, dass es vertrauenerweckend wirkte. »Schwester Maria aus dem Internat Hildegard von Bingen hat mir erzählt, dass bis heute niemand weiß, warum Pater Benedikt sich das Leben genommen hat.«

Die Frau schnaubte. »Reichlich spät, finden Sie nicht?«

Emma zuckte mit den Achseln. »Ich würde gern wissen, was damals kurz vor Palmsonntag passiert ist«, sagte sie.

Die ehemalige Internatsschülerin zog die Augenbrauen zusammen. »Warum Palmsonntag? Er hat sich doch am Ostersonntag das Leben genommen.«

»Ich weiß«, fuhr Emma fort, »aber es sieht so aus, als ob ein Ereignis, das in der Nacht vor Palmsonntag stattgefunden haben könnte, der Auslöser dazu war.«

Die Frau musterte sie unwillig. »Davon weiß ich nichts«, sagte sie dann unwirsch und wandte sich ab.

»Schwester Maria würde sich sehr wünschen, dass die Vorgänge von damals aufgeklärt werden«, sagte Emma rasch.

»Mag sein, aber ich kann trotzdem nicht helfen. Ich habe nichts mitgekriegt.« Die Frau verschwand um die Hausecke.

»Ich werfe Ihnen meine Visitenkarte in den Briefkasten, falls Ihnen noch was einfällt«, rief Emma ihr nach. Sie nahm eine Karte aus ihrem Geldbeutel und warf sie ein. Dann kehrte sie zurück zu ihrem Wagen und steuerte die nächste Adresse in Feudenheim an. Doch in dem Einfamilienhaus traf sie niemanden an.

Emma setzte sich wieder hinter das Steuer ihres Busses. Bei einer weiteren Adresse war niemand zu Hause. Bei der nächsten Anschrift, die sie sich notiert hatte, traf sie einen Mann an, der ihr ebenfalls nichts zu sagen hatte. Bei der letzten Adresse auf ihrer Liste öffnete eine Frau, die sie sofort abfertigte, ohne sie ausreden zu lassen.

Frustriert kehrte Emma zu ihrem Wagen zurück. Sie beschloss, es ein weiteres Mal in Feudenheim zu versuchen. Das Haus hatte nach einer Familie ausgesehen, und vielleicht hatte sie nachmittags mehr Glück.

Erneut fuhr sie zur Adresse von Monika Weltner, die in einem hoch aufragenden Einfamilienhaus in Feudenheim lebte. In der Straße dominierten Satteldächer und weiß verputzte Fassaden mit symmetrisch verteilten Fenstern. Monika Weltner wohnte in einem scheunenähnlichen Holzständerbau mit Pultdach und dunkelrot geputzten Wänden. Emma fragte sich, wie sie es geschafft hatte, für dieses Haus eine Baugenehmigung zu bekommen.

Sie klingelte und lauschte einem sirrenden Geräusch im Innern. Nichts rührte sich. Enttäuscht musterte sie die raumhohe Fensterfront, hinter der alles ruhig blieb. Sie wartete noch einen Moment, dann wandte sie sich ab. Sie war bereits fünf Meter vom Haus entfernt, als sich hinter ihr eine Tür öffnete. Rasch wandte sie sich um.

»Ja?«

Die Frau hatte kurzgeschnittene braune Haare, war Anfang vierzig und sportlich gekleidet. Ihr Gesicht strahlte eine gewisse Autorität aus, ihr Mund wirkte streng.

»Entschuldigen Sie bitte die Störung«, sagte Emma und kehrte rasch zurück. In wenigen Worten erläuterte sie, warum sie gekommen war.

»Können Sie mir sagen, was vor zwanzig Jahren in der Nacht vor Palmsonntag geschehen ist? Können Sie sich an irgendetwas erinnern?«

Hinter der Frau erklang Babygeschrei. Monika Weltner blinzelte, rührte sich aber nicht.

»Nein«, sagte sie abweisend, »daran kann ich mich nicht erinnern. Ist zu lange her.«

Sie trat einen Schritt zurück und legte ihre Hand auf den Türgriff. Das Schreien des Babys wurde lauter. Ein Mann tauchte im Dunkeln des Hausgangs auf. Er schien einige Jahre jünger zu sein als Monika Weltner und trug einen Säugling auf dem Arm, der sich laut schreiend hin und her wand. Die Verzweiflung stand dem Mann ins Gesicht geschrieben. Sein Blick huschte von Monika Weltner zu Emma und wieder zurück.

»Monika, könntest du vielleicht …?«, fragte er und ließ sich erschöpft gegen die Wand sinken.

Monika Weltner wandte sich nur flüchtig um und kräuselte missbilligend die Stirn. Dann heftete sie ihren Blick wieder auf Emma.

»Tut mir leid«, sagte sie laut, um das Baby zu übertönen. »Die Frau hier braucht einige Auskünfte von mir. Es wird noch ein paar Minuten dauern.«

Sie trat in den Vorgarten, ging an Emma vorbei und umrundete die nächstgelegene Hausecke. Emma warf einen mitleidigen Blick zurück. Das Baby schrie verzweifelt, und der Mann versuchte es jetzt halbherzig mit einem Wiegenlied.

Monika Weltner war mitten auf dem kurzgeschorenen Rasen stehen geblieben.

Emma trat zu ihr und nickte freundlich. »Ist Ihnen noch etwas eingefallen?«

Weltner steckte sich eine Zigarette in den Mund, zündete sie an und schob das Feuerzeug zurück in ihre Hosentasche. Gierig inhalierte sie.

»Macht eine Menge Arbeit, so ein Kind«, sagte sie, legte den Kopf in den Nacken und stieß den Rauch aus.

»Palmsonntag«, wiederholte sie nachdenklich. Erneut nahm sie einen Zug von ihrer Zigarette.

»Eine Woche, bevor Pater Benedikt sich das Leben genommen hat«, half Emma ihrer Erinnerung auf die Sprünge.

Monika Weltner stieß den Atem aus und sah versonnen den Rauchwolken nach. »Tagsüber passierte nichts Aufregendes«, begann sie, »jedenfalls nichts, an das ich mich erinnern könnte. Abends hatten wir ein Treffen der Hildegard-AG. Pater Benedikt hatte schon in den Wochen davor mit uns über das naturwissenschaftliche Werk von Hildegard von Bingen gesprochen. Es ging um den Mensch und seine

Krankheiten. An dem Abend kam er auf das Thema Sexualität zu sprechen.«

»War es das erste Mal?«, fragte Emma.

Monika Weltner nickte. »Ja«, sagte sie und nahm einen weiteren Zug. »Wir haben gemeinsam einige Passage aus den Übersetzungen gelesen. Einige aus der AG waren …« Sie zögerte. Plötzlich wirkte sie nervös. Hastig zog sie an ihrer Zigarette und stieß erneut den Rauch aus. Sie blickte zu Boden und scharrte mit der Schuhspitze in tadellos geschnittenen Grasbüscheln. »… peinlich berührt«, schloss sie dann.

»War Pater Benedikt anzüglich?«, fragte Emma.

Überrascht hob Monika Weltner den Kopf. »Nein«, sagte sie und lächelte. »Das war er nie. Es war ihm ernst, sehr ernst. Er versuchte uns zu vermitteln, dass Sexualität ein wichtiger Trieb des Menschen ist, den man nicht unterdrücken darf. Im Verborgenen kann leicht etwas Merkwürdiges daraus entstehen, sagte er.«

»Was genau meinte er damit?«

Weltner hob die rechte Schulter und ließ sie wieder fallen.

»Keine Ahnung«, sagte sie und stieß den Rauch aus ihrer Lunge. Sie warf die halb gerauchte Zigarette auf den Rasen und zerdrückte sie mit der Ferse.

»So, Sie entschuldigen mich«, sagte sie dann und wandte sich dem Haus zu. »Ich sollte jetzt dem Vater meines Kindes etwas unter die Arme greifen.«

Sie kehrten gemeinsam zur Haustür zurück.

»Was passierte an dem Abend?«, fragte Emma. »Wie endete das Gespräch über Sexualität?«

Weltner warf ihr einen prüfenden Blick zu. »Keine Ahnung«, sagte sie. »Einige aus der AG haben sich so in Rage geredet, dass es ungemütlich wurde. Sie haben Pater

Benedikt vorgeworfen, er würde das Ansehen der Kirche beschädigen, wenn er sich so ausführlich mit Sexualität beschäftigt. Das haben ich und einige andere so bescheuert gefunden, dass wir gegangen sind.«

Sie trat in die noch immer offenstehende Haustür.

Emma blieb stehen. »Wer?«, fragte sie. »Wer hat ihm das vorgeworfen?«

Monika Weltner trat ins Haus und legte die Hand auf die Türklinke. Sie horchte, aber im Innern war es ruhig. »Ich weiß nicht mehr.« Sie sah Emma gleichgültig an und schloss dann geräuschlos die Haustür.

Schwester Lioba setzte sich auf die steinerne Bank im Innenhof des Kreuzgangs und zerpflückte das Stück Weißbrot, das sie beim Mittagessen unauffällig in die Tasche ihres Habits geschoben hatte. Sie zerkrümelte die Bröckchen in ihrer Hand und streute sie den Spatzen hin, die sich lärmend zu ihren Füßen versammelten. Schwester Lioba lächelte und beobachtete, wie die Spatzen eifrig nach den Brotkrumen pickten.

Plötzlich hielt sie inne und hob den Kopf. Am anderen Ende des Kreuzgangs erschien ein Schatten, der eilig an den alten Trauerweiden vorbeihastete und direkt auf sie zukam. Schwester Lioba seufzte, als sie die Priorin erkannte.

»Ehrwürdige Mutter, es tut mir leid, Sie zu stören, ich weiß, es ist die einzige Zeit des Tages, die Sie sich gönnen«, sagte Schwester Heidrun atemlos. Als sie sich neben Schwester Lioba niederließ, flogen die Spatzen auf, kehrten jedoch gleich wieder zurück. Schwester Lioba ließ die letzten Krümel fallen.

»Sie sollten die Sache nicht auf sich beruhen lassen«, fuhr Schwester Heidrun unbeirrt fort. Grimmig musterte sie die Vögel, die sich um die Brocken stritten.

»Was meinen Sie?«, fragte Schwester Lioba. Sie ahnte bereits, was kommen würde.

»Ein Mitglied unserer Gemeinschaft verletzt eine der Grundregeln unseres Ordens. Die Mitschwester sollte sich dazu bekennen und die Konsequenzen ihres Verhaltens tragen.«

»Sie haben natürlich recht«, stimmte Schwester Lioba zu. »Doch bisher wissen wir noch nicht, um welche der Schwestern es sich handelt.«

»Schwester Brigitta weiß, wer es ist«, wandte die Priorin ein.

»Schwester Brigitta wartet nur darauf, dass sie eine unserer Mitschwestern denunzieren kann. Ich bin nicht bereit, ihr unsoziales Verhalten durch eine Rückfrage zu fördern.«

»Ich denke nicht, dass es sich um unsoziales Verhalten handelt«, protestierte Schwester Heidrun. »Im Gegenteil, sie handelt ganz im Sinne unserer Gemeinschaft.«

»Wenn Schwester Brigitta in ihrem Verhalten gestärkt wird, so wird sie weiterhin jede ihrer Mitschwestern belauern, um sie bei der geringsten Verfehlung zu melden. Das dulde ich nicht in meinem Konvent«, erwiderte Schwester Lioba. Eine steile Falte grub sich zwischen ihre Augenbrauen.

»Schwester Mechthild«, erwiderte Schwester Heidrun, »sie …«

»Unsere ehrwürdige Mutter Oberin lebt nicht mehr«, unterbrach Schwester Lioba ihre Stellvertreterin. »Sie hat unseren Konvent mit liebevoller Hand über viele Jahre geleitet. Aber manche ihrer Ansichten waren doch etwas …« Sie zögerte.

Schwester Heidrun hob das Kinn.

»… sind heute nicht mehr ganz zeitgemäß«, fuhr Schwester Lioba fort. »Ich habe zu Beginn meiner Amtszeit deutlich gemacht, dass ich unsoziales Verhalten in meinem Konvent nicht dulde. Wenn wir Schwester Brigitta nach dem Namen fragen, mache ich mich unglaubwürdig.«

Verblüfft sah Schwester Heidrun sie an. »Aber, ehrwürdige Mutter, es geht doch nicht um Glaubwürdigkeit, sondern um ein nicht duldbares Fehlverhalten eines Mitglieds unseres Konvents.«

Die Stimme der Priorin hatte sich gehoben. Schwester Lioba warf ihr einen warnenden Blick zu. Sie waren zwar allein im Kreuzgang, doch manchmal schienen den Mauern Ohren zu wachsen.

»Ich verstehe Ihre Sorge«, erklärte Schwester Lioba mit gesenkter Stimme. »Auch ich möchte dieser Sache nachgehen und so schnell wie möglich eine Klärung herbeiführen. Womöglich handelt es sich nur um ein Gerücht, das in der Gemeinschaft kursiert. Dem sollten wir unbedingt nachgehen. Aber es muss einen anderen Weg geben, als Schwester Brigitta zu befragen.«

Der Blick von Schwester Heidrun verfinsterte sich. »Das wird der Betreffenden Gelegenheit geben, weiter in diesem sündigen Zustand zu leben.«

Schwester Lioba musterte ihre Stellvertreterin nachdenklich. »Sie hat sich bereits von unserem Konvent verabschiedet. Zumindest innerlich hat sie unsere Gemeinschaft längst verlassen. Bis sie so weit ist, der inneren Trennung eine äußere folgen zu lassen, macht sie zweifelsohne eine Zeit der Schmerzen und der Qual durch. Ich bin sicher, dass Gott sie darin begleiten und führen wird. Wir sollten sie deshalb nicht verurteilen. Ihr Weg ist qualvoll genug.«

20. Kapitel

Darum haben sie zu keinem Menschen rechte Zuneigung, sind abstoßend im Verkehr, geizig und dumm, dabei in ihrer Wollust ausschweifend und unmäßig im Verkehr mit Weibern, wie die Esel.

Über seine Antwort auf Griesers Frage musste Pater Windisch nicht lange nachdenken.

»Ich bin Miriam Schürmann am Samstag beim Abendessen das letzte Mal begegnet. Anschließend verabschiedete sie sich von uns und verließ zusammen mit Thomas Kern das Gäste-Refektorium. Danach habe ich sie nicht mehr gesehen.«

»Was für einen Eindruck hat Frau Schürmann auf Sie gemacht?«, fragte Sabine Baum.

Grieser blickte von seinen Notizen auf und musterte den Geistlichen nachdenklich. Windisch war übergewichtig und hatte weiche Gesichtszüge mit einem missbilligenden, fast feindseligen Ausdruck. Nun zog er die Augenbrauen zusammen, sonst konnte Grieser seinem Gesicht keine Regung entnehmen.

»Unruhig«, erwiderte Windisch.

Baum runzelte die Stirn. »Wie meinen Sie das?«

Windisch zuckte die Achseln. »Genauer kann ich das

nicht erklären«, meinte er. »Das war nur so ein Eindruck. Sie wirkte irgendwie unruhig. Ich hatte das Gefühl, sie war froh, das Kloster hinter sich lassen zu können. Sie konnte gar nicht schnell genug wegkommen.«

»Was könnte der Grund für diese Unruhe gewesen sein?«, fragte Grieser.

Windisch zögerte. »Am Abend zuvor habe ich sie mit Markus Hertl sprechen hören. Sie wirkte ziemlich aufgebracht.«

»Haben Sie mitbekommen, worum es ging?«

Windisch schüttelte den Kopf. »Ich konnte nicht verstehen, was sie gesprochen haben.«

»War es ein Streit?«, fragte Baum.

»Nein«, erwiderte Windisch. »Es wirkte eher wie eine hitzige Debatte.«

»Um wie viel Uhr war das?«, wollte Grieser wissen.

»Das war nach den Vigilien. Ich kam aus der Kirche und war auf dem Weg in mein Zimmer. Also gegen 21 Uhr. Als ich an ihrem Zimmer vorbeiging, hörte ich die Stimmen der beiden.«

»Können Sie sich vorstellen, warum Markus Hertl an dem Abend das Gespräch mit Miriam Schürmann gesucht hat?«, fragte Sabine Baum.

Windisch verneinte.

»Vielen Dank«, erwiderte Grieser und seufzte verstohlen. »Es kann sein, dass wir in den nächsten Tagen mit weiteren Fragen auf Sie zukommen.«

Windisch nickte. Ohne weiter auf die Polizisten zu achten, stand er auf und verabschiedete sich mit dürren Worten. Grieser schob sein Notizbuch von sich.

»Wir laufen gegen die Wand«, sagte er düster. »Die Befragungen haben bisher nichts gebracht, die Auswertungen vom Computer und der Wohnung der Toten sind bisher ohne weitere Ergebnisse verlaufen, und die Spurensicherung hat auch nichts Neues.«

Sabine Baum rieb sich müde das Gesicht. Grieser stand auf und blickte sie fragend an.

»Wie wäre es mit einer Runde im Klostergarten?«

»Klingt gut«, erwiderte die Oberkommissarin dumpf.

Schweigend verließen sie das Gästehaus durch den unteren Ausgang. Die nördliche Außenwand war Teil der Klostermauer, die das Gebäude zum Rhein hin abgrenzte. Am Fuß der Mauer lagen geometrisch angelegte Kräuterbeete, von niedrigen Buchsbaumhecken begrenzt. Die Sonne tauchte zwischen den Wolken auf, und ein böiger Wind trieb vereinzelte braune Blätter vor sich her. Grieser betrat einen feingekiesten Weg zwischen den Beeten. Baum folgte ihm und blieb nach wenigen Metern an einem halbhohen Messingschild stehen.

»Spitzwegerich«, las sie vor, »Johanniskraut, Thymian.«

Grieser trat neben sie. »Hertl«, sagte er. »Hertl hat das Motiv und die Gelegenheit.«

»Lass uns erst die anderen durchgehen«, schlug Baum vor. Sie vergrub die Hände in den Taschen ihrer dünnen Jeansjacke.

Grieser schwieg. Sie starrten einträchtig auf die Erde, aus der sich grüne Spitzen schoben, Liebstöckl, wie das Schild verkündete.

»Windisch hat sie gehen sehen«, nahm Grieser den Faden wieder auf. »Sie ist vermutlich ins Gästehaus zurückgekehrt und hat ihr Gepäck geholt. Kern hat ausgesagt, er verabschiedete sich im Eingangsbereich des Gästehauses von ihr. Dann holte er seine Tasche aus dem Zimmer, ging zu seinem Wagen und fuhr los.«

»Dafür gibt es keine Zeugen«, wandte Baum ein.

»Er hat beim Kiosk einen Zwischenstopp eingelegt. Dort

hat er etwas gegessen und fuhr dann weiter nach Heidelberg. Seine Ankunftszeit passt.«

»Wir haben ihr Gepäck und ihre Kleidung im Heizungskeller gefunden«, fasste Baum zusammen. »Sie hat das Haus nicht mehr verlassen. Jemand hat sie in den Waschkeller gelockt, sie betäubt, entkleidet, gefesselt, gebrandmarkt, schwer verletzt und dann liegenlassen. Fünfzehn Minuten, wenn man schnell ist.«

»Da muss einer schon ziemlich abgebrüht sein«, meinte Grieser zweifelnd.

»Kern hätte es schaffen können. Nachts hätte er zurückkehren können, den Raum ausspritzen, die Tote in die Kirche verfrachten, ihre Sachen verstecken und dann zurück nach Heidelberg.«

»Okay«, erwiderte Grieser. »Bleibt nur das kleine unbedeutende Detail, dass wir keine Ahnung haben, wie er in den Klosterhof hätte kommen können.«

Er nahm seinen Spaziergang wieder auf und wartete, bis Baum an seiner Seite war. »Kern hatte die Gelegenheit«, fuhr Grieser fort. »Das Motiv?«

Baum hob fragend die Schultern. »Was ist mit Lehmann, dem Schulleiter?«, fragte sie. »Er kannte den Mönch, und er war an dem Abend im Kloster.«

»Und sein Motiv?«

»Keine Ahnung.«

»Also Hertl«, sagte Grieser. »Er verließ kurz nach ihr das Refektorium und kehrte ins Gästehaus zurück, um zu lesen, wie er sagte. An dem Abend hat ihn keiner mehr gesehen.«

»Sein Motiv?«, fragte Sabine Baum.

»Er hat zugegeben, dass er von dem Mordopfer ein Buch haben wollte. Seine Mails zeigen, dass er ziemlich scharf darauf war. Vielleicht hat er ihr das Buch abgenommen und sie umgebracht, damit sie es nicht mehr zurückfordern kann.«

»Warum?« Baum schüttelte zweifelnd den Kopf.

»Angenommen, es gibt diese alte Handschrift der Hildegard von Bingen.« Grieser blieb stehen und sah sie an. »Angenommen, Miriam Schürmann hat sie vor zwanzig Jahren von ihrem Lehrer erhalten, kurz bevor er sich umbrachte. Alle aus der Clique wussten es. Hertl ist inzwischen ein angesehener Hildegard-Forscher. Wenn er die verschollene Handschrift in Händen hätte, könnte das die Krönung seiner Karriere sein.«

Baum verschränkte fröstelnd die Arme vor der Brust. »Ich hab mir im Internet seinen Werdegang angesehen. Er hat sich vor fünf Jahren habilitiert. Das heißt, er könnte an einer Universität Professor werden und bewirbt sich vermutlich auch seither, bisher wohl ohne Erfolg. Mit so einem wichtigen Fund hätte er bestimmt bessere Chancen, einen Lehrstuhl zu bekommen.«

Grieser ging zu einem Strauch, an dessen Zweigen zwischen etlichen Dornen zartes Grün zu sehen war. »Warum sollte er sie umbringen, wenn er nur das Buch wollte?«

Vom Rhein drang Kinderlachen zu ihnen herauf.

»Vielleicht hat er gefürchtet, sie würde den Fund für sich beanspruchen und ihm damit die Tour vermasseln«, meinte seine Kollegin zweifelnd.

»Warum der Eselskopf?«, fragte Grieser.

Baum seufzte. »Ich habe nicht die geringste Ahnung«, erwiderte sie düster. Sie wandte sich ab und nahm die Wanderung zwischen den Beeten wieder auf. Grieser folgte ihr.

»Angenommen, vor zwanzig Jahren gab es in der Clique einen Vorfall, der damit endete, dass alle gemeinsam dem Mönch ein Brandzeichen verpasst haben. Er fühlt sich gedemütigt und bringt sich um.«

»Warum überlässt er dann die wertvolle Handschrift seiner Schülerin?«, wandte Baum ein. »Warum ihr und nicht einem der anderen?«

Die Sonne verschwand hinter den Wolken. Grieser blickte nach oben und beobachtete, wie der Himmel sich zuzog.

»Warum war er kastriert?«

Baum zuckte mit den Achseln. »Er und Miriam Schürmann trugen das Brandzeichen in der Leiste. Könnte doch sein, dass alle Vorfälle sexuell motiviert waren. Vielleicht begann alles mit einem sexuellen Übergriff des Mönchs.«

»Trotz Kastration?«, fragte Grieser zweifelnd.

»Die Kastraten im Mittelalter hatten durchaus Sex«, erwiderte Baum.

Grieser sah sie erstaunt an.

»Habe ich nachgelesen«, verteidigte sich seine Kollegin. »Die meisten bekamen zwar keine Erektion mehr, aber sie hatten trotzdem Sex. Anders eben.«

»Kastraten im Mittelalter«, murmelte Grieser unzufrieden. »Warum sind die eigentlich kastriert worden?«

»Weil sie dann höhere Töne singen konnten. Arme Leute ließen ihre Söhne für eine Sängerkarriere kastrieren. Manche Komponisten haben ihre Werke eigens für Kastraten geschrieben.«

»Was für ein gewalttätiger Akt, nur um Sänger mit helleren Stimmen zu haben«, knurrte Grieser. »Aber das kann bei Pater Benedikt wohl kaum der Grund gewesen sein.«

»Wenn man einen Jungen kastriert, dann kommt er nicht in den Stimmbruch. Wird ein erwachsener Mann kastriert, werden dadurch die Veränderungen des Körpers nicht rückgängig gemacht. Aber es führt zu einem Rückgang der Libido.«

»Das heißt?«, fragte Grieser.

»Der sexuelle Trieb ist weg.«

»Vielleicht war das der Grund«, meinte Grieser nachdenklich.

»Das bringt uns keinen Schritt weiter«, sagte Baum unzufrieden.

»Wenn wir diesen Fall lösen wollen, müssen wir herausfinden, was damals passiert ist.«

Baum sah den Hauptkommissar skeptisch an. »Ich glaube nicht, dass uns das weiterbringt.«

Grieser zog die Augenbrauen zusammen. »Wir wissen einfach zu wenig über die Zusammenhänge. Irgendjemand müsste uns doch sagen können, warum sich ein katholischer Mönch freiwillig kastrieren lässt.«

»Wer sagt denn, dass die Kastration freiwillig war?«

Grieser blickte sie entsetzt an.

»Muss man doch mal fragen dürfen«, murmelte Baum, und Grieser hätte schwören können, dass sie sich ein Lachen verkniff.

Als Emma wieder im Büro ankam, fragte sie sich, wie es nun weitergehen sollte. Sie hatte zwar einiges recherchiert, aber das passte alles irgendwie nicht recht zusammen. Sie fuhr ihren Computer hoch und setzte sich mit einer Tasse Milchkaffee an den Rechner.

Wie gewohnt, rief sie zunächst ihre Mails ab. Kohler erinnerte sie in seiner gewohnt knappen Art daran, dass er einen Artikel von ihr erwartete. Außerdem hatte sie eine Anfrage einer überregionalen Zeitschrift, für die sie ab und zu schrieb. Sie sollte im Mai einen Artikel über den in Mannheim anstehenden Prozess eines Elternmörders übernehmen. Emma schickte eine kurze Mail zurück mit einer Zusage.

Unzufrieden musterte sie ihren Posteingang, in dem ansonsten seit Montag nur etliche Pressemeldungen eingegangen waren. Die Akquise neuer Aufträge war in den vergangenen Monaten nahezu unmöglich geworden. Die Wirtschaftskrise hatte zu weiteren Entlassungen in den Redaktionen geführt. Viele Zeitungen und Zeitschriften beschäftigten inzwischen vorzugsweise freigestellte Journalisten, die zuvor in der eigenen Redaktion gearbeitet hatten und nun auf dem freien Markt zu überleben versuchten. Die Auftragslage war mies. Wenn sich ihre Situation in den nächsten Wochen nicht dramatisch veränderte, musste sie sich einen anderen Job suchen. Es sei denn, sie konnte Kohler doch noch eine gute Geschichte liefern.

Emma zog ein Blatt Papier zu sich her und notierte darauf die Stichworte der wenigen Fakten, die sie bisher hatte: eine tote Frau im Kloster Rupertsberg und ein toter Mönch im Heidelberger Internat. Eine verschollene Handschrift, die beide Todesfälle miteinander verband. Emma fragte sich, was es mit dieser Handschrift eigentlich auf sich hatte.

Wenn es darum ging, musste eigentlich der Mörder die Handschrift haben. Warum sonst hätte er gemordet? Nachdenklich sah Emma auf ihre Notizen. Wenn Miriam Schürmann tatsächlich die Handschrift in ihrem Besitz gehabt hatte, so gab es verschiedene Möglichkeiten. Der Mord hatte nichts mit dem Buch zu tun, dann war sie mit ihrer Recherche auf dem Holzweg. Oder die Tote war tatsächlich deshalb ermordet worden, und auch der Selbstmord hatte damit zu tun. Doch dann war nicht sicher, ob der Mörder das Buch aus seinem Versteck geholt hatte. Schließlich handelte es sich um eine 800 Jahre alte Schrift. Die packte man nicht eben mal in eine Plastiktüte und schleppte sie von einem Versteck zum anderen. Soweit sie wusste, musste man alte Pergamentschriften vor Feuchtigkeit und Tageslicht schützen, damit sie nicht zerfielen. Und auch jeder Transport konnte der Handschrift schaden. Wenn Miriam Schürmann einen Platz gefunden hatte, um nahezu zwanzig Jahre die Handschrift zu verstecken, könnte sie noch immer dort sein. Vielleicht hatte der Mörder nur das Versteck ausfindig gemacht. Aber könnte er jemals dieses Buch an die Öffentlichkeit bringen, ohne sich dem Verdacht auszusetzen, ein Mörder zu sein?

Emma richtete sich wie elektrisiert auf. Vielleicht war es genau andersherum. Vielleicht stimmte ja doch ihre erste Vermutung. Jemand hatte großes Interesse daran, dass die Handschrift nie auftauchte. Wenn Miriam Schürmann das Buch gut versteckt hatte, würde es reichen, sie umzubringen. Damit wäre sichergestellt, dass die Schrift für immer verschollen blieb.

Möglicherweise fanden sich im Umfeld der Toten Hinweise auf das Mordmotiv. Emma beschloss, mit ihrer Recherche bei der Toten und ihren Gewohnheiten anzufangen. Sie zog die Tastatur ihres Computers zu sich her und gab bei Google den Namen Miriam Schürmann ein. Am Sonntag hatte sie bereits herausgefunden, dass Schürmann als wissenschaftliche Mitarbeiterin am Institut für Physik der Atmosphäre der Mainzer Universität gearbeitet hatte. Emma ging auf die Internetseiten des Instituts. Sie erinnerte sich, dort ein Verzeichnis der Dozenten mit Lebenslauf und Fotos gesehen zu haben.

In der nächsten halben Stunde sammelte Emma alle Fakten, die sie im Internet über die Ermordete finden konnte in einem Datenblatt. Am Ende hatte sie mehr Informationen zusammen, als sie zunächst erwartet hatte.

Miriam Schürmann war nach dem Abitur nach Berlin gegangen und hatte Physik studiert. Danach arbeitete sie ein Jahr in Hamburg am Institut für Geophysik. Im Anschluss schrieb sie am Institut für Meereskunde der Universität Hamburg ihre Doktorarbeit. Dann kam ein Forschungsaufenthalt an der Arizona State University in den USA, anschließend arbeitete sie im Fachbereich Physik der

Universität Bremen. 2008 war sie dann nach Süddeutschland zurückgekehrt. Seit zwei Jahren lebte sie in Mainz und arbeitete an einem Forschungsprojekt. In Kürze wollte sie eine Forschungsarbeit über die Strukturbildung von turbulenten Strömungen abschließen. Mit dieser Arbeit hätte sie die Voraussetzung geschaffen, um sich an einer Universität für einen Lehrstuhl zu bewerben.

Emma warf einen flüchtigen Blick auf die Liste von Aufsätzen und Büchern, die Miriam Schürmann in den vergangenen Jahren veröffentlich hatte. Hinweise auf eine Partnerschaft, Kinder oder Freunde hatte Emma nicht gefunden. Es sah so aus, als hätte sich die Tote ganz auf ihren Beruf konzentriert. Sie lebte allein in Bretzenheim, einem Stadtteil von Mainz. Vor drei Jahren hatte sie einen Aufruf gegen AKWs unterschrieben und vor zwei Jahren dem Mainzer Tierheim einen größeren Betrag gespendet, wie in einem alten Bericht der Allgemeinen Zeitung Mainz zu lesen war. Im vergangenen Jahr war sie zugunsten einer Stiftung für herzkranke Kinder bei einem Zehn-Kilometer-Lauf an den Start gegangen. Sie hatte in ihrer Altersklasse den 12. Platz von 19 Teilnehmerinnen belegt. In einem Forum über Klimaphysik war sie mit ihrer offiziellen beruflichen E-Mail-Adresse angemeldet und postete gelegentlich Beiträge, von denen Emma nur einen Bruchteil verstand. Das war's.

Emma überlegte, was für ein Mensch Miriam Schürmann gewesen war. Sie war Dozentin an einer renommierten Universität, vermutlich alleinstehend, nicht unsportlich, diskutierte im Netz über Klimaphysik, machte sich für Tiere stark und für kranke Kinder. Wo würde ein solcher Mensch Geheimnisse verwahren?

Nachdenklich ging Emma in die Küche und holte sich einen frischen Kaffee. Da hörte sie, wie die Tür klappte.

»Hallo, Prinzessin«, rief Paul von vorne. Es polterte, als hätte er seine Tasche einfach auf den Boden fallen lassen.

»Hey, was für ein Stress«, sagte er und tauchte in der Tür zur Küche auf.

Emma lachte. »Kaffee?«, fragte sie.

»Bloß nicht.« Paul stöhnte. »Ich habe schon so viel intus, dass es für zwei schlaflose Nächte reicht.«

»Wie läuft die Gerichtsverhandlung?«

»Zäh«, sagte er und fuhr sich gähnend über das Gesicht. »Die beharken sich gegenseitig und kommen einfach nicht zu einem vernünftigen Ende.«

Er nahm sich ein Glas aus dem Schrank, das er unter den Wasserhahn hielt und dann in einem Zug leerte.

»Und wie lief's bei dir?«, fragte er und stellte das Glas auf der Spüle ab.

Emma gab ihm eine kurze Zusammenfassung, was die ehemaligen Mitglieder der Hildegard-AG erzählt hatten.

»Das heißt, in der Nacht vor Palmsonntag ist etwas passiert, vermutlich während des Treffens der Hildegard-AG oder im Anschluss daran. Dann hat sich der Pater am Karfreitag das Brandzeichen verpasst, oder jemand hat es ihm verpasst. Und am Ostersonntag hat er sich dann das Leben genommen. Aber warum?«

Paul setzte sich auf seinen Schreibtischstuhl und legte die Füße auf seinen Schreibtisch.

»Keine Ahnung«, erwiderte Emma. »Vielleicht ist er seinen Schülern zu nahe getreten, und die haben sich ein paar Tage später an ihm gerächt und ihn im wahrsten Sinne des Wortes gebrandmarkt.«

»Die hätten ihn doch einfach anzeigen können, dann hätte er seine Strafe bekommen«, sagte Paul.

»Wer hätte ihnen denn geglaubt?«, fragte Emma. »Das kennt man doch. Vorwürfe werden laut, der Priester streitet alles ab, wird im schlimmsten Fall versetzt, das war's. Und an der neuen Schule macht er weiter wie zuvor. Vielleicht wollten sie das verhindern.«

»Mit einem Brandmal, das niemand sieht?«, sagte Paul zweifelnd.

»Wie wäre es damit: Die restlichen Schüler und Schülerinnen der AG haben an dem Abend einen Geheimbund gegründet. Zeichen der Mitgliedschaft ist ein Brandmal, ein Eselskopf in der Leiste.«

»Und warum hat die Tote ein frisches Brandzeichen?«, wandte Paul ein.

»Vielleicht hat sie sich damals verweigert?«

»Ach komm«, erwiderte Paul. »Klingt doch alles irgendwie merkwürdig. Passt einfach nicht zusammen.«

»Er hatte eine Handschrift, die der Kirche unangenehm ist«, sagte Emma. »Darin schreibt eine anerkannte und geachtete Theologin über Sexualität, so offen und vorurteilsfrei wie kaum ein kirchlicher Würdenträger vor ihr und wenige nach ihr. Heutzutage beschäftigen sich kritische Theologen und Theologinnen vor allem damit, wie die Kirche zur Sexualität steht, weniger mit der Sexualität an sich. Und früher wurden vor allem Abhandlungen verfasst, was als sündig anzusehen ist und was nicht. Der Priester war dabei, die Handschrift zu übersetzen, und wollte es anschließend öffentlich machen. Wer weiß, was in der Originalhandschrift noch alles steht, was nicht überliefert wurde und bis heute niemandem bekannt ist. Die Kirche hatte bestimmt Interesse daran, das zu verhindern.«

»Die alte Verschwörungstheorie!« Paul zog eine Schachtel mit breitem Karomuster zu sich her, die neben seinem Computer stand. Er klappte den Deckel auf und nahm sich einen Keks heraus. »Das ist doch immer der gleiche Blödsinn. Der Vatikan hat etwas zu verbergen und jagt allen hinterher, die was zu sagen haben. Ist doch albern.« Er schob sich den Keks auf einmal in den Mund.

»Genau wie dieses ewige Gerede über Sexualität, übergriffige Priester und Lehrer. Der sexuelle Trieb des Menschen kann doch nicht immer an allem schuld sein«, brauste Emma auf.

»Ist er auch nicht«, sagte Paul kauend. »Bei Gewaltverbrechen geht es meist um Geld und bei sexuellen Übergriffen in aller Regel um Macht. Die Sexualität ist meist nur ein Mittel, um der anderen Person die eigene Macht zu demonstrieren. Funktioniert besser als Gewalt.«

Emma blickte nach draußen. Ein Ausflugsbus hielt direkt vor ihrem Büro. Die Türen öffneten sich und eine Gruppe älterer Menschen strömte heraus in bunter Freizeitkleidung und praktischen Schuhen, die sich vergnügt auf einen Stadtbummel vorbereiteten.

»Weißt du, was ich glaube?«, fragte Paul.

Emma, die gedankenverloren die Ausflügler beobachtete, wandte den Kopf.

»Ich könnte mir vorstellen, dass Karfreitag noch was passiert.«

»Jemand hat Miriam Schürmann die Handschrift abgenommen und sie zum Schweigen gebracht«, erwiderte Emma. »Das war's.«

»Das glaube ich nicht«, sagte Paul düster. »Da steckt noch mehr dahinter.«

»Und was?«

»Keine Ahnung.« Paul schwang seine Füße vom Schreibtisch. »Aber damals fing an Palmsonntag alles an. Und der Karfreitag endete mit einem Brandzeichen beim Pater. Ich glaube nicht, dass mit der Leiche an Palmsonntag die Geschichte bereits zu Ende ist.«

Er zog seinen Rucksack zu sicher her, nahm sein Aufnahmegerät heraus und schob es neben seinen Computer, den er mit einem Knopfdruck startete.

»Ich muss jetzt den Bericht sprechen über die Gerichtsverhandlung«, sagte er, während er wartete, bis sein Computer hochfuhr. »Was hast du vor?«

»Ich fahre nach Mainz«, sagte Emma und betrachtete nachdenklich die Stichwörter, die sie sich notiert hatte. Dann faltete sie das Blatt Papier und steckte es in ihre Hosentasche. »Mal sehen, ob ich in der Umgebung der ermordeten Frau noch etwas herausfinden kann.«

Auf dem Weg zu ihrer Wohnung fuhr Emma beim Biosupermarkt vorbei und füllte ihre Vorräte auf. Sie verstaute ihre Einkäufe im eingebauten Kühlschrank des Busses und im Einbauschrank unter der Spüle. Dann fuhr sie weiter in ihre Wohnung und packte ihre Reisetasche.

Sie setzte sich in ihren Bus und fuhr auf die Autobahn Richtung Mainz. Ihre Gedanken kreisten unaufhörlich um den Mord. Sie merkte, dass sie ein unheimliches Gefühl beschlich, wenn sie daran dachte, was ihr Vater erzählt hatte. Sie hatte immer geglaubt, dass damals mehr vorgefallen war. Es klang so einfach, wie er das gestern erzählt hatte. Doch konnte sie ihm tatsächlich glauben?

Emma versuchte, sich auf den Verkehr zu konzentrieren. Ihr Blick fiel auf das Schild, das die nächste Ausfahrt ankündigte. Bingen. Spontan setzte sie den Blinker und beschloss, dem Kloster noch einen Besuch abzustatten. Kurze Zeit später steuerte sie den Wagen auf den Parkplatz unterhalb des Klosters, der verlassen in der Abenddämmerung lag. Sie wusste noch von vorgestern, dass in der Abteikirche um diese Uhrzeit das Nachtgebet gehalten wurde.

Als sie die Kirche betrat, hatten die Ordensschwestern in ihrem Chorgestühl bereits mit dem Gregorianischen Choral begonnen. Vereinzelte Gottesdienstbesucher saßen über mehrere Bankreihen verteilt, sonst war die Kirche leer. Die Schwestern waren auf ihren Gottesdienst konzentriert und nahmen keinen Kontakt zu den Menschen um sich herum auf. Die wenigen Gottesdienstbesucher schienen Touristen zu sein, die etwas verloren wirkten und allmählich wieder gingen.

Emma wusste nicht, was sie sich erhofft hatte. Doch sie empfand die Atmosphäre des Gottesdienstes als wenig einladend und fühlte sich besser, als sie die Kirche wieder verlassen hatte. Sie kehrte in ihren Bus zurück und briet sich auf dem Gaskocher ein Putenschnitzel. Dazu aß sie ein paar Nudeln und einen Gurkensalat. Dann spülte sie das Geschirr und räumte es wieder weg.

Emma lüftete den Bus und beschloss, bis Mainz weiterzufahren und dort zu übernachten. Sie startete den Motor und kehrte auf die Autobahn zurück. Eine halbe Stunde später hatte sie Mainz fast erreicht. Rechts vor ihr tauchte die hell erleuchtete Raststätte Heidenfahrt Nord auf. Emma setzte den Blinker und zog den Bus auf die Ausfahrt. Sie fuhr bis zur Tankstelle und stellte den Bus auf einem der Parkplätze ab. Im Toilettenraum reinigte sie sich flüchtig das Gesicht und putzte die Zähne. Autofahrerinnen kamen und gingen, so mancher neugierige Blick streifte sie. Emma ging auf die Toilette und kehrte zum Bus zurück. Inzwischen war es kurz vor elf. Die Raststätte leerte sich. Emma deponierte Waschzeug und Handtuch auf dem Beifahrersitz und bereitete hinten alles zum Schlafen vor. Sie zog die Vorhänge zu und stellte den Wecker.

Dann kletterte sie hinter das Lenkrad und steuerte den Bus zurück auf die Autobahn. Sie verließ die A60 bei der östlichen Ausfahrt Hechtsheims, das im Licht des fast vollen Mondes ruhig dalag. Emma fuhr einige Minuten kreuz und quer durch ein Wohngebiet, bis sie in einer Seitenstraße den idealen Schlafplatz gefunden hatte. Einfamilienhäuser lagen friedlich zwischen sauberen Beeten. Hier und dort brannte Licht, bläuliche Fernsehschatten huschten über die Zimmerdecken.

Emma stellte den Bus zwischen parkenden Autos ab. Sie löschte die Scheinwerfer, zog den Zündschlüssel und verschloss von innen die Türen. Durch einen Spalt im Fenster der Beifahrertür drang kühle Nachtluft. Emma kletterte nach hinten, ohne Licht zu machen. Sie zog sich aus, dann legte sie sich schlafen. Sie lauschte in die Nacht. Eine Katze maunzte protestierend, sonst blieb alles ruhig. Emma gähnte und zog die Decke bis unters Kinn. Sie schlief sofort ein.

GRÜNDONNERSTAG

21. Kapitel

Die Männer, von denen wir oben gesprochen haben, sind klug und werden von den anderen gefürchtet. Sie haben Neigung zu den Frauen und pflegen andere Männer zu meiden und zu fliehen, weil sie die Frauen mehr lieben wie die Männer.

In dieser Nacht hatte Schwester Lioba schlecht geschlafen. Zweimal war sie aufgestanden, um sich einen Tee zu holen. Sie hatte im Gebet Erholung gesucht von den quälenden Gedanken, aber auch das gelang ihr kaum. Am Morgen fühlte sie sich angestrengt und müde.

Beim Morgengebet kurz nach 5.30 Uhr sah Schwester Heidrun besorgt zu ihr herüber. Das Frühstück nahmen sie schweigend ein, anschließend hörten sie gemeinsam eine Lesung und versenkten sich ins Gebet. Dann rief die Glocke der Klosterkirche zum Hochamt, das gegen 8.30 Uhr endete.

Danach zog sich Schwester Lioba in ihr Büro zurück. Sie heftete die Rechnungen der vergangenen Tage ab und brachte den Ordner hinüber in die Bibliothek, wo Schwester Erika und Silvia Neureuther gemeinsam über den Büchern saßen.

Schwester Lioba nickte ihnen zerstreut zu und ging nachdenklich in ihr Büro. Dort wartete bereits Hauptkommissar Grieser auf sie.

»Sie haben noch Fragen an mich«, stellte Schwester Lioba fest und nahm ergeben hinter ihrem Schreibtisch Platz. Der Kommissar sah aus, als hätte er ebenfalls eine schlaflose Nacht hinter sich. Er sank in den Besucherstuhl ihr gegenüber und tastete nach seinem Notizblock. Sein Blick glitt über einige Notizen. Dann räusperte er sich.

»Worum ging es in Ihrem Streit mit Miriam Schürmann?«, fragte er unvermittelt.

Schwester Lioba hob überrascht die Augenbrauen. Grieser betrachtete sie schweigend. Sein Blick ließ nicht erkennen, was er dachte. Die Äbtissin überlegte, wie viel sie erzählen sollte. Dann atmete sie tief durch und legte die gefalteten Hände in ihren Schoß.

»Ich hatte sie um Unterstützung für das Kloster gebeten. Miriam hat vor zwanzig Jahren von Pater Benedikt eine wertvolle Handschrift erhalten. Ich hatte sie gebeten, dem Kloster die Handschrift zu überlassen. Wir haben eine der besten Restauratorinnen hier im Konvent. Mit der Restaurierung der Handschrift hätte Schwester Agnes europaweit Anerkennung bekommen können und so …«

Sie zögerte.

Grieser sah von seinen Notizen auf.

»Wir hätten weitere Aufträge gut gebrauchen können«, schloss Schwester Lioba.

»Sie hofften also, durch die Restaurierung der verschollenen Handschrift Hildegards weitere Aufträge zu bekommen.«

Schwester Lioba kniff die Augen zusammen. »Sie haben bereits von der Handschrift gehört«, stellte sie fest.

Grieser nickte. Er begegnete ihrem Blick und sah sie unverwandt an.

»Wir hätten weitere Aufträge und das Geld gut gebrauchen können«, wiederholte Schwester Lioba leise. »Wir hätten den Fund der Handschrift nie für uns beansprucht. Ich wollte lediglich, dass Schwester Agnes und ihr Team die Gelegenheit erhalten, sie zu restaurieren.«

»Hätten Sie das Buch nicht an die Kirche abgeben müssen, sobald es auftaucht?«, fragte Grieser.

»Ja, vermutlich«, gestand Schwester Lioba resigniert ein. »Aber ich hatte gehofft, wenn wir es in Händen haben, dass unsere Werkstatt den Auftrag für die Restaurierung erhält. Schwester Agnes ist eine der besten Restauratorinnen innerhalb unserer Kirche weltweit«, sagte sie stolz.

»Doch Miriam Schürmann wollte nicht«, sagte Grieser.

Schwester Lioba nickte.

Ihr Gespräch wurde durch ein Klopfen an der Tür unterbrochen. Schwester Lioba antwortete dann mit einem kurzen Ja. Schwester Beatrix trat im blau gemusterten Arbeitshabit ein, dessen Schürze seitlich verrutscht war. Sie stellte ein Tablett auf den Besuchertisch, auf dem eine Thermoskanne stand, zwei Tassen und Porzellangefäße mit Milch und Zucker.

Schwester Lioba erhob sich und bedeutete Grieser, mit ihr in der Besucherecke Platz zu nehmen. Schwester Beatrix schenkte ein und ging wortlos. Der durchdringende Geruch von Kaffee verdrängte für einen Moment die Müdigkeit. Dankbar griff Schwester Lioba nach ihrer Tasse und trank.

»Nein, sie wollte nicht«, nahm sie ihr Gespräch wieder auf. »Sie warf mir vor, dass ich sie ausnützen wollte. Dabei hatte ich nur das Wohl des Konvents im Auge.«

»Sie konnten Frau Schürmann auch nicht umstimmen?«, fragte der Hauptkommissar.

Schwester Lioba lächelte flüchtig. »Ich habe es versucht. Leider ohne Erfolg.«

»Und auch Gerhard Lehmann hat es nicht geschafft«, fuhr Grieser fort. Er griff nach seiner Tasse.

Schwester Lioba sah ihn überrascht an. Sie spürte, wie sie rot wurde. Verlegen rieb sie sich die Stirn. »Sie haben recht, ich habe es mit allen Mitteln versucht. Ich habe nicht nur unseren alten Konrektor gebeten, mit ihr zu reden. Dass ich unsere ehemaligen Klassenkameraden zu meiner Weihe eingeladen habe, war kein Zufall. Ich hatte gehofft, gemeinsam würden wir es schaffen, Miriam zu überzeugen.«

»Deswegen waren alle an diesem Wochenende hier«, sagte Grieser nachdenklich.

Schwester Lioba nickte.

»Aber sie wollte trotzdem nicht«, fuhr Grieser fort.

Schwester Lioba seufzte. Sie erhob sich, trat an das Fenster und sah hinunter auf den Klosterhof. Ein Mann und eine Frau schlenderten Arm in Arm zum Klosterladen. Hinter ihnen traten zwei Frauen in bunter Freizeitkleidung aus der Abteikirche.

Sie wandte sich um und blickte Grieser fest an.

»Wir haben im Moment einen finanziellen Engpass. Ich hätte alles getan, um den Konvent zu retten«, erklärte die Äbtissin. »Aber Miriam war nicht zu überzeugen.«

»Sie hätten alles getan?«, wiederholte Grieser und ließ sie nicht aus den Augen.

Verärgert zog Schwester Lioba die Augenbrauen zusammen. »Sie glauben nicht ernsthaft …«, begann sie.

Doch Grieser unterbrach sie mit einer Handbewegung.

»Entschuldigen Sie bitte, Mutter Oberin.« Er klappte sein Notizbuch zu. »So war das nicht gemeint. – Wussten Sie, dass Pater Benedikt kastriert war?«, wechselte er unvermittelt das Thema.

Erstaunt hob Schwester Lioba den Blick. »Ja«, gab sie zögernd zu, »das wusste ich.«

»Woher?«

»Er hat es erzählt. Bei einem der Treffen unserer Hildegard-AG hat er es erzählt.«

»Wissen Sie, warum er es getan hat?«, fragte Grieser.

Schwester Lioba zögerte. Dann beschloss sie, dass es keinen Grund mehr gab, zu schweigen.

»Die Handschrift«, begann sie. »Hildegard von Bingen hat sich in ihrer Handschrift sehr ausführlich mit der Natur des Menschen und auch mit der menschlichen Sexualität beschäftigt. Sie beschreibt darin vier verschiedene Menschentypen und ihr Verhältnis zur Sexualität. Pater Benedikt hat sich selber einem der beschriebenen Menschentypen zugeordnet. In ihrem Werk schildert Hildegard von Bingen, dass es Männern von diesem Menschentyp schwerfällt, auf Sexualität zu verzichten. Sie erklärt, dass Männer wie er eine Frau zu Tode bringen können, weil sie ihre Triebe nicht im Griff haben. Pater Benedikt wollte wohl sichergehen, dass ihm sein Trieb nicht zum Verhängnis wird. So zumindest klang es für mich, was er damals erzählte. Also hat er sich für eine Kastration entschieden.«

Grieser zog verblüfft die Augenbrauen hoch. »Er hat sich kastrieren lassen, um nicht über Frauen herzufallen?«

Schwester Lioba musste lächeln. Dann wurde sie wieder ernst. »Nein. Pater Benedikt war wie ich der Überzeugung, dass der Mensch nicht Opfer seiner Triebe ist. Er hat es jederzeit in der Hand, eine Entscheidung zu treffen. Aber er hoffte, durch eine Kastration die Lust zu dämpfen und sich so besser auf das Wesentliche konzentrieren zu können.«

Grieser warf ihr einen zweifelnden Blick zu.

»Wissen Sie«, fuhr Schwester Lioba fort. »Der Zölibat fordert den Menschen. Notker Wolf, Abtprimas und damit oberster Würdenträger der Benediktiner, sagte vor einiger

Zeit in einem Interview, die Sexualität ist ein machtvoller Trieb, und der Umgang der Menschen damit ist ein Problem. Und das ist es auch für uns. Der Verzicht fordert uns heraus. Manche mehr und manche weniger. Jeder Priester und jede Ordensschwester muss einen eigenen Weg finden, mit dem Verzicht zu leben. Von Benedikt, unserem Ordensgründer, heißt es, dass er sich unbekleidet in einen Dornenstrauch stürzte, um der Versuchung in Gestalt einer Jungfrau zu widerstehen und die Lust in Schmerz umzuwandeln. Jutta von Sponheim, die Lehrerin Hildegards von Bingen, hat zeitlebens eine eiserne Gürtelkette auf der Haut getragen, damit es ihr nicht an Tugend fehlt. Pater Benedikt hat einen anderen Weg gewählt, aber ebenfalls einen gewaltsamen. Und viele schaffen es nicht, zölibatär zu leben. Im schlimmsten Fall endet es mit riesigen Schlagzeilen, und viele Menschen wundern sich, dass auch Priester und Nonnen sexuelle Gefühle haben. Der große Verdienst Hildegards von Bingen ist es, dass sie die Sexualität des Menschen nicht ausgeklammert hat und auch nicht verurteilt oder dämonisiert. Sie hat sich mit diesem Urtrieb des Menschen ebenso gewissenhaft auseinandergesetzt wie mit seiner Verdauung, seinen Organen und seinen Krankheiten.«

»Was ist mit dem sexuellen Missbrauch von Kindern durch Geistliche?«, fragte Grieser.

»Sexueller Missbrauch hat mit sexuellen Gefühlen nichts zu tun«, sagte Schwester Lioba hart. »Sexuelle Gewalt an Kindern ist schlicht und einfach kriminell. Und Kriminelle dieser Art finden Sie in der katholischen Kirche leider ebenso wie in anderen strikt hierarchisch gegliederten Institutionen, deren Strukturen es leichter machen, diese Verbrechen ungestraft zu verüben.«

Grieser musterte sie nachdenklich. Dann stand er auf und verstaute das schwarzlederne Buch in der Innentasche seines

Jacketts. Nachdenklich folgte Schwester Lioba seinen Bewegungen. Der Hauptkommissar hob den Kopf und verabschiedete sich. Schwester Lioba überfiel das unangenehme Gefühl, dass er sie in den Kreis der Verdächtigen aufgenommen hatte.

Als Emma aufwachte, schlug ihr Herz viel zu schnell, und Schweiß stand auf ihrer Stirn. Sie strich sich verwirrt über die Stirn. Dann erinnerte sie sich an den Traum, der sie geweckt hatte. Ihr Vater und ihre Mutter hatten sich gestritten. Aus ihren Mündern kamen fremde Laute, die nur vage an eine Sprache erinnerten. Im Traum hatte Emma die beiden verstehen können, doch jetzt erinnerte sie sich nicht mehr daran, worum es ging.

Frustriert zog sie den Vorhang zur Seite. Ein dünner Nieselregen trieb über die Straße und hinterließ nasse Schlieren auf dem Fenster. Emma kletterte aus dem Bett. Sie setzte sich hinter das Steuer, startete den Motor und fuhr auf die Autobahn zurück bis zur nächsten Raststätte. Dort stellte sie ihren Wagen auf dem Parkplatz ab, schnappte sich ihren Waschbeutel und ging in den Toilettenraum. Sie nahm sich nur kurz Zeit für eine Katzenwäsche. Dann kehrte sie zum Bus zurück, baute das Bett um und setzte sich mit einer Tasse Milchkaffee und einem Honigbrot an den Tisch. Die Schiebetür stand einen Spalt offen, sie hörte Motorgeräusche und von weit her menschliche Stimmen.

Sie hatte gerade den letzten Schluck Kaffee getrunken, als sich ihr Handy meldete. Die Nummer auf dem Display kannte sie nicht.

»Prinz?«, meldete sie sich.

»Guten Tag, Frau Prinz. Hier spricht Lydia Reinertz. Sie waren gestern bei mir und haben sich nach Pater Benedikt erkundigt.«

Emma erinnerte sich an die blonde Frau mit den Gartenhandschuhen.

»Ist Ihnen denn noch was eingefallen?«, fragte Emma und lehnte sich über den Tisch, um Stift und Papier zu sich herzuziehen.

»Sie hatten ja nur nach Pater Benedikt gefragt, und an dem ist mir nichts Besonderes aufgefallen. Aber später ist mir eingefallen, dass in der Woche einige meiner Mitschüler irgendwie merkwürdig waren. Sie waren anders als sonst, schweigsamer, sie sind allen aus dem Weg gegangen, wollten mit niemandem reden. Ich hatte damals eigentlich das Gefühl, irgendwas stimmt ganz und gar nicht. Aber durch den Selbstmord von Pater Benedikt habe ich nicht mehr weiter darüber nachgedacht.«

»Wer genau hat sich denn merkwürdig verhalten?«, fragte Emma.

»Miriam Schürmann, Thomas Kern, Josef Windisch, Kerstin Kürschner und Markus Hertl«, erwiderte Lydia Reinertz. »Die waren damals eine Clique und hingen immer zusammen herum. Aber später …« Sie zögerte einen Moment. »Also später hörte das auf. Nach dem Selbstmord von Pater Benedikt war irgendwie alles anders.«

Emma musste einen Seufzer unterdrücken. Für einen Moment hatte sie gehofft, endlich neue Informationen in die Hand zu bekommen. Doch Lydia Reinertz hatte nur die Namen derer aufgezählt, die auch jetzt beteiligt zu sein schienen. Sie wusste längst, dass Kerstin Kürschner der bürgerliche Name von Schwester Lioba war. Emma bedankte sich für die Informationen, beendete das Gespräch und legte das Handy zur Seite. Dann setzte sie sich wieder hinter das Steuer. In der Auffahrt beschleunigte sie und fädelte sich in den fließenden Verkehr ein.

Nur wenige Kilometer später hielt sich ein Audi Quattro,

der sie überholt hatte, auffällig lange auf ihrer Höhe. Als Emma zu dem Fahrer hinübersah, hupte er und wedelte heftig mit den Händen. Emma blickte in den Außenspiegel und beobachtete eine hellgraue Dampfwolke hinter sich. Rasch warf sie einen Blick auf die Anzeigen. Sie stöhnte, als sie sah, dass die Temperaturanzeige im roten Bereich stand.

Paul packte das Aufnahmegerät in seinen Wagen und kontrollierte die Batterien. Der Ressortleiter seines Senders hatte heute Morgen kurz nach neun Uhr angerufen und ihn nach Feudenheim geschickt, wo in einer Schreinerei Feuer ausgebrochen war.

Paul gab in sein Navigationssystem die Adresse ein, die ihm Winterbauer durchgegeben hatte. Dann startete er den Wagen und steuerte ihn auf die Augustaanlage in der Mannheimer Innenstadt. Sein Navigationsgerät kündigte ihm eine Fahrt von 12 Minuten Länge an.

Paul sah auf die Uhr. 9.45 Uhr. Gestern Abend war Grieser nicht ans Telefon gegangen, vielleicht hatte er ja heute Morgen seine Meinung geändert. Paul stellte sein Handy in die Freisprechanlage und drückte die Wahlwiederholungstaste. Nach zweimaligem Klingeln meldete sich Grieser.

»Guten Morgen, Peter«, sagte Paul munterer, als er sich fühlte.

»Paul …«, sagte Grieser. Seine Stimme klang gequält.

»Ich rufe aus beruflichen Gründen an«, sprach Paul rasch weiter. »Ich habe gestern mit Emma noch einmal über ihre Recherchen gesprochen. Dabei ist mir aufgefallen, dass der Mönch damals an Palmsonntag etwas Verstörendes erlebt haben musste, an Karfreitag erhielt er das Brandmal, und am Ostersonntag brachte er sich um.«

»Und?«, fragte Grieser.

»Ich glaube, die zeitliche Übereinstimmung ist kein Zufall. Miriam Schürmann ist an Palmsonntag umgebracht worden. Morgen ist Karfreitag, ich habe mich gefragt, ob nicht ein zweites Mal etwas geschehen wird.«

»Ein Serienmörder?«, fragte Grieser zweifelnd.

»Ich weiß nicht, ob Serienmord, keine Ahnung«, erwiderte Paul. »Aber der zeitliche Zusammenhang ist doch merkwürdig.«

»Und was sollen wir deiner Meinung nach tun?«

»Verstärkt für heute Nacht die Wachen rund um das Kloster«, sagte Paul. »Nur für alle Fälle.«

»Ich bekomme keine Bewilligung für diesen Personalaufwand nur auf eine vage Ahnung hin«, erwiderte Grieser abweisend.

»Willst du etwa riskieren, dass noch was passiert?«, fragte Paul. Er hatte den Ortsausgang Mannheims erreicht und beschleunigte. Auf der A656 floss der Verkehr nur zäh.

»Hast du irgendwas in der Hand?«, fragte Grieser.

Paul dachte nach. »Nein«, sagte er schließlich.

»Dann bekomm ich keine Genehmigung für einen erhöhten Personaleinsatz«, erwiderte Grieser.

Paul hörte im Hintergrund die Stimme seiner Kollegin.

»Hör mal…«, begann Grieser.

»Ich wollte fragen, ob wir uns in den nächsten Tagen noch mal treffen«, fragte Paul rasch.

Das Schweigen dauerte eine Sekunde zu lang.

»Ich habe im Moment viel zu tun«, erwiderte Grieser ausweichend. »Wenn ich wieder etwas mehr Zeit habe, melde ich mich.«

Obwohl er damit gerechnet hatte, spürte Paul die Enttäuschung. Er beendete das Gespräch und drückte das Gaspedal durch, bis der Motor aufheulte.

Grieser klappte sein Handy zusammen. Sein Herzschlag hatte sich beschleunigt, als er Pauls Nummer auf dem Display gesehen hatte. Er hatte überlegt, das Gespräch nicht anzunehmen. Aber das wäre ihm feige vorgekommen. Als er die Enttäuschung in Pauls Stimme hörte, war er kurz davor, nachzugeben. Nur allmählich drang die Stimme seiner Mitarbeiterin in sein Bewusstsein.

»Alles in Ordnung?«, fragte Sabine Baum.

Grieser rang sich ein Lächeln ab und steckte das Handy ein.

»Meine Schwester«, sagte er. »Sie heiratet in zwei Wochen und fragt sich auf einmal, ob sie wirklich mit den Marotten ihres künftigen Mannes leben kann.« Er lachte und ignorierte die Skepsis in ihrem Blick. »Was ist mit Kern?«

»Kommt gleich«, erwiderte Baum und warf einen Blick auf die Turmuhr der Klosterkirche.

»Also los!« Grieser ging ins Gästehaus voran. Nach der Freigabe des Gästehauses für neue Gäste des Klosters hatten sie das Refektorium geräumt. Sie führten nun die Befragungen in einer der Gästeküchen durch. Eine Kommode hatten sie beiseitegeschoben, um genug Platz für Tisch und Stühle zu haben.

Grieser ging zu der altmodischen Kaffeemaschine, füllte Wasser ein und löffelte Kaffeepulver in den Filter. Wenige Minuten später breitete sich ein angenehmer Geruch aus. Sabine Baum blätterte die Notizen der letzten Befragung durch.

»Warum willst du Kern noch mal befragen?«, wollte die Oberkommissarin wissen.

»Ich will herausfinden, ob er wirklich direkt nach Heidelberg gefahren ist«, erwiderte Grieser.

»Zeitlich würde es hinkommen. Er war noch am Kiosk, hat was gegessen und ist dann weitergefahren.«

»Ein Zeuge hat sich bei den Kollegen gemeldet«, sagte Grieser. »Ein alter Mann, der nachts nur schlecht schlafen kann und manchmal spazieren geht. Er hat gegen 3 Uhr morgens in der Nähe des Klosters einen dunklen Audi parken sehen mit Frankfurter Nummer.«

»Der Mietwagen von Kern?«, fragte Baum zweifelnd.

»Vielleicht«, erwiderte Grieser.

»Es gibt mit Sicherheit ziemlich viele dunkle Audis in Frankfurt«, wandte Baum ein. »Hat der Zeuge noch etwas anderes gesehen, was uns weiterhelfen könnte?«

Grieser schüttelte den Kopf. Unzufrieden musterte Sabine Baum die Unterlagen der Befragung. Das Röcheln der Kaffeemaschine erfüllte die Stille.

Grieser ging zum Fenster und öffnete einen Flügel. Die Sonne hatte sich hinter einer undurchdringlichen Wolkenschicht verkrochen. Der Geruch von frühlingshaftem Nieselregen strömte in den Raum.

Es klopfte. Baum antwortete mit einem knappen Ja und ging Kern entgegen. Der großgewachsene Arzt betrat den Raum mit einem kurzen Gruß. Stirnrunzelnd sah er sich um.

»Wir haben noch ein paar Fragen an Sie«, sagte die Oberkommissarin und deutete auf einen der Holzstühle.

»Kaffee?«, fragte sie. Als Kern zustimmte, brachte sie ihm und Grieser eine Tasse schwarzen Kaffee. »Bitte schildern Sie uns nochmals den Ablauf des Vorabends von Palmsonntag, nach dem Abendessen im Gäste-Refektorium des Klosters«, sagte sie dann.

»An dem Abend haben wir gemeinsam im Gästehaus zu Abend gegessen«, begann Kern widerwillig.

Grieser nahm seine Tasse und setzte sich schräg hinter ihn. Kern erzählte dieselbe Geschichte wie beim letzten Mal. Es gab nur wenige Abweichungen. Baum fragte an der einen oder anderen Stelle nach, doch es ergaben sich keine Unstimmigkeiten.

»War's das?«, fragte Kern schließlich und leerte seine Tasse in einem Zug.

»Es gibt einen Zeugen«, begann Grieser. Seine Kollegin warf ihm einen warnenden Blick zu. »Der hat gegen 3 Uhr morgens einen dunklen Audi mit Frankfurter Nummer in der Nähe des Klosters parken sehen.«

»Ich lag zu dieser Uhrzeit in meinem Bett im Gästehaus des Heidelberger Klosters Altdorf«, erklärte Kern unfreundlich. »Das wissen Sie doch.«

Grieser musterte ihn nachdenklich. »Wir müssen jedem Hinweis nachgehen.«

Kern zuckte die Achseln. »Sie wissen, dass ich allein reise. Ich war allein in meinem Zimmer.« Ein Lächeln schlich sich in seine Augen. »Ich habe keinen Zeugen für meine Aussage, ich kann nur wiederholen, was ich bereits das letzte Mal ausgesagt habe.«

22. Kapitel

Solche Männer können bei der Umarmung geliebt werden, weil sie Männern und Frauen beiwohnen können und zuverlässig sind.

Emma brauchte zwei Stunden, um das Leck in der Kühlanlage zu finden und provisorisch zu flicken. Erleichtert schloss sie die Motorhaube und kehrte zurück in den Bus. Sie verstaute den Overall unter dem Beifahrersitz, streifte die Einmalhandschuhe ab und wusch sich die Hände unter dem spärlichen Strahl aus dem Wasserhahn. Sie nahm sich vor, als Erstes den Bus durchchecken zu lassen, wenn sie endlich wieder richtiges Geld verdiente. Das war jetzt das dritte Mal in zwei Monaten, dass sie ihn notdürftig flicken musste.

Emma setzte sich wieder hinter das Steuer und erreichte fünf Minuten später Mainz. Sie steuerte ihren Bus auf den Parkplatz des Instituts für Physik der Atmosphäre, das in einem Hochhaus mit Glasfassade untergebracht war. Die Frau in der Bibliothek beschrieb ihr umständlich den Weg zum Arbeitszimmer von Miriam Schürmann. Die Physikerin hatte sich das Zimmer mit einem Kollegen geteilt, Uwe Zimmermann, ebenfalls wissenschaftlicher Mitarbeiter des Instituts.

Als Emma auftauchte, zeigte sich Zimmermann wenig

begeistert. Sein altertümlicher Schreibtischstuhl ächzte unter seinem Gewicht. Emma erzählte von ihrer Recherche für einen Hintergrundartikel über den Mord.

»Ich würde mich gern ein wenig umsehen, wenn Sie erlauben«, sagte Emma.

»Die Polizei hat hier schon alles durchwühlt«, erwiderte er und fuhr sich mit der Rechten über seine Halbglatze. An seinem Handgelenk prangte eine goldene Rolex.

»Sie würden mir sehr helfen.«

»Wonach suchen Sie?«, fragte er misstrauisch.

»Eine Telefonnummer, ein Buch, ein Zeitungsartikel. Irgendetwas, das mir zeigt, was passiert sein könnte.«

Zimmermann schnaubte. »Glauben Sie wirklich, Sie finden etwas, was die Polizei übersehen hat?«

»Keine Ahnung«, sagte Emma leichthin. »Aber manchmal entdeckt man mit einem unbefangenen Blick von außen mehr als andere.«

Zimmermann kniff die Augen zusammen. »Ach, machen Sie, was Sie wollen«, knurrte er dann und wandte sich wieder seinem Computer zu. In den ersten Minuten warf er ihr ab und an einen neugierigen Blick zu, doch dann vertiefte er sich in einen Wust zerknüllten Papiers, in dem er etwas zu suchen schien.

Emma ging hinüber zu dem freien Schreibtischplatz und setzte sich auf den Schreibtischstuhl. Nachdenklich sah sie sich um. Der schmal geschnittene Raum war weiß gestrichen. Fotos an den Wänden zeigten Wolkenformationen und aufgewühlte Meeresoberflächen. Die beiden Schreibtische waren aneinander gerückt und vor die Wand geschoben, da sie sonst nicht ausreichend Platz gefunden hätten. Beide waren Massenware mit billiger weißer Beschichtung und schlecht gängigen Kunststoffschubladen. Auf Zimmermanns Schreibtisch stapelten sich Papiere, zwischen Arbeitsblättern und einem Kalender mit Eselsohren standen mehrere verklebte Kaffeetassen, daneben eine Flasche Milch, in der ein unappetitlicher weißer Pfropf in einer gelblichen Flüssigkeit schwamm.

Der zweite Schreibtisch dagegen war penibel sauber. Neben dem Computer standen Ablagekörbe aus schwarzem Metall und ein Drahtkorb mit Stiften. Emma zog die oberste Schreibtischschublade auf. Darin lagen ordentlich gestapelte unbeschriftete Blätter eines einfachen Kopierpapiers, mehrere Umschläge und ein paar lose Briefmarken. Der Inhalt der anderen Schubladen war ähnlich aufregend. Stifte, leere Plastikhefter, Büroklammern, ein Hefter, ein Locher, einige gebrauchte DIN A4-Umschläge. Enttäuscht wandte sich Emma ab und musterte das Regal hinter ihr.

Zimmermann stieß ein triumphierendes »Wusste ich's doch« aus und verschwand mit einem Stapel Papieren auf dem Gang.

Emma lehnte sich zurück und blickte sich um. An der Wand unmittelbar neben ihr klebte ein vergilbtes Bild. Emma schob den Stuhl zur Seite und kniete sich nieder. Auf einem abgenutzten Blatt Papier war eine mittelalterliche Zeichnung von einem Mönch und einer Nonne zu sehen, die nebeneinander saßen und diskutierten. Das Papier wirkte, als hätte Miriam Schürmann die Zeichnung schon viele Jahre in immer wechselnden Räumen an die Wand geklebt. Emma nahm ihr Handy aus der Tasche und machte ein Foto.

Dann inspizierte sie das Metallregal hinter dem Schreibtisch genauer. Die Bücher waren ähnlich akkurat sortiert wie der gesamte Arbeitsplatz. Fast ausschließlich Fachbücher, einige ältere Exemplare, doch die meisten wirkten ziemlich neu und trugen einen Aufkleber der Universitätsbibliothek. Emma zweifelte nicht daran, dass es die Bücher für das Forschungsprojekt der Toten waren. Sie nahm jedes Buch aus dem Regal, schüttelte es und stellte es wieder zurück. Doch nirgendwo fiel ein Zettel heraus oder eine Quittung, die vielleicht als Lesezeichen gedient hatte.

Emma wandte sich dem obersten Regalbrett zu. Ordentlich aufeinander geschichtet lag dort ein Stapel neuerer Fachzeitschriften. Daneben stand ein Reiseführer über Island, ein Wanderführer für die Pfalz, ein Einführungsbuch in die Fotografie und ein populär aufgemachtes Buch über die Haltung von Hunden.

Emma nahm die wenigen privaten Bücher mit zum Schreibtisch und blätterte sie durch. In dem Buch über Hunde fand sie einige handschriftliche Anmerkungen, die vermuten ließen, dass Miriam Schürmann sich einen Hund zulegen wollte. Der Reiseführer über Island war nagelneu und unberührt. Das Buch über die Fotografie schien uralt zu sein und hatte offenbar dem Vater der Toten gehört. Auf dem Vorsatzblatt stand »Alfons Schürmann« in zittriger Altmännerschrift. Lediglich der Wanderführer für die Pfalz war offenkundig in letzter Zeit benutzt worden. Drei Routen waren angekreuzt, die allesamt nach einer längeren Wanderung in einem Waldstück bei ein und derselben Burgruine endeten.

Emma notierte sich die wichtigsten Stationen der Wanderrouten und stellte die Bücher zurück ins Regal. Enttäuscht, weil sie nichts von Bedeutung gefunden hatte, verließ Emma das Büro und zog die Tür hinter sich ins Schloss. Vor dem Ausgang kam ihr Uwe Zimmermann entgegen. Sein Blick glitt über ihre Hände und blieb an ihrer Handtasche hängen. Seine Prüfung schien zu seiner Zufriedenheit auszufallen. Jedenfalls blickte er hoch und nickte ihr im Vorübergehen flüchtig zu.

Emma kehrte zu ihrem Bus auf dem Parkplatz der Uni zurück und fuhr zur Wohnung der Toten. Doch die war noch immer versiegelt. Auch die Gespräche mit einigen der Nachbarn brachte wenig. Zwei ließen Emma sofort abblitzen, eine Nachbarin erzählte Emma ausführlich von ihrem Gesundheitszustand, und eine Dritte wurde sofort unfreundlich. Nur eine ältere Dame aus dem ersten Stock gab Emma freundlich gelassen Auskunft, als sie erfuhr, dass Emma für eine Zeitung schrieb. Miriam Schürmann sei eine ruhige Mieterin gewesen, erzählte sie, unauffällig und nahezu unsichtbar. Sie habe so gut wie nie Besuch gehabt, nur in der letzten Woche vor ihrem Tod sei ein Mann bei ihr gewesen, ein Priester, da war sich die alte Dame ganz sicher. Er war am Donnerstag so gegen neunzehn Uhr eingetroffen.

Emma bedankte sich bei der alten Dame, die fast enttäuscht wirkte, nicht noch mehr erzählen zu dürfen. Nachdenklich kehrte Emma zu ihrem Auto zurück. Sie fragte sich, was der Priester von der Toten gewollt hatte. Sie zweifelte nicht daran, dass es der Priester Josef Windisch gewesen war, der Miriam Schürmann besucht hatte.

Nach kurzem Zögern nahm Emma ihr Handy und wählte Hertls Nummer. Er klang ruhig, als er sich meldete. Sie wechselte ein paar belanglose Sätze mit ihm und fragte ihn dann, ob er Lust habe, am Abend mit ihr essen zu gehen. Hertl sagte sofort zu.

Schwester Lioba musterte die Unternehmensberaterin skeptisch. Gestern bei ihrer Ankunft wirkte Silvia Neureuther sachlich, fast unterkühlt, im tadellosen Businessdress. Nun saß ihr eine junge Frau in Freizeitkleidung gegenüber. Ihre Wangen waren leicht gerötet, und die kurzgeschnittenen Haare standen nach allen Seiten ab.

»Wir sind so weit durch«, erklärte Silvia Neureuther gut gelaunt. »Es ist Zeit für den nächsten Schritt.«

»Der Workshop«, stellte Schwester Lioba fest. Verblüfft sah sie, wie die Unternehmensberaterin schmunzelte.

»Genau«, wiederholte Neureuther lächelnd, »der Workshop. Was halten Sie davon, wenn wir gleich morgen anfangen?«

»Morgen ist Karfreitag«, entgegnete Schwester Lioba kühl, »der Todestag unseres Herrn und der höchste Feiertag des Jahres.«

Silvia Neureuther errötete. »Tut mir leid. Ich …«

»Schon gut.« Schwester Lioba spürte, dass die Fröhlichkeit Neureuthers sie dazu veranlasst hatte, unpersönlicher zu reagieren, als angemessen war. »Das ist Teil unseres Lebens und muss nicht Teil Ihres Lebens sein. Wir können den Workshop auf den Ostersamstag legen.«

Auch das war kein guter Termin, wie Schwester Lioba fand, doch die Zeit drängte. Und wer weiß, vielleicht würden die Festtage ihnen die nötige Zeit und die richtige Stimmung verleihen, um so gewichtige Themen zu diskutieren. Silvia Neureuther nickte, und das Lächeln kehrte wieder in ihre Augen zurück.

»Ich bin etwas überrascht, dass unsere Finanzen Ihnen so viel Freude machen«, meinte Schwester Lioba.

Silvia Neureuther errötete erneut und schlug für einen Moment schuldbewusst die Augen nieder. »Es wirkt vielleicht etwas merkwürdig auf Sie, aber zum einen haben ich und Nicole, ich meine Schwester Erika, wir haben uns seit zwei Jahren nicht gesehen, und es war einfach schön, die alten Geschichten vom Studium wieder aufzuwärmen. Und zum anderen ist mir heute Nacht eine Idee gekommen, wie Sie beides haben können: Das Hotel bewirtschaften und weiterhin ein kontemplativer Orden bleiben.«

Schwester Lioba musste lächeln. Die Freude der Unternehmensberaterin war ansteckend. »Ich freue mich auf den

Workshop«, sagte sie. »Und am besten erzählen Sie jetzt nicht weiter. Dann bringen alle das gleiche Wissen in den Workshop mit, und wir können uns mit den Ideen von uns und Ihnen gleichermaßen beschäftigen.«

Schwester Lioba spürte, wie die Zuversicht und die Freude ihres Gegenübers die Sorgen der letzten Tage ein wenig von ihren Schultern nahm. Sie wünschte so sehr, dass Silvia Neureuthers Vorschlag ein gangbarer Weg sein könnte.

Sie nickte der Unternehmensberaterin freundlich zu, die sich vergnügt verabschiedete. Kaum hatte sich die Tür geschlossen, klopfte es erneut.

Schwester Lioba sah auf die Uhr neben ihrem Schreibtisch. Es war kurz vor 18 Uhr, in wenigen Minuten würde sich der Konvent in der Klosterkirche versammeln, um gemeinsam den Gründonnerstag-Gottesdienst zu feiern.

»Ja«, sagte sie zögernd. Erstaunt musterte sie ihre Stellvertreterin, die mit hochrotem Kopf das Büro betrat. Ihr Habit wirkte verdreht und verströmte einen strengen Schweißgeruch. Stirnrunzelnd sah Schwester Lioba sie an. Schwester Heidrun schien ihren Blick nicht zu bemerken.

»Schwester Adelgund«, sagte sie aufgebracht und faltete erregt die Hände, »es ist Schwester Adelgund.«

»Was ist mit Schwester Adelgund?«, fragte Schwester Lioba verblüfft. Die Gastschwester betreute seit einigen Jahren nahezu vorbildlich das Gästehaus.

»Das abtrünnige Schaf«, fuhr Schwester Heidrun entrüstet fort. »Sie trifft sich anscheinend bereits seit einiger Zeit regelmäßig mit einem Mann aus der Nachbarschaft.«

Erschüttert musterte Schwester Lioba ihre Stellvertreterin. Diese ließ sich ohne Aufforderung auf den Besucherstuhl sinken und rieb sich mit einem Papiertaschentuch die Stirn.

»Die Gastschwester?«, erwiderte Schwester Lioba entsetzt.

Sie konnte nicht verhindern, dass sie als Erstes daran dachte, dass das ihre Pläne für das Hotel empfindlich erschütterte. Sie hatte bei ihren Überlegungen, wie man das Hotel als erweitertes Gästehaus nutzen könnte, immer fest auf die Fähigkeiten und Erfahrungen von Schwester Adelgund gebaut. Zugleich schämte sie sich für diesen rein materiellen Gedanken.

Schwester Heidrun schien ihr Entsetzen anders zu deuten.

»Ja, ehrwürdige Mutter, die junge Mutter vom Kiosk an der Ecke weiß anscheinend schon seit zwei oder drei Wochen davon und sieht keinen Anlass, das für sich zu behalten.«

Entsetzt musterte Schwester Lioba ihre Stellvertreterin.

»Es gibt bereits Gerede im Ort?«, fragte sie und wurde blass.

»Also ich weiß nicht, wem und wie vielen Menschen die Frau vom Kiosk bereits davon erzählt hat«, erwiderte Schwester Heidrun und steckte seufzend das zerknitterte Taschentuch ein. »Aber sie ist gewissermaßen persönlich betroffen.«

Fragend blickte Schwester Lioba die Priorin an. Diese richtete sich auf, als draußen die Kirchenglocken ertönten. In wenigen Minuten begann der Gründonnerstag-Gottesdienst, einer der wichtigsten Gottesdienste des Jahres. Sie würden Jesus symbolisch bei seiner letzten Mahlzeit Gesellschaft leisten und mit ihm wachen, während Judas seinen Herrn verriet und Petrus ihn dreimal verleugnete.

Schwester Heidrun erhob sich und ordnete ihren Habit. Sie sah an sich herunter, sammelte sich und schob die Hände in ihre Ärmel. Die Röte in ihrem Gesicht war abgeklungen.

»Ja?«, fragte Schwester Lioba drängend. Sie war noch nicht bereit, sich der Messe zu widmen. Erst wollte sie das ganze Ausmaß des Fehltritts wissen.

»Schwester Adelgund nutzt anscheinend schon seit einiger Zeit die Möglichkeit, über das Gästehaus nachts das Kloster zu verlassen. Da sie Schlüssel für die Tür vom Kloster ins Gästehaus hat, ist sie natürlich auch im Besitz der Schlüssel nach draußen. Über diesen Weg trifft sie seit einiger Zeit auch nachts diesen Mann.«

»Und was hat die Frau vom Kiosk damit zu tun?«, fragte Schwester Lioba.

»Schwester Adelgund trifft sich mit ihrem Mann, der sich vor kurzem von der jungen Mutter getrennt hat. Es ist der Vater ihrer Kinder«, sagte Schwester Heidrun entrüstet und presste die Lippen zusammen. Dann senkte sie den Kopf und eilte davon.

Die Rückfahrt nach Bingerbrück war mühsam. Der Osterreiseverkehr hatte eingesetzt, und Emma kam nur mühsam vorwärts. Sie nutzte die Gelegenheit, sich noch mal alle Informationen durch den Kopf gehen zu lassen. Immer wieder landete sie an demselben Punkt: die Handschrift. Die hatte damals schon bei dem Selbstmord des Mönchs eine Rolle gespielt, davon war sie überzeugt, und nun hatte sie wieder ein Menschenleben gekostet. Aber warum?

Emma beschloss, das Nachdenken über das Warum zu verschieben. Hertl war ein bekannter Hildegard-Forscher. Wenn er die Frage nicht beantworten konnte, wer dann?

Vor Emma scherte ein überladener VW-Golf nach rechts auf die Standspur. Eine Schar Kinder ergoss sich auf den Seitenstreifen, gefolgt von einem gestressten Vater. Die Sonne war mittlerweile einem leichten Nieselregen gewichen, und das monotone Geräusch des Scheibenwischers erfüllte in regelmäßigen Abständen den Bus. Emma zog die Freisprechanlage zu sich und drückte den Kurzwahlknopf für Pauls Nummer. Es klingelte einige Male, denn meldete sich Paul mit einem knappen »Hallo, Prinzessin«.

Emma erzählte ihm von ihren Recherche-Ergebnissen in Mainz.

»Und du?«, beendete sie ihren Bericht.

»Ich war in Feudenheim und habe einen Einsatzleiter der Feuerwehr interviewt, der jeden Satz mit einem ›Nicht wahr?‹ beendet hat«, erwiderte Paul und schnaubte.

»Was ist mit dem Mord im Kloster, bist du da noch dran?«

»Ich weiß nicht«, erwiderte Paul zögernd.

»Was ist los?«, fragte Emma. »Gibt's Stunk mit Winterbauer? Will er nicht, dass du noch mal was darüber machst?«

»Nein«, antwortete Paul, »ich bin mir nur nicht sicher, ob sich das Ganze lohnt.«

»Was ist mit Grieser? Was sagt er zu deiner Karfreitag-These?«

»Er meinte, wegen einer vagen Ahnung bekommt er keinen höheren Personaleinsatz genehmigt«, knurrte Paul.

»Besser vorher als nachher«, murmelte Emma.

»Ich hab ihn gewarnt. Mehr kann ich nicht tun.«

»Und was ist mit euch beiden?«, fragte Emma.

»Was ist mit deinem Vater?«, fragte Paul zurück. »Bist du sicher, dass er dir alles erzählt hat, was er weiß?«

»Was willst du damit sagen?«

In die entstehende Stille drang das rasch lauter werdende Martinshorn eines Rettungswagens. Emma warf einen Blick in den Rückspiegel. Hinter ihr wichen die Fahrzeuge nach links und rechts aus, um in der Mitte eine Gasse frei zu machen. Emma lenkte den Bus nach rechts auf die Standspur und warf einen Blick auf die altmodische Uhr im Armaturenbrett. Es war bereits 18 Uhr 15. Hoffentlich schaffte sie es bis 19 Uhr nach Bingerbrück.

»Was ist los bei dir?«, fragte Paul.

»Stau«, sagte Emma. »Gerade kam ein Sanka vorbei. Das könnte noch eine Weile dauern.«

»Ich bin jetzt bei der Redaktion angekommen«, sagte Paul. »Muss noch die O-Töne einspielen.«

»Was ist mit meinem Vater?« Emma hörte, wie Paul den Motor abstellte. Entferntes Kinderlachen füllte die entstandene Stille.

»Er war damals im Internat, und er war am Abend vor Palmsonntag im Kloster«, sagte Paul.

»Was soll das?«, brauste Emma auf. »Du willst doch nicht ernsthaft meinem Vater was anhängen.«

»Er hatte die Gelegenheit«, sagte Paul ruhig.

»Und das Motiv?«

»Keine Ahnung«, erwiderte Paul.

»Das ist doch totaler Quatsch!«, rief Emma und konnte trotzdem nicht verhindern, dass sie an das Modell der Tagesschule denken musste. Die Fahrzeuge vor ihr kehrten auf die Fahrbahn zurück. Emma umklammerte das Lenkrad, ihre Hände zitterten.

»Sicher?«, fragte Paul zurück.

»Es geht um die Handschrift, das ist das Einzige, was wir wirklich wissen«, erwiderte Emma eindringlich. »Es gibt einige, die die Handschrift gerne hätten. Und einige, die wollen, dass sie nie auftaucht.«

»Ach komm, diese Verschwörungstheorie ist doch albern«, brummte Paul.

»Aber dass du meinen Vater verdächtigst, das ist in Ordnung«, rief Emma.

»Komm, beruhig dich wieder«, knurrte Paul.

»Verdammt, es geht um meinen Vater.«

»Okay, Prinzessin«, erwiderte Paul und seufzte, »ich kann verstehen, dass dich das ärgert.«

Er verabschiedete sich und legte auf, ohne die Antwort abzuwarten. Emma starrte auf die stehende Autokolonne vor ihr. Sie glaubte nicht, dass ihr Vater etwas mit dem Mord zu tun hatte. Trotzdem spürte sie, wie ein Rest Zweifel an ihr nagte.

Es war 18.47 Uhr, als der Bus auf dem Parkplatz unterhalb des Klosters ausrollte. Emma war müde, doch nun war es zu spät, sich noch einen Moment hinzulegen. Sie goss sich Wasser in eine flache Schüssel und wusch sich notdürftig. Dann zog sie eine helle Hose und eine grüne Baumwollbluse an. Sie bürstete ihre widerspenstigen Locken und schlüpfte in weiche hellbraune Mokassins. Zum Schluss puderte sie sich die Wangen und legte einen hellen Lippenstift auf. Zufrieden musterte sie sich im Spiegel. Dann griff sie nach ihrer Handtasche, legte zu Geldbeutel und Puderdose noch das Aufnahmegerät und die flache Kamera. Sie warf sich einen Trenchcoat über und kletterte aus dem Bus.

Hertl hatte es sich beim Italiener auf einem Fensterplatz mit Blick auf den Rhein bequem gemacht. Emma begrüßte ihn mit einem Lächeln, das Hertl nachdenklich erwiderte.

Ein Mann mit kahlrasiertem Schädel und den impulsiven Gesten eines Italieners brachte die Speisekarten. Emma studierte die Karte und bestellte dann hausgemachte Pasta mit Krebsfleisch und Lauch. Hertl ließ sich Antipasti mit Zucchini und Auberginen bringen, gefolgt von Lammkrone auf Steinpilzen.

Im Laufe des Essens wurde Hertl lockerer. Dazu trug auch eine Flasche halbtrockener Valpolicella bei, den sie gemeinsam bestellt hatten und von dem sich Hertl deutlich häufiger einschenkte als Emma.

Sie spürte, wie die Müdigkeit allmählich wich und wie sie begann, das Gespräch mit Hertl zu genießen. Sie mochte ihn. Er brachte sie zum Lachen, als er von seinen Vorlesungen an der Uni erzählte und den Gegenständen, die Studenten mit in den Hörsaal schleppten – angefangen von einem

Laptop mit Internetzugang, der auch benutzt wurde, über ein komplettes Frühstück bis hin zu einer Transportbox mit Katze, die unaufhörlich jammerte.

Emma hatte sich seit Tagen nicht mehr so unbeschwert gefühlt. Hertl warf ihr einen freundlichen Blick zu. Er wirkte alkoholisiert, und Emma hoffte, dass dies seine Zunge lockerte.

»Haben Sie Familie?«, fragte sie spontan und hätte sich im nächsten Moment am liebsten auf die Zunge gebissen.

»Zwei Kinder«, sagte Hertl und schmunzelte. »Hagen, sieben Jahre, und Brunhild, vier Jahre alt.«

»Also Nibelungenfan.« Emma lächelte gequält und versuchte, ihre Enttäuschung zu verbergen.

»Meine Frau«, erwiderte Hertl. »Oder vielmehr Ex-Frau. Seit fünf Wochen. Ich muss mich noch dran gewöhnen.«

Emma wagte nicht aufzusehen. Sie griff nach ihrem Weinglas und leerte es.

»Wie weit sind Sie mit Ihren Recherchen?«, fragte Hertl.

Emma nahm sich ein Stück Brot aus dem Korb und tunkte die Reste der Weißweinsoße von ihrem Teller. »Ich denke eigentlich immer noch, dass in der Handschrift etwas drin stehen könnte, das nicht öffentlich werden soll.«

Hertl musterte sie nachdenklich. »Was könnte das sein?«, fragte er.

Emma lächelte. »Das wollte ich eigentlich Sie fragen.«

Sie sah den Widerhall ihres Lächelns in seinen Augen aufblitzen.

»Sexualität«, erwiderte er. »Es passt vielen nicht, was die Ordensfrau vor 800 Jahren über Sexualität geschrieben hat. Es gab damals auch andere Kleriker, die sich über die menschliche Sexualität ausgelassen haben. Kaum einer jedoch hat den körperlichen Aspekt so detailliert geschildert.«

»Aber das ist bekannt«, wandte Emma ein. »In den Abschriften ist doch alles nachzulesen, was Hildegard geschrieben hat.«

Hertl zögerte. Emma musterte aufmerksam sein Gesicht, dessen Ausdruck sie nicht deuten konnte.

»Es sind Abschriften, wie gesagt.« Hertl griff nach seinem Glas und leerte es mit einem Zug. »Im Original könnte alles Mögliche drin gestanden haben, wer weiß das schon.«

Enttäuscht griff Emma ebenfalls nach ihrem Glas.

»Wollen wir uns noch ein wenig die Füße vertreten?«, fragte er und sah sie fragend an.

Emma nickte. Sie zahlten ihre Zeche und erhoben sich. Emma griff nach ihrem Mantel. Die Nachtluft war kalt und trug den Geruch von nasser Erde mit sich.

»Wie wäre es mit dem Garten?«, fragte Emma und deutete zum Klostergarten auf der anderen Straßenseite.

Ein nachdenklicher Blick Hertls streifte ihr Gesicht. Dann willigte er ein. Sie überquerten die Straße und bogen in die schmalen Kieswege des Klostergartens.

»Kennen Sie dieses Bild?«, fragte Emma. Sie holte ihr Handy aus der Tasche und zeigte ihm das Foto, das sie in Miriam Schürmanns Büro gemacht hatte. Hertl nickte. Emma steckte das Handy wieder ein und stopfte beide Hände in die Taschen ihres Trenchcoats, der für die kalte Abendluft nicht warm genug war. Sie sah zu Hertl, der noch immer schwieg. Motorengeräusch wehte von der Straße bis zu ihnen, dann wurde es wieder ruhig. Der Kies knirschte unter ihren Schritten. Emma kämpfte gegen den Impuls, die Stille mit einem leicht dahin geworfenen Satz zu unterbrechen. Sie hörte, wie Hertl tief durchatmete. Rasch wandte sie den Kopf. Er rieb sich das Gesicht und warf schließlich den Kopf in den Nacken.

»Dieses Bild zeigt Abaelard und Heloise. Abaelard war ein französischer Philosoph und wurde Anfang des 12. Jahrhunderts zum Hauslehrer von Heloise, einer begabten jungen Frau aus gutem Hause. Abaelard begann ein Verhältnis mit seiner Schülerin. Ihr Onkel und Beschützer, ein Kleriker, bemerkte es erst, als sie schwanger wurde. Abaelard wollte sie heimlich heiraten, doch Heloise war dagegen, weil sie um seinen Ruf als Gelehrten fürchtete. Als ihr Onkel sie unter Druck setzte, wurde Heloise auf Anordnung Abaelards ins Kloster gebracht. Ihr Onkel ließ daraufhin Abaelard überfallen und kastrieren. Heloise wurde später zu einer starken Äbtissin, die keinen männlichen geistlichen Vorgesetzten über sich duldete. Sie war für Hildegard von Bingen das Vorbild einer starken, erfolgreichen Klosterleiterin.«

Emma kniff die Augen zusammen.

»Wussten Sie, dass Pater Benedikt kastriert war?«, fragte er unvermittelt.

»Ja, davon habe ich gehört«, erwiderte Emma gedehnt.

»Das hat er machen lassen, kurz nachdem er die verschollene Handschrift gefunden hatte«, fuhr Hertl fort. »Er machte in der Abtei Königsmünster in Meschede Urlaub und hat die Gelegenheit genutzt, einige ehemalige Studienkollegen zu besuchen. Einer von ihnen lebte in einem uralten Pfarrhaus in der Nähe von Holzminden. Dort fand er in der Pfarrbibliothek einige alte Schriften, wahrscheinlich aus den Beständen der Bibliothek des Klosters Corvey. Dabei ist ihm die Handschrift in die Hände gefallen. Eigentlich hätte er den Fund melden müssen, aber er hatte auf einmal Sorge, dass die Schrift dann ganz verschwinden würde. Also hat er sie mitgenommen und beschloss, sie zu übersetzen, bevor er sie abgab.«

»Hat Pater Benedikt erzählt, warum er sich hat kastrieren lassen?«, fragte Emma. Der Nachtwind strich über ihr Gesicht. Fröstelnd zog sie die Schultern hoch.

»Nein«, erwiderte Hertl. Dann blieb er stehen und starrte

hinunter auf den Fluss, wo schwankende Lichter träge in die eine oder andere Richtung drifteten. Emma trat neben ihn und musterte ihn von der Seite. Auf einmal war die Ausgelassenheit, die er noch vor kurzem ausgestrahlt hatte, verschwunden. Sein Gesicht wirkte finster und angespannt.

»Die Kastration hatte bereits im Mittelalter eine lange Tradition«, sagte er.

Emma nickte. Er wandte den Kopf, erwiderte ihren Blick und verzog den Mund zu einem gequälten Lächeln.

»Der frühchristliche Theologe Origenes soll sich selbst entmannt haben«, sprach Hertl weiter. »Das war seine Interpretation einer umstrittenen Bibelstelle, Matthäus 19,12: Denn es gibt Verschnittene, die von Mutterleib so geboren sind; und es gibt Verschnittene, die von den Menschen verschnitten worden sind; und es gibt Verschnittene, die sich selbst verschnitten haben um des Reiches der Himmel willen. Wer es fassen kann, der fasse es.«

Ein feiner Nieselregen setzte ein. Emma hob den Kopf und blickte zum Himmel, wo im Licht des Vollmonds schwarze Wolken zu sehen waren.

»Auf diese Bibelstelle bezieht sich zum Beispiel das Buch der Theologin Uta Ranke-Heinemann mit dem Titel ›Eunuchen für das Himmelreich‹«, fuhr Hertl fort. »Darin setzt sie sich mit der Sexualmoral in der Geschichte des römischen Katholizismus auseinander und übt massive Kritik.«

»Hm«, brummte Emma nachdenklich. Sie warf Hertl einen Blick zu, der den Regen nicht zu bemerken schien. Er wirkte abwesend und sprach gedankenverloren weiter.

»In den Frühzeiten der christlichen Kirche kam es nicht selten vor, dass Mönche sich selbst entmannt haben. Die Enthaltsamkeit war immer wieder ein erstrebenswertes Ziel verschiedener religiöser Richtungen, nicht nur der christlichen Kirche. Der sexuelle Trieb ist mit einer der stärksten

Triebe der Menschheit. Ihn zu beherrschen bedeutet, sich in allen Untiefen der Seele zu beherrschen.«

»Koste es, was es wolle«, erwiderte Emma.

Hertl sah sie mit zusammengezogenen Augenbrauen an und starrte dann wieder hinunter auf den Rhein.

»Die Kirche hat das später verboten. Nur der Kampf gegen die Versuchung erbringe den Verdienst, so die vorherrschende Meinung.«

Überrascht musterte Emma ihn. »Das wusste ich nicht«, erwiderte sie. Der Nieselregen wurde kräftiger. Sie spürte, wie ihr Trenchcoat die Nässe förmlich aufsaugte.

Hertl machte einen fahrigen Eindruck und benetzte immer wieder seine Lippen. Emma fragte sich, ob diese Veränderung nur auf den Alkohol zurückzuführen war.

»Die Sexualität ist der Trieb des Menschen, mit dem die Kirche ihre größten Probleme hat«, fuhr Hertl fort. »Bis heute hat sie es nicht geschafft, einen menschenfreundlichen Umgang mit diesem Thema zu finden. Und wenn man sich die gesellschaftlichen Entwicklungen der vergangenen Jahre ansieht, dann wird die Kirche daran untergehen, dass sie diese Seite des Menschen bis heute dämonisiert, verdrängt und verteufelt.«

Seine Stimme klang rau. Der Regen hatte zugenommen. Emma spürte, wie die Nässe durch ihren Mantel drang. Sie schob die feuchten Locken aus ihrer Stirn und warf einen skeptischen Blick zu Hertl, der noch immer keine Notiz vom Regen nahm.

»Aber nicht nur das Christentum hat ein Problem mit der menschlichen Sexualität«, erklärte Hertl weiter. »Alle Weltreligionen tun sich damit schwer. Der Dalai Lama sagte vor kurzem in einem Interview einer Boulevardzeitung, als er auf den Zölibat angesprochen wurde, dass Sex den Menschen gemein mache mit allen anderen Tieren. Er sei ein Mensch, der für gewisse moralische Prinzipien stehe. Der Zölibat sei etwas, das ihn vom gewöhnlichen Tier unterscheide.«

»Das hieße ja, alle Menschen, die nicht zölibatär leben, sieht er auf einer Stufe mit Tieren«, sagte Emma.

Hertl zog fragend die Schultern hoch.

»Sie glauben, dass die Kastration des Mönchs etwas mit Hildegard von Bingen zu tun hatte?«, fragte Emma.

Überrascht kniff Hertl die Augen zusammen und musterte sie. Diese Frage schien ihn in die Gegenwart zurückzuholen.

»Nein«, sagte er und zog fröstelnd die Schultern hoch. »Das glaube ich nicht.«

»Aber er hat sich doch kastrieren lassen, kurz nachdem er die Handschrift gefunden hatte«, beharrte Emma. Eine Windböe peitschte den Regen in ihr Gesicht. Erst jetzt nahm Hertl Notiz von der Nässe. Er strich das nasse Haar nach hinten. Emma setzte sich in Bewegung und blickte zurück zu Hertl, der ihr folgte. Hinter ihm erlosch in einem der Fenster im Gästehaus des Klosters das Licht. Wolken schoben sich vor den Mond, und die Dunkelheit im Klostergarten verstärkte sich.

»Sie werden nass«, bemerkte Hertl überflüssigerweise. »Lassen Sie uns für heute unser Gespräch beenden. Ich erzähle Ihnen morgen mehr darüber. Es wird sie interessieren. Es gibt Dinge, die viel zu lange totgeschwiegen wurden.«

Auf einmal spürte Emma eine Angst, die tief aus ihrem Inneren zu kommen schien. Hektisch blickte sie sich um, doch außer Hertl war niemand zu sehen. Das Brausen des Windes schluckte die Geräusche ihrer Schritte auf dem Kies. Die Zeit schien stillzustehen.

Dann erreichten sie die Straße mit den vertrauenserweckenden Lichtinseln der Straßenlampen. Emma spürte, wie Erleichterung ihren Körper wie eine warme Welle durchströmte. Sie atmete tief durch und blieb unter einer Laterne stehen. Der Regen hatte nachgelassen.

»Was könnte Hildegard von Bingen in ihrer Handschrift geschrieben haben, das wichtig genug wäre, die Handschrift verschwinden zu lassen?«, fragte Emma.

Hertl, der etwas langsamer gefolgt war, blieb ebenfalls stehen.

»Sie hat sich ernsthaft, offen und ehrlich mit der Sexualität des Menschen auseinandergesetzt«, erwiderte er. »Außerdem hält sie sich in ihren naturwissenschaftlichen Schriften mit Urteilen und Wertungen sehr zurück. Das gelingt bis heute kaum einem Mitglied einer christlichen Kirche. Schon deshalb gebührt ihr meine Hochachtung.«

Er schwieg. Seine Gestalt strahlte eine Energie aus, die Emma verblüffte.

»Wissen Sie, was mich wundert?«, sagte er unvermittelt.

Emma schüttelte den Kopf.

»Kein Mensch scheint sich dafür zu interessieren, was die Handschrift eigentlich wert ist«, sagte er und schüttelte bedächtig den Kopf, »Geld, meine ich.«

»Wie viel denn?«, fragte sie.

»Mehrere Millionen Euro«, erwiderte Hertl und schnaubte. Emma starrte ihn an. Erneut beschlich sie ein ungutes Gefühl. Sie musste an das Modell im Arbeitszimmer ihres Vaters denken.

»Sie haben gesagt, wir sprechen morgen weiter«, fuhr sie rasch fort und versuchte den unangenehmen Gedanken abzuschütteln. »Wie wäre es mit Frühstück beim Italiener? Neun Uhr?«

Hertl zögerte. Dann nickte er ihr wortlos zu und wandte sich ab.

»Markus«, rief Emma ihm nach. Sein Vorname fühlte sich noch fremd an. Hertl blieb stehen und musterte sie erstaunt.

Emma bereute es bereits, ihrem Impuls gefolgt zu sein. Es fiel ihr schwer, seinem Blick standzuhalten, und sie spürte, wie Röte in ihre Wangen stieg.

Dann sah sie, wie ein Lächeln in seinen Augen aufblitzte. Das gab ihr den Mut, noch einige Schritte auf ihn zuzugehen. Emma erwiderte sein Lächeln und blickte ihn herausfordernd an. Als sie ihren Kopf dicht an sein Gesicht brachte, kam er ihr entgegen.

Der Kuss schmeckte süß und innig. Emma spürte, wie ihr Herz weit wurde und die Beklemmung der vergangenen Tage von ihr wich. Für einen Moment erwog sie, ihn zu fragen, ob er mit ihr die Nacht verbringen wolle. Doch der Gedanke an den hellhörigen Bus und das Gästehaus eines Klosters hielt sie davon ab. Behutsam löste sie sich von ihm und trat einen Schritt zurück.

»Gute Nacht«, flüsterte sie, »schlaf gut. Wir sehen uns morgen.«

Hertl erwiderte ihr Lächeln. Für einen Moment schien die Anspannung auch von ihm abzufallen.

»Schlaf gut«, hörte sie ihn leise rufen. Emma wandte kurz den Kopf und winkte der Gestalt zu, die jenseits der Lichtkegel mit der Dunkelheit verschmolz.

Emma schritt rasch auf die Klostermauer zu, in dessen Schatten der Fußweg zum Parkplatz verlief. Leichtfüßig lief sie durch die Nacht, ohne sich umzusehen. Sie hatte die halbe Klosteranlage umrundet, als vor ihr aus der Dunkelheit unvermittelt eine dunkle Gestalt auftauchte. Abrupt blieb sie stehen und sah sich hastig um. Ihre Gedanken überschlugen sich, und sie überlegte fieberhaft, wie lange sie brauchen würde, um zur Straße zurückzukehren. Dann hörte sie ein kaum wahrnehmbares Klicken, begleitet von einem dumpfen Vibrieren. Sie sah, wie der Mann etwas an seine Lippen hob und zu flüstern begann. Erst da erkannte sie, dass ihr ein Beamter in Zivil gegenüberstand, der Meldung machte. Erleichtert ging sie an ihm vorüber und erwiderte seinen prüfenden Blick mit einem freundlichen Nicken.

Grieser war offenbar doch Pauls Vorschlag gefolgt und hatte die Streifen rund um das Kloster verstärkt. Emma war erleichtert, als sie ihren Bus erreichte. Sie startete den Motor und steuerte ihren Bus auf die Straße. Wenige Minuten später hatte sie auf der anderen Seite der Nahe ein ruhiges Wohngebiet in den Randbezirken von Bingen erreicht.

KARFREITAG

23. Kapitel

Ihre gewohnte Art, die in ihren Schenkeln sich befindet, ist mehr windig wie feurig, und sie können deshalb Enthaltsamkeit üben, weil der starke Wind, der in ihren Schenkeln ist, das Feuer in diesen bändigt und mildert.

Der Anruf riss Grieser aus einem tiefen, traumlosen Schlaf. Einer der Streifen vor dem Kloster hatte ungewöhnliche Geräusche gehört. Der Polizist hatte zu seiner Überraschung die Tür des Gästehauses unverschlossen vorgefunden. Er war eingetreten und hatte sich von Zimmer zu Zimmer vorgearbeitet, bis er in einem Zimmer im ersten Obergeschoss einen toten Mann fand, der wenige Minuten zuvor gestorben war.

Als Grieser seinen Dienstwagen auf den Klosterhof lenkte, dämmerte es bereits. Fröstelnd schlug er den Kragen seines gefütterten Anoraks hoch, als er den Wagen verschloss und über den Hof eilte. Eine Schwester kreuzte seinen Weg und musterte beunruhigt das Polizeiaufgebot. Grieser warf einen Blick zur Klosterkirche, in der Licht brannte und deren Glocken zum Morgengebet riefen. Es war kurz vor 6.00 Uhr.

Sabine Baum empfing ihn in der Tür des Gästehauses und begleitete ihn wortlos zum Fundort der Leiche. Auf dem

Gang standen mehrere schlaftrunkene Gäste in Morgenmäntel gehüllt. Ein uniformierter Beamter versuchte sie dazu zu bewegen, in ihre Zimmer zurückzukehren.

Noch im Gang streifte sich Grieser einen weißen Schutzoverall über und stülpte über seine Schuhe Plastiküberzieher. Die Tür stand halb offen, und in dem nur wenige Quadratmeter großen Zimmer drängten sich die Rechtsmedizinerin, ein Fotograf und Kramer von der Spurensicherung.

Der Tote lag auf dem zerwühlten Bett. Matratze und Bettwäsche waren dunkel vor Blut, doch der Boden war trocken. Ein metallischer Geruch erfüllte den Raum. Der ermordete Mann war mit groben Stricken an sein Bett gefesselt worden. Sein Gesicht war verzerrt, und seine Gesichtszüge wirkten durch den weit offenstehenden Mund entstellt. Zwischen seinen Zähnen quoll etwas Blutiges und Fleischfarbenes heraus. Grieser zog die Augenbrauen zusammen und warf einen Blick zur Rechtsmedizinerin, die über den Toten gebeugt stand und seine Augen untersuchte.

»Was ist das?«, fragte er und deutete mit dem Kinn auf das Gesicht des Toten.

Barbara Purer richtete sich auf. Sie hob wortlos die Bettdecke. Griesers Blick fiel auf den Unterleib des Ermordeten. Erschreckt starrte er auf eine schwarz verkrustete Wunde inmitten dunkler Schamhaare. Der Täter hatte das Geschlecht seines Opfers abgeschnitten.

»Er hat ihm seinen Schwanz in den Mund gestopft?«, fragte Grieser und schluckte.

»Sieht so aus«, erwiderte Purer kühl.

Grieser verzog angewidert das Gesicht.

»Und nicht nur das«, fuhr Purer fort, die noch immer die Bettdecke festhielt. Grieser machte einen weiteren Schritt auf den Toten zu und zwang sich, die klaffende Wunde näher zu betrachten. Dann sah er, dass oberhalb der Schamhaare eine frische Brandwunde zu sehen war – in Form eines Eselskopfes.

Grieser stöhnte.

Purer legte die Bettdecke behutsam zurück.

Grieser wandte sich ab und sah sich im Zimmer um. Es war ebenso einfach ausgestattet wie die anderen Zimmer im Gästehaus, persönliche Gegenstände waren kaum zu sehen. Aufatmend betrat er den Flur, wo Baum auf ihn wartete.

»Du hast dir das Opfer schon angesehen?«, fragte Grieser. Unauffällig wischte er sich einige Schweißperlen von der Stirn.

Seine Kollegin nickte.

»Trägt ebenfalls einen Eselskopf«, knurrte Grieser.

»So ist es«, sagte die Oberkommissarin. »Aber es hätte ohnehin niemand daran gezweifelt, dass die beiden Toten auf das Konto desselben Täters gehen.«

»Spricht gegen eine sexuell motivierte Tat. Es sei denn, wir haben es mit einem bisexuellen Menschen zu tun.«

Grieser streifte den weißen Overall ab und zog den Plastikschutz von seinen Schuhen. Er trat an eines der Flurfenster und sah hinunter auf den Klosterhof, der im aufkommenden fahlen Tageslicht verlassen dalag. Grieser öffnete einen Fensterflügel und sog aufatmend die kühle Morgenluft ein. Baum trat neben ihn. Sie hatte beide Hände in den Taschen ihrer Jeansjacke vergraben.

»Hertl«, sagte sie nachdenklich. »Ich hätte nicht gedacht, dass er das nächste Opfer sein würde. Das war's dann wohl mit unserer Theorie.«

»Er hat recht gehabt«, erwiderte er dumpf.

Baum sah in fragend an.

»Der Journalist«, sagte Grieser und wandte sich wieder

dem Fenster zu. Die beiden Beamten, die als zusätzliche Streife für diese Nacht eingesetzt waren, verkrochen sich vor dem feinen Nieselregen in den Schutz des Kirchenportals.

Als Schwester Lioba auf dem Weg zum Morgengebet das Polizeiaufgebot sah, ahnte sie, dass ein weiterer Mord geschehen war. Sie war kaum in der Lage, die Psalmen zu singen. Ihre Stimme zitterte. Schwester Heidrun musterte sie mit besorgtem Blick. Schwester Lioba wich ihrer Fürsorge aus und eilte von der Kirche direkt ins Refektorium. Beim Frühstück wurde wie immer nicht gesprochen, doch es war ungewöhnlich unruhig. Die Schwestern schienen zu spüren, dass das Kloster nicht nur finanziell an einem Scheideweg stand. Zwei Morde in kürzester Zeit im Gästehaus, das würde nicht ohne Spuren an der Gemeinschaft vorübergehen.

Schwester Lioba trank rasch eine Tasse Kaffee, sie mochte nichts essen. Sie wich allen Versuchen ihrer Stellvertreterin aus, mit ihr zu sprechen, und machte sich auf, um direkt ihr Zimmer aufzusuchen für die Zeit des privaten Gebets. Gerade als sie die Tür des Speisesaals erreichte, erklang hinter ihr die Stimme von Schwester Beatrix.

»Ehrwürdige Mutter«, rief sie und eilte hinter ihr her. Schwester Lioba hielt inne.

Als Schwester Beatrix sie erreichte, wirkte sie besorgt und aufgelöst zugleich. Ein Marmeladefleck glänzte auf ihrer Brust.

»Was ist mit dem Workshop?«, fragte sie und hüstelte nervös. »Wir wollten doch morgen früh um 10 Uhr den Workshop abhalten.«

Schwester Lioba schloss die Augen und rieb sich nervös die Stirn. Die Versuchung war groß, sich zu verstecken und für einen Moment außer Acht zu lassen, dass sie vor wenigen

Tagen eine Lebensaufgabe übernommen hatte. Und diese lautete, die Gemeinschaft zu führen.

Die Äbtissin wandte sich um und begegneten den Blicken vieler Schwestern. Manche sahen sie besorgt an, andere waren eher verwirrt. Schwester Raphaelas Blick wirkte ungewöhnlich fröhlich, in ihren Augen lag Triumph. Ansporn genug, sich zusammenzureißen.

Schwester Lioba kehrte zurück an ihren Platz und blieb erhobenen Hauptes hinter ihrem Stuhl stehen. Sie legte beide Hände auf die Rückenlehne. Im Refektorium war Stille eingekehrt wie in der Kirche kurz vor dem Morgengebet. Kein Habit raschelte, kein Gesangbuch wurde aufgeschlagen, niemand räusperte sich.

»Ich habe bisher noch keine Mitteilung von der Polizei erhalten«, begann Lioba. Sie spürte, wie sich Schweißperlen in ihren Achseln sammelten. »Aber ich zweifle nicht daran, dass unser geliebtes Kloster ein zweites Mal zum Schauplatz eines abscheulichen Verbrechens geworden ist.«

Ein Seufzen war zu hören, mehrere Schwestern neigten den Kopf und schlossen die Augen für ein kurzes Stoßgebet. Schwester Lioba faltete die Hände und sandte ebenfalls ein stummes Gebet an ihren Schöpfer. Dann richtete sie entschlossen den Blick auf die Schwestern vor ihr.

»Ich gehe davon aus«, fuhr sie fort, »dass die Polizei mir in Kürze mitteilen wird, was vorgefallen ist. Unter diesen Umständen ist es natürlich fraglich, ob wir an dem Workshop für die Zukunft unserer Gemeinschaft festhalten sollten.«

»Ein Zeichen des Himmels.«

Die Worte waren geflüstert, aber unzweifelhaft für die Ohren aller bestimmt. Schwester Lioba zog die Augenbrauen zusammen und wandte ihren Kopf Schwester Teresa zu. Diese presste die Lippen zusammen und starrte unverwandt auf den Boden.

Sicher war auch Schwester Teresa um die Zukunft des Konvents besorgt. Doch sie missbilligte ganz und gar den Termin des Workshops. Daran hatte sie keinen Zweifel gelassen, als Schwester Lioba gestern vor dem Abendessen den Termin mitgeteilt hatte. Der Ostersamstag sollte dem Gebet gehören wie überhaupt die Ostertage. Doch Silvia Neureuther musste sie Ostersonntag bereits verlassen, und Schwester Lioba legte größten Wert darauf, dass sie diesen Workshop leitete. Und wenn konservative Schwestern den Workshop boykottieren sollten, dann umso besser. Dann würden eben die progressiven Schwestern über die Zukunft der Gemeinschaft entscheiden. Die Äbtissin war entschlossen, auch unter diesen erschwerten Bedingungen an dem Workshop festzuhalten.

Schwester Lioba musterte das missbilligende Gesicht Schwester Teresas. Sie fragte sich, ob diese vielleicht heimlich Silvia Neureuther angerufen hatte, um den Besuch der weltlichen Unternehmensberaterin im Kloster zu verhindern. Ihr Blick glitt über den untadelig sitzenden Schleier und die gefalteten Hände bis hinab zu den Knien. Im dunklen Tuch des Habits waren eigenwillige Querfalten zu sehen.

Die Äbtissin hob wieder die Augen und begegnete dem trotzigen Blick Schwester Teresas. Sie zweifelte nicht daran, dass Schwester Teresa auch in diesem Jahr ein Holzscheit in ihr Zimmer geschmuggelt hatte, um sich noch vor Morgengrauen zu einem stummen Gebet auf dessen kantigen Ecken niederzulassen. Das zweite Vatikanische Konzil in der ersten Hälfte der 1960er Jahre hatte Selbstkasteiungen dieser Art verboten. Vor dem Konzil war es in vielen Klöstern durchaus üblich gewesen, das Karfreitagsfrühstück auf Holzscheiten kniend einzunehmen. Bereits ihre Vorgängerin hatte keinen Zweifel daran gelassen, dass sie Praktiken dieser Art in ihrem Orden nicht duldete. Aber es war ein offenes Geheimnis, dass Schwester Teresa das Gebot des Gehorsams in diesem Fall missachtete. Schwester Lioba fragte sich, ob ihre Mitschwester nicht auch bei anderen Gelegenheiten versuchte, auf Umwegen ihren eigenen Willen durchzusetzen.

»Ich denke nicht, dass es ein Zeichen des Himmels ist«, sagte Schwester Lioba und blickte in die Runde. Einige der Schwestern wagten nicht, sie anzusehen. »Ich denke, die beiden Taten gehen auf rein menschliche Verfehlungen zurück. Darin kann und mag ich kein göttliches Zeichen sehen.«

Einige Schwestern der Gemeinschaft nickten, andere neigten demütig den Kopf. Schwester Lioba spürte, dass sie dabei war, die Leitung des Konvents wieder in den Griff zu bekommen. Noch heute Morgen während der Laudes, dem Morgengebet, hatte sie das Gefühl gehabt, dass ihr alles entglitt. Ihr Rücken straffte sich unmerklich. Dankbarkeit durchströmte sie, Dankbarkeit für die Wege des Herrn, die manchmal eine fast unmenschliche Prüfung waren und am Ende doch zu einem guten Ziel führten.

»Ich werde mit Silvia Neureuther besprechen, ob sie auch unter diesen Umständen den Workshop leiten würde. Wie Sie wissen, hatte ich den Workshop ihretwegen auf den morgigen Tag gelegt. Ich möchte gern, dass sie den Workshop leitet. Wir sollten uns heute eine halbe Stunde vor dem Mittagsgebet im Rekreationsraum treffen. Dann gebe ich Ihnen bekannt, was ich inzwischen von der Polizei erfahren habe und ob es bei dem Termin für den Workshop bleibt.«

Schwester Lioba atmete auf. Ihr Vorschlag traf auf breite Zustimmung, das hatte sie in den Gesichtern der Schwestern gesehen. Wieder kam Schwester Heidrun auf sie zu.

»Ich brauche eine kurze Pause für mich, ein wenig Zeit zum Nachdenken«, sagte Schwester Lioba rasch, als Schwester Heidrun neben sie trat.

Schwester Heidrun blickte sie verständnisvoll an. »Kann

ich Sie kurz vor der Zusammenkunft der Schwestern im Rekreationsraum noch mal allein sprechen? Ich habe noch ein paar weitere Details erfahren.«

Sie sah hinüber zur äußeren Tischreihe, wo Schwester Adelgund ihren festen Platz hatte. Unwillkürlich drehte Schwester Lioba den Kopf und bereute es sofort. Schwester Adelgund hatte ihren Blick bemerkt. Sie senkte die Augen, Röte stieg in ihre Wangen.

Rasch wandte die Äbtissin den Kopf. Sie wusste, dass ihr einige schwere Entscheidungen bevorstanden. Umso wichtiger, dass sie die Zeit fand, in sich zu gehen und sich zu sammeln. Sie nickte Schwester Heidrun zu und machte sich auf den Weg in ihr Zimmer. Es war klar, dass sie mit der Polizei sprechen musste. Doch noch immer war sie unschlüssig, was und wie viel sie erzählten sollte.

24. Kapitel

Andere aber können das weibliche Geschlecht meiden, weil sie die Frauen nicht lieben und sie nicht haben wollen, sondern in ihrem Herzen so grausam wie die Löwen sind und sich betragen wie die Bären.

Emma wälzte sich zur Seite. Das Licht sickerte in ihre Träume und lockte sie in den Tag. Emma blieb noch einen Moment im Halbschlaf liegen und genoss die Wärme ihrer Decke. Dann fiel ihr ein, was gestern Abend passiert war. Sie musste lächeln und streckte sich gut gelaunt. Spontan griff sie nach ihrem Handy und sah nach, ob eine Nachricht gekommen war. Emma spürte, wie ihr Herz klopfte, als sie eine SMS von Hertl fand. Er hatte zwei Sätze geschrieben, die Emma zum Lachen brachten.

»Ich freue mich auf unser Frühstück. Kann es kaum erwarten.«

Ein Blick auf die Uhr zeigte ihr, dass sie noch zwei Stunden hatte, sich fertig zu machen. Vergnügt schickte sie ihm eine kurze Antwort und beschloss, dem Bingener Hallenbad einen Besuch abzustatten. Es war ein gutes Gefühl, sich für die Verabredung frisch machen zu können. Doch dort stand sie vor verschlossenen Türen. Ein Blick auf einen Aushang erinnerte Emma daran, dass Karfreitag war. In der nächsten Raststätte würde es vermutlich Duschen für die Fernfahrer geben. Aber das wäre mindestens eine halbe Stunde Fahrt.

Emma kehrte zu ihrem Wagen zurück. Eine gründliche Wäsche im Bus war etwas mühsamer als unter einer Dusche, aber durchaus machbar.

Kurze Zeit später steckte Emma den Campingföhn im Zigarettenanzünder ein. Als sie sich hinter das Steuer setzte, fühlte sie sich frisch und ausgeruht und fuhr zum Kloster. Erstaunt streifte ihr Blick den Wachposten am unteren Eingang der Klosteranlage. Rasch suchte sie ihre Sachen zusammen und verstaute in ihrer Handtasche neben dem Aufnahmegerät auch die Kamera. Sie verschloss den Bus und streifte sich im Gehen Jacke und Tasche über. Sie umrundete die Anlage auf dem Fußweg unterhalb der Klostermauer und erreichte den Friedhof kurz vor der oberen Klostereinfahrt. Auf dem Weg zur Kapelle kam sie am Grab der Äbtissin vorbei. Jemand hatte einige der verblühten Kränze vom Grab genommen. Die restlichen Sträuße und Blumenvasen waren sorgsam nebeneinander gestellt worden.

Emma überquerte die Straße und betrat das kleine italienische Restaurant. An zwei Tischen saßen Frühstücksgäste, die restlichen waren leer. Sie nahm sich die Bingener Zeitung von der Garderobe, setzte sich an einen Zweiertisch am Fenster und bestellte sich bei dem lebhaften Kellner von gestern Abend einen Latte macchiato. Auf der Titelseite war ein langer Artikel über den Mord im Kloster, der keine Neuigkeiten enthielt.

Emma blickte auf ihre Uhr. 9.15 Uhr. Bisher war Hertl immer pünktlich gewesen. Sie las weiter und sah gelegentlich auf die Uhr. Als Hertl um 9.20 immer noch nicht gekommen war, legte sie die Zeitung zur Seite und griff zum Handy. Emma ließ es klingeln, bis die Mailbox ansprang.

Sie unterbrach die Verbindung und beschloss, nachzusehen. Der Haupteingang des Klosters war verschlossen. Emma ging an der Anlage entlang, bis sie den Eingang der Friedhofskapelle erreichte. Sie durchquerte rasch das Mittelschiff und öffnete die Tür zum Klosterhof. Es kam ihr vor wie ein Déjà vu. Wie schon vergangenen Sonntag standen mehrere Polizeiwagen auf dem Klosterhof, daneben der unauffällige Wagen der Spurensicherung und der Bus der Einsatzleitung. Emma warf einen Blick zur Abteikirche. Doch der Haupteingang war verschlossen, und davor war kein Beamter zu sehen. Suchend blickte sich Emma um, bis sie einen Mann in Uniform neben dem Eingang zum Gästehaus entdeckte.

Emma kämpfte gegen die aufsteigende Panik. Sie kramte in ihrer Tasche nach dem Handy und starrte auf das Display. Hertl hatte sich immer noch nicht gemeldet. Sie spürte, wie ihr kalt wurde. Hastig rief sie seine SMS auf und sah auf die Uhrzeit. Er hatte sie bereits in der vergangenen Nacht geschrieben, kurz nach Mitternacht, etwa eine halbe Stunde, nachdem sie sich verabschiedet hatten.

Zitternd drückte Emma die Gesprächstaste und beobachtete, wie ihr Handy die Verbindung herstellte. Der Freiton des Handys war in der Kapelle ungewohnt laut zu hören. Wieder ließ sie es klingeln, bis die Mailbox ansprang. Diesmal hinterließ sie eine kurze Nachricht und bat ihn, sich bei ihr zu melden.

Emma zwang sich zur Ruhe und versuchte, ihre Gedanken zu ordnen. Sie öffnete die Tür und trat in den Klosterhof. Dort ging sie geradewegs auf den Beamten zu, der neben dem Eingang zum Gästehaus postiert war. Sie erkannte sofort den uniformierten Polizist, den Hertl vor wenigen Tagen angelogen hatte, um Emma mit ins Gästehaus schmuggeln zu können.

Unwillig verzog der Polizist mit dem kahlrasierten Schädel sein Gesicht, als er sie erkannte.

»Unbefugte haben keinen Zutritt zur Klosteranlage«, sagte er barsch.

»Bitte sagen Sie mir, was passiert ist.« Emma hörte selber, dass sie panisch, ja fast hysterisch klang. »Gab es wieder einen Toten?«

Der Beamte blickte sie an, ohne zu antworten. Etwas in seinem Blick sagte Emma, dass sie recht hatte.

»Hören Sie«, sagte sie so ruhig sie konnte. »Ich habe mit einem der Gäste des Klosters in den vergangenen Tagen viel zu tun gehabt und war heute Morgen mit ihm verabredet. Doch er kam nicht. Ich möchte einfach nur sicher sein, dass es ihm gut geht.«

Der Beamte machte eine Handbewegung, als wolle er ein lästiges Insekt verscheuchen. »Unbefugte haben keinen Zutritt zur Klosteranlage«, wiederholte er. »Bitte verlassen Sie die Absperrung, sonst muss ich Sie festnehmen.«

Hertl ist nicht das Opfer, redete sie sich stumm ein, er kann es nicht sein.

Plötzlich öffnete sich hinter dem Uniformierten die Tür des Gästehauses. Grieser trat heraus, gefolgt von seiner Kollegin. Der Kommissar warf ihr einen finsteren Blick zu. Doch die Frau neben ihm blickte freundlich. Rasch trat Emma auf Grieser zu und wiederholte, was sie bereits zu dem Beamten gesagt hatte.

Grieser musterte sie stirnrunzelnd. Der Blick seiner Kollegin dagegen ruhte voller Mitgefühl auf ihr.

»In zwei Stunden werden wir es auf der PK ohnehin bekanntgeben«, sagte sie zu Grieser.

Im selben Moment hörte Emma ein Piepsen aus ihrer Handtasche. Sie zweifelte nicht daran, dass nun verspätet der Presseruf eingegangen war. Auch Grieser schien sich daran zu erinnern, dass sie Journalistin war. Unwillig wandte er sich ab.

»Bitte«, sagte Emma leise.

Die Kommissarin bedachte ihren Kollegen mit einem verwunderten Blick. »Nehmen Sie es nicht persönlich«, sagte sie versöhnlich zu Emma. »Er ist seit einigen Tagen etwas ...«

Grieser war stehen geblieben und wandte sich nun um. Er musterte seine Kollegin mit hochgezogenen Augenbrauen. Sabine Baum zögerte.

»Was?«, fragte er mit drohendem Unterton.

»Er ist seit einigen Tagen etwas indisponiert«, erklärte die Oberkommissarin lächelnd.

Emma konnte sich vorstellen, warum Grieser im Moment auf seine Kollegin einen merkwürdigen Eindruck machte. »Bitte sagen Sie mir doch, was passiert ist.« Sie sah die Kommissarin bittend an.

Sabine Baum trat zu Emma, während Grieser sich Richtung Klostereingang entfernte, und sagte leise: »Wir haben eine männliche Leiche gefunden. Einer der Gäste des Klosters wurde heute Nacht ermordet.«

Gequält schloss Emma die Augen. »Wer ist es?«, fragte sie.

»Markus Hertl«, antwortete Baum bedächtig.

Emma fühlte sich, als hätte ihr jemand die Luft aus den Lungen gedrückt. Sie spürte die Hand der Polizistin auf ihrer Schulter. Ihr Herz klopfte schnell, und verspätet füllten sich ihre Lungenflügel wieder mit Luft. Sie begegnete dem offenen Blick der Beamtin, die sie besorgt musterte.

»Kannten Sie ihn?«, fragte die Oberkommissarin mit warmer Stimme.

»Ich habe ihn erst vor ein paar Tagen kennengelernt.« Emma kämpfte gegen die Tränen. »Wir waren gestern Abend zusammen und haben uns erst gegen Mitternacht vor dem

Gästehaus verabschiedet. Er muss seinem Mörder praktisch in die Arme gelaufen sein.«

Baum horchte auf. »Wir werden Sie später noch mal genauer dazu befragen müssen.«

Emma rannen Tränen über die Wangen. »Sie erreichen mich am besten mobil.« Sie wischte sich die Augen, kramte in ihrer Handtasche und reichte der Kommissarin eine Visitenkarte.

»Das ist nicht dein Ernst?«, fragte Sabine Baum.

»Warum nicht?« Grieser blickte Emma nach, die mit schleppenden Schritten den Klosterhof verließ. Er stopfte beide Hände in die Taschen seiner Lederjacke und wandte sich ab. Ohne sich umzusehen, ging er zum Rhein hinunter. Erst als die Oberkommissarin an seiner Seite auftauchte, sprach er weiter.

»Emma Prinz ist die Tochter vom Schulleiter des Hildegard-von-Bingen-Internats. Er geriet wegen des Selbstmords des Priesters unter Druck. Zwanzig Jahre später wird eine der Schülerinnen des Priesters ermordet. Lehmann sprach als einer der Letzten mit dem Opfer. Kurze Zeit später taucht seine Tochter auf, angeblich um als Journalistin über den Fall zu schreiben. Dann wird ein weiterer Schüler des Priesters ermordet. Ausgerechnet kurz nachdem er sich mit Emma Prinz getroffen hatte.«

Grieser blieb stehen. Er stemmte sich gegen den Wind, der vom Fluss heraufzog.

»Hat denn inzwischen jemand sein Alibi überprüft?«, fragte Baum und blieb ebenfalls stehen. Sie blickte hinunter auf den Rhein, wo mehrere Lastkähne, mit schwerer Fracht beladen, tief im Wasser hingen.

»Möller hat ausgesagt, dass Lehmann ziemlich spät auf der Geburtstagsfeier ankam. Angeblich Stau auf der Autobahn. Dafür ist er von dort früh aufgebrochen, um nach Hause zu fahren, wo er die Nacht allein verbracht hat. Er hätte also die Gelegenheit gehabt.«

Als Baum nicht antwortete, wandte Grieser den Kopf und sah sie herausfordernd an.

Baum zuckte mit den Achseln. »Warum sollte er seine ehemaligen Schüler ermorden? Oder hängt sie da womöglich mit drin?«

Grieser schüttelte den Kopf. »Ich glaube nicht, sie war damals noch ein Kind.«

»Also er? Aber warum? Wo ist das Motiv?«

»Vielleicht ist der Priester damals seiner Tochter zu nahe gekommen. Und weil er sich als stellvertretender Schulleiter das Problem eines pädophilen Priesters und Lehrers vom Hals schaffen wollte, hat er ihn zum Selbstmord genötigt.«

»Der Priester ein Pädophiler? Dafür gab es bislang keinerlei Hinweise.«

»Er war kastriert«, erwiderte Grieser.

»Und?«, fragte Baum.

»Selbstbestrafung und Selbstschutz. Sexualstraftäter, die nicht therapierbar sind, erhalten doch Medikamente zur chemischen Kastration. Das erhöht die Chance, dass sie nicht rückfällig werden. Die Männer müssen der Behandlung zustimmen, das heißt, sie nehmen die Medikamente freiwillig. Vielleicht wusste der Priester, dass er gefährdet ist, und hat zu einer Art Selbstmedikation gegriffen.«

»Und sich kastrieren lassen?«

»Warum nicht?«, entgegnete Greiser. »So musste er sich nicht stellen, konnte in seinem Job bleiben und hat vielleicht gehofft, nie mehr rückfällig zu werden.«

»Und warum sollte Lehmann ihn dann in den Selbstmord treiben?«

»Vielleicht ist er ja doch rückfällig geworden, und Lehmann

wusste davon. Er könnte dem Pater gedroht haben, entweder er bringt sich selber um, oder er zeigt ihn an.«

»Glaubst du wirklich, man kann einen Menschen in den Selbstmord treiben?«, fragte Sabine Baum.

»Ja«, erwiderte Grieser, »das glaube ich.«

»Übrigens hat Kramer rausgefunden, dass sich Miriam Schürmann erst seit ein paar Wochen mit Hildegard von Bingen beschäftigt hat. Es gab nur wenige Aufzeichnungen in ihrer Wohnung, und die Bücher waren entweder neu gekauft oder erst vor kurzem ausgeliehen worden.«

»Hm«, brummte Grieser. »Sieht ja so aus, als hätte sie erst jetzt einen Grund gehabt, sich näher mit der Handschrift zu befassen, die sie angeblich haben soll.«

Die Hoffnung auf einige ruhige Minuten zerschlug sich, als Schwester Lioba nach dem Konventamt endlich ihr Büro erreichte. Schwester Beatrix wartete bereits und teilte ihr mit, dass Pater Windisch mehrfach nach ihr gefragt hatte.

Schwester Lioba senkte den Blick und nickte. Sie betrat ihr Büro, schloss die Tür und ließ sich auf ihre kleine Kniebank sinken. Sie senkte den Kopf, faltete ihre Hände und suchte das stumme Zwiegespräch mit Gott. Es war schwer, in diesen Zeiten nicht vom rechten Weg abzukommen. Obwohl, sie musste sich korrigieren, das größte Problem im Moment war, herauszufinden, was der rechte Weg war. Er sollte sie zum Herrn führen, daran bestand kein Zweifel, doch welcher Weg war der richtige, der anderen Menschen möglichst wenig Leid zufügte und dennoch Gott wohlgefällig war?

Ein energisches Klopfen unterbrach ihre Gedanken. Die Äbtissin stieß einen Seufzer aus, beendete ihr stummes Gebet und schlug das Kreuzzeichen. Sie erhob sich und trat hinter ihren Schreibtisch.

»Herein«, rief sie und blickte Pater Windisch ruhig entgegen. Er war wie immer tadellos mit einem schwarzen Anzug bekleidet. Sein Gesicht wirkte düster. Schwester Lioba bat ihn, auf dem Besucherstuhl Platz zu nehmen, und setzte sich ebenfalls.

»Ehrwürdige Mutter«, begann Windisch. Trotz seines unterwürfigen Tonfalls war sein Blick fordernd. »Die jüngsten Ereignisse sind erschreckend. Dennoch sollten wir deshalb nicht den Kopf verlieren.«

»Pater«, erwiderte Schwester Lioba und musste an sich halten, um nicht laut zu werden, »es geht nicht mehr um uns und unser Schicksal. Bereits zwei Menschen haben ihr Leben verloren, und wir müssen verhindern, dass weitere Menschenleben in Gefahr geraten.«

Windisch schwieg. Sein undurchdringlicher Blick haftete an ihrem Gesicht. Schwester Lioba hatte das ungute Gefühl, dass er abschätzte, wie sehr er sie noch in der Hand hatte. Er strich sich über das Gesicht, als wolle er jeden Ausdruck wegwischen, und stand auf. Dann schritt er an ihrem Schreibtisch vorbei und trat vor das Fenster. Dort blieb er mit dem Rücken zu ihr stehen und legte die Hände ineinander.

»Ehrwürdige Mutter«, begann er erneut. Jede Unterwürfigkeit war aus seiner Stimme gewichen. Windisch wandte sich um und musterte sie drohend. »Was geschehen ist, können wir nicht ungeschehen machen. Ich bedaure es zutiefst, dass zwei Menschen ihr Leben verloren haben. Doch ich denke nicht, dass noch weitere Menschen in Gefahr sind. Deshalb erscheint es mir auch nicht notwendig, der Polizei mitzuteilen, was damals im Internat geschehen ist. Wir sollten um die Toten trauern und unser Leben weiterleben.«

Entsetzt starrte Schwester Lioba ihn an. »Aber Pater«, wandte sie ein, »wir müssen doch der Polizei eine Chance geben, herauszufinden, wer für diese Morde verantwortlich ist, um ihn seiner gerechten Strafe zuzuführen. Und das Schlimmste ist ...« Ihre Stimme zitterte. »Und das Schlimmste ist, dass es einer von uns sein muss. Einer von uns dreien.«

Windisch brachte sie mit einer herrischen Handbewegung zum Schweigen. Er schien nicht wahrgenommen zu haben, dass Schwester Lioba indirekt in Betracht gezogen hatte, dass auch er ein Mörder sein könnte.

»Gott straft die Menschen, die Strafe verdient haben«, sagte er. »Ich zweifle nicht, dass einer aus der Clique geredet hat und die Dinge, über die wir niemals wieder sprechen wollten, an Außenstehende weitergetragen hat. Irgendjemand versucht nun, auf diesem Weg an die wertvolle Handschrift heranzukommen.«

»Das glaube ich nicht«, erwiderte Schwester Lioba scharf. »Und die Polizei muss endlich herausfinden, wer hinter diesen schrecklichen Taten steckt.«

Pater Windisch straffte sich. Sein Gesicht erinnerte Schwester Lioba an den Mann, wie sie ihn seit Jahren kannte. Glatt, undurchdringlich. Das Düstere war einer Entschlossenheit gewichen, die ihr Angst machte.

»Ehrwürdige Mutter«, begann er und nickte, als wolle er seinen Worten mehr Nachdruck verleihen. »Ihre Gemeinschaft steckt in einer Notlage. Ihre finanzielle Situation ist katastrophal. Sie brauchen Zeit und vor allem Geld, um diese Situation zu überbrücken, bis sie eine neue wirtschaftliche Grundlage für Ihren Konvent geschaffen haben.«

Misstrauisch blickte Schwester Lioba ihn an. Der plötzliche Themenwechsel bereitete ihr Sorgen.

»Sie brauchen dringend Geld von der Diözese, um über die nächsten Monate zu kommen. Geld, das Ihnen keine Bank geben wird, weil sie derzeit noch kein tragfähiges wirtschaftliches Konzept vorlegen können.«

Die Äbtissin starrte ihn an. Sie hatte Windisch immer auf dem Laufenden gehalten, weil sie sich Hilfe von ihm versprochen hatte. Nun geschah genau das Gegenteil von dem, was sie sich erhofft hatte.

»Der Bischof hört auf mich. Sie werden nur Geld von ihm bekommen, wenn ich es für richtig halte.«

Ihr wurde kalt, als sie begriff, worauf Windisch hinauswollte.

»Sie sind auf meine Fürsprache angewiesen«, fuhr Windisch fort. »Und ich werde nur für Sie sprechen, wenn ich wirklich daran glaube, dass Ihr Konvent eine Überlebenschance hat. Sollte die Polizei …«, Windisch zögerte, er schien nach einer Formulierung zu suchen, die seine Erpressung in gnädige Worte kleidete, »der Meinung sein, dass Sie ganz persönlich in ein Mordgeschehen verwickelt sind, so könnte ich die Frage auf eine reelle Überlebenschance Ihres Konvents nur verneinen. Das würde bedeuten, dass Sie und ihre Mitschwestern nicht mit der finanziellen Unterstützung der Kirche rechnen könnten. Ihre Gemeinschaft wäre dem Untergang geweiht.«

Schwester Lioba nahm sich zusammen. Am liebsten hätte sie ihm direkt ins Gesicht gesagt, was sie von dieser Erpressung hielt.

»Und wenn Sie schon keine Rücksicht auf Ihre eigene Person nehmen«, erklärte Windisch weiter, »dann doch auf Ihre Mitschwestern. Auf ewige Zeiten wären Sie die letzte Äbtissin in der Nachfolge Hildegards von Bingen, unter deren Leitung das Kloster endgültig dem Untergang geweiht ist.« Breitbeinig stand er vor ihr, beide Hände wie zum Gebet erhoben.

Schwester Lioba sammelte sich. »Und gemeinsam mit uns wären Sie ebenfalls genötigt, den Rückzug aus Ihren Ämtern anzutreten«, erwiderte sie ungerührt. Die Karriere war das

Einzige, das Windisch etwas bedeutete. Vermutlich sogar noch mehr als seine Liebe zu Gott.

Windisch verzog den Mund zu einem Lächeln, das seine Augen nicht erreichte. »Daran müssen Sie mich nicht erinnern, ehrwürdige Mutter«, sagte er glatt und senkte für einen Moment die Lider, als wolle er eine Verbeugung andeuten, »dass unser Schicksal untrennbar miteinander verwoben ist. Wenn Sie reden, ist mein Dasein in der Kirche für immer beendet. Nur wenn Sie schweigen, kann ich meinen Weg weitergehen, der nicht nur mir den erhofften Erfolg bescheren wird, sondern auch das Beste ist für unsere Mutter Kirche und … auch das Beste für das Schicksal Ihres Konvents. Wenn Sie schweigen, werden wir alle überleben. Wenn Sie reden, werden wir alle den Weg mitgehen müssen, den Sie gewählt haben.«

Windisch blickte sie herausfordernd an, hob fragend die Augenbrauen und hielt ihren Blick fest.

»Ich denke«, sagte er, »nun ist der Moment gekommen, in dem es sich entscheidet, ob Sie bereit sind, das Wohl der Gemeinschaft über Ihr eigenes Wohl zu stellen.«

Die Pressekonferenz fand im Hotel *Zum Schwanen* statt. Emma war sich zunächst nicht sicher, ob es eine gute Idee war, dort hinzugehen. Doch irgendwie schien es ihr einfacher, mit dem Tod Hertls fertig zu werden, wenn sie mehr Informationen darüber hatte, was mit ihm in der vergangenen Nacht passiert war.

Im Prunksaal des Hotels fand Emma mit Mühe noch einen Platz in der letzten Stuhlreihe. Es waren zahlreiche Lokaljournalisten gekommen, aber auch viele Kollegen von überregionalen Blättern. Emma begrüßte etliche Kolleginnen, ohne sich lange aufzuhalten. Vor dem Tisch nahe dem Eingang, auf dem die Mikros zurechtgestellt waren, drängten sich die Kameraleute, zwischen ihnen die Kolleginnen vom Rundfunk.

Grieser war der Erste, der den Raum betrat, ihm folgten sein Vorgesetzter, ein breitschultriger Mann mit erstaunlich kleinen Händen, der Staatsanwalt im dunklen Anzug mit einer deplatziert wirkenden gelb gepunkteten Fliege, der Pressesprecher mit dezenter Krawatte und zuletzt der Polizeipräsident in unauffälligem beamtengrauem Anzug. Die Fakten, die der Staatsanwalt bekanntgab, waren dürftig. Ein Mann war tot aufgefunden worden; vermutlich war er im Laufe der Nacht in seinem Zimmer im Gästehaus des Klosters ermordet worden.

Emma spürte, wie ihre Hände zitterten, als sie sich Notizen machte. Sie zwang sich, die Rolle der Journalistin einzunehmen. Als sie wieder den Kopf hob, begegnete sie dem finsteren Blick Griesers. Er musterte sie kurz, dann wandte er sich einer Journalistin zu, die nach der genauen Todesursache fragte.

Der Hauptkommissar berief sich wie erwartet auf laufende Ermittlungen und auf die noch nicht stattgefundene Obduktion. Die Journalisten stellten weitere Fragen, doch sie bekamen nur wenig Auskunft. Hertl war offenkundig gegen Morgen von einem Polizisten in seinem Bett ermordet aufgefunden worden. Die Tür des Gästehauses zur Straße hin sei nicht verschlossen gewesen. Es hätte jeder Zugang zum Gästehaus gehabt.

Emma begriff, dass die Polizei völlig im Dunkeln tappte.

»Sehen Sie einen Zusammenhang zwischen diesem Mord und dem Mord am Palmsonntag?«, rief ein junger Mann mit schwarzem Zopf, den Emma für einen Volontär der Lokalzeitung hielt.

»Ja«, erwiderte Grieser einsilbig.

»Woran genau machen Sie das fest?«, fragte eine Kollegin

von einem überregionalen Nachrichtenmagazin. Sie hielt ihren Notizblock wie einen Schutzschild vor sich.

Grieser schüttelte den Kopf. Kein Kommentar. Emma sah, wie der Staatsanwalt ihm einen raschen Blick zuwarf und nervös seine Fliege zurechtrückte.

Es muss irgendetwas Auffälliges bei dem Toten gegeben haben, dachte Emma. Sie schloss gequält die Augen und lauschte auf die Geräusche. In dem überfüllten Raum war es warm, das Rascheln von Papier war zu hören, mehrere schrieben direkt in ihren Laptop. Kameras liefen, Rundfunkjournalisten schoben sich mit ihren Aufnahmegeräten dazwischen.

Auf einmal sah Emma Hertls Gesicht vor sich, wie er sie gestern Abend bei ihrem Abschied küsste. Sie kämpfte gegen die aufsteigenden Tränen und riss sich dann zusammen. Sie öffnete die Augen und starrte nach vorne, wo sich der Staatsanwalt mit den üblichen Worten verabschiedete. Der Saal leerte sich rasch. Zurück blieben leere Stühle, Mikrofone auf einem weißen Resopaltisch, daneben halbleere Flaschen mit Mineralwasser und einige benutzte Gläser.

Emma wand sich durch verschobene Stuhlreihen. Im Foyer drängten sich die Kollegen im Gespräch, einige neugierige Blicke streiften ihr Gesicht. Emma grüßte unkonzentriert und ging hinaus. Der Himmel hatte sich bezogen, der Geruch von Frühlingsregen füllte die Luft. Emma blieb stehen und blinzelte in den Himmel. Sie spürte Feuchtigkeit auf ihrer Haut, obwohl es noch nicht zu regnen begonnen hatte.

Im Gehen griff sie nach ihrem Handy und wählte Pauls Nummer. Sie steuerte auf den Spazierweg zu, der unterhalb der Klostermauer zum Parkplatz führte.

»Hallo, Prinzessin.«

Als sie Pauls vertraute Stimme hörte, traten ihr Tränen in

die Augen, gegen die sie sich nicht mehr wehrte. Paul wartete geduldig, bis ihr Schluchzen nachließ.

»Wie war die Pressekonferenz?«, fragte er dann ruhig.

»Sie haben nicht gesagt, wie er zu Tode gekommen ist«, berichtete Emma und rieb sich die Tränen von den Wangen.

»Das ist nur eine Frage der Zeit«, antwortete er tröstend, »früher oder später wird die Polizei auch damit an die Öffentlichkeit gehen.«

»Grieser weiß mehr.« Emma erreichte den Parkplatz und blieb im Windschatten der Klostermauer stehen. Erste Windböen trieben vereinzelte Regentropfen über den Parkplatz.

»Und?«, erwiderte Paul zögernd.

»Du könntest ihn fragen«, sagte Emma. Sie hob den Kopf und genoss das Gefühl von Wind und Regen auf ihrer Haut.

»Du weißt, dass er keine Dienstgeheimnisse preisgeben darf.«

»Es würde mir sehr helfen«, sagte sie leise.

»Hm«, hörte sie ihn brummen. Im Hintergrund waren die Geräusche der Redaktion zu hören, Stimmengewirr, das Klingeln eines Telefons. Paul hatte Bereitschaftsdienst.

»Ist in Ordnung«, erwiderte sie versöhnlich, »egal, wie du dich entscheidest.«

»Ich muss weitermachen«, sagte Paul, »melde mich später wieder, bis dann, Prinzessin.«

Emma verstaute das Handy in ihrer Handtasche. Sie konnte es kaum fassen, wie sich ihr Leben in den vergangenen Tagen verändert hatte. Sie fürchtete, dass ihr Vater mehr mit dem Selbstmord des Mönchs zu tun hatte, als er zugeben wollte. Sie hatte einen Mann kennengelernt, den sie wirklich mochte. Und sie hatte ihn wenige Tage später wieder verloren.

Emma strebte der Klosteranlage entgegen. Wenn Hertls Tod tatsächlich mit brisanten Einzelheiten der Handschrift zusammenhing, dann gab es einen, der mehr wusste. Doch am Eingangstor zum Kloster war ein Polizist mit müden Augen und hängenden Schultern postiert, der sie unfreundlich abwies. Nachdenklich blickte sich Emma um. Vom Café gegenüber waren das Tor des Klosters und auch die Tür des Gästehauses gut zu sehen. Sie ging hinüber und suchte sich einen Sitzplatz am Fenster. Sie fuhr ihren Laptop hoch und begann die wichtigsten Fakten, die sie bisher kannte, zusammenzuschreiben. Aus den Augenwinkeln registrierte sie jede Bewegung auf der anderen Straßenseite.

Sie musste etwa zwei Stunden warten, bis endlich Pfarrer Windisch aus dem Gästehaus trat. Emma packte ihren Laptop zusammen und verstaute ihn in ihrer Tasche. Sie legte zehn Euro auf den Tisch und trat auf die Straße. Windisch war bereits einige Meter vom Kloster entfernt. Emma holte ihn rasch ein.

»Entschuldigen Sie bitte«, sprach sie ihn an.

Windisch wandte überrascht den Kopf, ohne langsamer zu gehen. Der Pfarrer hatte weiche Gesichtszüge und ein Doppelkinn, das über sein Kollar hing, den weißen Kragen der Kleriker. Emma zeigte ihm ihren Presseausweis.

»Habe leider keine Zeit«, knurrte Windisch kurzatmig.

»Sie haben vor kurzem Ihre ehemalige Klassenkameradin Miriam Schürmann in Mainz in ihrer Wohnung besucht«, sagte Emma rasch.

Windisch hielt inne und starrte sie verblüfft an. »Wer sagt das?«

Emma blieb einen halben Schritt vor ihm stehen. »Die Nachbarin hat Sie gesehen«, erwiderte sie ruhig.

»Ja, und?« Der Geistliche blickte sie drohend an.

»Was wollten Sie von ihr?«

»Ich habe eine ehemalige Klassenkameradin besucht, und das war's. Und jetzt lassen Sie mich zufrieden, ich habe zu tun«, keuchte Windisch und setzte sich schwerfällig in Bewegung.

Emma sah ihm nach und nickte zufrieden. Windisch hatte also tatsächlich Miriam Schürmann kurz vor ihrem Tod einen Besuch abgestattet.

25. Kapitel

Wenn einmal solcher Wind und solches Feuer in ihre beiden Behälter fallen, so verrichten sie alle ihre Pflichten in Ehrbarkeit und mit besonnener Liebe, so daß ihr Stamm in Ehren blüht und grünt.

Der Himmel hing voller Wolken, als Paul das Funkhaus verließ. Der Parkplatz vor dem Gebäude war wie leergefegt. Es war später Nachmittag und trotzdem schon fast dunkel. Paul öffnete die Tür seines Wagens und ließ sich schwer hinter das Steuer fallen. Dann stellte er sein Handy in die Freisprechanlage und drückte auf den Wahlwiederholungsknopf, bis auf dem Display Griesers Name aufleuchtete. Als der Summton für die freie Leitung zum zweiten Mal ertönte, unterbrach er den Wahlvorgang. Stöhnend rieb er sich das Gesicht.

»Verdammt«, knurrte er und warf das Handy auf den Sitz neben sich. Dann schnallte er sich an und startete den Motor. Der Klingelton seines Handys erklang. Paul warf einen flüchtigen Blick auf das Display. Grieser. Paul murmelte einen Fluch.

»Hast du es gerade bei mir versucht?«, fragte Grieser.

»Ja«, erwiderte Paul gedehnt.

»Ich hatte nicht mehr mit dir gerechnet«, sagte Grieser.

»Wie war dein Tag?«

Paul erzählte von der Massenkarambolage, die sich am Nachmittag im Feiertagsverkehr ereignet hatte. Darüber hatte er einen kurzen Einspieler für die Abendnachrichten gemacht.

Grieser erwiderte nichts, er schien zu warten.

»Es hat im Kloster einen weiteren Mord gegeben«, sagte Paul zögernd.

»Ja«, erwiderte Grieser. »Wie du erwartet hast. Ich habe zwar weitere Streifen genehmigt bekommen, aber sie konnten den Mord nicht verhindern.«

Paul sah im Rückspiegel, wie an einem auf dem Parkplatz zurückgebliebenen Fahrzeug die Lichter angingen. Dann stieß es aus der Parklücke. Paul startete seinen Wagen und fuhr einige Meter rückwärts, so dass er die Parkplatzausfahrt frei gab. Steininger, sein Kollege von der Fachredaktion Wissenschaft, nickte ihm im Vorüberfahren zu.

»Du weißt, dass ich nichts weitergeben darf«, fuhr Grieser fort, »schon gar nicht an die Presse.«

»Ja, ich weiß«, erwiderte Paul schnell, »ist schon in Ordnung.«

»Ich habe keine Geheimnisse vor dir. Ich möchte nur sicher sein, dass dir klar ist, das erzähle ich meinem … einem Freund«, korrigierte sich Grieser, »dem ich hundertprozentig vertraue.«

»Brauchst du nicht«, unterbrach ihn Paul.

»Markus Hertl ist in seinem eigenen Bett mit einem Elektroschocker betäubt und dann gefesselt worden«, fuhr Grieser unbeirrt fort. »Dann wurde ihm sein Penis abgeschnitten und in den Mund gestopft. Er ist an seinem eigenen Genital erstickt.«

Paul starrte in die Dunkelheit. Eine Straßenlaterne tauchte die Kastanie vor ihm in unwirkliches Licht. »Ein kastrierter

Mönch, eine Frau verblutet, nachdem ihr die Genitalien abgeschnitten wurden, ein Mann erstickt an seinem eigenen Schwanz. – Was sagt uns das?«

Grieser stöhnte auf. »Wenn ich das wüsste, wäre ich einen Schritt weiter.«

»Die erste Kastration war vermutlich freiwillig«, erwiderte Paul, »von einem Mönch vorgenommen. Die zweite Kastration wird an Palmsonntag innerhalb einer Klosteranlage durchgeführt und bringt eine Frau zu Tode. Die dritte Kastration wird ebenfalls in einer Klosteranlage durchgeführt, und zwar ausgerechnet an Karfreitag.«

Statt einer Antwort war von Grieser nur ein Brummen zu hören.

»Ich denke«, fuhr Paul fort, »auch das war noch nicht das Ende. Es wird an Ostersonntag einen weiteren Toten geben.«

»Diesmal werden wir besser vorbereitet sein«, meinte Grieser grimmig. »Aber warum glaubst du das?«

»Der Mönch hat sich an Ostersonntag das Leben genommen.«

»Du hast bereits einmal recht behalten«, sagte Grieser gequält. »Ich hoffe, diesmal ist es anders.«

Paul hörte Stimmen im Hintergrund, Grieser deckte das Mikro seines Handys ab, wechselte ein paar Worte mit jemandem und meldete sich dann zurück, um sich zu verabschieden.

»Aber das bleibt unter uns, was ich dir von den Ermittlungen erzählt habe«, sagte er eindringlich.

»Versprochen«, erwiderte Paul.

Schwester Adelgund schob ihre goldene Nickelbrille bis dicht vor ihre Augen und blickte sie ruhig an.

»Ich hätte es mir nicht ausgesucht, ehrwürdige Mutter, aber nun bleibt mir keine Wahl.«

Schwester Lioba nickte. Sie war froh, dass Schwester Adelgund nach dem Karfreitagsgottesdienst zu ihr gekommen war, um über das Vorgefallene zu sprechen. Ihre Geschichte war denkbar einfach. Vor einigen Monaten hatte Mutter Mechthild sie gebeten, aus Kostengründen von der Großwäscherei in Bingen zu der kleineren Wäscherei in Bingerbrück zu wechseln. Als Gastschwester hatte sie regelmäßig Kontakt mit dem Besitzer der Wäscherei gehabt. Erst war es Sympathie, dann Liebe und dann Leidenschaft.

»Und Sie sind sich sicher?«, fragte Schwester Lioba. Schwester Adelgund nickte. »Ja«, sagte sie. »Ganz sicher.«

»Sie wissen, wie das offizielle Vorgehen aussieht«, erwiderte die Äbtissin. »Ich kann Sie nicht aus dem Dienst der Kirche entlassen. Dafür benötigen Sie ein Austrittsindult, eine vom Papst erteilte Befreiung. Sie müssen ein offizielles Schreiben an den Heiligen Stuhl richten, mit der Bitte, Ihnen Dispens zu erteilen, um Sie von Ihrem Gelübde zu entbinden. Bis Ihrem Wunsch entsprochen wird, könnten Sie weiterhin im Kloster bleiben. Doch …« Schwester Lioba zögerte, »…angesichts der Sachlage halte ich es für besser, wenn Sie noch heute Abend Ihre persönlichen Dinge an sich nehmen und das Kloster verlassen.«

Die Äbtissin faltete die Hände und senkte den Blick auf das Bild des Gekreuzigten auf ihrem Schreibtisch. Schwester Adelgund hatte ihren Weg selbst gewählt. Trotzdem würde es ihr schwerfallen, die Gemeinschaft zu verlassen, der sie mehr als zehn Jahre angehört und die über viele Jahre ihr Leben ausgemacht hatte.

Schwester Lioba sah auf. Schwester Adelgund wirkte gefasst. Ihre Augen glänzten vor Tränen, doch sie bewahrte Haltung.

»Ich habe Hochachtung vor Ihrem Schritt«, sagte Schwester Lioba sanft, »es ist nicht leicht, nach so vielen Jahren in der Gemeinschaft nach draußen zu gehen und ein weltliches Leben zu führen. Es wird schwer sein, aber Sie werden Ihren Weg gehen. Es ist der richtige für Sie.«

»Es tut mir leid, ehrwürdige Mutter, dass ich Sie und die Mitschwestern so lange getäuscht habe«, begann Schwester Adelgund.

Doch Schwester Lioba hob die Hand und unterbrach sie.

»Es war ein schwerer Weg für Sie, und erst mussten Sie ein paar Schritte gehen, um sicher zu sein, dass er der richtige ist. Machen Sie sich keine Gedanken über das, was war. Sie haben niemandem geschadet. Und nun konzentrieren Sie sich auf das, was vor Ihnen liegt, und denken Sie nicht mehr darüber nach, was Sie hinter sich gelassen haben. Es war hoffentlich eine gute Zeit für Sie, die nun zu Ende geht.«

Schwester Adelgund nickte.

»Waren Sie deshalb gegen eine weltliche Beraterin?«, fragte Schwester Lioba sanft. »Waren Sie es, die Silvia Neureuther unter falschem Namen angerufen hat?«

Schwester Adelgund hob überrascht den Kopf. Sie zögerte, doch dann nickte sie. »Ja, ich hatte gefürchtet, eine weltliche Buchprüferin würde schnell erkennen, dass die Rechnungen der Wäscherei deutlich unter ihrem eigenen Angebot lagen. Die Großwäscherei hatte ihn unterboten, doch der Auftrag gab ihm die Möglichkeit, mich regelmäßig zu sehen. Deshalb nahm er viel zu niedrige Preise.«

»Was er vermutlich nur für das Gästehaus des Klosters getan hat«, erwiderte Schwester Lioba. »Ich bin froh, dass Silvia Neureuther Ihren Anruf unter falschem Namen so schnell durchschaut hat. Ihr Besuch bei uns ist ein erster wichtiger Schritt in eine neue Zukunft.«

In die Wangen von Schwester Adelgund stieg sanfte Röte.

»Es tut mir leid«, erwiderte sie. »Am vergangenen Wochenende waren Herr Mittenfelder und ich auf einmal unsicher, ob wir das Richtige tun. Ob ich den Konvent wirklich verlassen soll. Und ob er nicht doch zu seiner Frau zurückkehren soll. Da habe ich Panik bekommen, dass es nach dem Besuch von Silvia Neureuther kein Zurück mehr für mich geben könnte.«

»Manche Dinge lassen sich nicht mehr rückgängig machen«, erwiderte Schwester Lioba.

Schwester Adelgund nickte. »Ehrwürdige Mutter, würden Sie ein letztes Mal mit mir das Vaterunser sprechen?«

Schwester Lioba erhob sich wortlos und ging zu ihrer kleinen Gebetbank hinter der Tür. Dort kniete sie nieder. Schwester Adelgund schob den Stuhl zur Seite und kniete neben ihr auf den Teppich. Gemeinsam senkten sie ihre Köpfe und falteten die Hände. Die Äbtissin sprach mit fester Stimme das Vaterunser, Schwester Adelgund fiel ein. Ihre Stimme hatte an Stärke nicht verloren. Schwester Lioba sprach eindringlich die Worte, die ihr schon oft Halt gegeben hatten. Gemeinsam beendeten sie das Gebet, dann erhoben sie sich.

Schwester Adelgund ging zur Tür und legte die Hand auf die Türklinke. Sie zögerte.

»Ja?«, fragte Schwester Lioba.

»Es gibt noch eine Sache, die ich Ihnen sagen muss.« Schwester Adelgund wandte sich um, die Hände gefaltet, den Kopf erhoben. »Ich habe mich in den vergangenen Wochen einige Male mit Volker, mit Herrn Mittenfelder, getroffen. Nachts. Um unbemerkt das Kloster verlassen zu können, bin ich durch das Gästehaus gegangen.«

Schwester Lioba nickte. Als Gastschwester hatte Schwester Adelgund die Schlüssel zum Gästehaus und konnte von dort in den Ort gelangen.

»Ich war auch in der Nacht von Samstag auf Palmsonntag bei Herrn Mittenfelder. Es gab so viel zu besprechen, weil wir uns nicht sicher waren, was wir tun sollten. Ich war bei ihm von dreiundzwanzig Uhr bis vier Uhr morgens. In dieser Zeit war das Gästehaus unverschlossen. Ebenso in der vergangenen Nacht. Denn wir mussten eine Entscheidung treffen.«

Schwester Lioba blickte Schwester Adelgund fragend an. Dann begann ihr zu dämmern, was die Schwester damit sagen wollte.

»Das heißt, in dieser Zeit konnte unbemerkt jeder von außen über das Gästehaus ins Kloster gelangen.«

Schwester Adelgund nickte. Dieses Eingeständnis schien ihr weitaus schwerer zu fallen als die Beichte zuvor. Nun traten ihr Tränen in die Augen.

»Ehrwürdige Mutter, vielleicht bin ich schuld daran, dass ein Mörder Zugang zum Kloster hatte und diese schrecklichen Taten begehen konnte.«

»Unsinn«, erwiderte Schwester Lioba. »Der Mord an Miriam Schürmann wurde gegen 19.30 Uhr verübt, das hat mir der Hauptkommissar mitgeteilt. Sie haben also keinerlei Schuld daran. Es könnte allerdings sein, dass der Mörder die offene Tür des Gästehauses genutzt hat, um im Laufe der Nacht erneut in das Kloster zu gelangen und die Leiche vom Gästehaus in die Abteikirche zu bringen.«

»Aber in der vergangenen Nacht«, wandte Schwester Adelgund ein.

»Ein Mörder hätte in jedem Fall den Weg ins Gästehaus gefunden«, erwiderte Schwester Lioba entschieden. »Machen Sie sich darüber keine Gedanken.«

Erleichterung breitete sich auf dem Gesicht von Schwester Adelgund aus.

»Aber Sie werden zur Polizei gehen müssen und eine Aussage machen«, sagte Schwester Lioba.

Schwester Adelgund nickte.

»Noch heute«, betonte die Äbtissin.

Schwester Adelgund nickte erneut. »Danke«, sagte sie, und nun trat ein Leuchten in ihr Gesicht, das Schwester Lioba schon lange nicht mehr bei ihr gesehen hatte.

Eigentlich hätte mir das schon früher auffallen können, dachte die Äbtissin. Mit einem tiefen Atemzug nahm sie wieder den Platz hinter ihrem Schreibtisch ein. Sie spürte, wie die Sorge zurückkehrte. Mit Schwester Adelgund hatte eine äußerst erfahrene und tüchtige Gastschwester die Gemeinschaft verlassen. Wie sollten sie es nur ohne sie schaffen, eine neue wirtschaftliche Basis für den Konvent zu finden?

Die Fahrt hatte nicht lange gedauert. Emma war wie betäubt gewesen. Gegen neun Uhr abends erreichte sie Heidelberg. Sie betrat ihre Wohnung, die sich fremd anfühlte. Sie nahm eine Thunfischpizza aus dem Tiefkühlfach und schob sie in den Backofen. Dann stellte sie sich unter die Dusche. Mit noch nassen Haaren nahm sie die Pizza aus dem Ofen und setzte sich aufs Sofa. Sie schaltete den Fernseher an und startete vom DVD-Recorder eine Folge ihrer Lieblingsserie Dr. House. Doch schon nach wenigen Happen war ihr der Appetit vergangen.

Emma schob die kalten Reste der Pizza von sich und starrte auf den flimmernden Bildschirm, ohne die Worte aufzunehmen. Sie hatte nicht die geringste Ahnung, wie sie heute den Abend und die Nacht überstehen sollte. Sie konnte nicht richtig trauern, weil sie diesen Mann so wenig gekannt hatte. Und doch hatte sie das Gefühl, einen großen Verlust erlitten zu haben.

Emma zog ihr Handy zu sich her und tippte eine SMS an Paul. *Mayday. 22.30 Uhr im Ballroom. Heute muss es sein. E.*

Die Antwort ließ nicht lange auf sich warten. Paul war einverstanden. Erleichtert stand Emma auf und ging ins

Bad. Sie brauchte eine halbe Stunde, um sich die Haare zurechtzumachen, zu schminken und sich in eine helle Marlene-Dietrich-Hose mit breitem Schlag zu werfen, darüber ein leichtes Top mit Spaghettiträgern und Strass-Steinen am Ausschnitt. Sie streifte Mokassins über, eigentlich zu kühl für diese Jahreszeit, und griff nach einer warmen Winterjacke, die nicht zum restlichen Outfit passte.

Kurz nach zehn Uhr erreichte sie den Ballroom in einer kleinen Seitengasse der Heidelberger Altstadt. Den Wagen hatte sie in der Tiefgarage abgestellt und war dann über den Kornmarkt geschlendert. Paul kam meistens zu spät, sie hatte also Zeit.

Der Ballroom war eine Tanzbar alten Stils. Tanzfläche, Bar und Bestuhlung sahen aus, als wären sie ohne große Veränderung einem Fünfziger-Jahre-Film entnommen worden. Noch war wenig los, was sich in den nächsten zwei Stunden sicher ändern würde. Emma suchte sich einen Platz in der Nähe der Tanzfläche und schob den Beutel mit ihren Tanzschuhen auf den Stuhl neben sich. Kurze Zeit später kam eine Kellnerin freundlich lächelnd an ihren Tisch. Emma bestellte einen alkoholfreien Mango-Joghurt-Cocktail und eine Schüssel mit gesalzenen Erdnüssen. Sie streifte ihre Mokassins ab und griff nach dem Beutel neben sich. Sie spürte die Vorfreude, als sie ihre Tanzschuhe anzog, hochhackige Pumps mit strassbesetzten Riemchen. Sie musste an Hertl denken und den Kuss, den sie sich gestern Abend gegeben hatten. Dort unter der Laterne hatte sie für einen Moment vergessen, dass sie sich kaum kannten, dass sie nicht wissen konnte, wie sich das Ganze entwickeln würde und ob Markus Hertl wirklich der Mann war, auf den sie seit Jahren wartete.

Emma spürte, wie ihr erneut Tränen in die Augen traten. Da steuerte die Kellnerin auf sie zu und schob ein geschwungenes Glas mit einer hellen, milchigen Flüssigkeit auf den Tisch, daneben eine einfache weiße Porzellanschüssel mit gesalzenen Nüssen. Emma nickte zum Dank und drehte sich unauffällig weg. Sie kramte in ihrer Tasche nach einem Papiertaschentuch, tupfte sich die Wangen und hoffte, dass ihr Augen-Make-up keine dunklen Streifen in ihr Gesicht zeichnete. Plötzlich spürte sie eine warme Hand auf ihrer Schulter. Sie wandte den Kopf. Paul stand neben ihr und sah sie freundlich an.

»Ach Prinzesschen«, sagte er und setzte sich neben sie. Er griff ihre Hand. Emma legte den Kopf an seine Schulter und machte keinen weiteren Versuch, die Tränen zurückzuhalten.

Einige Minuten später fühlte sie sich entschieden besser. Emma blinzelte Paul dankbar zu und verschwand mit ihrer Handtasche in der winzigen Toilette. Sie schminkte sich ab und verzichtete auf weiteres Make-up. Als sie zu Paul zurückkehrte, hatte er sich ein Bier bestellt.

Emma warf ihre Handtasche neben ihn auf den freien Stuhl und blickte auf seine Füße. Er hatte inzwischen seine dunklen Freizeitschuhe gegen Tanzschuhe mit dünnen Sohlen eingetauscht. Emma fing seinen Blick auf und lächelte. Aus den Lautsprechern erklang »Come Away with Me« von Norah Jones, ein langsamer Walzer. Emma reichte ihm die Hand.

Paul ergriff sie, stand auf und ging Emma voraus auf die Tanzfläche. Noch war sie fast leer. Ein bieder wirkendes Paar Ende dreißig in steifer Festtagskleidung übte die Grundschritte des langsamen Walzers und mühte sich mit einer halben Drehung. Ein weiteres Paar, deutlich jünger und glamourös herausgeputzt, kurvte mit weit ausholenden Schritten am äußeren Rand entlang. Paul betrat die Tanzfläche und bot den Arm, in den sich Emma bereitwillig hinein schmiegte.

Paul brauchte nur einen Moment, um den Takt aufzunehmen. Sie tanzten fast zwei Stunden ohne Pause. Emma nahm nur am Rande wahr, dass eine Polizeistreife in die Bar kam und erst nach längeren Diskussionen mit dem Besitzer wieder den Rückzug antrat. Auf Pauls fragenden Blick antwortete Emma nur kurz »Karfreitag«. Später bemerkte sie, dass der Barbesitzer ein handgeschriebenes Schild nach draußen hängte mit der Aufschrift »Private Veranstaltung«.

Kurz nach Mitternacht sank Emma auf ihren Stuhl und bestellte eine große Flasche Wasser und zwei Gläser. Paul orderte noch ein Bier. Ohne ein Wort zu wechseln, saßen sie einträchtig nebeneinander und sahen den anderen Paaren beim Tanzen zu. Die Bar hatte sich gefüllt.

»Was hat Grieser gesagt?« Sie wandte sich an Paul, als die Musik »Bésame mucho« spielte, eine gefühlvolle Rumba.

»Er hat nicht viel verraten.« Paul griff nach seinem Bier, das er mit einem energischen Zug leerte. Dann hob er das Glas und nickte der Kellnerin zu. Emma musterte ihn mit zusammengezogenen Augenbrauen.

»Das stimmt nicht«, stellte sie gelassen fest.

Paul verzog den Mund zu einem schiefen Lachen. Dann wurde er wieder ernst. Er ließ ein Frauenpaar nicht aus den Augen, beide nicht mehr die Jüngsten, die mit unscheinbarer Straßenkleidung auf die Tanzfläche getreten waren und nun tanzten, als wollten sie jedes Herz im Raum zum Schmelzen bringen.

»Bitte«, sagte Emma.

»Ich habe versprochen, nichts zu sagen«, erwiderte Paul.

»Es würde mir helfen, wenn ich wüsste, was passiert ist.«

Paul schüttelte den Kopf und griff nach seinem Bier. »Ich kann nicht. Grieser wird mir nie wieder vertrauen, wenn er das mitkriegt.«

»Woher sollte er das erfahren? Das bleibt ein Geheimnis

zwischen dir und mir. In spätestens zwei oder drei Wochen wird die Polizei ohnehin weitere Details bekanntgeben. Dann weiß ich es auch offiziell.«

Paul seufzte. »Aber das bleibt wirklich unter uns.«

Emma nickte.

»Es ist allerdings ziemlich grausig. Hertl wurde mit einem Elektroschocker betäubt. Dann wurde ihm sein Penis abgeschnitten und in den Mund gestopft. Er ist an seinem eigenen Schwanz erstickt.«

Emma richtete sich entsetzt auf. Ihre Blicke kreuzten sich, und sie sah ihm an, dass er bereits bereute, etwas gesagt zu haben. Hastig stand sie auf und stürzte zur Toilette.

OSTERSAMSTAG

26. Kapitel

Dies brennt aber doch so heftig, daß solche Männer im Verkehr mit Weibern ungezügelt sind wie Tiere und Schlangen.

Die Luft im Tagungsraum war stickig. Schwester Lioba gab der Priorin ein Zeichen, damit sie ein Fenster zum Lüften öffnete. Gleich nach dem Konventamt hatten sie sich hier versammelt. Trotz des ungebührlichen Termins waren alle gekommen. Nun stand Silvia Neureuther vor den Schwestern und eröffnete den Workshop mit ein paar einleitenden Worten. Sie schilderte den Mitgliedern des Konvents, dass es heute nur um das Sammeln von Vorschlägen und Ideen ging, eine Entscheidung stand im Moment noch nicht an. Dann übergab Neureuther das Wort an Schwester Lioba.

Die Äbtissin erhob sich und blickte in die Runde. Einige der Schwestern erwiderten ihren Blick, andere sahen zu Boden und schienen sich weit weg zu wünschen. Schwester Lioba schaute zu Schwester Raphaela, die freudig erregt wirkte.

Die Äbtissin schilderte in knappen Worten, wie brisant ihre finanzielle Situation war. Dann nickte sie Schwester Erika zu, die einen detaillierten Bericht der Buchprüfung und die vorläufige Bilanz vortrug. Während sie sprach, blickte sich Schwester Lioba im Raum um. Einige der Schwestern hatten besorgte Gesichter, andere schienen immer noch nicht begriffen zu haben, wie schlecht es um sie stand.

Als Schwester Erika ihren Vortrag beendet hatte, stand die Äbtissin erneut auf. »Liebe Mitschwestern, wenn uns die Diözese finanziell unterstützt, können wir vielleicht noch sechs Monate durchhalten. In der Zeit muss es uns gelingen, eine neue Einnahmequelle zu finden. Sonst müssen wir aufgeben. Das würde bedeuten, das Kloster Rupertsberg würde für immer schließen. Der Konvent würde aufgelöst werden, und die Mitglieder unserer Gemeinschaft würden auf verschiedene Klöster aufgeteilt werden.«

Entsetzte Blicke ruhten auf ihr, einige der Schwestern wirkten regelrecht elektrisiert.

»Ich möchte gern, dass wir alle gemeinsam überlegen, was wir tun können, um unsere Gemeinschaft vor dem Untergang zu bewahren«, schloss Schwester Lioba.

»Dann würde das, was Hildegard von Bingen vor über 800 Jahren geschaffen hat, untergehen«, sagte Schwester Raphaela sanft und blickte die Äbtissin an, als wäre sie persönlich dafür verantwortlich.

»So ist es«, bestätigte Schwester Lioba gelassen.

»Aber das geht nicht«, rief Schwester Teresa entsetzt. »Das Kloster hat mehr als 800 Jahre überlebt. Wir können nicht zulassen, dass wir es zugrunde richten.«

»Das haben wir auch nicht.« Schwester Heidrun schüttelte tadelnd den Kopf. »Wir haben unter den Folgen der Rezession zu leiden, genau wie viele Unternehmen in Deutschland auch. Das ist nicht unsere Schuld.«

»Wir sind kein Unternehmen«, bemerkte Schwester Raphaela düster. »Wir sind eine kirchliche Gemeinschaft.«

»Die von irgendetwas leben muss«, wandte Schwester

Agnes ein. »Und da der Ertrag der Restaurierungswerkstatt für unseren Lebensunterhalt nicht mehr ausreicht, müssen wir uns eben etwas anderes ausdenken.«

Die Temperatur im Raum schien anzusteigen. Schwester Lioba warf einen Blick zum Fenster, das noch immer offen stand, und wischte sich unauffällig die feuchten Handflächen an ihrem Habit ab. Sie begegnete dem fragenden Blick Silvia Neureuthers. Die Äbtissin nickte ihr zu. Es war Zeit, mit dem konstruktiven Teil des Workshops zu beginnen. Silvia Neureuther erhob sich und stellte sich neben das Flipchart, das sie in einer Ecke des Raumes aufgebaut hatte.

»Wir sollten uns nun Gedanken darüber machen, welche Möglichkeiten es grundsätzlich gibt, den wirtschaftlichen Erhalt des Klosters zu sichern. In dieser ersten Phase der Ideensammlung sollten wir uns keinerlei Beschränkung auferlegen, was Inhalt und Art der Ideen betrifft. Wir werden erst in einem weiteren Schritt die Ideen aussortieren, die nicht realisierbar sind.«

»Wie wäre es mit Weinbau?«, rief Schwester Cäcilia, eine begeisterte Weintrinkerin. Sie hatte früher im Klosterladen gearbeitet und war nun schon seit einigen Jahren freigestellt, um sich ganz der Betreuung von Schwester Birgit zu widmen, die an Alzheimer erkrankt war.

»Aber dann würden wir den Schwestern der Abtei Hildegard in Eibingen Konkurrenz machen«, protestierte Schwester Brigitta. »Außerdem bräuchten wir doch Land für die Rebstöcke.«

»Der Markt ist groß genug, um den Wein von zwei Klöstern verkaufen zu können«, sagte Schwester Philippa begeistert, »und das Land könnten wir doch pachten.«

»Und woher nehmen wir das Geld dafür?«, fragte Schwester Heidrun mit erhobener Stimme. »Außerdem dauert das viel zu lange, bis es Gewinn abwirft.«

Weitere Stimmen erhoben sich. Schwester Lioba hob mahnend die Hand.

»Im ersten Schritt sammeln wir nur alle Ideen«, sagte sie geduldig.

Triumphierend hob Schwester Cäcilia den Blick. Ihre rosigen Wangen verfärbten sich zu einem kräftigen Rot.

»Weinbau«, wiederholte sie mit zufriedener Stimme und verfolgte, wie die Unternehmensberaterin das Stichwort auf dem Flipchart notierte.

Zwei Stunden später hatten etwa fünfzig Vorschläge ihren Weg auf die Stichwortliste gefunden. Die meisten wurden jedoch wenig später bei der zweiten Runde wieder gestrichen.

Schwester Lioba blickte sich im Rekreationsraum um. Viele Schwestern wirkten frustriert, einige senkten traurig den Kopf. Nur Schwester Raphaela schien in den vergangenen Stunden förmlich aufgeblüht zu sein. Sie blickte zufrieden in die Runde.

Nachdenklich sah Schwester Lioba zu Silvia Neureuther, die immer noch gelassen wirkte und gerade das Stichwort »Hochzeitskleider« durchstrich. Sie hatten zwar eine kleine Schneiderei im Kloster, und Schwester Katharina war eine sehr tüchtige Schneiderin, doch bisher hatte sie ausschließlich geistliche Kleidung genäht, und Schwester Katharina war überzeugt davon, dass niemand sie ernst nehmen würde, wenn sie als Schwestern eines benediktinischen Ordens auf einmal Hochzeitskleider nähen wollten. Außerdem würde es dem Ansehen des Konvents schaden, davon war insbesondere Schwester Teresa überzeugt.

Schwester Lioba seufzte und rieb sich die Augen. Die Unternehmensberaterin gab sich alle erdenkliche Mühe, doch sie konnte nicht verhindern, dass sich allmählich Niedergeschlagenheit breitmachte. Die Äbtissin bereute es, dass sie

Silvia Neureuther darum gebeten hatte, den Workshop zunächst ausschließlich unter Beteiligung der Schwestern zu gestalten. Die Professionalität dieser Frau war nicht zu unterschätzen und wenn sie etwas im Moment dringender brauchten denn je, dann war das Professionalität. Die Unternehmensberaterin konnte mit Sicherheit Vorschläge machen, die zumindest eine geringe Aussicht auf Erfolg hatten.

Am Flipchart trat nun die Beraterin zur Seite. Von den ursprünglich rund fünfzig Stichworten waren nach langen Diskussionen noch drei geblieben.

»Klosterladen ausbauen« stand dort zu lesen, »mehr geistliche Kleider schneidern« und »mehr kirchliche Schriften« restaurieren.

Schwester Lioba seufzte. Das sah nun nicht gerade nach dem Neuanfang aus, den sie sich von diesem Workshop erhofft hatte. Sie hatten in den vergangenen Monaten bereits mehrfach Anstrengungen unternommen, ihre bisherigen wirtschaftlichen Tätigkeiten auszubauen. Doch die Rezession und auch die Veränderungen innerhalb der Kirche hatten ihnen einen Strich durch die Rechnung gemacht.

Die Äbtissin richtete sich auf. Als sie dem triumphierenden Blick von Schwester Raphaela begegnete, zuckte sie zusammen. Sie spürte, dass bei vielen Schwestern der Wille zur Veränderung nachließ.

Schwester Raphaela bat um das Wort. »Es ist erst wenige Wochen her, dass unsere ehrwürdige Mutter zur Oberin gewählt wurde«, begann sie. »Die Wahl fand jedoch unter falscher Voraussetzung statt.«

Schwester Lioba erstarrte. Ungläubig sah sie Schwester Raphaela an.

»Als Schwester Lioba von unserem Konvent gewählt wurde, dachten wir alle, das Kloster befinde sich in guten Händen.« Sie stockte, blinzelte und korrigierte sich dann ohne Eile. »Wir glaubten, das Kloster habe eine stabile wirtschaftliche Basis. Doch das war leider ein Irrtum, wie uns Schwester Lioba nun mitteilt.«

Schwester Raphaela nickte der Äbtissin mit ernstem Blick zu, als wäre sie für dieses finanzielle Desaster verantwortlich.

»Wer weiß, wie die Wahl ausgefallen wäre, wenn wir alle gewusst hätten, dass ein Neuanfang notwendig ist und das Kloster dringend eine starke Hand braucht.« Schwester Raphaela lächelte grimmig. »Doch nun werden wir wohl damit leben müssen, dass unsere ehrwürdige Mutter möchte, dass wir uns alle gemeinsam einigen. Ich fürchte, das wird ein mühsames Unterfangen. Vielleicht wäre es notwendig, eine starke und unpopuläre Entscheidung zu treffen.«

Schwester Raphaela setzte sich und sah sich beifallheischend um. Einige Schwestern starrten sie sprachlos an, einige wiegten bedächtig den Kopf, wieder andere blickten erschreckt zu Schwester Lioba. Die Äbtissin sog scharf den Atem ein. Dann erhob sie sich.

»Liebe Schwestern«, sagte sie und sah in die Runde. »Wir sollten auf die Kraft des Herrn vertrauen. Er bestimmt seit mehr als 800 Jahren das Geschick des Klosters und wird es auch weiterhin tun. Wir sind die Nachfolgerinnen Hildegards und ihrer Gemeinschaft. Und das werden wir auch weiterhin sein.«

Schwester Raphaela schürzte die Lippen und zog die Augenbrauen zusammen. Schwester Lioba ließ sich ihren Ärger nicht anmerken. Ihre Aufgabe als Leiterin dieses Ordens war es, den Mitschwestern die Kraft zu geben, jeden Tag aufs Neue ein gottgefälliges Leben zu führen.

»Sprecht mit mir das Vaterunser und erinnert euch daran, warum ihr in den Orden eingetreten seid. Die Kraft, die ihr daraus schöpft, wird euch jeden Tag tragen.«

Schwester Lioba musste an Schwester Adelgund denken,

die noch gestern Abend mit Straßenkleidung und einem einfachen Koffer das Kloster verlassen hatte. Sie hatte ihr geraten, sich von den Mitschwestern zu verabschieden. Doch Schwester Adelgund hatte sich außerstande gefühlt, diese Kraft aufzubringen. So hatte sie gepackt, während ihre ehemaligen Mitschwestern in der Vesper waren. Als die Schwestern zu Tisch saßen, hatte sie dem Kloster endgültig den Rücken gekehrt. Schwester Lioba hatte die Gemeinschaft später mit wenigen Worten unterrichtet.

Die Äbtissin atmete tief durch und faltete die Hände. Sie sah in die Gesichter, die ihr erwartungsvoll zugewandt waren. Schwester Philippa wirkte verstört, und Schwester Cäcilia schien sich auf einen Neuanfang zu freuen. Bei der Priorin überwog eindeutig der Ärger auf Schwester Raphaela.

Was für eine verrückte Zeit, dachte Schwester Lioba. Umso wichtiger, sich auf das Wesentliche zu konzentrieren. Sie senkte den Kopf und stimmte ein Gebet an, das ihnen allen Zuversicht geben sollte.

Während die Worte wie selbstverständlich über ihre Lippen kamen, musste sie daran denken, wie viel Hoffnung sie in den Besuch von Silvia Neureuther und diesen Workshop gesetzt hatte. Und nun war nichts dabei herausgekommen. Das bedeutete, sie war mehr denn je abhängig vom Geld der Diözese, um diese schwere Zeit zu überbrücken. Und damit war sie auch abhängig von Josef Windisch und davon, dass er ihr Gesuch beim Bischof um finanzielle Hilfe befürwortete.

27. Kapitel

Sie lieben des Weibes Gestalt bei der Vereinigung so sehr, daß sie sich nicht halten können, weil ihr Blut in großer Hitze entbrennt, wenn sie eine Frau sehen oder hören oder in ihren Gedanken sich ihrer erinnern.

»Der Journalist glaubt, dass es am Ostersonntag zu einem weiteren Vorfall kommen wird«, sagte Grieser und griff nach seiner Tasse.

Sabine Baum zog skeptisch die Augenbrauen hoch.

Grieser trank einen Schluck. »Er war auch schon sicher, dass an Karfreitag noch etwas passieren würde.«

Baum blinzelte. »Deshalb hast du die Wache verstärkt.«

Grieser nickte.

»Aber die Streife konnte es nicht verhindern«, sagte seine Kollegin düster.

»Der Mörder kam nicht von außen. Sonst hätte die Streife was gesehen.«

»Vielleicht.« Die Oberkommissarin stand auf, um sich ebenfalls Kaffee einzuschenken. »Vielleicht hätte sie was gesehen. Es wurde nicht lückenlos patrouilliert. Aber wir wissen von Schwester Adelgund, dass in der Nacht von Samstag auf Palmsonntag die Tür vom Gästehaus offen stand. Jeder hätte Zugang zum Klosterhof gehabt.«

»Aber nicht jeder hätte es gewusst«, wandte Grieser ein. Er griff nach dem Berliner auf seinem Teller und biss zaghaft hinein. Der Teig fühlte sich klebrig und kompakt an.

»Wer ist noch übrig?«, sagte Grieser zu Baum, und beide wussten, dass es eine rhetorische Frage war. »Thomas Kern, der Gynäkologe aus Afrika, und Josef Windisch, der Bischofsanwärter.« Er legte den Berliner auf den Teller zurück und wischte sich die klebrigen Finger.

Sabine Baum nickte. »Wir haben beide überprüft, mehrfach. Nichts, was sie verdächtig macht. Kern war in der Nacht in Heidelberg …«

»Von wo aus er in kürzester Zeit in Bingerbrück hätte sein können«, wandte Grieser ein. »Nachts bei leeren Straßen schafft er das in einer guten halben Stunde.«

»Dann hätte er mit Bleifuß fahren müssen.«

»Und Lehmann, der Leiter des Internats.« Grieser legte beide Arme auf den Tisch. »Und Schwester Lioba nicht zu vergessen. Alle vier könnten es gewesen sein. Sie hatten die Gelegenheit, keiner hat ein Alibi. Also warum kommen wir bei der Sache einfach nicht weiter?«

»Vielleicht weil es keinen Beweis gibt? Gegen keinen von den vieren? Oder vielleicht weil wir kein Motiv finden?« Baum lächelte schief.

»Stimmt«, brummte Grieser. Er war wütend, weil er den zweiten Mord nicht hatte verhindern können. Doch war es jetzt wirklich zu Ende? Paul hatte schon von Ostersonntag gesprochen. Ob er wirklich glaubte, dass ein weiterer Mord stattfinden würde?

Der Postbote hatte am Morgen die deutsche Ausgabe der naturwissenschaftlichen Schriften Hildegards von Bingen gebracht. Gegen Mittag setzte Emma sich mit einem Imbiss und einem Glas Milch ins Wohnzimmer und machte es sich auf dem Sofa gemütlich. Sie biss von ihrem Brot, wischte sich die Finger an ihrer Jeans ab und schlug das Buch auf. Es war eine Übersetzung aus den 1930er Jahren von dem deutschen Pharmakologen Hugo Schulz. Emma überflog etliche Seiten, dann blieb sie bei den Passagen hängen, in denen sich die Ordensfrau mit der menschlichen Sexualität auseinandersetzte. Emma war verblüfft, mit welcher Offenheit Hildegard von Bingen selbst kleinste Details beschrieb. Allmählich begriff sie, warum Markus Hertl geglaubt hatte, dass die überlieferten Textstellen für die Kirche bereits genug Sprengstoff boten.

Natürlich drängte sich auch ihr die Frage auf, woher eine zölibatär lebende Ordensfrau solche detailreiche Kenntnis über die menschliche Sexualität hatte. Doch das würde wohl das Geheimnis der Ordensfrau bleiben. Emma legte das Buch zur Seite und griff nach einer Biografie Hildegards von Bingen, die mit der gleichen Post gekommen war. Sie überflog einige Kapitel und stellte fest, dass Hildegard von Bingen in ihrer Autobiografie geschrieben hatte, dass sie im Alter von acht Jahren beim Kloster Disibodenberg zusammen mit Jutta von Sponheim eingemauert worden war. Dagegen gingen viele Wissenschaftler davon aus, dass sie 14 Jahre alt war, als sie auf den Disibodenberg kam. Zuvor wurde sie vermutlich zusammen mit Jutta von Sponheim von einer adeligen Frau religiös erzogen und war bereits für das Kloster bestimmt. Egal, welche Angaben stimmten, beides sprach dagegen, dass die Ordensfrau eigene sexuelle Erfahrungen gesammelt hatte.

Emma überflog ein weiteres Kapitel der Biografie, in dem geschildert wurde, wie sehr Hildegard an einer jungen Ordensfrau hing, die ins Kloster eintrat, als sie bereits Äbtissin des Konvents war. Die junge Frau, Richardis von Stade, verehrte die damals schon berühmte Frau und wurde schnell zur

Vertrauten und zu ihrer Freundin. Jahre später verlangte der Mainzer Erzbischof Heinrich gemeinsam mit dem Bremer Erzbischof, dass Richardis als Äbtissin in ein Kloster nach Bassum gehen sollte. Hildegard von Bingen wehrte sich vehement dagegen, ihre engste Vertraute und geliebte Freundin zu verlieren. Richardis von Stade verließ nach längeren Auseinandersetzungen schließlich das Kloster Rupertsberg und ging nach Bassum. Hildegard von Bingen war so sehr vom Schmerz und dem Verlust der Freundin getroffen, dass sie glühende Briefe schrieb über die vollkommene Liebe, die sie zu Richardis empfand. Immer wieder bat sie darum, Richardis möge zu ihr zurückkommen. Sie klagte, sie drohte und wandte sich sogar an den Papst. Doch Richardis kehrte nicht zurück und starb wenig später.

Die Schreiberin der Biografie legte Wert darauf, dass es sich um eine innige Freundschaft gehandelt hatte. Dass es auch eine lesbische Liebe gewesen sein könnte, erwähnte sie dagegen mit keinem Wort. Doch Hildegard von Bingen hatte offensichtlich auf ganz eigene Art an dieser Schwester gehangen. Die Briefe erzählten von einer tiefempfundenen Liebe zu einer anderen Frau, und Emma verstand immer mehr, warum die katholische Kirche zögerte, die berühmte Frau heiligzusprechen.

Emma fragte sich, was in der verschollenen Originalhandschrift sonst noch alles enthalten sein könnte. Sie setzte sich an den Computer und gab die Stichworte »Zölibat« und »Hildegard von Bingen« ein. Schon nach wenigen Minuten war ihr klar, dass Hildegard von Bingen in ihrer theologischen Hauptschrift »Scivias« den Zölibat ausdrücklich begrüßt hatte. Auch die Kombination aus den Suchbegriffen »Homosexualität« und »Hildegard von Bingen« brachte den schnellen Beweis, dass die Ordensfrau wie viele ihrer Zeitgenossen Homosexualität als entartet und verachtenswert empfunden und in ihren theologischen Schriften dagegen Stellung bezogen hatte.

Emma stöhnte und rieb sich die Augen. Die naheliegendsten Spuren führten in eine Sackgasse. Doch was wäre, wenn Hildegard von Bingen in ihrer späteren naturwissenschaftlichen Schrift zu einem anderen Urteil über Zölibat und Homosexualität gekommen war? In den Abschriften ihrer naturwissenschaftlichen Schrift hatte sie ganz vorurteilsfrei homosexuelle Männer und Frauen beschrieben. Auch war da von Männern und Frauen die Rede, die krank wurden, wenn sie enthaltsam lebten.

Emma war klar, dass es reine Spekulationen waren, die sie hier anstellte. Oder ob Hertl recht behalten sollte und der reine Marktwert der Handschrift bereits Grund genug war für einen Mord? Oder sogar zwei Morde?

Konzentriert ging Emma noch einmal durch, was sie bisher gefunden hatte. Für die These mit der Handschrift fehlte ihr jeglicher Hinweis. Sie hatte nur die Aussage der Nachbarin, dass Miriam Schürmann vor ihrem Tod Besuch von einem Priester erhalten hatte. Was nichts bedeuten musste.

Emma dachte darüber nach, dass Paul eher an einen Zusammenhang zwischen den auffälligen Todesarten glaubte. Drei Tote waren kastriert gewesen. Einer vor dem Tod, zwei waren durch die Kastration zu Tode gekommen. Unzufrieden gab Emma bei Wikipedia das Stichwort »Kastration« ein. In dem Online-Lexikon konnte sie nachlesen, dass Kastrationen an Männern in der gesamten Menschheitsgeschichte und in vielen Kulturen durchgeführt worden waren. In zahlreichen religiösen Kulten spielte die ritualisierte Kastration eine Rolle. Den meisten Männern wurde lediglich der Hoden entfernt, andere büßten zusätzlich den Penis ein.

Eine Kastration bei männlichen Kindern verhinderte die Pubertät. Der Stimmbruch entfiel, der Körper blieb weich und die Behaarung kindlich. In Italien wurden noch bis Mitte des 19. Jahrhunderts regelmäßig Knaben kastriert, um ihre hohe Stimme für den Gesang zu erhalten. Die Kastration eines erwachsenen Mannes machte die Veränderungen der Pubertät nicht mehr rückgängig. Die Stimme blieb tief und der Körper männlich. Doch der Geschlechtstrieb ging deutlich zurück und führte bei manchen bis zur Impotenz.

Im Gegensatz zu den Männern hatte die Kastration von Frauen keine Tradition. Bei ihnen mussten für eine Kastration die Eierstöcke entfernt werden, was einen operativen Eingriff notwendig machte, der früher schlicht nicht möglich war. Zur sexuellen Disziplinierung von Frauen wurden deshalb häufig die äußeren Genitalien wie die Schamlippen und die Klitoris entfernt.

Diese Verstümmelung von Frauen war in Teilen Afrikas sehr weit verbreitet. Auch heute noch werden jedes Jahr bis zu drei Millionen Mädchen die äußeren Genitalien oder Teile davon abgeschnitten und die entstehende Wunde vernäht. Bei sehr vielen Frauen führten diese Verstümmelungen zu lang währenden massiven gesundheitlichen Beeinträchtigungen.

Emma schauderte. Sie musste an Thomas Kern denken. Er arbeitete als Frauenarzt seit vielen Jahren in Burkina Faso und hatte sicher schon viele verstümmelte Frauen behandelt. Sie nahm sich vor, Kern nach den genauen Auswirkungen dieser Gewalttaten zu fragen, die dort bis heute an der Tagesordnung waren.

Es wunderte sie nicht zu lesen, dass die genitale Verstümmelung von Männern eher selten vorkam. In einer russischen Sekte war die genitale Verstümmelung von Frauen und Männern noch im 19. Jahrhundert üblich gewesen, doch ansonsten gab es eher weit zurückliegende Traditionen wie bei den Priestern der Göttin Kybele. Kybele wurde zusammen mit ihrem Geliebten Attis in Kleinasien und später auch in Griechenland und Rom verehrt. Der Kybelekult war vom 7. vorchristlichen Jahrhundert bis zum 5. Jahrhundert nach Christus ein im ganzen römischen Reich verbreiteter Mysterienkult. Die Priester der Kybele waren kastriert. Sie entmannten sich selbst in einem orgiastisch gesteigerten öffentlichen Ritual beim jährlich stattfindenden Märzfest.

Emma fand es lächerlich, dass die genitale Verstümmelung von afrikanischen Frauen mit der Beschneidung von Männern verglichen wurde. Denn das Abschneiden von Schamlippen und Klitoris kam einer Entfernung des kompletten Gliedes gleich. Bei Beschneidungen von Männern zum Beispiel im jüdischen Glauben wurde dagegen lediglich die Vorhaut entfernt.

Emma stand auf und trat an das Fenster. In den Baumwipfeln auf dem Heiligenberg hing Nebel, eine dunkle Regenwolke schob sich in das Neckartal. Sie dachte darüber nach, welche religiöse Bedeutung die Kastration und auch die genitale Verstümmelung haben konnte. Da die Morde in einem Kloster stattgefunden hatten, lag der Zusammenhang einfach nahe.

Weil bei Frauen eine Kastration ohne operativen Eingriff nicht möglich war, wurde sie aus religiösen oder sozialen Gründen praktisch nie durchgeführt. Dagegen war die genitale Verstümmelung weit verbreitet. Bei Männern hingegen galt die Kastration als ein Mittel, um den Sexualtrieb zu unterdrücken. Bei ihnen kam die genitale Verstümmelung praktisch kaum vor. Sie erinnerte sich daran, was Hertl erzählt hatte.

Hertl. Tränen traten ihr in die Augen. Emma zwang sich, nur an seine Worte zu denken. Er hatte erzählt, dass es in den Anfängen des Christentums immer wieder religiöse Eiferer gab, die mit Hilfe der Kastration ihre Lust unterdrücken wollten. Angenommen, sie lag mit ihrer ersten Vermutung falsch und es handelte sich nicht um einen Schatzsucher, der die Handschrift suchte. Angenommen, sie hätten es mit einem religiösen Eiferer zu tun, mit dem Wunsch, zumindest symbolisch den Sexualtrieb zu unterbinden. Er hatte Miriam Schürmann und auch Markus Hertl äußerst brutal die Genitalien abgeschnitten. Das sah nicht nach einem religiösen Beweggrund aus, eher nach einem Racheakt oder einem sexuell motivierten Gewaltakt. Aber wie hingen die Morde in Bingerbrück mit Pater Benedikt zusammen, dem kastrierten Mönch?

Emma zog ein Blatt Papier zu sich her und schrieb die Namen derer darauf, die zur Clique gehört hatten und in der vergangenen Woche im Gästehaus des Klosters untergebracht gewesen waren.

Thomas Kern. Gynäkologe, in Afrika tätig.

Josef Windisch. Priester.

Schwester Lioba. Äbtissin.

Emma zögerte. Paul glaubte an eine Beteiligung ihres Vaters. Widerstrebend schrieb sie den Namen ihres Vaters.

Gerhard Lehmann. Lehrer.

Und noch einen weiteren Namen fügte sie hinzu. Pater Benedikt.

Emma ließ ihren Blick über das Blatt wandern. Ihr fiel kein Grund ein, warum Kern hätte Rache nehmen sollen. Naheliegender schien ihr eine religiös motivierte Tat. Ein Priester und eine Äbtissin. Katholische Kirche. Auch der Mönch. Katholische Kirche. War das die Verbindung? Was hatte die katholische Kirche mit Kastration zu tun? Nichts, dachte Emma.

Sie kehrte zurück zu ihrem Computer und gab in Google das Wort »Kastration« ein und »katholische Kirche«. Verblüfft stellte sie fest, dass Google weit mehr als 8.000 Treffer zeigte. Sie ging die Liste durch und klickte auf den ein oder anderen interessanten Fund. Dabei stieß sie auf viele Belege, dass es über Jahrhunderte in der Kirche Kastraten gegeben hatte, die ihrem Sexualtrieb hatten entfliehen wollen. Der wohl bekannteste war der christliche Gelehrte und Theologe Origenes, der im 3. Jahrhundert nach Christus lebte und sich in wörtlicher Auslegung der Bibel selber entmannt haben sollte. In vielen Texten fand Emma Hinweise, dass freiwillige Kastrationen von Mönchen und Priestern solche Ausmaße annahmen, dass bereits die frühchristliche Kirche sich genötigt sah, diese Form des Asketentums in einem Konzilbeschluss zu verbieten. Im ersten Konzil von Nicäa, 325 nach Christus, wurde per Beschluss festgelegt, dass ein kastrierter Würdenträger sein Amt niederlegen musste und Kastrierte künftig nicht mehr zugelassen werden sollten. Der betreffende Kanon unterschied sorgfältig zwischen Männern, die aus gesundheitlichen Gründen oder von Barbaren kastriert wurden, sowie Männern, die ihre Kastration selbst herbeigeführt hatten. Im Jahr 1587 sprach Papst Sixtus V. per Dekret ein klares Verbot aus. Auf der Internetseite eines Theologen fand Emma den Hinweis, dass in der Moraltheologie Kastration als Versuch gewertet wird, der normalen sittlichen Anstrengung zur Beherrschung des Geschlechtstriebs zu entfliehen. Doch dieses gehöre nun einmal zur gottgewollten Aufgabe des Menschen.

In einem kirchengeschichtlichen Forum stieß Emma auf einen Diskussionsstrang über Kastration, die Papstwahl und einen ungewöhnlichen Stuhl. Viele von den Beiträgen waren mit lachenden, weinenden oder auch wütenden Smileys versehen.

Tiger4711 berichtete von einem Stuhl mit einem hufeisenförmigen Sitz, der nach vorne offen war. Sie behauptete, dass es angeblich im 9. Jahrhundert eine Frau gegeben haben soll, die sich als Mann ausgab und später Päpstin wurde. Danach soll dieser Stuhl eingeführt worden sein. Darauf mussten sich angehende Päpste setzen, und ein Geistlicher kontrollierte, ob sie männlichen Geschlechts waren. Erst wenn der Kontrolleur ausgerufen hatte »Testiculos habet et bene pendentes – Er hat Hoden und sie hängen gut« sei der Papstanwärter akzeptiert worden.

Medusa2010 erklärte, dass die Existenz dieses Stuhls von der Forschung bestätigt sei. Er sei bei Papst Paschalis II. 1099 zum ersten Mal zum Einsatz gekommen, zuletzt bei Leo X. 1513. Der Stuhl sei aus rotem Porphyr gewesen, einem Vulkangestein. Manche Forscher glaubten, es handelte sich um einen Toilettenstuhl. Der zu krönende Kandidat wurde im Laufe eines Rituals hintereinander auf mehrere Stühle gesetzt. Zuerst auf einen ganz tiefen, um die Niedrigkeit der Ausgangslage deutlich zu machen, dann auf den Porphyrstuhl und schließlich auf den Papstthron, um rituell das Erheben aus dem Nichts anzudeuten. Andere Forscher glaubten, dass der Porphyrstuhl als Teil des Rituals den Papst daran erinnern sollte, dass er wie alle Menschen aus Dreck geworden und aufgestiegen sei. Es existierte aber auch die These, der Stuhl sei ein Gebärstuhl und das Ritual würde daran erinnern, dass die Kirche mit jedem neuen Papst gewissermaßen auf dem Felsen Petri neu begründet werde, weshalb der Stuhl auch aus Stein gefertigt sei.

Diesen Thesen widersprach orphan88 entschieden. Er war der Meinung, dass der Stuhl vor allem dazu gedient hatte, um Kastraten als Päpste zu verhindern.

Schließlich stieß Emma auf die Aussage eines Theologen, laut Selbstauskunft theologischer Professor, anonym, dass die Kirche bis heute festschrieb, dass Kastration verboten sei und dass es Kastraten unmöglich sei, in der Kirche ein Amt innezuhaben. Der Verfasser verwies auf »den kleinen Jone«, in dem Kastration als schwere Sünde eingestuft wurde und damit gleichbedeutend mit Mord und Glaubensabfall. Schon deshalb könne ein kastrierter Mann niemals Priester oder Bischof werden, geschweige denn Papst. Der »Kleine Jone« entpuppte sich beim weiteren Googeln als Buch zur katholischen Moraltheologie aus dem Jahre 1930, das bis heute Gültigkeit hatte.

Emma fiel ein, dass Windisch ein karrierebewusster Geistlicher war, dem nachgesagt wurde, dass er bald zum Bischof berufen werden würde. Angenommen, er wäre kastriert. Ob er dann noch Bischof werden könnte? Oder ob er überhaupt im Amt bleiben dürfte? Wenn der Theologe im Forum recht hatte, dann nicht. Allerdings gab es keinen Grund anzunehmen, dass er kastriert war. Aber das hätte auch für Pater Benedikt im Internat ihres Vaters bedeutet, dass er sich nicht hätte kastrieren dürfen. Das heißt, als er seinen Schülern davon erzählte, machte er sich erpressbar.

Emma beschloss, herauszufinden, ob an der Behauptung des anonymen Theologen etwas dran war. Es war kurz nach zehn. Ob die Uni noch geöffnet war? Am Karsamstag? Unwahrscheinlich. Sie ging auf die Internetseite der Heidelberger Universität und landete kurze Zeit später auf der Homepage des Theologischen Seminars. Dort war nachzulesen, dass wegen der anstehenden Prüfungen die Bibliothek auch am Karsamstag zugänglich war.

Eine Stunde später stand Emma in der Heidelberger Altstadt vor dem Theologischen Seminar. Die Bibliothek war noch bis 17 Uhr offen, wie ein handgeschriebenes Schild an der Eingangstür verkündete. Emma betrat das Gebäude und stand direkt der Bibliotheksaufsicht gegenüber, einer jungen Frau mit verwaschenem T-Shirt und gegelten Haaren, darauf eine weit in den Nacken geschobene Schildmütze mit Werder Bremen Logo. Sie saß hinter einem schmalen Tisch, eingeklemmt zwischen einer Wendeltreppe vor sich und einem Regal hinter sich.

Emma hatte sich bereits an ihrem eigenen Computer im Verzeichnis der Bibliothek Signatur und Standort des Buches herausgesucht. Den Zettel hielt sie der Studentin hin, die ihr wortkarg den Weg wies. Emma kletterte über eine metallene Wendeltreppe in den Keller und gelangte in einen weiß gestrichenen fensterlosen Vorraum, von dem mehrere Türen abgingen. Sie betrat einen der Bibliotheksräume, an dessen Tür die Signaturen der dahinter stehenden Bücher verzeichnet waren. Der Raum erhielt von mehreren schmalen und hoch liegenden Fenstern Tageslicht. Er wurde fast zur Gänze eingenommen von einem überdimensionalen begehbaren Schrank aus grün lackiertem Metall. Wie eine Ziehharmonika waren zahlreiche hintereinander liegende Schrankfächer zusammengefaltet, um in dem niedrigen Kellergeschoss mehr Raum zu gewinnen. Emma entdeckte eine große Kurbel, mit der die Fächer auseinandergeschoben werden konnten.

Sie fand rasch das richtige Fach und drehte mit der Kurbel die Bretter des daneben sich befindenden Abteils so weit auseinander, dass sie in den Zwischenraum passte. In der zweiten Reihe von oben fand sie unter der Signatur, die sie sich notiert hatte, ein kleinformatiges Büchlein mit festem Einband in dunkler, undefinierbarer Farbe. Emma zog es heraus und wand sich durch den schmalen Gang wieder nach vorne. Dann setzte sie sich an einen der Tische, die sich an zwei Seiten entlang der Kellerwand zogen.

Laut Vorblatt war der »Kleine Jone« von Pater Dr. Heribert Jone geschrieben worden unter Berücksichtigung des CIC, des Codex Iuris Canonici. Dieses war das Gesetzbuch der katholischen Kirche. Emma fand rasch den Paragraphen, der im Diskussionsforum zur kirchlichen Geschichte genannt worden war. Dort war tatsächlich zu lesen, dass die katholische Kirche Kastration zur Verringerung der Versuchungen als schwere Sünde einstufte und damit als Todsünde.

Emma starrte auf die weiß gestrichene Wand vor sich, auf der jemand mit Bleistift einige Jahreszahlen gekritzelt hatte. Erstaunlich. Das Buch war im Jahr 1930 veröffentlicht worden. Und war bis heute eines der einflussreichsten Lehrbücher der Kirche. Emma war nicht sicher, was das im Zusammenhang mit den beiden Morden zu sagen hatte. Trotzdem schien es ihr bedeutsam zu sein. Sie machte eine Kopie der Buchseite und verließ die Bibliothek.

Inzwischen hatte es angefangen zu regnen. Emma blieb unter dem Vordach des Seminars stehen und überlegte, wie es nun weitergehen sollte. Paul hatte geglaubt, dass die Morde nichts mit dem Vatikan zu tun hatten, sondern mit der Kastration zusammenhingen. Doch nun hatte die Spur der Kastration sie direkt zum Vatikan geführt. Emma sah auf die Uhr. Um diese Zeit musste Paul eigentlich zu Hause sein. Sie war gespannt, was er zu den neuen Ergebnissen ihrer Recherche sagen würde. Vielleicht steckte am Ende doch der Vatikan dahinter.

28. Kapitel

Beim Erguß des Samens, der bei einem schlafenden Menschen ohne Mitwirken eines Traumbildes, lediglich aus der Natur des Menschen heraus sich einstellt, wird die Glut im Mark nicht angefacht, weshalb er denn wie Wasser, das durch mäßige Wärme nur lauwarm ist, ausgeschieden wird.

Paul räumte die Hanteln weg und ging in die Küche. In der Kanne stand noch der restliche Tee vom Morgen. Er entsorgte das kalt gewordene Getränk, füllte den Wasserkocher und nahm die Teedose aus dem Schrank. Er hatte immer wieder Griesers Stimme im Ohr, wie sie im Bett lagen und über den Haderer-Cartoon im Stern gelacht hatten. Sie hatten überhaupt viel gelacht, fand Paul.

Er griff nach dem Hefezopf, den er sich von der Bäckerei nebenan mitgenommen hatte. Er schnitt zwei Scheiben ab und legte sie auf einen Teller, stellte Butter und Stachelbeermarmelade daneben und trug es hinüber ins Wohnzimmer. Nachdenklich starrte er aus dem Fenster, bis ihn das leise Klicken aus der Küche an den Tee erinnerte. Er kehrte in die Küche zurück, füllte die Kanne mit kochendem Wasser, versenkte den Teefilter darin und trug sie zusammen mit einer Tasse nach nebenan.

Das Läuten der Türklingel unterbrach seine Gedanken. Paul warf erstaunt einen Blick auf die Uhr. Es war kurz vor siebzehn Uhr, und er erwartete keinen Besuch. Besorgt dachte er an Emma. Sie war gestern Abend so aufgelöst gewesen.

Paul ging zur Wohnungstür und griff zum Hörer der Gegensprechanlage. Dann fiel ihm wieder ein, dass sie seit einer Woche defekt war. Er betätigte den Türöffner und öffnete die Wohnungstür. Das Echo des Summers war bis nach oben zu hören. Paul wohnte im dritten Stock eines Mietshauses in der Schwetzinger Vorstadt Mannheims. Er blieb in der Wohnungstür stehen und lauschte. Emma konnte es eigentlich nicht sein, sie hatte leichtere Schritte und ging meist schneller. Paul war erstaunt, als Grieser um den Treppenabsatz bog.

Erfreut sah Paul ihm entgegen. Dann fiel ihm wieder ein, dass er gestern den Mund nicht hatte halten können. Schuldbewusst zog er die Schultern hoch und hoffte, dass Grieser das nie erfahren würde.

Grieser erreichte keuchend den Treppenabsatz und nickte Paul sprachlos zu. Die drei Stockwerke machten den besten Sportler fertig.

Paul lachte. »Komm rein«, sagte er und stieß die Wohnungstür weiter auf. Grieser trat schwer atmend in seine Diele. Paul schloss die Tür und begrüßte Grieser mit einem Kuss. Dann ging er voran in das Wohnzimmer. Grieser folgte ihm zögernd.

»Tee? Oder Kaffee?«

Er wies mit der Rechten auf sein Sofa. Grieser setzte sich. Neugierig sah er sich um. Paul folgte seinem Blick und betrachtete amüsiert seine Reaktion, als er die Staffelei entdeckte.

»Du malst?« Grieser erhob sich, um näher an die Leinwand heranzutreten. »Darf ich?«, fragte er.

Paul nickte. »Tee?«, wiederholte er.

Grieser stimmte zerstreut zu. Paul ließ ihn im Wohnzimmer zurück und ging in die Küche. Er nahm einen Becher aus dem Schrank, stellte einen Teller dazu und legte Messer und einen Löffel zurecht. Dann schnitt er weitere Scheiben vom Hefezopf ab und ordnete sie auf einem Teller. Das Geschirr stellte er auf ein Tablett und kehrte ins Wohnzimmer zurück.

Grieser stand noch immer vor der Staffelei und betrachtete fasziniert das Bild, an dem Paul seit einigen Tagen arbeitete.

»Du malst mit Kreide?«, fragte er und sah zu dem offenen Holzkasten, in dem Paul eine bunte Mischung aus farbigen Kreidestücken verwahrte.

»Am liebsten mit Ölfarben«, entgegnete Paul. Er trat zu seinem niedrigen Wohnzimmertisch und hob die Sachen vom Tablett hinüber auf den Tisch. »Aber das stinkt bestialisch. Also male ich in der Wohnung lieber mit Kreide und nur ab und zu mit Öl.«

Grieser nickte.

»Das ist eine Studie der Häuserwand gegenüber«, fügte Paul hinzu.

Grieser musterte die Häuser der gegenüberliegenden Straßenseite, vierstöckige Stadthäuser im Jugendstil. Dann kehrte sein Blick zu Paul zurück.

»Du hast richtig gelegen, was Karfreitag betrifft«, sagte er mit rauer Stimme. »Was erwartet uns am Sonntag?«

Paul zog die Augenbrauen hoch, dann schüttelte er den Kopf.

»Ich weiß es nicht. Es war einfach eine Ahnung. Ich weiß nicht mehr als ihr. Ich …« Er starrte Grieser hilflos an und spürte Beklommenheit, die langsam in ihm aufstieg.

»Paul«, begann Grieser mit belegter Stimme.

»Schon gut«, sagte Paul und hob die Hand. Dann ließ er sie wieder sinken. Er lächelte schwach. Grieser räusperte sich und fuhr sich unruhig durch das Haar.

»Ich bin eigentlich nur hier, um eines klarzustellen«, begann Grieser.

Paul atmete tief durch. Unvermittelt klingelte es an der Tür. Grieser runzelte die Stirn.

»Ich habe keine Ahnung, wer das sein könnte«, sagte Paul. An der Wohnungstür betätigte er erneut den Türöffner. Schon zwei Sekunden später war ihm klar, dass Emma auf dem Weg nach oben war. Sie hätte sich keinen schlechteren Moment aussuchen können. Paul wartete ungeduldig, bis Emma auf dem Treppenabsatz unter ihm auftauchte. Sie stöhnte und nahm dennoch leichtfüßig die letzten Stufen.

»Tut mir leid«, sagte Paul leise, »ist gerade ein verdammt schlechter Moment. Ich melde mich später bei dir. Okay?«

Emma zog die Augenbrauen zusammen. Zögernd blieb sie zwei Stufen unter ihm stehen.

»Okay«, antwortete sie mit gedämpfter Stimme. »Ich hab was Neues, was die Morde in Bingerbrück betrifft. Wenn du Zeit hast, dann melde dich.«

Paul nickte.

»Guten Tag, Frau Prinz«, erklang hinter ihm Griesers Stimme. »Ist ja vielleicht eine gute Gelegenheit, miteinander zu sprechen. Außerhalb beruflicher Zusammenhänge.«

Emma sah Hilfe suchend zu Paul. »Guten Tag, Herr Grieser«, erwiderte sie gedehnt. »Ist vielleicht gerade kein guter Moment.«

Grieser trat neben Paul in die Wohnungstür. Paul bemerkte, wie Emma unsicher zwischen ihm und Grieser hin und her blickte.

»Wir hatten ja bisher noch keine Gelegenheit, uns näher

kennenzulernen.« Grieser bemühte sich um ein Lächeln. »Paul hat mir erzählt, dass sie gute Freunde sind.«

Emma nickte. »Wir können ja gelegentlich gemeinsam ausgehen«, sagte sie ausweichend, »wenn alles vorbei ist. Das fände ich schön.« Sie ging langsam die Treppe wieder hinunter.

»Möchten Sie sich denn nicht einen Moment zu uns setzen?«, beharrte Grieser und warf Paul einen auffordernden Blick zu.

»Das können wir doch auch ein andermal …«, begann Paul hilflos. Er spürte, wie von Sekunde zu Sekunde Griesers Misstrauen wuchs. »Komm schon herein, Emma«, sagte er dann. »Du könntest mit uns einen Tee trinken.«

Emma gab seinem Wunsch widerstrebend nach. Paul nickte ihr ermunternd zu und schloss hinter ihr die Tür. Vorsichtig sah er Grieser nach, der ins Wohnzimmer voran ging. Paul wandte sich Emma zu und legte den rechten Zeigefinger auf seine Lippen. Emma zuckte mit den Achseln.

Dann sah er, dass Grieser in der Tür stehen geblieben war und sie nachdenklich beobachtete. Paul zuckte zusammen. Schnell ging er an Grieser vorbei in sein Wohnzimmer. Auf einmal hatte er das Gefühl, nicht genug Luft zu bekommen. Er ging zum Fenster und öffnete es. Aufatmend drehte er sich um.

»Bitte«, sagte Paul und bat Emma und Grieser mit erhobener Hand, auf dem Sofa Platz zu nehmen. Doch Grieser schien es sich anders zu überlegen. Er ging auf das Fenster zu, blieb dann unmittelbar vor der Staffelei stehen und blickte Paul finster an. Er hatte die Arme vor der Brust verschränkt und beide Hände in den Achseln vergraben, als wäre ihm kalt. Dann wandte er sich Emma zu.

»Paul hat Ihnen vermutlich erzählt, dass Markus Hertl mit seinem eigenen Penis erstickt wurde«, sagte er.

Paul erstarrte. »Ich …«, sagte er hastig.

Grieser brachte ihn mit einer herrischen Handbewegung zum Schweigen.

Emma sah Grieser offen an. »Paul wollte es nicht erzählen. Ich habe ihn gestern Abend so lange genötigt, bis er damit herausgerückt ist. Ich musste es einfach wissen, um besser mit seinem Tod klarzukommen.«

Griesers Brust senkte und hob sich merkbar. Paul rieb sein Gesicht und wagte nicht, ihn anzusehen.

»Ich glaube, es ist besser, wenn ich jetzt gehe«, sagte Grieser schlicht und warf ihm einen finsteren Blick zu. Paul sprang auf.

»Peter«, sagte er lahm, doch Grieser war schon aus der Tür. Paul wandte den Kopf und blickte Emma düster an.

»Das tut mir leid«, sagte Emma zerknirscht.

29. Kapitel

Daher kommt es auch, daß, wenn ein Mann mit einem anderen Manne oder sonst einem lebendigen, fühlenden Geschöpf in der Lust verbunden ist, er dann einen Samen entleert, der, durch das beiderseitige Feuer gargekocht, fettem, vollwertigem Mark ähnlich ist.

Emma las ein letztes Mal den Artikel durch, an dem sie den ganzen Abend gearbeitet hatte. Sie hatte Kohler versprochen, bis Mitternacht den Artikel in das Redaktionssystem zu stellen. Ein kurzer Blick auf die Uhr zeigte ihr, dass sie nur noch zwanzig Minuten Zeit hatte.

Sie saß mit ihrem Laptop im Wohnzimmer, wo sie sich eine kleine Arbeitsecke eingerichtet hatte. Emma hoffte, dass die Geschichte ihr den ersehnten Pauschalistenvertrag bringen würde. Den würde sie selbst dann bekommen, wenn sie mit ihrer Spekulation nicht richtig lag, dass die katholische Kirche ein massives Interesse daran hatte, die Originalhandschrift einer bekannten und geachteten Kirchenfrau verschwinden zu lassen. Denn die Fakten waren ziemlich dünn, auf die sie sich stützte. Die Morde. Die alte Clique. Die Gerüchte, dass der Biologielehrer eine verschollene Handschrift in seinem Besitz hatte. Der Besuch des Priesters beim Mordopfer wenige Tage vor ihrem Tod. Alles Dinge, für die es Beweise oder Zeugen gab. Doch dann wurde es heikel. Wenn sie eine Andeutung schrieb, dass mehr hinter den Morden steckte, musste sie irgendein Pfand in der Hinterhand haben. Frustriert schob Emma ihre Unterlagen zur Seite. Um es genau zu nehmen, hatte sie weder einen Beweis noch eine ernstzunehmende These. Sie hatte lediglich eine vage Vermutung, und die konnte sie nur vorsichtig andeuten. Emma streckte sich und gähnte. Sie stand auf, ging in die Küche und goss sich ein Glas Milch ein. Sie kehrte ins Wohnzimmer zurück, trat an das Fenster und betrachtete die Straße, die friedlich im Dunkel der Nacht unter ihr lag.

Frustriert presste Emma die heiße Stirn gegen das Glas. Klar konnte es passieren, dass sie mit ihrer Spekulation falsch lag. Doch wer verdächtigte heutzutage nicht den Vatikan dunkler Umtriebe? Mit den Kirchenoberen hatte Emma kein Mitgefühl. Sie hatten es nicht besser verdient. In all den Jahrhunderten hatten sie kein Mitleid für die Mitglieder ihrer Kirche gehabt und immer abstrusere Forderungen gestellt, wie diese ein gottgefälliges Leben führen sollten.

Doch was, wenn sie recht hatte. Das würde bedeuten, geistliche Würdenträger wären abgebrüht genug, zwei Menschen töten zu lassen, um den Ruf ihrer Institution zu schützen. Emma zweifelte nicht daran, dass manche Angehörige der katholischen Kirche sehr weit gehen würden, um das Ansehen der Kirche zu wahren.

Sie hatte den Mut, diesen Artikel zu Ende zu schreiben und zur Publikation freizugeben. Das war keine Frage. Doch was, wenn sie heute Abend den Artikel nicht abliefern würde? Dann wäre Schluss mit der Hoffnung auf einen Pauschalistenvertrag, Schluss mit einer Zukunft als Journalistin. Emma schloss gequält die Augen.

»Wo ist das Problem?«, flüsterte sie ihrem Spiegelbild zu,

das sie durch mehrere Regentropfen seltsam verzerrt von der anderen Seite des Fensters zu betrachten schien. »Du hast den Artikel geschrieben. Er ist gut. Also warum zögerst du?«

Emma seufzte. Sie wusste genau, wo das Problem lag. Sie hatte in den vergangenen Stunden alle Argumente in ihrem Artikel zusammengefasst, die sie die ganze Woche gesammelt hatte. Aber während des Schreibens waren ihr Zweifel gekommen. Ihre Argumentationskette war stichhaltig, ihre Spekulation war gut recherchiert. Und selbst, wenn sich ihre Spekulationen als nicht zutreffend herausstellen würden, waren sie zu diesem Zeitpunkt der Recherche eine mögliche Schlussfolgerung.

Das Dumme war nur, dass sie nicht mehr davon überzeugt war. Sie glaubte nicht daran. Wenn sie jetzt den Artikel ablieferte, dann hätte sie ihren Pauschalistenvertrag mit Hilfe eines Textes bekommen, den sie selber als unglaubwürdig empfand. Emma wanderte ziellos umher. Mit jedem Schritt festigte sich ihre Entscheidung. Sie würde diesen Artikel nicht freigeben. Damit konnte sie den Vertrag abschreiben. Und ihre berufliche Existenz vermutlich auch.

Doch was war das Motiv für die Morde? Und hatte ihr Vater wirklich nichts damit zu tun? Irgendwie schien es ihr, als wäre die Lösung des Rätsels ganz nah. Dass sie nur alle Fakten auf den Tisch legen müsste, um herauszufinden, was geschehen war.

Sie musste an Hertl denken. Glaubte auf einmal seine Stimme zu hören und seinen Mund auf ihren Lippen zu spüren. Tränen traten in ihre Augen. Sie ballte die Fäuste. Vielleicht konnte sie es schaffen. Herausfinden, warum er hatte sterben müssen. Und wer ihn auf dem Gewissen hatte. Sie musste es einfach noch mal versuchen. Das war sie ihm schuldig.

Entschlossen kehrte sie zu ihrem Schreibtisch zurück.

Dort lag noch immer das Blatt Papier, auf dem sie sich am Morgen die Namen aller Beteiligten notiert hatte. Lange starrte sie auf die Liste und wartete auf eine Eingebung. Doch es fiel ihr absolut nichts Vernünftiges ein. Frustriert nahm sie einen Stift zur Hand und strich die Namen der Toten aus. Es blieben noch vier Namen.

Thomas Kern, Arzt.

Josef Windisch, Priester.

Schwester Lioba, Äbtissin.

Gerhard Lehmann, Schulleiter.

Das Dumme war, dass sie drei der Beteiligten nicht näher kannte und keine Idee hatte, ob ihnen eine solche Tat zuzutrauen war. Wie sollte sie herausfinden, wer von ihnen überhaupt fähig war, einen Mord zu begehen? Grübelnd betrachtete sie die Namen. Sie hatte das dumpfe Gefühl, in ihrem Unterbewusstsein bereits die Lösung gefunden zu haben. Doch sie bekam den Gedanken nicht zu fassen. Ihr fiel ein, dass die Grundlage der medizinischen Betrachtungen Hildegards von Bingen die Viersäftelehre bildete. Diese sah die Körperflüssigkeiten schwarze Galle, gelbe Galle, Blut und Schleim als Energieträger des Körpers. Vielleicht kam sie weiter, wenn sie es spielerisch versuchte.

Emma setzte sich an ihren Laptop und schlug bei Wikipedia unter dem Stichwort Säftelehre nach. Das sei ein veraltetes Konzept hieß es dort, um allgemeine Körpervorgänge und auch Krankheiten zu erklären. Es wurde 400 vor Christus von den Hippokratikern, den Schülern des griechischen Arztes Hippokrates, in der Schrift »Über die Natur des Menschen« entwickelt. Aus der Säftelehre wurden dann Behandlungsmaßnahmen abgeleitet, besonders die bis zur frühen Neuzeit übliche Anwendung von Aderlässen, Schröpfköpfen und Abführmitteln. Auch die Temperamentenlehre ging darauf zurück, die vier Temperamente unterschied: Melancholiker, Choleriker, Sanguiniker und Phlegmatiker.

Emma zog das Blatt mit den vier Namen zu sich her. Vier Namen. Vier Temperamente. Sie las die kurze Erläuterung bei Wikipedia und ging dann noch mal die ausführlichen Beschreibungen bei Hildegard durch. Emma starrte auf ihr Blatt. Ihren Vater kannte sie am besten. Sie fand, er entsprach am ehesten einem Melancholiker, der beharrend war. Schwester Lioba? Soweit Emma das beurteilen konnte, müsste sie eine Sanguinikerin sein, eher heiter. Josef Windisch hatte Emma nur kurz erlebt, dennoch ordnete sie ihn sofort dem Phlegmatiker zu, unsicher und emotional. Blieb Thomas Kern; er schien in die vierte noch fehlende Kategorie zu passen, Choleriker, kühn.

Emma starrte auf ihre Notizen. Das Gefühl wurde stärker, dass sie der Lösung ganz nahe war, sie musste nur einen kleinen Schritt machen, dann würde sie den Gedanken zu fassen kriegen.

Sie konzentrierte sich darauf, was noch im Spiel war. Sexualität. Sie zog das Buch über Hildegards Heilkunde zu sich heran und schlug die Seiten auf, die übertitelt waren mit »Vom geschlechtlichen Verhalten«. Hildegard von Bingen beschrieb alle vier Menschentypen, die sie entsprechend der Viersäftelehre definierte. Sie analysierte für jeden Typ die Ausprägung der Sexualität, Männer und Frauen getrennt. Emma ging die einzelnen Beschreibungen genau durch, ohne eine weitere Eingebung zu erhalten. Am Ende legte sie das Buch enttäuscht zur Seite.

Wieder zog sie das Blatt mit den Notizen zu sich her. Sie krauste die Stirn, als sie sah, dass sie Josef Windisch als Phlegmatiker eingeordnet hatte. Sie sah noch einmal bei Wikipedia nach, wie dort ein Phlegmatiker beschrieben war. Er wurde als unsicher und emotional eingestuft, eher weiblich. Emma rieb sich die Stirn. Weiblich. Aber Windisch war ein Mann. Warum hatte sie ihn so schnell als Phlegmatiker eingestuft? Was hatte sie bei den Kastraten gelesen? Sie hatten einen weichen Körper. Wie Windisch. Weiche Gesichtszüge. Wie Windisch. Wurden leicht fett. Windisch war übergewichtig.

Angenommen, er war ein Kastrat. Ihr fiel ein, dass sie neben dem Schreibtisch von Miriam Schürmann die Abbildung von Abaelard gefunden hatte, dem mittelalterlichen Gelehrten, der ein Verhältnis mit einer Schülerin angefangen hatte und dann zwangskastriert wurde. Danach wurde er Mönch. Was wäre, wenn Windisch körperlich bestraft worden wäre, so hart bestraft, wie man einen Mann nur bestrafen konnte. Kastration. Warum? Vielleicht weil er einer Frau die schlimmste Gewalt angetan hatte, die man einer Frau nur antun kann. Vergewaltigung. Und nun stand Windisch kurz davor, Bischof zu werden. Ein Posten, den er als Kastrat nicht einnehmen durfte. Und womöglich hatte er Ambitionen, Erzbischof oder sogar Kardinal zu werden. Eine Kastration könnte seine gesamte Karriere zerstören. Er hatte sie zwar nicht selber herbeigeführt, doch wenn er den Hintergrund offenlegte, stünde er als Vergewaltiger da. Auch nicht besser. Wenn die Kirche davon erführe. Was könnte er tun, um das zu verhindern? Alle mundtot machen, die davon wussten. Miriam Schürmann, Markus Hertl, Thomas Kern, Schwester Lioba.

Schlagartig wurde ihr klar, dass Paul recht behalten könnte und in dieser Nacht vermutlich noch ein weiterer Mensch den Tod finden sollte. Hastig sah sie auf die Uhr, es war bereits eine halbe Stunde nach Mitternacht. Emma sprang auf, fuhr den Rechner herunter, nahm sich ein paar warme Sachen und griff nach ihrer Handtasche. Auf dem Weg durch das Treppenhaus versuchte sie Paul zu erreichen. Doch der reagierte weder auf Festnetz noch auf sein Handy. Mit einem Fluch steckte Emma das Handy wieder ein. Sie zweifelte nicht daran, dass Paul fest schlief und wie immer das Telefon nicht hörte.

Zwanzig Minuten später stellte sie ihren Bus vor Pauls Wohnhaus ab. Nur jede zweite Straßenlampe warf ihren verloren wirkenden Lichtschein auf eine menschenleere Straße. Emma kletterte aus dem Bus, hastete über den Gehweg und klingelte Sturm. »Was zum Teufel soll das?«

Pauls Stimme klang verschlafen durch die Gegensprechanlage, die wieder funktionierte.

»Ich bin's«, sagte Emma. »Mach auf und zieh dich schon mal an. Wir müssen gleich weiter.«

Es dauerte einige Sekunden, dann erklang der Türöffner. Emma drückte die schwere Haustür auf und nahm immer zwei Stufen auf einmal. Als sie oben ankam, streifte sich Paul ein T-Shirt über und griff nach einem dunklen Pullover.

»Ich weiß jetzt, wer es war«, sagte Emma keuchend. »Nimm dein Aufnahmegerät mit und die Kamera.«

Paul packte wortlos alles zusammen. Gemeinsam verließen sie die Wohnung. Emma setzte sich hinter das Steuer, und Paul kletterte auf den Beifahrersitz. Während Emma den Bus durch die nachtdunklen Straßen Mannheims steuerte, erzählte sie Paul, was ihr in der Nacht klargeworden war.

Paul blickte sie skeptisch an. »Kann sein«, meinte er, »muss aber nicht sein.«

»Ich finde«, erwiderte Emma düster, »kann sein, reicht. Das könnte heute Nacht noch mal jemanden das Leben kosten.«

Paul starrte durch das Seitenfenster hinaus in die Nacht. Dann griff er nach seinem Handy und drückte ein paar Tasten. Emma warf einen Blick zu ihm hinüber. Paul lauschte mit teilnahmslosem Blick. Dann legte er das Handy zur Seite.

»Er hat es weggedrückt«, sagte er düster.

»Grieser?«, fragte Emma überflüssigerweise.

Paul brummte zustimmend. Emma setzte den Blinker und bog auf die A61. Die Autobahn war bis auf vereinzelte Fahrzeuge leer.

»Wie wäre es mit seiner Kollegin?«, fragte Emma.

»Ich hab nur seine Nummer«, erwiderte Paul.

»Und die Leitstelle?«

Paul nickte und griff erneut nach seinem Handy. Er wählte eine Nummer, lauschte. Dann hatte er offensichtlich einen Beamten am Apparat. Paul erklärte ausführlich, dass sie in dieser Nacht mit einem Mordanschlag im Kloster Rupertsberg rechneten, in dem in den vergangenen Tagen bereits zwei Menschen gestorben seien. Und wie wichtig es sei, dass die zuständige Soko Kontakt zu ihnen aufnahm. Umständlich diktierte er seine Handynummer, dann legte er auf.

»Der glaubt mir kein Wort«, sagte er und warf verärgert das Handy auf das Armaturenbrett. »Er will es weitergeben und sich dann wieder bei mir melden.«

Emma streifte ihn mit einem Seitenblick. »Schick Grieser eine SMS«, sagte sie und drückte das Gaspedal durch. Schon bald erreichten sie ein Tempo, das sie dem alten Bus nicht mehr zugetraut hatte.

Zum Osternachtsgottesdienst hatten sich wenige versprengte Bingerbrücker und etliche Touristen eingefunden. Besorgt registrierte Schwester Lioba, dass wie so oft im Laufe des Gottesdienstes ein Besucher nach dem anderen die Abteikirche verließ. Sie hatte in den vergangenen Jahren unter ihrer Vorgängerin schon oft erlebt, wie hoffnungsvoll viele Menschen insbesondere an hohen Feiertagen die Abteikirche betreten hatten, um mit den Schwestern des Konvents die Messe zu feiern. Doch der Gregorianische Choral sah nur den Wechselgesang in Latein zwischen der Äbtissin und den Schwestern vor. Andere Besucher des Gottesdienstes waren zum Schweigen verurteilt und wurden in die Rolle von Zuschauern gedrängt. Der Priester, der die Messe hielt, war die meiste Zeit den Schwestern zugewandt. Und so verließen viele Besucher die Abteikirche enttäuscht wieder, meist schon im Laufe des Gottesdienstes. Die Mehrheit der Bürger Bingerbrücks besuchten den Gottesdienst des Klosters nicht, weil sie ihn als wenig einladend erlebten.

Schwester Lioba war einem kontemplativen Konvent beigetreten, um sich selbst ganz Gott und dem Dienst an ihm zu verschreiben. Doch sie hätte nie gedacht, dass ihr eigener Dienst an Gott für andere frustrierend sein könnte.

Entschieden wandte sich Schwester Lioba wieder dem Wechselgesang des Gregorianischen Chorals zu. Es gab so vieles zu bedenken in diesen Tagen, da musste sie sich nun ganz auf die Messe und die Schwestern des Konvents konzentrieren.

OSTERSONNTAG

30. Kapitel

Als Adam bei seiner Übertretung blind und taub geworden war, ging diese Kraft in ihm in die Verbannung und in ein fremdes Ding und floh unvermerkt in die vorgenannten Orte der männlichen Geschlechtsteile und blieb dort.

Gegen 0.50 Uhr sprach der Priester das Schlussgebet. Dann entließ der junge Pfarrer mit unsicherem Blick die wenigen Gottesdienstbesucher, die noch ausharrten, in die kalte Nacht. Die Schwestern verneigten sich vor dem Altar und suchten schweigend ihre Privaträume auf. Schwester Lioba blieb kniend in ihrer Bank zurück. Nun, da sie ihren Pflichten nachgekommen war, hatte sie zum ersten Mal an diesem Tag ein paar Minuten für sich. Ihre Knie brannten, und ihr Rücken schmerzte, doch Schwester Lioba achtete nicht darauf.

Sie beugte den Kopf über die gefalteten Hände und gab ihren Gedanken Raum, die sie schon seit Tagen quälten. Die Reue drohte ihr den Atem zu nehmen. Tränen rannen über ihre Wangen. Die Äbtissin begriff, dass sie an einem Scheideweg stand.

Pater Windisch erpresste sie. Wenn sie den Konvent retten wollte, musste sie schweigen. Doch das Schweigen würde bedeuten, noch mehr Schuld auf ihre Schultern zu laden. Schwester Lioba ließ zu, dass für einen Moment das Selbstmitleid Oberhand bekam.

Dann setzte sie sich zurück in den kunstvoll geschnitzten Chorstuhl der Äbtissin und tastete in ihrer Tasche nach einem Papiertuch. Sie putzte sich die Nase und wischte sich die Wangen. Ihre Knie brannten noch immer wie Feuer, doch allmählich ließ der Schmerz nach. Schwester Lioba spürte die feste Rückwand des historischen Chorgestühls. Es hieß, der Schreiner, der das Gestühl aus alten Eichenstämmen gefertigt hatte, sei ein Nachfahre des Handwerkers gewesen, der Hildegard von Bingen beim Bau des Klosters unterstützt hatte. Vielleicht saß sie nun das letzte Mal darin. Dabei hatte sie erst vor einer Woche während ihrer Weihe an ihrem neuen Platz inmitten der Gemeinschaft gelobt, den Mitschwestern eine verantwortungsvolle Meisterin zu sein und die Interessen des Konvents über ihre eigenen zu stellen. Doch die Freude hatte nicht lange gehalten. Schwester Lioba spürte, dass es Zeit war, sich zu entscheiden. Sie wollte nicht den gleichen Fehler machen wie viele andere vor ihr, die in ein Amt gewählt worden waren und dann Schuld auf sich luden, um die Macht nicht wieder hergeben zu müssen.

Erneut traten ihr Tränen in die Augen. Mit dieser Entscheidung würde sie alle enttäuschen. Die Schwestern des Konvents, den Bischof, ihre Familie. Sie musste an ihre Mutter denken, die vergangenen Samstag der Weihe beigewohnt hatte und so unglaublich stolz gewesen war. Dabei hatte sie es missbilligt, als ihre jüngste Tochter den Weg zu Gott suchte und ins Kloster eintrat. Sie hatte sich einen Schwiegersohn gewünscht, Enkelkinder, eine ganz normale Familie für ihre Tochter. Wer wollte ihr das verübeln? Doch die Weihe zur Äbtissin hatte sie zum ersten Mal mit der Lebenswahl ihrer Tochter versöhnt. Natürlich hatte diese Karriere auch den Wunsch ihrer Mutter befriedigt, aus ihren Kindern möge etwas Besonderes werden. Schwester Lioba hatte zum ersten Mal den Eindruck gehabt, dass ihre Mutter spürte, warum sie diesen Weg hatte gehen müssen. Und nun das.

Schwester Lioba seufzte. Sie erschrak vor dem lauten Widerhall ihrer eigenen Stimme in der nachtdunklen Kirche. Das ewige Licht hinter dem Altar glomm dunkelrot. In der Luft hingen noch Schwaden aus dem Weihrauchfass.

Es half alles nichts. Schwester Lioba konnte nicht mit dieser Schuld leben, auch wenn sie dadurch die Zukunft des Konvents retten würde. Sie musste zur Polizei gehen und dem Hauptkommissar erzählen, was damals im Internat vorgefallen war. Sie war sicher, dass sie wusste, warum diese furchtbaren Morde verübt worden waren. Auch wenn sie keine Ahnung hatte, wer der Mörder war. Dennoch zweifelte sie nicht daran, dass der Auslöser für diese Taten in der Vergangenheit zu suchen war. Und solange der Kommissar keine Ahnung hatte, was damals geschehen war, hatte er keine Chance, den Täter zu finden.

Sie war sicher, dass Pater Windisch anschließend seine Drohung wahr machen würde und dem Bischof davon abraten, den Rupertsberger Konvent finanziell zu unterstützen. Auf einmal richtete sich Schwester Lioba wie elektrisiert auf. Sie hatte bisher nie genauer über die Konsequenzen ihres Geständnisses nachgedacht. Allein die Vorstellung, dass der Konvent darunter leiden würde, war so unerträglich, dass sie diese Gedanken gemieden hatte. Doch es war naheliegend, welche Schritte der Kommissar gehen würde, ja, welche er gehen musste. Und zum ersten Mal wurde ihr klar, dass Pater Windisch keine gute Position hatte, um ihr zu drohen. Denn wenn sie von damals erzählte, war kaum damit zu rechnen, dass der Bischof darauf hören würde, was sein Berater zu sagen hatte.

Schwester Lioba spürte, wie ihre Tränen versiegten. Auge um Auge, Zahn um Zahn. Sie hatte diese Bibelstelle nie gemocht, und doch wurde ihr auf einmal bewusst, dass dies ihre Rettung sein würde. Vielleicht konnte sie mit der Polizei sprechen und dennoch ihre Gemeinschaft in eine bessere Zukunft führen.

Sie richtete sich auf. Sie fühlte sich erleichtert und unendlich müde. Diese Woche hatte sie viel Kraft gekostet. Doch mit jedem Schritt fiel das Gehen leichter, und als sie an der kleinen Pforte zum Klosterhof angekommen war, kehrte Friede und Zuversicht in ihre Seele ein.

Der Himmel empfing sie mit einer überwältigenden Sternenpracht. Erleichtert trat Schwester Lioba auf den Klosterhof. Sie tastete in ihrer Tasche nach dem schweren Schlüsselbund, an dem sich auch der Hauptschlüssel für das Kloster befand. Der Schotter knirschte unter ihren Füßen, als sie über den Hof ging. Sie fühlte sich so leicht wie schon seit Monaten nicht mehr. Der Verlust von Miriam und Markus war entsetzlich, aber sie hoffte, dass nun die alte Geschichte ruhen würde und endlich ein Schlussstrich darunter gezogen werden konnte.

Das Geräusch hinter ihrem Rücken irritierte sie nur kurz. Sie lächelte und war sicher, dass Minka, die Katze des Konvents, die Mondhelle der Osternacht zum Mäusefang nutzte. Erst als hinter ihr Schritte im Schotter knirschten, hielt sie verdutzt inne. Erstaunt wandte sie sich um und starrte über den Hof. Der Mond hing schwer über dem Kirchturm der Abtei und zeichnete silberne Schatten. Angestrengt starrte sie in das Halbdunkel. Sie bereute es, dass sie Schwester Heidrun signalisiert hatte, sie sollte zu Bett gehen und nicht weiter auf sie achten. Sie wusste, dass Schwester Heidrun sonst so lange in die Nacht gelauscht hätte, bis sie sicher sein konnte, dass die Äbtissin den Weg in ihr Privatzimmer gefunden hatte. Das war noch ein Relikt aus Schwester Mechthilds Zeiten, die Herzprobleme hatte und um deren Gesundheit Schwester Heidrun sich ständig gesorgt hatte.

Als alles ruhig blieb, ging Schwester Lioba rasch weiter. Hinter ihr war ein sirrendes Geräusch zu hören. Die Äbtissin erstarrte. Dann wandte sie sich blitzartig um. Der Schlag auf ihre rechte Schläfe traf sie nicht unvorbereitet, und doch war es eine Überraschung, als sie sah, wer das Kreuz wie eine Waffe in der Hand führte.

Als das Schild die Ausfahrt ankündigte, setzte Emma den Blinker. Es war kurz vor zwei Uhr nachts, als sie den Bus von der Autobahn auf die nächtlichen Straßen Bingens steuerte. Ein junger Mann in schlampiger Sportkleidung mit einem Hund in der Größe eines Marders blieb unter einer Straßenlaterne stehen und blickte ihnen neugierig nach. Emma fuhr auf die Nahebrücke und erreichte den Parkplatz unterhalb des Klosters. Die Anlage lag verlassen im Mondlicht. Es waren weder Polizisten noch Streifenwagen zu sehen.

»Ob sie heute Nacht wieder ein paar Beamte abgestellt haben?«, fragte Emma und blickte an der Klostermauer hinauf, wo kein Lichtschimmer zu sehen war.

»Keine Ahnung«, murmelte Paul. Auf der Fahrt hatte er mehrfach versucht, über die Leitstelle Kontakt zur Soko Hildegard aufzunehmen, doch ohne Erfolg. Auch die zwei SMS an Grieser waren unbeantwortet geblieben. Zweifelnd musterte Emma die Klosteranlage.

»Wir müssen etwas unternehmen«, sagte sie dann und kletterte aus dem Bus.

»Aber wir kommen nicht in den Klosterhof«, erwiderte Paul und folgte ihr. »Beim ersten Mord wusste die Polizei am Anfang nicht, wie der Mörder Zugang zur Klosteranlage hatte. Die ist nachts abgeschlossen.«

»Und?«, fragte Emma. »Wie hat er es dann geschafft?«

»Über das Gästehaus«, erwiderte Paul. »Das muss wohl in der Nacht offen gestanden haben.«

Emma durchquerte den Klostergarten und schritt an der Mauer entlang, bis sie den Eingang des Gästehauses erreichten. Emma legte die Hand auf die Klinke, sah zu Paul und drückte dann nach unten.

»Abgeschlossen«, sagte Emma leise.

»Und jetzt?«, fragte Paul. Er fischte sein Handy aus der Tasche und warf einen Blick auf das Display. Grieser hatte sich nicht gemeldet, und auch sonst war kein Anruf angekommen. Mit grimmiger Miene steckte er das Handy wieder ein.

»Komm«, flüsterte Emma, »wir versuchen es über die Kapelle.«

»Irgendwo muss doch die Streife sein«, erwiderte Paul leise.

»Wenn es überhaupt eine gibt.« Emma hastete an der Klostermauer entlang. Sie passierten den Haupteingang. Emma drückte im Vorübergehen mehrfach die Klinke nach unten, doch das Tor war fest verschlossen. Dann erreichten sie den kleinen Friedhof im Süden der Anlage. Emma strebte zwischen den Gräbern auf die Kapellentür zu. Als sie am Grab der Äbtissin vorbeikamen, sah Emma verblüfft, dass dort, wo noch vor wenigen Tagen das Grabkreuz gestanden hatte, ein dunkles Loch in der Erde glänzte.

Dann erreichten sie den Eingang der Friedhofskapelle. Die Tür war nur angelehnt. Vorsichtig näherte sich Emma und drückte ihre Hand gegen das dunkle Holz. Die Tür schwang auf. Der Mond versteckte sich hinter Wolken und warf nur einen hellen Schimmer durch die bleiverglasten hohen Fenster. Emma zuckte zusammen. Auf der anderen Seite des Gebäudes knarrte die offene Tür leise im Nachtwind, schnelle Schritte waren zu hören.

Emma blickte quer durch die Kapelle in den Klosterhof, der fahl im Mondlicht lag. Sie erhaschte den Schatten einer eilig davonhastenden dunklen Gestalt, die hinter der Abteikirche verschwand.

Emma warf Paul einen fragenden Blick zu. Er zog die Augenbrauen hoch und zuckte mit den Achseln. Sie wandte den Kopf und starrte in das Halbdämmer der Kapelle. Hinter dem Altar flackerte das Rot des ewigen Lichts. Sonst war alles ruhig. Allmählich setzte sie sich in Bewegung.

»Willst du wirklich?«, flüsterte Paul. »Hier läuft schließlich ein Mörder frei rum.«

»Eben deswegen«, wisperte sie. »Auf uns hat er es nicht abgesehen. Also haben wir nichts zu befürchten.« Sie wusste, dass es nicht stimmte, aber allein der Gedanke, dass in diesem Moment vielleicht ein weiterer Mensch sein Leben verlor, setzte so viel Adrenalin frei, dass sie ihre Angst vergaß. Emma ging schneller. Ihr Herzschlag verursachte in ihren Ohren ein lautes Rauschen. Hinter sich hörte sie Pauls vorsichtigen Schritt. Sie überquerten den Mittelläufer.

Behutsam gingen sie weiter und erreichten die gegenüberliegende Tür. Der Klosterhof wirkte menschenleer, ein sanfter Wind strich durch die Trauerweiden im Kreuzgang. Emma sah hinüber zu den Rundbögen, wo im Schatten der Bäume ein Käuzchen rief.

Paul trat neben sie. Auf einmal war ein anderes Geräusch zu hören. Es klang wie das Stöhnen eines Menschen. Emma hielt den Atem an und lauschte. Erneut war ein Stöhnen zu hören. Sie hatte den Eindruck, dass es von der gegenüberliegenden Seite des Hofs kam. Ihr Herz schlug bis zum Hals. Sie setzte einen Fuß in den Klosterhof. Der Schotter knirschte laut, dennoch ging sie langsam weiter. Paul folgte ihr. Jeder ihrer Schritte schien Geräusche zu machen wie ein ganzes Regiment Soldaten auf dem Weg zur Feldküche.

Wieder war ein Stöhnen zu hören. Emma beschleunigte ihre Schritte. Sie ließen den Kreuzgang hinter sich, dann den Haupteingang der Kirche. Das Kloster kam näher, doch das Stöhnen hatte aufgehört.

Emma spürte Panik aufkommen. Dann sah sie im Schatten der Kirchenmauer einen Menschen liegen. Sie rannte auf die dunkle Gestalt in Ordenskleidung zu, die am Boden lag und kein Lebenszeichen mehr von sich gab. Neben ihr erkannte Emma das achtlos weggeworfene Grabkreuz. Dann hörte sie, wie hinter ihr Pauls Handy klingelte.

Emma ging auf die Knie und schob sachte den Schleier zur Seite, der sich über das Gesicht der Ordensschwester gelegt hatte. Sie starrte entsetzt in das Gesicht einer Frau, die sie nur ein- oder zweimal gesehen hatte. Trotzdem wusste sie sofort, dass es die Äbtissin war. Paul sprach leise in sein Handy, ging neben Emma auf die Knie und tastete an ihrer Halsschlagader nach dem Puls.

»Sie lebt«, flüsterte er Emma zu und sprach dann hastig weiter in sein Mobiltelefon. Sie hörte ihn kurz mit Grieser sprechen, bevor er weiter verbunden wurde.

Vorsichtig sah sich Emma um. Ihr Blick fiel auf die offen stehende Seitentür, durch die sie vor wenigen Tagen in die Abteikirche eingedrungen war. Sie erinnerte sich, dass die Tür in einen kleinen Vorraum führte und von dort nach unten in die Krypta. Über eine Wendeltreppe gelangte man nach oben in die Kirche.

Emma richtete sich auf und beobachtete die Tür, doch diese bewegte sich nicht. Nachdenklich warf sie einen Blick auf Schwester Lioba, die noch immer bewusstlos war. Paul presste das Handy ans Ohr und lauschte mit gerunzelter Stirn, ohne sie aus den Augen zu lassen.

»Nein, das habe ich Ihnen doch schon gesagt, das ist kein Scherz«, beteuerte er dann, »ich bin jetzt im Kloster Rupertsberg, und direkt vor mir auf dem Klosterhof liegt eine schwerverletzte Nonne. Das habe ich Kommissar Grieser auch schon gesagt, er alarmiert bereits das Überfallkommando.«

Emma gab Paul ein Zeichen und setzte sich in Bewegung.

»Lass das die Polizei machen«, rief Paul scharf. Er gestikulierte mit seiner freien Hand hektisch in Emmas Richtung.

»Wenn wir ihn jetzt nicht erwischen, wird die Polizei ihm vielleicht nie was nachweisen können«, sagte Emma.

Könnte der Unbekannte doch ihr Vater sein? Emma wurde schlecht bei dem Gedanken, dass sie vielleicht für den Rest des Lebens ihren Vater verdächtigen würde, ein Mörder zu sein. Sie fixierte die Seitentür, von der sie nur noch wenige Schritte entfernt war.

»Tu's nicht«, knurrte Paul ärgerlich. »Nein, das war nicht für Sie bestimmt«, sprach er dann hastig in sein Handy, »ich bin im Kloster Rupertsberg in Bingerbrück, im Klosterhof. Sagen Sie Ihren Kollegen, sie können durch die Friedhofskapelle in den Hof.«

Emma erreichte die Tür. Sie kramte in ihrer Handtasche nach dem Pfefferspray und der kleinen Taschenlampe. Dann ließ sie die Tasche achtlos fallen und schloss ihre Hände um die beiden Gegenstände. Sie warf einen Blick zurück zu Paul. Er ließ sie nicht aus den Augen und sah aus, als wolle er ihr folgen.

»Die Ordensschwester ist bewusstlos, ja, sie lebt, ich habe ihren Puls gefühlt. Nein, ich weiß nicht, wie schwer sie verletzt ist«, sprach er weiter in sein Mobiltelefon. Paul ging zwei Schritte in Emmas Richtung. Da hielt ihn ein Stöhnen hinter seinem Rücken auf. Die Äbtissin schien allmählich zu Bewusstsein zu kommen. Paul zögerte, warf noch einen Blick zu Emma und kehrte dann zu der Ordensfrau zurück.

Emma tauchte in das Dunkel der Kirche ein. Dort verharrte sie und lauschte in die Stille. Von weit entfernt drangen Geräusche bis zu ihr. Sie schienen von unten aus der Krypta zu kommen. Emma schlich zu der Treppe, die nach unten führte. Sie setzte einen Fuß auf die oberste Stufe und lauschte wieder in die Dunkelheit. Sie glaubte, Schritte zu hören, merkwürdig dumpf und weiter entfernt, als sie es für möglich gehalten hätte. Emma ging zwei weitere Stufen nach unten und verharrte. Zweifelnd, ob sie wirklich Schritte hörte, blickte sie zurück auf die halboffene Tür, durch die kaum Licht hereinfiel. Sie lauschte, doch vom Klosterhof war nichts zu hören. Keine Polizeisirenen, keine Beamten.

Wenn der Mörder entkam, würde es immer weiter gehen. Die Verdächtigungen. Und die Morde.

Emma fasste die Taschenlampe fester und drehte sie an. Ein schmaler, aber heller Strahl erleuchtete den Boden vor ihr. Sie nahm die letzten Stufen und erreichte die niedrige Krypta. Der Raum war leer bis auf eine alte Grabplatte, die an der Rückwand des Raumes lehnte. Sie war zur Seite geschoben und gab den Blick frei in einen schmalen Gang, der sich bereits nach wenigen Metern im Dunkeln verlor. Vorsichtig näherte sich Emma der Öffnung. Sie spürte einen kalten Zug in ihrem Gesicht. Die Luft roch abgestanden und modrig. Noch immer erklangen in weiter Entfernung Geräusche. Emma war sicher, dass es die Schritte eines Menschen waren. Sie versuchte sich zu erinnern, was sie irgendwo in einem der Informationsblätter oder im Internet über einen Geheimgang gelesen hatte. Die Schwestern waren in Kriegszeiten über den geheimen Gang nach Bingen geflohen. Doch der Gang oder der Zugang sei bereits seit Jahrhunderten verschüttet.

Emma horchte nach oben. Doch dort war noch immer alles ruhig.

Ihr fiel ein, dass die Frau vom Kiosk erzählt hatte, Bauarbeiter hätten vor kurzem den Eingang von einem Geheimgang entdeckt, der unter dem Fluss auf die andere Naheseite führte. Sie hatten einige Pfeiler der mittelalterlichen Drususbrücke ausgebessert, als sie darauf stießen. Durch den Gang konnten die Schwestern früher ungesehen unterhalb der Nahesohle von Bingerbrück nach Bingen fliehen.

Emma zwängte sich durch die schmale Öffnung und trat in einen engen Gang. Der schmale Kegel der Taschenlampe zeigte an den Wänden und der Decke grob zusammengefügte Kalksteine. Sie musste den Kopf einziehen, um nicht gegen einen der herabhängenden Steine zu stoßen. Sie verharrte und lauschte erneut in das undurchdringliche Dunkel. Schritte waren zu hören, doch dann wurde es ruhig. Emma erstarrte. Vielleicht hatte der Eindringling den Ausgang erreicht. Oder er stand ebenfalls still und horchte.

Dann waren wieder Schritte zu hören, die sich immer weiter entfernten. Entschlossen ging Emma weiter. Nach kurzer Zeit führte der Gang über etliche Treppenstufen steil bergab. Die Dunkelheit umfing sie wie eine undurchdringliche Decke. Nach unzähligen Stufen ging das Gefälle über in einen horizontal verlaufenden Gang, in dem Emma ohne Probleme aufrecht stehen konnte. Der schmale Strahl ihrer winzigen Taschenlampe tanzte über Unebenheiten der Steinplatten auf dem Boden. Zweifelnd hob Emma den Blick. Oberhalb des Tonnengewölbes über ihrem Kopf musste eigentlich die Nahe sein. Emma schauderte. Sie zwang sich, an etwas anderes als die Wassermassen über ihr zu denken, und hastete weiter durch die Dunkelheit. Mit der freien Hand tastete sie in ihrer rechten Jackentasche nach ihrem Handy und drückte einen Knopf, um das Display zu erleuchten. Natürlich hatte sie hier unten keinen Empfang. Sie stopfte das Handy zurück, blieb erneut stehen und lauschte. In ihren Ohren schienen die Druckwellen zu explodieren, die von ihrem keuchenden Atem ausgingen. Sie musste die Luft anhalten, um etwas anderes zu hören. Doch vor ihr blieb es gespenstisch still.

Emma überlegte fieberhaft, ob sie noch weitergehen sollte. Angst erfüllte sie und flüsterte ihr ein, was zum Teufel sie hier eigentlich machte, sie sollte oben im Klosterhof neben Paul stehen und auf die Polizei warten.

Plötzlich erklangen wieder weit entfernte Schritte. Emma schüttelte die ängstlichen Gedanken ab, zog kampflustig die Schultern hoch und setzte sich in Bewegung. Sie war schon etliche Meter weiter, als sich plötzlich das Klima änderte. Bisher waren die Steine trocken gewesen, und die Luft roch dumpf. Doch nun waren an den Steinen Flecken mit grüner Färbung zu sehen, die sich immer weiter ausbreiteten. Ein Schwenk ihrer Taschenlampe machte ihr klar, dass der Gang vor ihr von einer dünnen Moosschicht überzogen war. Der Geruch nach Schimmel und Feuchtigkeit verstärkte sich. Auf einmal wirkte auch die Akustik anders. Die Geräusche schienen in erster Linie das Echo ihrer eigenen Schritte zu sein. Emma blieb stehen und lauschte misstrauisch in die Dunkelheit.

Auf einmal hörte sie weit entfernte Geräusche hinter sich. Emma wandte den Kopf und lauschte. Die Schritte mehrerer Menschen klangen durch die Dunkelheit. Die Polizei musste ihr in den Gang gefolgt sein und würde sie in kürzester Zeit erreichen. Emma spürte Erleichterung. Inzwischen hatte sie jegliches Zeitgefühl verloren. Es war auf jeden Fall besser, auf die Polizisten zu warten. Doch bis die Beamten bei ihr waren, hatte der Mörder vielleicht schon den Ausgang erreicht und verschwand für immer in der Nacht.

Emma vernahm ein lautes Poltern aus der Richtung des Fliehenden. Sie richtete den Strahl ihrer Taschenlampe nach vorne und überlegte kurz. Dann ging sie weiter. Nun führte der Gang über viele Stufen steil nach oben und endete abrupt vor einer Wand mit einem Durchbruch. Mit hektisch klopfendem Herzen näherte sich Emma der Öffnung und hielt inne. Dahinter war es ruhig. Sie nahm ihren ganzen Mut zusammen und zwängte sich durch den Durchbruch. Der Gang mündete in einen großen Raum mit steinernen Wänden. Vor ihr lag eine Grabplatte auf dem Boden, ähnlich wie jene, die in der Abteikirche den Zugang verschlossen hatte.

Obwohl die Angst ihr die Luft abzuschnüren drohte, schob sich Emma weiter heraus und trat in einen steinernen Raum, der sich mehrere Meter über ihrem Kopf wie in einer Kirche zu einem Kreuzgewölbe verjüngte. Emma hob ihre Taschenlampe und ließ den Lichtstrahl über Decken und Wände gleiten. Das Deckengewölbe wirkte sehr alt und ruhte auf halbrunden Steinsäulen, die sich die Wände entlang zogen. An vielen Stellen war Moos zu sehen, es roch nach Moder.

Ein Geräusch von der anderen Seite der Halle ließ Emma aufhorchen. Vorsichtig hob sie die Taschenlampe und ließ den Strahl weiterwandern. Weit vor ihr öffnete sich unvermittelt der Boden. Emma sah eine spiegelnde Oberfläche mit einem dunklen Umriss darauf und begriff erst allmählich, dass auf sanft schaukelnden Wellen ein Boot tanzte. Darin saß eine dunkle Gestalt und hantierte ungeschickt mit einem Ruder.

Emma ging vorsichtig weiter in Richtung Wasser. Das Wasser zog sich bis zu einem Steinbogen, der zu einer Brücke zu gehören schien. Dahinter war der Nachthimmel zu sehen. Der Gang hatte sie direkt in einen der mittelalterlichen Pfeiler der Drususbrücke geführt. Hier kam man nur mit einem Boot weiter.

Die Gestalt ruderte verbissen gegen die Strömung und versuchte mit dem Boot den Steinbogen zu erreichen, der den

Ausgang bildete. Im Licht ihrer Taschenlampe sah Emma nur einen dunklen Schatten. Der Umriss wirkte schmaler, als Emma es von Windisch erwartet hätte. Sie erreichte das Ende der Steinplatten und stand nun vor den wogenden Wassermassen. Das Boot war bereits einen guten Meter von ihr entfernt. Die Gestalt brauchte nur noch wenige Ruderschläge, dann würde sie in der Dunkelheit verschwinden. Emma drehte das Pfefferspray in der Hand, bis sie den Knopf zu fassen bekam. Doch die Gestalt war zu weit weg. Bis zu ihr würde das Spray nicht tragen.

Zweifelnd blickte sie auf das Wasser zu ihren Füßen. Sie konnte nicht verhindern, dass sie wieder die Szene vor sich sah, wie sie mit Andrea in diesem Ruderboot gesessen hatte. Sie waren beide noch klein gewesen und hatten sich gestritten. Dann war Andrea unvermittelt aus dem hölzernen Ruderboot ins Wasser gesprungen. Durch ihren Sprung schaukelte das Boot so stark, dass es kenterte. Das Wasser war an dieser Stelle nur knietief gewesen, und ihre Eltern saßen wenige Meter entfernt am Ufer und hatten sie im Blick. Doch das kenternde Boot traf Emma an der Schläfe, sie versank im Wasser und erlebte qualvolle Sekunden, bis ihr Vater bei ihr war und sie aus dem Wasser zog. Sekunden, in denen Emma glaubte, sterben zu müssen.

Die Gestalt hatte den Steinbogen fast erreicht. Nur noch zwei oder drei Ruderschläge trennten sie von der Freiheit. Emma blickte sich verzweifelt um. Drüben tauchte der erste Polizist aus der Dunkelheit des Ganges auf. Doch bis er sie erreicht hatte, würde der Mörder verschwunden sein. Ein weiteres Boot war nirgendwo zu sehen.

Emma packte das Pfefferspray fester und holte tief Luft. Der Blick in das dunkle Wasser unter sich ließ sie erneut zögern. Wenn sie sprang, würde das Boot wild schaukeln, vielleicht sogar kentern.

Ein weiterer Ruderschlag brachte das Boot fast aus ihrer Reichweite. Ihr Herz schien ihren Brustkorb zu sprengen. Angst überschwemmte ihren Organismus wie eine Springflut den Strand. Emma gab sich einen Ruck und sprang. Die Gestalt hob überrascht den Kopf. Emma blickte auf eine dunkle Motorradmaske, aus der sie zwei weit geöffnete Augen wütend anblitzten. Emma hob die Hand und sprühte. Doch das Schaukeln des Bootes brachte sie aus dem Gleichgewicht, der Sprühstoß verteilte sich nutzlos über der Wasseroberfläche. Die maskierte Gestalt hob die Hand mit dem Ruder und holte aus. Emma wedelte verzweifelt mit beiden Armen, um das Gleichgewicht zu halten. Die maskierte Gestalt schlug nach ihr. Emma spürte den Luftzug an ihrem Hals. Der Schlag verfehlte sie nur um wenige Zentimeter. Emma löste sich aus ihrer Angststarre und riss die Hand mit dem Pfefferspray hoch. Sie richtete sich breitbeinig auf und sprühte ein weiteres Mal in die weit geöffneten Augen.

Der Mann ließ das Ruder fallen, kehlige Laute drangen aus seinem Mund, und er riss beide Hände nach oben. Mit den Fäusten rieb er sich die Augen, dann zerrte er sich, immer noch brüllend, die Maske vom Gesicht und warf sie in hohem Bogen von sich.

Das Boot schwankte wild unter den hektischen Bewegungen des Mannes. Emmas Herz klopfte wie verrückt. Sie wusste nicht, wovor sie mehr Angst hatte. Vor dem Mörder vor ihr oder dem Wasser unter ihr. Sie ließ sich auf die Knie fallen und achtete nicht auf die unebenen Bretter, die sich schmerzhaft in ihre Haut bohrten. Mit beiden Händen klammerte sie sich an den Bootswänden links und rechts fest und machte sich möglichst schwer, in der Hoffnung, das Boot dadurch zu stabilisieren. Die kehligen Rufe des Mörders gingen in wilde Flüche über. Er kniete sich ebenfalls nieder, hängte sich weit über die Bootswand und schöpfte mit einer

Hand Wasser in sein Gesicht. Das Boot legte sich bedenklich zur Seite. Entsetzt verlagerte Emma ihr Gewicht. Sie klammerte sich verzweifelt an die Außenwände, und die Angst vor dem Kentern pflanzte sich in ihrem ganzen Körper fort.

Erleichtert sah sie schwankende Lichtflecken auf sich zukommen. Sie glaubte Griesers Stimme zu hören. Mehrere Polizeibeamte mit Stablampen und hoch erhobenen Waffen kamen rasch näher.

Allmählich wurden die Flüche des Mannes leiser. Er ließ sich zur Seite fallen und blieb schwer atmend auf dem Rücken liegen. Die Polizisten hatten das Boot fast erreicht, die ersten Lichtkegel strichen über die Planken und verharrten zitternd auf dem Gesicht des Mannes. Emma kniff die Augen zusammen und begriff, dass vor ihr Thomas Kern lag, der Gynäkologe aus Afrika.

31. Kapitel

Und weil die Lendengegend ziemlich beschränkt, eng und abgeschlossen ist, kann sich dort jener Windhauch nicht weit ausdehnen und erhitzt sich dort heftig im Lustgefühl, derart, daß der Mann in dieser Hitze seiner selbst vergißt und sich nicht enthalten kann, den Schaum des Samens austreten zu lassen, weil wegen der Abgeschlossenheit der Lenden das Feuer der Lust beim Manne heftiger, wenn auch seltener brennt wie beim Weibe.

Emma warf einen prüfenden Blick auf den Blumenstrauß. Dann hob sie die Rechte und klingelte an der Pforte des Klosters. Eine Schwester mit erschrocken blickenden blauen Augen öffnete, stellte sich als Schwester Philippa vor und begrüßte sie freundlich. Emma erklärte ihr, dass sie in der vergangenen Nacht die Äbtissin im Hof gefunden hatte und sich nun erkundigen wollte, wie es ihr ging. Schwester Philippa nickte lächelnd und bat Emma herein.

»Die ehrwürdige Mutter wollte nicht im Krankenhaus bleiben und wird sich bestimmt freuen, wenn ihre Retterin zu Besuch kommt.« Schwester Philippa führte Emma zu einem abseits gelegenen Raum, der Krankenstation des Klosters. Vor der Tür angekommen, klopfte die Schwester und steckte ihren Kopf hinein. Emma hörte Stimmen, dann einen Mann, der sich verabschiedete. Schwester Philippa trat zur Seite, und Grieser stand in der offenen Tür. Er musterte sie nachdenklich. Dann reichte er ihr seine Hand.

»Ich danke Ihnen«, sagte er warm, »ohne Ihren Einsatz wären wir nicht so schnell vor Ort gewesen. Sie haben Schwester Lioba das Leben gerettet.«

Emma ergriff seine Hand und erwiderte sein Lächeln. Seine Worte klangen ehrlich, und zum ersten Mal spürte sie, was Paul an ihm fand. Grieser trat zur Seite, um sie einzulassen, und verabschiedete sich mit einem Nicken. Er war schon einige Schritte gegangen, als er zögerte und sich noch einmal umwandte.

»Und richten Sie Paul einen Gruß von mir aus«, sagte er mit belegter Stimme.

Emma lächelte traurig und wandte sich rasch ab, um den abgedunkelten Raum zu betreten. Darin standen zwei Betten. Das an der Tür wirkte unberührt und war von einem weißen Tuch bedeckt. Im Bett am Fenster lag eine freundlich blickende Frau mittleren Alters, die Emma sogleich zu sich heranwinkte.

Emma musste zweimal hinsehen, bis sie Schwester Lioba erkannte. Ohne ihr Ordenskleid wirkte sie zart und zerbrechlich. Sie sah müde aus, und dennoch lag auf ihrem Gesicht ein Lächeln, das sich noch vertiefte, als sie ihre Besucherin erkannte.

»Ich glaube, ich verdanke Ihnen mein Leben«, sagte Schwester Lioba und bat Emma mit einer Handbewegung, auf dem Stuhl neben ihr Platz zu nehmen. Emma legte den Blumenstrauß auf den Nachttisch und setzte sich beklommen.

»Aber Kern kam uns doch bereits entgegen, als wir in die Friedhofskapelle traten«, sagte sie nachdenklich.

»Er wurde unruhig, als er sie am Tor des Klosters bemerkte«, entgegnete Schwester Lioba. Sie schob sich das Kissen unter ihrem Kopf zurecht und richtete sich ein wenig auf. Sie trug ein großes Pflaster an ihrer rechten Schläfe und darüber eine Art weißes Haarnetz. »Das waren doch Sie, oder?«

Emma nickte zögernd.

»Ich glaube, sonst hätte er ein zweites Mal zugeschlagen. Beim ersten Mal hat er mich nicht richtig erwischt«, sagte Schwester Lioba. »Als er das Rütteln am Tor hörte, wollte er so schnell wie möglich weg. Beim Sturz ist mir der Schlüsselbund auf den Boden gefallen, und mit dem Generalschlüssel wollte er durch die Kapelle fliehen.«

»Wie kam er überhaupt in den Klosterhof?«

»Er hat den Gottesdienst besucht und sich im Kreuzgang versteckt, bevor die Priorin alle Türen abgeschlossen hat.«

»Und dann sind wir ihm entgegengekommen«, sagte Emma.

»Sie haben ihm den Rückweg abgeschnitten«, erklärte Schwester Lioba. »Und dann fiel ihm ein, dass Pater Benedikt damals einen Geheimgang erwähnt hat. Die Kioskbesitzerin hatte ihn wohl wieder daran erinnert, sie hat ihm erzählt, dass Bauarbeiter vor einigen Tagen den alten Tunnelausgang in der Drususbrücke freigelegt haben. Von ihr wusste er auch, dass eine unserer Schwestern meist samstags heimlich das Kloster verlässt und dann für einige Stunden das Gästehaus offen steht. Er hat wohl ganz kurzfristig entschieden, in der Nacht doch noch einmal zum Kloster zurückzukehren und Miriams Leiche auf dem Altar unserer Abteikirche abzulegen.«

»Woher wissen Sie das?«, fragte Emma verblüfft.

»Der Kommissar hat es mir eben erzählt«, sagte Schwester Lioba. Sie griff nach ihrem Wasserglas und leerte es in einem Zug. »Macht es Ihnen was aus?«, fragte sie und hob Emma das Glas entgegen.

»Nein, natürlich nicht«, erwiderte Emma. Sie nahm das Glas entgegen und stellte es auf den Nachttisch neben sich.

»Das Greifen fällt mir noch ein wenig schwer«, sagte Schwester Lioba zur Erklärung und rieb ihre rechte Hand. »Ich bin etwas unglücklich auf meine Rechte gefallen.«

Emma nahm die halbvolle Mineralwasserflasche und schenkte nach.

»Dann haben Sie auch von dem Gang gewusst?«, fragte Emma.

»Ich hatte das längst vergessen«, sagte Schwester Lioba nachdenklich und sank in ihr Kissen zurück. »Erst als der Kommissar davon erzählte, fiel es mir wieder ein. Pater Benedikt hatte erwähnt, dass in der Handschrift einige deutsche Worte an die Seite gekritzelt waren. Da war von einem Geheimgang unter der Abteikirche die Rede und dass die Schwestern den Zugang hinter einer Grabplatte verbargen. Pater Benedikt war ganz aufgeregt deshalb, weil er annahm, dass es eine eigenhändige Notiz Hildegards sein könnte.«

»Wieso hat Kern es getan?«, fragte Emma.

Schwester Lioba blickte sie ernst an. »Ich hätte viel eher mit der Polizei reden sollen. Aber zu Beginn konnte ich nicht glauben, dass Miriams Tod nur der Anfang sein würde. Und nach dem Tod von Markus Hertl hat Windisch mich erpresst.« Ihr Gesicht verdüsterte sich.

»Sie hatten keine andere Wahl«, erwiderte Emma, obwohl ihr nicht klar war, wovon die Äbtissin sprach.

»Doch«, antwortete Schwester Lioba. »Man hat immer eine Wahl. Aber mit dieser Schuld werde ich leben müssen. Vielleicht hätte Markus Hertl nicht sterben müssen, wenn ich früher geredet hätte. Und vielleicht wäre das alles nicht passiert, wenn ich nicht meine ehemaligen Schulkameraden ins Kloster eingeladen hätte, um an die Handschrift zu kommen.«

Emma sah Schwester Lioba verblüfft an.

»Wir wussten alle, dass Pater Benedikt die Handschrift hat. Er hat zwar immer ein großes Geheimnis daraus gemacht, aber in Wahrheit war er so stolz darauf, dieses wertvolle Buch in seinen Händen zu haben, dass er immer wieder davon erzählte.«

Die Äbtissin schwieg und sah aus dem Fenster. Emma folgte ihrem Blick und beobachtete, wie sich die Katze im Klostergarten eng an den Boden presste und eine Stelle im Gras vor sich nicht aus den Augen ließ.

»Sie mochten Markus«, sagte Schwester Lioba.

Emma nickte und spürte, dass Tränen in ihre Augen traten.

»Es fällt schwer, von etwas Abschied zu nehmen, das nicht gelebt werden durfte. Ich werde Ihnen erzählen, was damals passiert ist. Ich möchte, dass Sie darüber einen Artikel schreiben. Es ist schon viel zu lange zu vieles verschwiegen worden. Miriam ist tot. Thomas Kern und Josef Windisch haben sich selber zuzuschreiben, was ihnen zugestoßen ist. Es wird Zeit, dass endlich ein paar Dinge ausgesprochen werden.«

»Das waren auch die Worte Schwester Marias vom Internat St. Hildegard«, erwiderte Emma.

»Zu dem Mord an Miriam entschloss sich Thomas Kern, weil er mitbekam, wie sehr wir alle hinter der Handschrift her waren«, fuhr Schwester Lioba traurig fort. »Er wollte verhindern, dass wir in den Besitz der Handschrift kommen und so von der Vergangenheit profitieren. Und als er am Abend von Gründonnerstag aus der Kirche trat, beobachtete er, wie Hertl mit Ihnen sprach. Also beschloss er, dass auch wir sterben sollten. Denn nur wir konnten ihn mit dem Mord an Miriam in Verbindung bringen.«

Emma blinzelte. »Bin ich schuld?«, flüsterte sie.

»Nein«, sagte Schwester Lioba entschieden. »Es war nur eine Frage der Zeit, bis Thomas klar werden würde, woher ihm Gefahr drohte. Und nun sollen Sie auch erfahren, warum.«

Schwester Lioba räusperte sich und strich sich über die Stirn. Dann schob sie sich in ihrem Bett höher, bis sie Emma in die Augen blicken konnte.

»Eines Abends kam es in der Hildegard-AG zu einem sehr kontroversen Gespräch über Sexualität«, begann sie. »Viele Schüler und Schülerinnen sind gegangen, weil es zu einem heftigen Streit zwischen Miriam und Thomas Kern kam. Die beiden waren damals ein Paar, und ich glaube, sie hatten unterschiedliche Ansichten darüber, wie freizügig die Sexualität in ihrer Beziehung sein sollte. Und je mehr sie stritten, desto anzüglicher wurde es. Auch mir wurde es irgendwann zu viel, deshalb ging auch ich.«

»Was war mit Markus?«, fragte Emma.

»Er kannte sehr genau die größte Schwachstelle von Thomas, seine Eitelkeit. Er hat durch Sticheleien die Stimmung immer weiter angeheizt und ist am Ende ebenfalls gegangen.«

Die Äbtissin strich sich die Haare aus dem Gesicht. Als ihre Finger das Pflaster berührten, zuckten sie zurück.

»Am Ende blieben Miriam, Thomas Kern, Josef Windisch und Pater Benedikt, die noch lange miteinander diskutierten. Dann kam es zu Zärtlichkeiten zwischen Miriam und Thomas. Irgendwann wollte Miriam nicht mehr, doch Thomas ließ nicht zu, dass sie ging.«

Die Glocken der Abteikirche waren zu hören. Schwester Lioba ließ den Kopf zur Seite sinken und blickte nachdenklich aus dem Fenster. Als die Glocken verklungen waren, erzählte sie weiter.

»Miriam wurde vergewaltigt. Erst von Thomas, dann von Josef.«

Emma schloss für einen Moment die Augen. »Und Pater Benedikt?«, fragte sie dann.

»Er hat nichts unternommen, um Miriam zu schützen«, sagte sie leise. »Als Thomas ihn dazu bringen wollte, Miriam ebenfalls zu vergewaltigen, erklärte er, dass er sich ein paar Jahre zuvor hätte kastrieren lassen und seitdem impotent sei.«

Leiser Gesang wehte über den Klosterhof. Schwester Lioba faltete die Hände. Emma hatte den Eindruck, dass sie ein kurzes Gebet sprach. Dann erzählte sie weiter.

»Ich habe sie gedrängt, die Männer anzuzeigen, aber sie wollte nicht. Sie sagte, den meisten Männern passiere nichts, wenn sie wegen Vergewaltigung vor Gericht ständen.«

»Das stimmt leider«, sagte Emma. »Kommen Männer wegen Vergewaltigung vor Gericht, dann wird zuallererst die Frau in Frage gestellt und ihre Glaubwürdigkeit angezweifelt. Meist steht Aussage gegen Aussage. Gerade wenn eine Frau durch die Vergewaltigung schwer traumatisiert wurde, kann sie den Tathergang meist nicht so ruhig und mit allen Einzelheiten immer und immer wieder schildern, so dass Polizisten, Gutachter und Richter ihr glauben würden.«

Ein Schatten legte sich über das Gesicht von Schwester Lioba. »Miriam hat nie wieder einem Mann vertraut«, sagte sie leise. »Aber sie ist eine starke Frau.« Ihr Gesichtsausdruck veränderte sich. »Sie war eine starke Frau«, korrigierte sie sich und lächelte traurig. »Sie hat sich gegen die Vergewaltigung zur Wehr gesetzt, aber gegen zwei Männer reichte ihre Kraft nicht.«

»Wenn mehrere Männer beteiligt waren, haben die Frauen meist noch weniger Chancen mit einer Anzeige«, sagte Emma und kämpfte gegen die ohnmächtige Wut, die sie immer bei diesem Thema befiel.

»Sie hat sich an ihnen gerächt«, flüsterte Schwester Lioba.

»Sie hat an dem Abend mitbekommen, dass Pater Benedikt sie nicht vergewaltigen konnte, weil er kastriert war. Also beschloss sie, dafür zu sorgen, dass Thomas und Josef nie wieder eine Frau vergewaltigen würden.«

»Sie hat sie kastriert?«

»Zwei Tage später hat sie ihnen etwas in den Tee getan«, fuhr Schwester Lioba fort. »Und als sie wieder aufwachten, waren sie kastriert.«

»Wie hat sie das geschafft?«, fragte Emma.

»Das wird für immer ihr Geheimnis bleiben. Ich glaube ja, dass sie es selber getan hat. Ihr Vater war Tierarzt, und sie hat ihm oft geholfen, wenn er Stiere und Pferde kastrierte. Vielleicht hat sie ihn auch dazu gebracht, ihr zu helfen. Keine Ahnung, wie sie es angestellt hat. Aber sie hat es geschafft.«

»Und wenn die Männer Miriam angezeigt hätten, dann wäre auch die Vergewaltigung aktenkundig geworden«, sagte Emma.

»Ja«, erwiderte Schwester Lioba. »Pater Benedikt hat sich geweigert, für die beiden zu lügen. Also blieb ihnen nichts anderes übrig, als zu schweigen.«

»Ich hatte eigentlich Pfarrer Windisch im Verdacht, dass er versucht, eine Kastration geheim zu halten, damit seiner Karriere nichts im Wege steht.«

Schwester Lioba nickte. »Sie sind der Wahrheit ziemlich nahe gekommen. Windisch hat zwar nicht gemordet, aber er hat mich erpresst, damit niemand erfährt, was damals passiert ist.«

»Und was geschah mit Pater Benedikt?«, fragte Emma.

»Miriam wollte Genugtuung dafür, dass er ihr nicht geholfen hat. Sie wusste, dass im Keller ihres Vaters ein altes Brandeisen lag in der Form eines Eselkopfes. Das fand Miriam angemessen, weil Hildegard über Männer schrieb, die sich wie Esel aufführten, wenn sie ohne Frauen blieben.

Miriam hat Pater Benedikt aufgefordert, sich entweder selber zu brandmarken, oder sie würde ihn wegen Beihilfe anzeigen.«

»Hat ihn das in den Selbstmord getrieben?«, fragte Emma, »oder war es gar kein Selbstmord?«

»Er war am Tag nach der Vergewaltigung voller Scham und Schuldgefühle. Er wusste, dass sein sexueller Trieb ihn schwach machte. Deshalb hatte er sich auch kastrieren lassen. Er dachte, damit sei er gefeit vor Versuchungen. Dass er Miriam nicht geholfen hatte, zeigte ihm, dass nicht sein sexueller Trieb das Problem war. Sein Charakter war das Problem. Das passte nicht zu seinem Selbstbild und auch nicht zu seinem Lebensweg.«

»Und die Handschrift?«

»Das war eine Art Wiedergutmachung für Miriam. Deshalb hat Miriam die Handschrift als eine Art persönlichen Besitz betrachtet.«

»Was wollte Pfarrer Windisch von Miriam?«, fragte Emma. »Er hat sie in der Woche vor der Weihe in ihrer Wohnung in Mainz besucht.«

»Ich hatte meine ehemaligen Klassenkameraden zu meiner Weihe eingeladen, damit sie mir helfen, Miriam zu überzeugen, mir die Handschrift zu überlassen. Deshalb habe ich sie vor einigen Wochen alle angerufen und ihnen davon erzählt. Doch dann ist genau das Gegenteil von dem passiert, was ich mir erhofft hatte.« Schwester Lioba lächelte traurig. »Windisch hatte Sorge, dass mit dem Auftauchen der Handschrift auch die alte Geschichte wieder aufgerührt wird und Miriam nach all den Jahren doch noch öffentlich macht, was damals passiert ist. Markus Hertl hat nun seinerseits versucht, an die Handschrift zu gelangen. Er hoffte, dass die Handschrift ihm den Weg ebnen würde, endlich einen Lehrstuhl zu bekommen. Und Kern konnte es nicht fassen, dass die beiden ungehindert an ihren Karrieren bastelten. Auch er hatte Karriere als Arzt machen wollen, doch nach der Kastrierung war ihm ein bürgerliches Leben unerträglich.«

»Markus hat mir viel von dieser Handschrift erzählt«, sagte Emma leise.

»Hertls Interesse daran hat auch Miriam angesteckt. Sie hat sich all die Jahre nie dafür interessiert. Es reichte ihr schon die Genugtuung, dass sie diese wertvolle Schrift besaß. Aber auf einmal wollte sie selber herausfinden, ob nicht vielleicht doch ein Geheimnis damit verbunden ist.«

»Wissen Sie denn, wo Miriam die Handschrift aufbewahrt hat?«

»Nein«, erwiderte Schwester Lioba. »Wahrscheinlich werden wir es auch nie erfahren. Sie hat einmal angedeutet, dass sie unwiederbringlich verloren wäre, wenn sie unvermutet sterben würde. Das war für sie eine Art Lebensversicherung. Aber es hat nicht funktioniert. Thomas wollte sich nach all den Jahren für sein verpfuschtes Leben rächen. Die Handschrift war ihm völlig egal.«

Epilog

Noch am gleichen Tag schrieb Emma einen Artikel über die Morde im Kloster Rupertsberg, der auf den Fall ein ganz neues Licht warf. Eine große Wochenzeitschrift druckte den Artikel, der viel Aufmerksamkeit erregte. Mit den Folgeaufträgen verdiente Emma genug Geld, um ihre Miete zu bezahlen und den Bus reparieren zu lassen. Ihrem Vater leistete sie heimlich Abbitte, dass sie ihn verdächtigt hatte.

Einige Wochen später erfuhr Emma bei einem Besuch im Kloster Rupertsberg, dass Schwester Lioba es mit Unterstützung der Unternehmensberaterin geglückt war, ein tragfähiges wirtschaftliches Konzept für ihren Konvent zu entwickeln. Mit Hilfe eines großzügigen Kredits der Diözese kaufte sie wenig später das nahe gelegene Hotel und entwickelte ein Seminar- und Tagungsprogramm für spirituell suchende Menschen. Die Seminare wurden von Ordensschwestern und von weltlichen Lehrern und Lehrerinnen geleitet. Die enge Anbindung an eines der ältesten Klöster Deutschlands verschaffte dem Hotel schnell einen regen Zulauf. Die Ordensschwestern vom Kloster Rupertsberg zelebrierten weiterhin den Gregorianischen Choral und blieben ein kontemplativer Konvent. Doch gemeinsam mit zwei Priestern boten sie den Besuchern des Klosters außerdem deutsche Gottesdienste mit Liedern zum Mitsingen.

Windisch trat einen Tag nach der Verhaftung von Kern

freiwillig von seinen Ämtern zurück und verschwand in einem Kloster. Kern wurde wegen Mordes in zwei Fällen mit besonderer Schwere der Schuld zu lebenslänglicher Haft verurteilt.

In den darauffolgenden Monaten unternahm Emma gelegentlich eine Wanderung in die Pfalz. Dabei machte sie jedes Mal halt bei der Burg, die Miriam Schürmann in ihrem Reiseführer besonders hervorgehoben hatte. Systematisch suchte sie die Umgebung nach einem Versteck für eine mittelalterliche Handschrift ab. Doch ohne fündig zu werden.

Anmerkung

In dieses Buch sind drei Ebenen des Realitätsbezugs eingeflossen: Fakten, Halbfiktion und Fiktion.

I. Fakten

Alle Angaben im Text und alle Aussagen der Handelnden zu folgenden Punkten beruhen auf Tatsachen:

1 Leben und Werk Hildegards von Bingen inklusive Entwicklung und Stand ihrer Heiligsprechung. Ende 2011 gab es erneut Gerüchte, dass Hildegard von Bingen Ende 2012 von Papst Benedikt XVI. heiliggesprochen werden soll.
2 Die verschollene Handschrift Hildegards von Bingen, die Entstehung der Abschriften und die Zitate daraus.
3 Kastration und die Geschichte der Kastration innerhalb und außerhalb der Kirche.
4 Existenz und Rolle des Porphyrstuhls bei der Papstwahl. Unklar ist der genaue Zweck des Stuhls, hierzu existieren die geschilderten Legenden und Thesen.

II. Halbfiktion

1 Geschichte, Lage und Gebäude des Klosters Rupertsberg entsprechen den Fakten. Doch das Kloster existiert heute nicht mehr, es wurde 1632 zerstört.

2 Das im Buch beschriebene Kloster Altdorf ist der Abtei Neuburg bei Heidelberg nachempfunden. In der Abtei leben Benediktinermönche, ein Internat gibt es dort nicht.

3 Es gibt die Legende, dass ein Tunnel unter der Nahe die Bingener Kirche mit dem Kloster Rupertsberg verbunden haben soll.

4 Die Thesen zu der von Hildegard von Bingen geschilderten menschlichen Sexualität sind einseitig auf die Zwecke der Geschichte zugespitzt.

III. Fiktion

Die Geschichte und alle handelnden Personen sind frei erfunden.